Harry Schneider

PICCHIO ROSSO

Widerstand im Süden

Teil 2   1936 bis 1945

Historischer Roman

Sistabooks

Die Handlung des Romans beruht in den Grundzügen auf historischen Begebenheiten der Jahre 1936 bis 1945. Die geschichtlich nachweisbaren Ereignisse und Namen stehen dabei im Kontext einer frei erfundenen Erzählung und erheben, wie auch die übrigen frei erfundenen Romanfiguren, keinen Anspruch auf Ähnlichkeiten mit lebenden oder verstorbenen Persönlichkeiten.

Schneider, Harry – CH-8700 Küsnacht
Picchio Rosso – 2. Teil: Widerstand im Süden
Originalausgabe – 2. Auflage – Horgen 2014
Sistabooks GmbH, Churfirstenstr. 5, CH-8810 Horgen
Homepage: www.sistabooks.ch
(Sistabooks – Historische Romane)
© Sistabooks GmbH, 2014
ISBN 978-3-907860-10-6
2. Auflage 2014 (1. Auflage 2009)
Alle Rechte vorbehalten

Titelbild: Gotthardbahn / Strahllochtunnel
mit freundlicher Genehmigung der Sammlung Carl Waldis, Altdorf / UR

Herstellung: Books on Demand, Norderstedt

Unseren Kindern, Daniel und Katja, gewidmet.

Inhaltsverzeichnis

Prolog 2

1. Kapitel 1936 bis 1941 4

2. Kapitel 1941 bis 1943 80

3. Kapitel 1943 bis 1945 179

Epilog 284

Anhang Hauptpersonen 295

Quellennachweis 296

Prolog

Die Frau weinte leise vor sich hin. Dicke Tränen kullerten ihr über die Wangen. Die herabfallende Flüssigkeit verschwand spurlos in ihrem Mantelkragen, so wie das Blut, das aus den Wunden vieler tapferer Männer geflossen und einst im steilen Gelände versickert war.

Am Rand der Strasse stand sie, mit andächtig gefalteten Händen vor einem grob gezimmerten Holzkreuz. Dahinter breitete sich bergwärts eine prachtvolle Alpenweide aus, auf der duftender Thymian, zarte Alpenveilchen und zierliche Soldanellen ihre Blütenköpfchen friedlich der Sonne entgegen streckten.

Das schräg im Boden steckende Grabmal trug keinen Namen. Die Frau aber wusste: An dieser Stelle musste es gewesen sein, wo ihr Liebster von den Nazis erschossen worden war. An diesem Ort, fernab des Weltgeschehens des Zweiten Weltkriegs, hatte im Oktober 1944 ein heldenmütiger, aber aussichtsloser Kampf getobt. Ihr Mann hatte sein noch junges Leben geopfert, das ihm so viel bedeutet hatte.

In stiller Trauer versuchte sie die dramatischen Ereignisse zu begreifen, die sich beiderseits des Tunnels bei Finero im Valle Cannobina abgespielt hatten – an jenem Ort, wo sich freiheitsliebende Männer der Partisanendivision *Piave* ein letztes Mal verzweifelt den deutschen Truppen zur Gegenwehr gestellt hatten. Nur ganz wenigen war es gelungen, das Massaker zu überleben.

Rückblickend erschienen ihr diese Opfer sinnlos – und dennoch, niemand konnte beurteilen, wie die Weltgeschichte verlaufen wäre, wenn sich damals niemand gegen die fremden Widersacher aus dem nationalsozialistischen Deutschland gewehrt hätte. Es waren mutige Menschen gewesen, die sich aus tiefster Überzeugung gegen ein teuflisches Regime aufgelehnt hatten.

Tief bedrückte der Schmerz die junge Frau. Das Gefühl, am Schicksal dieser Opfer mitschuldig gewesen zu sein, begleitete sie seit jener Stunde, als ihr vom Tod ihres Mannes berichtet worden war. Dies war auch der Grund, weshalb sie jetzt diesen Ort aufsuchen wollte, wo kurz vor dem Kriegsende das Schicksal nochmals brutal zugeschlagen hatte. Der unselige Krieg hatte nicht nur sie, sondern auch Millionen andere völlig aus der Bahn geworfen. Fest entschlossen wollte sie sich, trotz der dunklen Vergangenheit, dem Leben nochmals stellen.

Während sie das schlichte Holzkreuz still und mit traurigem Blick betrachtete, näherte sich von hinten ein kleiner Junge und griff nach ihrer Hand. Mit leiser Stimme fragte er zu ihr hinauf blickend: «Ist jetzt mein Onkel im Himmel?»

Die kindliche Frage traf die Frau mitten ins Herz. Stumm nickte sie und blickte ihrem Neffen mit feuchten Augen ins Gesicht. Sanft streichelte sie ihm übers Haar.

Sie wusste, ihre Trauer und die vielen Zweifel an ihrer Mitschuld musste sie aus eigener Kraft bewältigen. Nach diesem Besuch am Ort des Leidens hoffte sie, wieder die Kraft für ein ausgeglichenes Leben zu finden.

Einem Film ähnlich begannen die Bilder der Erinnerung vor ihrem geistigen Auge vorüber zu laufen. Was zu Beginn noch eine Schwärmerei für einen Mann gewesen war, entwickelte sich immer mehr zu einer Liebe, die nicht hätte schöner sein können.

⌘

1. Kapitel
1936 bis 1941

Was Adolf Hitler im Oktober 1936 anlässlich des Reichsparteitags in Nürnberg mit seinem Vierjahresplan der Welt voraussagte, hatte bald dramatische Folgen. Am 12. März 1938 marschierte die deutsche Wehrmacht in Österreich ein. Am folgenden Tag wurde das Land per Dekret dem Deutschen Reich einverleibt. Am 1. Oktober des gleichen Jahres nahm die Wehrmacht das Sudetenland ein und schuf damit die Voraussetzungen für eine Volksvertreibung, die nicht nur für Deutschland noch weit über das Kriegsende hinaus Probleme mit sich bringen sollte.

Danach begannen sich die Ereignisse zu überschlagen. Anfangs November 1938 fanden *Pogrome*[1] gegen jüdische Bürger Deutschlands statt, die später als «Kristallnacht» in die deutsche Geschichte eingehen sollten. Am 15. März des Folgejahres besetzten die Deutschen die Tschechoslowakei und begründeten kurz darauf die Protektorate von Böhmen und Mähren. Gleich reihenweise verliessen in der Folge verschiedene Staaten den internationalen Völkerbund, jene Organisation, die bisher noch am ehesten den Weltfrieden hatte aufrechterhalten können.

Die Ereignisse kamen für die Welt nicht unerwartet. Auf diplomatischer Ebene rangen besonnene Staatsmänner verzweifelt darum, das Unvermeidliche noch abzuwenden. Der Präsident der Vereinigten Staaten von Amerika, *Franklin D. Roosevelt*[2], wie auch *Papst Pius XII*[3] appellierten wiederholt an den Verstand Adolf Hitlers

---

[1] Pogrom: gewaltsame Massenausschreitung gegen Mitglieder einer religiösen, nationalen, ethnischen oder andersartigen Minderheit, verbunden mit Plünderung und Misshandlungen bis hin zu Mord und Genozid.

[2]. Franklin Delano Roosevelt (* 30. Januar 1882 in Hyde Park, New York; † 12. April 1945 in Warm Springs, Georgia): 32. Präsident der Vereinigten Staaten von Amerika (USA), Kandidat der Demokratischen Partei, wurde nach seiner ersten Amtszeit 1936, 1940, 1944 dreimal wiedergewählt.

[3] Pius XII. (bürgerlicher Name *Eugenio Maria Giuseppe Giovanni Pacelli*, * 2. März 1876 in Rom; † 9. Oktober 1958 in Castel Gandolfo): Papst von 1939 bis 1958.

und plädierten für den Frieden. Auch die neutrale Schweiz erkannte die akute Bedrohung. Die vereinigte Bundesversammlung wählte und vereidigte am 30. August 1939 zum dritten Mal in ihrer Geschichte einen Oberstkorpskommandanten, den Waadtländer *Henri Guisan*[1], zum General der Schweizer Armee, dem höchsten militärischen Amt der Schweiz in ausserordentlichen Bedrohungssituationen. Der Bundesrat gab am 31. August 1939 die Erklärung der schweizerischen Neutralität in der üblichen Form an die Mächte ab. Wenig später folgten auch die Vereinigten Staaten von Nordamerika diesem Schritt und bekräftigten damit die Neutralität ihres Landes.

Am 1. September 1939 erfolgte der Überfall deutscher Truppen auf Polen, welcher gleichzeitig den Beginn des Zweiten Weltkriegs bedeutete. Auf den 2. September 1939 wurde die allgemeine Kriegsmobilmachung der Schweizer Armee verfügt. Innerhalb weniger Tage standen rund 430'000 Mann mit etwa 42'000 Pferden und 12'000 Motorfahrzeugen unter der Schweizerfahne; ein Riesenaufgebot, wie man es wenige Jahrzehnte zuvor noch für unmöglich gehalten hätte. Der Aufmarsch war um den 5. September herum beendet. In den eigentlichen Grenzräumen lagen Grenzbrigaden und dahinter das Gros der Armee in Bereitschaft – um nötigenfalls das Land mit Waffengewalt zu verteidigen.

Filippo befand sich zu dieser Zeit noch im Spital in Le Havre und erholte sich von der Schussverletzung, die er sich auf dem Luxusdampfer *Ile de France* auf dramatische Weise zugezogen hatte[2]. Aufgrund dessen hatte er vom aktuellen Weltgeschehen wenig mitbekommen. Erst Tage später vernahm er von seiner Schwester, wie prekär sich in dieser Zeit die Weltlage entwickelt hatte, und dass er eigentlich auch ins Militär hätte einrücken müssen.

Nachdem Filippo aus dem Spital mehr oder weniger als geheilt entlassen worden war, reiste er nach Paris, wo er sich kurze Zeit

---

[1] Henri Guisan (* 21. Oktober 1874 in Mézières, Kanton Waadt; † 7. April 1960): aus Avenches und Mézières, während des Zweiten Weltkriegs General der Schweizer Armee

[2] PICCHIO ROSSO, Teil 1: (ISBN 978-3-907860-09-0)

aufhielt. Der Baron ermöglichte es ihm in grosszügiger Weise, dass er sich in Paris noch gänzlich erholen konnte – allerdings tat dies sein Spiritus Rector nicht ganz ohne Eigennutz. Unter diesem Protektorat nutzte Filippo die Gelegenheit, sich in der französischen Kunstgeschichte weiterzubilden, was ihm sehr gelegen kam. Die französischen Expressionisten hatten ihn schon immer fasziniert, als er noch allein für Justus von Richtfeld zu arbeiten begonnen hatte, und die Museen von Paris waren ihm vom Hörensagen ein Begriff. So bot sich ihm die beste Gelegenheit, die grossen Sammlungen der bedeutendsten Künstler ausgiebig zu besuchen, obwohl er eigentlich viel lieber nach Hause gereist wäre. Dennoch: Cynthia ermunterte ihn in ihren Briefen jedes Mal, er solle nun das Leben geniessen, wenn ihm diese Gelegenheit schon geboten würde.

Die Wochen in Paris wirkten tatsächlich Wunder. Gut erholt, kehrte Filippo bald wieder in die vertraute Umgebung zurück. Und wie es sich gehörte, meldete er sich auch in seinem Wohnort beim Einwohneramt zurück. Dort eröffnete man ihm, dass er sich umgehend einer sanitarischen Prüfung vor dem Militärarzt zu unterziehen hätte. Man wollte damit prüfen, ob Filippo wegen des Zwischenfalls auf dem Schiff überhaupt noch diensttauglich wäre.

Filippo sah dieser Prüfung gelassen entgegen, hoffte jedoch insgeheim, dass er für dienstuntauglich erklärt würde – was dann auch zutraf. Der unheilvolle Bauchschuss hatte somit für Filippo wider Erwarten doch noch eine positive Seite: Er hatte in der Schweizer Armee keinen Aktivdienst mehr zu leisten.

Der Baron indes hatte schon lange vor Kriegsausbruch – allerdings auf höchst fragwürdige Weise – das Schweizer Bürgerrecht erworben – und dies nacheinander gleich in zwei Gemeinden. Dem Baron war jedes Mittel recht, noch vor dem unausweichlichen Krieg den Schweizer Pass zu erhalten.

Dies gelang ihm nach anfänglichen Schwierigkeiten zuerst in der Gemeinde Ascona, die dem Wunsch des vermögenden Steuerzahlers gerne nachkommen wollte. Es brauchte allerdings erst die Interventionen etlicher Direktoren von schweizerischen Kunstmuseen und anderen Kunstsachverständigen, um den zuerst negativen Entscheid der Bundesbehörden zu beeinflussen. Diese waren anfänglich der Ansicht, der Baron sei zwar ein hochkultivierter Mensch, aber seinem Wesen nach noch ein ausgesprochener Reichsdeutscher, ein Opportunist, für den keine andere Bindung zählte als jene zu seinem grossen Besitz.

Mit seinem Weitblick bereitete sich der gewiefte Bankier aber auch für den Fall vor, wenn Italien das Tessin besetzen sollte. Mit seinen guten Verbindungen versuchte er daher, auch das Bürgerrecht in einer Gemeinde der deutschen Schweiz zu ergattern. Über seinen Treuhänder liess er wohlweislich bereits 1937 die dafür nötigen Schritte einleiten, um zu einem zweiten Schweizer Bürgerrecht zu kommen, und dies obwohl er auch in diesem Fall die Wohnsitzbedingungen nicht zu erfüllen vermochte. Die Treuhandfirma, die das Geld des Barons verwaltete, brachte es schliesslich fertig, im thurgauischen Bauerndorf Nussbaumen gegen eine Einkaufssumme von 5'000 Schweizerfranken das Bürgerrecht zu erwerben - ausgerechnet in jenem Dorf, wo der Präsident seiner Treuhandfirma fürstlich auf einem Schloss residierte. Und als Deutschland nicht ganz unerwartet den Zweiten Weltkrieg eröffnete, hatte sich der Baron in der neutralen Schweiz – zumindest in formeller Hinsicht – bereits häuslich niedergelassen.

Aufgrund seiner Erfahrungen aus dem ersten Weltkrieg, als sämtliche Vermögenswerte seiner Londoner Bank beschlagnahmt worden waren, sicherte sich der Baron, wo es ging, frühzeitig ab: Seine wertvollen Kunstschätze verteilte er auf verschiedene Weise in die Museen in aller Welt.

Andererseits handelte er sich mit dem Schweizer Bürgerrecht auch wesentliche Nachteile in seinem Herkunftsland ein. Die Einbürgerung kostete ihn bald darauf seine Mitgliedschaft bei der Deutschen Arbeiterpartei, der NSDAP. Die Hitler-Partei duldete nämlich nur deutsche Staatsbürger, weshalb der Baron 1938 aus der Partei ausgeschlossen werden sollte. Er versuchte zwar alles, um in der Partei verbleiben zu können, erreichte allerdings nur, dass es nicht zum unrühmlichen Rausschmiss kam. Durch seine Beziehungen konnte er immerhin den Schein wahren, indem er freiwillig aus der Partei austrat. Damit blieb es ihm erspart, als Abtrünniger in Ungnade zu fallen.

Dieser Umstand war für beide Seiten, sowohl für die Partei wie für den Baron, sehr wichtig. Dies ermöglichte es beiden, trotzdem uneingeschränkt in Kontakt zu bleiben. Die für seine Deutschlandreisen erforderlichen Visa beispielsweise besorgte ihm der Chef der Präsidialkanzlei von Adolf Hitler jeweils persönlich.

Damit war der Vetternwirtschaft nicht genug: Um seine Kontakte zu intensivieren, zog der Baron alle Register. Selbst die Geburtstage des Reichsmarschalls Hermann Göring sowie *Joachim von Ribbentrop*[1] vergass er nie. Der Nazi-Bewegung in Holland spendete er überdies regelmässig Geld, und in der Schweiz trat er dem Bund der treuen Eidgenossen nationalsozialistischer Weltanschauung bei. Selbst seine Briefe endeten regelmässig mit «Heil Hitler», und einem Freund schrieb er einmal: «Hoffen wir auf einen baldigen entscheidenden Sieg an der Westfront.»

Letzteres zeigte deutlich, wie sehr sich der Baron in Ascona mit den deutschen Kriegsbemühungen identifizierte. Damit schuf er die Grundlagen für eine intensive Partnerschaft in heiklen Finanztransaktionen mit den Deutschen.

Dieses Doppelspiel bemerkte Filippo vorerst nicht. Für ihn galt der Baron nach wie vor als ein guter Arbeitgeber und derjenige, der ihm und seiner Schwester in einer schwierigen Zeit den Lebensunterhalt sicherte. Dies umsomehr, als Filippo nach der Rückkehr ins Hotel auf dem Monte Verità die Arbeit als Kellner ohne Probleme wieder aufnehmen und von hier aus wie bisher kleinere und unverfängliche Aufträge ins nahe Ausland erledigen konnte. Die Zusammenarbeit mit seiner Schwester, die er oft auf seine Reisen mitnehmen konnte, entwickelte sich erfreulich. Sie ergänzten sich hervorragend und spielten sich in den folgenden

---

[1] Ullrich Friedrich Willy Joachim Ribbentrop, ab 1925 von Ribbentrop (* 30. April 1893 in Wesel; † 16. Oktober 1946 hingerichtet in Nürnberg): einflussreicher Politiker in der Zeit des Nationalsozialismus und von 1938 bis 1945 Außenminister des Deutschen Reiches. Ab 30. Mai 1933 SS-Ehrenführer im Range eines SS-Standartenführers und offizielles Mitglied des «Stabs Reichsführer-SS».

Monaten zu einem unschlagbaren Team ein. Während Filippo die taktischen Details ersann, trug Cynthia mit ihrer Raffinesse zum Gelingen bei. Ihr Charme wirkte dabei oft als Türöffner, der manchen Kunden oder Händler seine Grundsätze vergessen liess. Wie naiv benahmen sich doch gewisse Männer, wenn ihnen ein attraktives und offenherziges weibliches Wesen gegenüberstand. Neidlos gestand sich dann Filippo ein, dass er ohne seine Schwester wohl kaum so schnell zum Abschluss gekommen wäre.

Allerdings gingen die Geschäfte nicht immer so glatt über die Bühne. Als das Geschwisterpaar im September 1940 im Auftrag des Barons nach München beordert wurde, bescherte ihnen das Schicksal eine folgenschwere Begegnung.

Vorab ist zu erwähnen, dass fernöstliche Kunstgegenstände ein besonderes Steckenpferd des Barons waren. Dies brachte ihm – nicht zuletzt wegen seines stets erleuchtend wirkenden Lächelns – bald den Übernamen *Buddha*[1] ein. Er versuchte trotz des inzwischen ausgebrochenen Krieges alles, selbst einfache Holzstatuetten eines Papuastammes oder Abbildungen einer Gottheit aus irgendeinem hinduistischen Tempel zu ergattern.

Als der Baron erfuhr, dass in München aus der privaten Sammlung einer jüdischen Familie eine ceylonesische, aus schwarzem Mahagoniholz geschnitzte Holzvase zu erwerben war, beauftragte er Filippo, diese für ihn zu beschaffen.

Für den Rest der Welt blieb es offensichtlich: Beim fraglichen Gegenstand handelte es sich ohne Zweifel um Raubgut der Gestapo. Nur Filippo blieben solch pikante Details verborgen. Unter fadenscheinigen Vorwänden und mit dem klaren Auftrag, auf keinen Fall ohne die begehrte Vase nach Hause zurück zu kehren, entsandte der Baron die Geschwister in die bayrische Metropole.

⌘

---

[1] Buddha: (Sanskrit, wortl. «Erwachter», auch «Erleuchteter») ein Wesen, welches aus eigener Kraft die Reinheit und Vollkommenheit seines Geistes erreicht und somit eine grenzenlose Entfaltung aller seiner Potentiale erlangt hat.

Im Leben begegnen sich oft Menschen, bei denen man sich später zu Recht fragt, welche Zufälle dabei gespielt haben. Exakt einen solchen Moment erlebten Cynthia und Filippo, als sie der Eisenbahn entstiegen, die sie mitten in die Stadt geführt hatte. Cynthia stand bereits auf dem Bahnsteig und Filippo, der sich noch im Wagen befand, wollte ihr eben ihre Reisetasche reichen, als ihm unter den zahlreichen Menschen ein Mann auffiel. Beim ersten Hinsehen war zwar diesem annähernd gleichaltrigen Mann kaum etwas Aussergewöhnliches anzusehen. Er liess sich, wie die vielen anderen Passagiere in der Menschenmenge treiben. Aber irgendwie spürte Filippo, dass an diesem Mann etwas Aussergewöhnliches haftete. Beim zweiten Hinsehen fiel ihm auf, dass ihm die Kleider für seine Statur viel zu gross waren. Und auf den dritten Blick verschlug es Filippo buchstäblich die Sprache. Der Mann, der sich durch das Menschengewühl in Richtung Ende des Perrons quälte, war niemand anderer als Cosimo Scarpo, der Schmuggler aus Indemini und Schicksalsgefährte in einer schmerzvollen Zeit, als sie beide von der Gestapo gefangen gehalten wurden und gemeinsam einer unbekannten Zukunft entgegen gesehen hatten.

Die Überraschung war derart gross, dass Filippo die Reisetasche aus der Hand glitt, die er Cynthia reichen wollte und ihr direkt neben ihr zu Boden fiel. Ohne darauf zu achten, sprang Filippo aus dem Waggon. Cynthia wollte sich eben über das Missgeschick ihres Bruders beschweren. Doch Filippo zwängte sich entschlossen zu Cosimo vor. Als er sich einen Schritt hinter ihm befand, fasste Filippo ihn an der Schulter. Cosimos Körper zuckte bei der Berührung heftig. Sofort blieb er stehen und drehte sich langsam um. Verängstigte Augen blickten Filippo entgegen.

Cynthia begriff zunächst nicht, was sich vor ihren Augen abspielte und ergriff die fallen gelassene Tasche. Zuerst standen sich die beiden Männer wortlos gegenüber und musterten sich von oben bis unten. Doch als Filippo sicher war, dass er sich nicht getäuscht hatte und tatsächlich seinen Freund vor sich hatte, erhellte sich sein Antlitz. Als auch der andere Mann begriffen hatte, wer vor ihm stand, wich seinem Erstaunen eine stille Freude. Wortlos fielen sich die beiden Männer in die Arme.

«Mamma mia, bist du es tatsächlich? Was treibst du ausgerechnet in München?», fand Filippo endlich Worte und befreite sich aus der Umarmung, ohne Cosimo loszulassen. Cynthia, die inzwischen zu den beiden aufgeschlossen war, bemerkte von der Seite, wie die Augen ihres Bruders langsam einen feuchten Glanz bekamen. Cosimo erwiderte lange nichts, drückte aber Filippo wieder an sich, als wäre er sein Bruder.

Cynthia begriff noch immer nicht, wen ihr Bruder da so innig umarmte. Das Gesicht des Unbekannten kam ihr aber jetzt plötzlich irgendwie bekannt vor. Sie wusste nur noch nicht, wo sie diesem Mann schon mal begegnet war.

Langsam löste sich Filippo aus der Umarmung. Mit ausgestreckten Armen fasste er Cosimo an den Schultern und spürte sogleich durch seine Kleidung hindurch dessen knochige Achseln. Überhaupt: Cosimo schien auch im Gesicht eingefallen. Fest in die Augen blickend bemerkte Filippo, dass mit seinem ehemaligen Weggefährten etwas nicht stimmte und flüsterte: «Nicht wahr, du steckst in Schwierigkeiten?»

Unmerklich nickte Cosimo und blickte beschämt zu Boden. Filippo fasste verständnisvoll seine Hand. «Du bist ja völlig ausgehungert. Komm, wir gehen etwas essen, und dann erzähl uns, was geschehen ist.»

Bald wusste Cynthia, wo sie sich schon einmal begegnet waren. Der Blick in seine Augen liess sie erröten, und gleichzeitig machte sich in ihrem Bauch ein eigenartiges Kribbeln breit, als ob Hunderte von Schmetterlingen darin herumflögen.

Cosimo trat etwas zur Seite und blickte angstvoll um sich. «Ich darf nicht gesehen werden.» Dies war alles, was er zu sagen wagte. Umständlich befreite er sich aus den Armen von Filippo und eilte durch die Menschenmenge davon.

Völlig verdutzt blieben Filippo und Cynthia zurück. Cynthia eilte ihm sofort nach, um ihn nicht aus den Augen zu verlieren. Filippo ergriff die Gepäckstücke und folgte ihnen. Es war offensichtlich, Cosimo war verängstigt und schien vor irgendjemandem zu fliehen.

Der Weg Cosimos führte schnurstracks durch die Bahnhofshalle zum Ausgang Richtung Karlsplatz. Im dichten Gewühl der riesigen Menschenmenge wurden sie kaum beachtet.

Den *Stachus*[1] hinter sich lassend, strebten sie dem Marienplatz zu. Behindert durch das Reisegepäck, konnte Filippo das schnelle Tempo der beiden kaum mithalten. Erst beim *Viktualienmarkt*[2] stoppte Cosimo und wandte sich seinen Freunden zu. «Folgt mir; ich weiss einen Ort, wo wir ungestört sind.»

Mit einem Handzeichen deutete er auf eine enge Seitengasse, die in die Frauenstrasse mündete. Langsam folgten sie ihm, bis er erneut stehen blieb. Er drängte sich in eine Gebäudenische und schien überzeugt, dass sie niemand mehr sehen konnte. Als Filippo und Cynthia beruhigt sich zu ihm gesellt hatten, begann Cosimo zu erzählen. Die Geschichte nahm dort ihren Anfang, als Filippo ihm in Hamburg das letzte Mal gegenüber gesessen hatte:

«Kannst du dich erinnern, als wir Heydenreich vorgeführt wurden, damals in Neuengamme, in diesem gottverdammten Gefängnis, kurz nachdem dich die Gestapo ebenfalls verhaftet hatte?»

«Und ob.» Filippo nickte. Diesen Augenblick würde er wohl in seinem ganzen Leben nie vergessen.

«Weisst du auch noch, wie ich, gedemütigt, die Hände auf dem Rücken gebunden und in Sträflingskleider gehüllt, dir gegenüber gestanden hatte? Und als wir dann später, du in deine und ich in meine Zelle abgeführt wurden? Da flüsterte ich dir noch zu, wir verraten nichts.»

Abermals nickt Filippo und wartete gespannt, was weiter folgen würde.

«Ich sage dir, ich schwieg wie eine Muschel. Die Schweinehunde erfuhren von mir nichts, das darfst du mir glauben. Ich habe ge-

---

[1] Stachus: umgangssprachliche Bezeichnung für den Karlsplatz in München. Der Name stammt von einem Gastwirt mit Namen Eustachius Föderl, der an diesem Platz seit 1755 ein Gasthaus namens *Stachusgarten* betrieb.

[2] Viktualienmarkt: Markt für Lebensmittel (Viktualien) in der Münchner Innenstadt.

schwiegen, bis zum heutigen Tag.» Cosimo senkte den Blick zu Boden und erzählte ihnen nun eine schier unglaubliche Geschichte langsam, aber unbeirrt, zu Ende; es schien zuweilen sogar, als würde er sich dabei die Seele aus dem Leibe reden: «Über dich erzählten sie mir die grössten Lügen. Meine einzige Hoffnung warst du. Gott weiss, was die mit mir gemacht hätten, wenn du nicht aufgetaucht wärst. Mit ihren Verhörmethoden hatten sie es nämlich nur darauf angelegt, uns gegeneinander auszuspielen. Ich hatte nichts zu verlieren; so spielte ich das Spiel mit und hoffte, du würdest ebenfalls schweigen.

Und dann sagte man mir eines Morgens, man hätte dich entlassen. Daraufhin erzählten sie mir, du hättest über die damalige Geschichte ein vollständiges Geständnis abgelegt und ausgesagt, *ich hätte das Ganze eingefädelt*. Damit war der Strafprozess gegen mich unausweichlich. Sag Filippo, hast du mich wirklich verraten?» Cosimo hob den Blick wieder und schaute seinem Freund direkt in die Augen. «Überlege jetzt gut, was du sagst. Aber sag die Wahrheit, bitte.»

Was Filippo von seinem Freund da zu hören bekam, war unglaublich. Entsprechend reagierte er empört: «Das ist ja ungeheuerlich! Selbstverständlich habe ich dich nicht verraten, und meine Geschichte ist der beste Beweis dafür. Dieses Schwein Heydenreich hat uns beide schön in die Pfanne gehauen. Cynthia, bitte erzähle von meinem Brief und was nachher mit mir geschehen ist. Ich bin sprachlos.» Erregt wandte sich Filippo ab.

Cynthia war mit den Gedanken und Gefühlen zunächst hin und her gerissen. Es war nicht zu übersehen: Dieser Mann beeindruckte sie sehr. Schliesslich gab sie sich einen Ruck und befreite sich von den aufkommenden Gefühlen, wenn sie ihm in die grossen dunklen Augen sah. Bedächtig kramte sie den Brief nach einer Weile aus ihrer Handtasche und gab ihn Cosimo.

Langsam begann Cosimo ihn zu lesen. Als er die Zeilen überfolgen hatte, gab er ihn wortlos zurück. Cynthia erläuterte ihm die Bedeutung des Kassibers und was sich daraufhin ereignet hatte. Filippo ergänzte die Geschichte bis zu jenem Zeitpunkt, wo er nach seiner Genesung nach Ascona zurückgekehrt war. «Glaube mir, ich habe dich nicht verraten. Ehrlich gesagt, anfänglich dachte ich auch, du hättest mich verpfiffen. Deine Geschichte straft jedoch alle Lügen. Was müssen dies nur für abscheuliche Menschen sein! Nein, das sind keine Menschen mehr! Mir fehlen die Worte.»

«Ich glaube dir», versuchte Cosimo seinen Freund zu beruhigen.

«Aber erzähl, was war danach?», fragte Filippo.

«Das ist schnell erzählt. Nach deiner Entlassung machten sie mit mir kurzen Prozess und verurteilten mich in einem fragwürdigen Schnellverfahren zu zehn Jahren Zwangsarbeit. Gleich nach der Urteilsverkündung wurde ich in ein Arbeitslager hier in der Nähe von München gebracht.»

«Du willst sagen, sie brachten dich ins Konzentrationslager *Dachau*[1]?», präzisierte Filippo fragend.

«Ja; kennst du das Lager?»

«Aber weshalb bist du hier? Bist du von dort abgehauen?», wollte Filippo wissen.

«Ja; ich hätte es dort keinen Tag länger ausgehalten. Schaut mich an, ich bin jetzt schon nur noch ein Schatten meiner selbst und wäre nicht der Erste, der in diesem Lager umgekommen ist. Fast täglich sahen wir den Leichenwagen, wie er beladen mit leblosen Körpern das Lager verliess. Wir schufteten täglich bis zu 15 Stunden, und den Frass, der uns vorgesetzt wurde, würden wir zuhause nicht mal den Schweinen geben. Ich schätze, ich habe seither mindestens 40 Pfund an Gewicht verloren.»

«Das ist ja unglaublich. Wie bist du überhaupt von dort weggekommen?», Filippo war ausser sich.

---

[1] Konzentrationslager (KZ) Dachau: erstes KZ in Deutschland, existierte von 22. März 1933 bis 29. April 1945, diente als Vorlage für alle weiteren KZ. Obwohl kein Vernichtungslager, wurden mindestens 30'000 seiner Häftlinge erschossen oder starben an den Bedingungen im Lager.

Die Flucht, von der Cosimo nun berichtete, wäre filmreif gewesen: «Ich hatte schon lange beobachtet, wie Lastwagen beinahe täglich neue Häftlinge einlieferten. Da aber die Baracke, der ich zugeteilt war, in der Nähe jener Stelle lag, wo die Gefangenen in neue Gruppen eingeteilt wurden, überlegte ich mir, wie ich daraus einen Vorteil für meine Flucht schlagen könnte. Ich bemerkte schon bald, dass die Lastwagen, sobald sie leer waren, sofort und ohne weitere Kontrolle das Lager verliessen. Mein Problem war daher: Wie gelange ich unbemerkt von der Baracke zum Lastwagen. Dies zumal ich von frühmorgens bis spät in die Nacht hinein in der Munitionsfabrik zu arbeiten hatte. Ich hoffte daher, die Ankunft neuer Gefangener würde einmal in der Nacht stattfinden.

Nach Wochen des Wartens und Beobachtens war es dann vorgestern soweit: Gleich vier Lastwagen brachten etwa nach Mitternacht wieder Menschen ins Lager. Ich lag noch wach und die anderen Barackenbewohner schliefen alle fest. Heimlich stahl ich mich ans Fenster und sagte mir: Jetzt oder nie! Ohne mich umzukleiden, visierte ich den nächst gelegenen Lastwagen an und robbte mich möglichst unauffällig an ihn heran. Ich hatte Glück; die Wachthabenden konzentrierten sich zu sehr auf die neuen Gefangenen, so dass ich bald unter den Wagen kriechen konnte. Ich zog mich an der Hinterachse empor und verkroch mich unter die Ladebrücke. Dort verharrte ich, bis der Fahrer sich anschickte, den Motor zu starten und wegfuhr.

Ihr könnt mir glauben, es waren bange Minuten. Schliesslich gelangte ich auf diese Weise unbehelligt nach draussen und entfernte mich auf der Landstrasse immer mehr von dem unseligen Ort. Plötzlich aber hielt das Fahrzeug, und ich dachte schon, der Fahrer hätte vielleicht Verdacht geschöpft. Doch er hielt wegen einer geschlossenen Bahnschranke. Als der Zug vorbei donnerte, erkannte ich meine Chance. Unbemerkt liess ich mich auf die Strasse fallen und rollte zur Seite ins Gebüsch. Dort verharrte ich gut eine Stunde lang und überlegte, wo ich andere Kleider beschaffen könnte. Als ich mich dann entschlossen hatte weiter zu gehen, entdeckte ich nicht weit vom Bahnübergang ein einsames Bauerngehöft. Im Haus brannte kein Licht und auch im Stall war es noch dunkel. Heimlich schlich ich mich ins Haus und hoffte, dort eine unauffälligere Kleidung zu finden. Und was ich nun trage, gehört eigentlich jenem Bauern.» Cosimo beendete seine Geschichte, indem er mit der Hand über den Anzug strich und sich dabei sogar noch ein erzwungenes Lächeln abringen konnte.

«Mein Gott! Dann hast du unbeschreibliches Glück gehabt. Stell dir vor, die hätten dich erwischt. Die suchen bestimmt schon nach dir. Du musst Deutschland so rasch wie möglich verlassen.»

«Du vergisst etwas ganz Wichtiges», unterbrach Cosimo. «Jetzt wo wir uns getroffen haben, hängt ihr ebenso mit drin. Erwischen die uns, denken die sicher, ihr seid meine Fluchthelfer.»

«Verdammt, du hast Recht. Man darf uns also auf keinen Fall erwischen, sonst...», sagte Filippo und strich sich mit der Hand über seine Gurgel.

«Ach was. Noch haben sie uns nicht», mischte sich jetzt Cynthia in die Unterhaltung ein und versuchte die Männer zu beruhigen: «Ich habe keine Angst. Jetzt schauen wir erst mal, dass wir für uns ein sicheres Versteck finden und dass du wieder zu Kräften kommst.»

«Ganz richtig», bestätigte Filippo die Worte seiner Schwester. «In deiner Verfassung würde ich auch keine Flucht wagen - schon gar nicht auf dem normalen Weg.» Das war typisch für ihn. Bestimmt hatte sich Filippo inzwischen bereits einen Fluchtplan zurecht gelegt.

Beiläufig erwähnte Cynthia, sich zu ihrem Bruder gewandt, es wäre jetzt wohl wichtiger, Cosimo zu helfen, als der blöden Vase für den Baron nachzurennen. Er stimmte ihr im Grundsatz zwar zu, meinte aber, am Elegantesten wäre es, das eine zu tun, das andere aber trotzdem nicht zu lassen.

Sie unterhielten sich noch eine Weile, ehe sie dem Gästehaus zustrebten, in welchem Filippo und Cynthia die nächste Zeit verbringen wollten.

Beim Hausmeister, der sie mit kritischem Blick empfing, stellten sie Cosimo als ihren Geschäftsfreund vor, der in München in einem wichtigen Auftrag für ein bedeutendes deutsches Unternehmen tätig wäre. Und da Cosimo über keinerlei Ausweise verfügte, logen sie dem Hausmeister vor, er wohne zurzeit noch in einem anderen Hotel, und würde sie öfters besuchen.

Mit diesem Trick schmuggelten sie ihren Freund auf ihr Zimmer, ohne dass der Hausmeister argwöhnisch wurde.

Die kommenden Tage verbrachten sie in höchster Wachsamkeit. Vordergründig liessen sie den Baron im Glauben, die Beschaffung der Vase erwiese sich als weitaus schwieriger als angenommen. In Tat und Wahrheit trafen sie indessen die Vorbereitungen für ihre Flucht in die Schweiz, die über einen unwegsamen Alpenübergang führen sollte. Aufgrund ihrer alpinen Erfahrungen schätzten sie diesen Weg als weniger risikoreich ein und hofften, sich auf diese Weise den Grenzkontrollen entziehen zu können.

⌘

Drei Rucksäcke, ein vierzig Meter langes Bergseil, einige Karabinerhaken, drei Paar Steigeisen und drei Eispickel, ein Fernglas, ein Kompass sowie Proviant für etwa drei bis vier Tage und weitere Ausrüstungsgegenstände für eine Alpenüberquerung lagen mit militärischer Präzision am Boden ausgebreitet. Filippo zeigte sich damit zufrieden. Die Ausrüstung hatte ihnen ein alt gedienter Gebirgsjägerveteran des ehemaligen *Deutschen Alpenkorps*[1] besorgt, den Filippo und Cynthia nach langem Suchen im Hofbräuhaus bei Weisswurst und einigen Mass Bier endlich aufgespürt hatten. Dabei spielte Justus von Richtfeld, den sie als einziger über ihre Pläne unterrichtet hatten, eine nicht unbedeutende Rolle. Er kannte den alten Haudegen noch aus seiner Jugendzeit.

Von einem anderen Gewährsmann erstanden sie eine Gebirgskarte. Sie zeigte die Gebiete des Rätikon und der Silvrettagruppe bis nach Klosters im Kanton Graubünden. Es war zwar nicht die aktuellste Karte, sie genügte jedoch, um sich wenigstens im Gelände orientieren zu können. Nach einigen Diskussionen hatten

---

[1] Deutsches Alpenkorps: ab 1915 eine verstärkte Infanteriedivision mit Truppenteilen aus dem ganzen deutschen Reich gebildet.

sie sich für eine Route entschieden. Als Ausgangspunkt wählten sie die Bielerhöhe, die das Paznauntal vom Montafon trennte. Von dort aus wollten sie über das Wiesbadnergrätle, westlich am Piz Buin vorbei, über den Silvrettagletscher nach Klosters ins Prättigau gelangen. Sie entschlossen sich bewusst für eine etwas längere Route. Von der Bielerhöhe aus gäbe es durchaus direktere Wege. Diese boten jedoch alpintechnisch weit höhere Anforderungen, und ausserdem hofften sie, über den Silvrettagletscher auf der längeren Route würden sie weniger Grenzpatrouillen begegnen.

Ihre Chancen standen gut. Seit Österreich dem Deutschen Reich einverleibt worden war, funktionierten die Grenzkontrollen unter der neuen deutschen Führung zum Nachbarstaat Schweiz noch nicht in allen Abschnitten einwandfrei. Zudem war das Wehrmachtskommando mit den Kriegsvorbereitungen gegen Grossbritannien und Frankreich beschäftigt.

Für Filippo lag das grösste Problem darin, die Bielerhöhe innerhalb einer nützlichen Frist zu erreichen. Immerhin stand ihnen bis dorthin ein langer Weg bevor, der über Innsbruck, Landeck und Pfunds ins lang gezogene Paznauntal hinauf führte.

Um für etwaige Personalkontrollen vorbereitet zu sein, beschafften sie für Cosimo einen mehr schlecht als recht gefälschten Ausweis. Einer flüchtigen Prüfung würde das Falsifikat zwar noch standhalten. Zumindest das Konterfei stimmte mit demjenigen von Cosimo überein. Der Name seines ehemaligen Inhabers liess jedoch eher Zweifel aufkommen: *Pelagius Herzl* passte ebenso wenig zu Cosimo wie der im Ausweis aufgeführte Beruf: Kurator. Als Herr von Richtfeld ihnen den Ausweis übergeben hatte, wusste er zu berichten, dass dieser Herr Herzl offenbar im adriatischen Raum bei einer Stiftung für venezianische Kultur Kurator gewesen sei und vor einigen Tagen bei einem Verkehrsunfall ums Leben gekommen war.

Trotz des Ernstes der Stunde amüsierten sie sich über die neue Identität von Cosimo. Immerhin, es war ein Ausweis, und daher immer noch besser als keiner.

Die folgende Zeit mogelten sich die drei mit allerlei Tricks durch das Leben. Obwohl der Hausmeister des Gästehauses, in dem Filippo und Cynthia wohnten, jedes Mal argwöhnte, wenn sie sich zu Dritt auf das Zimmer begaben, ereignete sich nichts Aussergewöhnliches. Nach etwa vierzehn Tagen intensiver Vorbereitungen war es dann soweit. Cosimo hatte sich soweit erholt, dass er den bevorstehenden Strapazen gewachsen war. Die deftige Bayernkost und einige Mass Münchnerbier hatten schnell wieder für einige Pölsterchen auf den Rippen gesorgt.

Das Abenteuer konnte somit seinen Anfang nehmen. Am Vorabend ihrer Abreise berieten sie nochmals ihre Route: Auf direktem Weg wollten sie so rasch wie möglich bis nach Innsbruck gelangen. Von dort sollte es bis nach Landeck und weiter Richtung Rätikon zur Bielerhöhe gehen. Danach stand ihnen der Weg bis zur *Wiesbadnerhütte*[1] bevor, wo sie vor der Landesgrenze übernachten wollten.

Anderntags bestiegen sie den ersten fahrplanmässigen Morgenzug nach Innsbruck. Vorher aber hatten sie sich noch vergewissert, ob auf dieser Linie Personenkontrollen durchgeführt würden. Auf dem Bahnsteig und im Zug erblickten sie jedoch keine uniformierten Grenzbeamte oder Personen in schwarzen Ledermänteln, welche gewöhnlich in den Zügen solche Kontrollen durchführten. Ein gewisses Risiko verblieb dennoch, im Zug ertappt zu werden. Doch ihrer Kleidung und dem mitgeführten Gepäck nach zu schliessen, würde man sie eher als Alpinisten einschätzen, die auf dem Weg zu einer Gipfelbesteigung waren, statt als eine Flüchtlingsgruppe.

Am Tag ihrer Ankunft in Innsbruck war gerade Markttag. Filippo erkannte darin sofort eine Chance mit Markt fahrenden Bauern ins Gespräch zu kommen, um mit diesen eine Mitfahrgelegenheit auszuhandeln.

---

[1] Wiesbadener Hütte: alpines Schutzhaus im Ochsental (Österreich), am Fuss des Piz Buin (Silvrettagruppe) auf 2'443 müM gelegen.

In der Tat: Ein Gemüsebauer aus Landeck liess sich dank Filippos Überredungskünsten schnell davon überzeugen, sie nach Marktschluss eine Strecke mitzunehmen. Auf der Ladebrücke eines klapprigen Lastwagens, zwischen Harassen und Kartoffelsäcken eingeklemmt, rumpelten sie schliesslich ihrem Ziel entgegen.

Von Landeck aus gelangten sie in einem schier endlos erscheinenden Fussmarsch über den alten Säumerweg zur Bieler-Höhe. Für diese Strecke benötigten sie volle drei Tage. Die Nächte verbrachten sie in abgelegenen, leer stehenden Ställen oder Heuspeichern. Ihre grösste Sorge war dabei, so wenig wie möglich mit Menschen in Kontakt zu kommen. Dörfer liessen sie bewusst abseits liegen, was andererseits wieder Umwege erforderte.

Endlich erreichten sie nach mühevoller Wanderung um die Mittagszeit ihr Ziel. Der Wettergott blieb ihnen bis hierher glücklicherweise wohlgesinnt. Tagsüber schien meist die Sonne, und die Temperaturen waren für den anstrengenden Aufstieg zur Bieler-Höhe sogar angenehm, und dies obwohl ihnen während des gesamten Vormittags die spätsommerliche Sonne auf Kopf und Schultern schien.

Nach einer kurzen Ruhepause auf der Passhöhe, marschierten sie auf einem mehr oder weniger gut ausgebauten Schotterweg der Wiesbadnerhütte zu, die nach Filippos Einschätzung in gut zwei Stunden zu erreichen war.

Schweigend folgten sie dem leicht ansteigenden Weg und gewannen so langsam an Höhe. Immer wieder vergewisserte sich Filippo anhand der Karte des richtigen Wegs, was besonders bei den Weggabelungen wichtig war. Er wusste jedoch, folgten sie in allgemeiner Richtung dem Bächlein, welches durch das Ochsental floss, konnte eigentlich nichts schief laufen – und tatsächlich, nach eineinhalb Stunden Marschzeit trat oben auf der Moräne die Wiesbadnerhütte ins Blickfeld. Der Weg führte nun praktisch gradlinig und wenig steigend direkt auf sie zu.

Knapp eine halbe Stunde Wegzeit vor der Hütte legten sie nochmals eine kurze Rast ein. Während Cynthia und Cosimo sich ins saftige Alpengras setzten, um sich auszuruhen, blickte Filippo durchs Fernglas zur Hütte hoch, um die Lage zu prüfen. Doch was sah er zu seinem Entsetzen? Um die Hütte wimmelte es nur so von Soldaten. Mit allem hatte er gerechnet, nur damit nicht. Den Aussagen von Herrn von Richtfeld nach, sollte die Hütte jetzt leer stehen.

Seine Wahrnehmung behielt er vorläufig für sich, um die anderen nicht zu beunruhigen. Vielleicht gab es ja einen Ausweg. Filippo dachte nach, ob es nicht gescheiter wäre, die Hütte zu umgehen oder überhaupt zum Rückzug zu blasen.

Doch bevor er seine Entdeckung seinen Gefährten eröffnen konnte, meldete sich ausgerechnet Coniglio wieder, sein inneres Gewissen, welches sich ihm immer dann mitteilte, wenn es brenzlig wurde: «*Da hast du den Salat. Willst du jetzt aufgeben? Gell, jetzt hast du Schiss?*»

Filippo kannte seine innere Stimme. Seit seiner Kindheit wollte sie ihm in solchen Lagen bange machen. Es gab aber auch Situationen, wo er es durchaus schätzte, wenn sie sich meldete – wie auch jetzt: «*Sicher nicht!*», entgegnete Filippo seinem Gewissen schroff: «*So kurz vor dem Ziel gebe ich bestimmt nicht auf. Vielleicht weisst du nur nicht: In der Höhle des Löwen ist man zuweilen sicherer, als ständig vor den Schwierigkeiten davon zu rennen.*»

Mit vorsichtigen Worten teilte er daraufhin seinen Weggefährten seine Entdeckung mit. Mit Mühe unterdrückte er zwar dabei seine Enttäuschung. Mit allem hatte er gerechnet, aber niemals mit einer ganzen Kompanie Soldaten. Doch irgendwie war es ihm gelungen, seine Wahrnehmung mehr oder weniger emotionslos wiederzugeben.

Trotzdem reagierte Cosimo enttäuscht. Spontan riet er, zum Rückzug zu blasen. Das Risiko, erneut von den Deutschen verhaftet zu werden, schien ihm zu gross. Filippo zeigte dafür zwar Verständnis, doch versuchte er Cosimo zu überzeugen und argumentierte, dass unten im Tal diese Gefahr nicht kleiner wäre. Cynthia pflichtete ihrem Bruder bei und beschwor Cosimo, jetzt kurz vor dem Ziel um Himmelswillen nicht aufzugeben.

Nach kurzer Beratung, wie sie die Deutschen mit einem Vorwand täuschen wollten, zeigte sich Cosimo – wenn auch widerwillig – einverstanden, ihren ursprünglichen Plan umzusetzen.

Langsam und vorsichtig, ohne jedoch auffällig zu erscheinen, näherten sie sich der Hütte. Ungefähr hundert Meter vor dem Plateau, auf dem die Hütte stand, lugte hinter einem riesigen Felsblock ein Gewehrlauf hervor. Als sie daran vorbei gehen wollten, sprang ein Wehrmachtssoldat hervor und versperrte ihnen den Weg: «Halt. Wer da?», schrie er die Ankömmlinge an, so dass es bis zur Hütte zu hören war. Die Aufforderung blieb denn auch nicht ohne Wirkung. Soldaten rannten ihnen entgegen und umzingelten sie mit vorgehaltenen Waffen.

Filippo konnte sich ein Lachen nicht verkneifen. Der Moment der Überraschung war ihnen tatsächlich geglückt. Einige der Soldaten hatten nicht einmal die Zeit, ihre Uniformen in Ordnung zu bringen. Dem einen lugte noch der Hemdzipfel durch den Hosenschlitz. Einem anderen rutschte die Hose bald nach unten, weil er keine Zeit gefunden hatte, die Hosenträger anzuknüpfen.

Filippos Talent, ohne italienischen Akzent hochdeutsch zu sprechen, kam ihm wieder einmal gelegen. Selbstsicher und betont freundlich begrüsste er die wilde Horde, stellte sich und seine Begleitung vor und erkundigte sich nach ihrem Kommandanten. Filippo hoffte dadurch, nicht nur durch gespieltes Selbstbewusstsein, sondern auch durch ihre Ausrüstung als Bergsteiger und nicht als Flüchtlinge eingestuft zu werden. Offenbar ging Filippos Rechnung auf: Sofort änderte der Soldat seinen Tonfall und hiess sie, ihnen zu folgen.

Kaum setzte sich der Trupp in Bewegung, trat eine weitere Person aus der Hütte und kam ihnen entgegen. Als er näher gekommen war, erkannte Filippo den Mann. Dem Rangabzeichen nach zu schliessen, musste dies der Kommandant dieser Einheit sein.

«Na, wohin des Weges? Wollt ihr am Ende auch in unserer Hütte übernachten?», begrüsste der Offizier die Ankömmlinge und lachte verschmitzt.

Filippo atmete durch und war sichtlich erleichtert. Die Situation schien zumindest für den Augenblick gerettet zu sein. «Grüss Gott Herr Hauptmann. Ja gerne; wenn's Platz hat?»

«Ja dann müssen halt einige draussen schlafen», scherzte der Angesprochene. Der Mann musste nach seinem Dialekt zu schliessen Sachse sein. Nachdem er sich als Hauptmann Nentwig aus Kleinschachwitz, einem Stadtteil von Sachsenhausen bei Dresden, vorgestellt hatte, gab Filippo auch sich und seine Begleitung zu erkennen. Als jedoch Cosimo als Pelagius Herzl vorgestellt wurde, huschte für einen Augenblick etwas Fragendes über des Hauptmanns Gesicht. Doch schien er nicht weiter misstrauisch zu werden und hiess die drei schliesslich, ihm nun zu folgen. Gemeinsam begaben sie sich auf den restlichen Weg zur Hütte. Zwischendurch erteilte der Kommandant den Soldaten, die immer noch mit vorgehaltenen Waffen den Weg säumten, verschiedene Befehle, die in der Folge zur Auflösung der Ansammlung führten.

Unterwegs unterhielten sie sich über Belangloses. Selbst Cynthia beteiligte sich in sprachlicher Hinsicht an diesem Wortwechsel und imitierte dabei ein Dialektmischmasch, das schlicht nirgends einzuordnen war. Cosimo mimte dagegen den Schweigsamen.

Als sie bei der Hütte angekommen waren, spannten sich die Sinne der drei erneut um eine Stufe. Filippo versuchte seine Nervosität zu verbergen, indem er auf bodenständige deutsche Art und in wortreichen, schön formulierten Sätzen die Wichtigkeit ihrer angeblichen Mission zu erklären versuchte. In freier Fantasie erzählte er, wie sie im Auftrag des Reichsjugendführers auf Rekognoszierungstour seien, um für ein bevorstehendes Jugendlager der Hitlerjugend mögliche Unterkünfte und Gebirgstouren zu erkunden.

Der Kommandant hörte Filippo aufmerksam zu und hiess die drei, ihr Gepäck im unteren Schlafsaal zu verstauen. Danach lud er sie zum gemeinsamen Abendessen an seinem Tisch ein, welches in der Küche bereits zur Herausgabe bereit stand.

Während sie auf die Ordonnanz warteten, die ihnen das Essen servieren sollte, besann sich der Kommandant, dass er seine Gäste noch gar nicht nach ihren Ausweispapieren gefragt hatte. Auf sein Verlangen übergab ihm Cynthia die Reisedokumente, die der Deutsche im Licht des letzten Abendlichts aber nur oberflächlich prüfte. Vielmehr interessierte er sich offenbar über den Auftrag, von dem Filippo gesprochen hatte.

«Jetzt sagen Sie mal, Sie sind tatsächlich hier unterwegs, um für ein Jugendlager zu rekognoszieren? Und ich weiss darüber nichts?», fragte der Hauptmann mit seinem breiten sächsischen Dialekt.

Für einen kurzen Augenblick war Filippo sprachlos. Fragend blickte er zuerst zu Cynthia, die neben ihm sass, dann auf Cosimo auf der anderen Tischseite. Seiner Schwester schoss bei der Frage das Blut ins Gesicht. Vielsagend, jedoch fast unmerklich, rollte sie mit den Augen und senkte den Blick. Cosimo schwieg sich wie bisher aus.

Als Filippo erkannte, dass von den beiden keine Hilfe zu erwarten war, stellte er einer inneren Eingebung folgend spontan eine Gegenfrage: «Haben Sie Kinder?»

«Ja, zwei Knaben von drei und sieben Jahren und dazwischen ein fünfjähriges Mädchen. Wieso interessiert Sie das?». Der Hauptmann sah Filippo prüfend ins Gesicht. Aber bevor Filippo auf die Frage eingehen konnte, brachten zwei Ordonnanzen das Essen herbei: In blechernen Tellern wurde ihnen eine dicke Gerstensuppe vorgesetzt. Sie bestand hauptsächlich aus weich gekochten Gerstenkörnern. Da und dort schwamm zwar eine verirrte Karottenscheibe obenauf; der für Gerstensuppen obligate Speck fehlte hingegen ganz.

Nachdem Filippo den Duft der Suppe geschnuppert hatte, beantwortete er schliesslich des Hauptmanns Frage: «Sehen Sie, die Hitlerjugend ist doch unsere Zukunft.» Filippo war froh, auf die ursprüngliche Frage nicht mehr eingehen zu müssen – zumindest vorläufig nicht und bemerkte weiter: «Dann werden Sie sich bestimmt jetzt schon freuen, wenn Ihr Nachwuchs einmal der HJ beitreten wird.»

Filippo wusste, wovon er sprach. Die HJ, wie sich die nationalsozialistische Jugendbewegung in der Kurzform nannte, fasste die gesamte Jugend innerhalb des deutschen Reichsgebiets per Gesetz zusammen. Damit war sie für die Erziehung der Jugend ausserhalb von Schule und Elternhaus zuständig. Das nationalsozialistische Projekt, alle Jugendlichen zwischen zehn und sechzehn Jahren in einer Organisation zu erfassen, wurde in einer Durchführungsverordnung im März 1939 zum Gesetz über die Hitlerjugend abgeschlossen, welches drei Jahre zuvor schon erlassen worden war. Auf diesen Grundlagen wollten die Nationalsozialisten frühzeitig ihren Nachwuchs für ihre Dienste sichern – zu Ehren des Deutschen Volkes. Nach der von Adolf Hitler aufgestellten Forderung «Jugend muss von Jugend geführt werden» baute sich die HJ auf der Grundlage der Selbstführung auf. Die Führerinnen und Führer der unteren Einheiten waren daher auch höchstens zwei bis vier Jahre älter als die Jungen und Mädchen selbst.

Der HJ stand von Anfang an ein riesiger Organisationsapparat zur Verfügung, der nahezu alle Einzelheiten regelte. Zum Dienst gehörten neben Heimabenden und Sportveranstaltungen auch Freizeitlager und Reisen innerhalb des Deutschen Reichs.

Des Hauptmanns Augen begannen zu leuchten, als Filippo ihn auf seine Kinder angesprochen hatte. «Selbstverständlich freue ich mich auf diese Zeit. Nur der Führer macht aus meinen Burschen wahre Männer – und mein Mädchen wird es auch einmal weit bringen – schliesslich sind wir in der ganzen Familie von rein arischem Geblüt.»

«Hoppla», dachte Filippo entsetzt, *«da sitze ich ja einem hundertfünfzigprozentigen Nazi gegenüber.»* Sofort versuchte Filippo das Thema zu wechseln und kam auf ihre angebliche Mission zurück. Nun begann Filippo dem Kommandanten eine Geschichte aufzutischen, wie sie im Dienste der HJ beauftragt worden seien, am nächsten Tag zur Saarbrückner-Hütte hinüber zu gehen, um dort die Lage zu erkunden, dass selbst Cynthia beinahe darauf hereingefallen wäre.

Als Hauptmann Nentwig aber davon hörte, horchte er auf. Ungläubig wies er darauf hin, dass dies wohl kaum möglich wäre. Die Hütte sei derzeit und bis in den Winter hinein von der Wehrmacht belegt und dies sollte auch so bleiben.

Filippo schluckte leer und überlegte blitzschnell, wie er diesen Fauxpas ausbügeln konnte und zeigte sich überrascht. Dann aber fragte er den Kommandanten mit gespieltem Erstaunen, ob er denn noch nicht wisse, dass jene Kompanie aufgrund eines Wehrmachtsbefehls bereits auf die Bieler-Höhe zurück verlegt worden sei – und dem Vernehmen nach sollte auch die Wiesbadnerhütte für die Zwecke der HJ geräumt werden. Beide Hütten sollten demnach den Winter über nur noch als Notunterkünfte für die Grenzwacht dienen.

Die Erklärung, die Filippo geschickt mit Namen von einflussreichen Persönlichkeiten aus dem Kreis der Wehrmacht ergänzt hatte, klang tatsächlich überzeugend. Filippo hoffte aber inständig, der Kommandant würde ihm auch Glauben schenken.

Seine Flunkerei zeigte tatsächlich Wirkung. Hauptmann Nentwig schien beeindruckt zu sein, was selbst Cynthia nicht entging. Unauffällig flüsterte sie ihrem Bruder zwischendurch ins Ohr, er solle es nun damit bewenden lassen und es mit seiner Fantasie nicht übertreiben.

Beim gemeinsamen Abendessen, bei welchem auch Wein ausgeschenkt wurde, löste sich allmählich das beim Kommandanten immer noch latent verbliebene Misstrauen, und die von Filippo angebotenen Zigaretten, die er nach dem Essen grosszügig an die Soldaten verteilte, brach schliesslich das Eis endgültig. Der Kommandant argwöhnte in keiner Weise mehr. In der sich langsam anbahnenden feucht-fröhlichen Runde entpuppte er sich bald als grosser Angeber, der schon unzählige Feldzüge hinter sich hatte und nun in blumenreicher Sprache, mit heftigen Handbewegungen und geheimnisvollem Augenrollen von seinen Heldentaten und Liebesabenteuern zu erzählen begann. Er berichtete, wie er über eine genaue Liste von Abtrünnigen verfügte, die dem Reich und seinem «Führer» gefährlich werden könnten, und dass er fest entschlossen sei, allen nachzuspüren, sie zu fassen und einen nach dem anderen zu erschiessen.

Filippo schauderte es ob der Einstellung dieses Mannes, die sich ihm langsam offenbarte und völlig im Gegensatz zum ersten Eindruck stand. Die scheinbare Gemütlichkeit, die er am Anfang ausgestrahlt hatte, schlug nun sofort ins pure Gegenteil um. Selbst Coniglio spürte den Eindruck und flüsterte Filippo ein: «*Hey Poppy. Nimm dich in Acht vor diesem Psychopath[1].*»

Bis spät in die Nacht hinein versuchte daher Filippo ebenso wortgewandt und in gleicher Weise sogar erfundene Erlebnisse und Begebenheiten zum Besten zu geben. Cynthia, vom langen Marsch hundemüde, staunte dabei oft und stiess ihren Bruder mehrmals an sein Bein. Sie kannte ihn. In solchen Situationen war er eben ganz in seinem Element. Sie fragte sich, woher Filippo nur diese Schlitzohrigkeit haben könnte – von Vater oder Mutter bestimmt nicht!

Als sie in weinseliger Stimmung beschlossen, sich nun doch zur Ruhe zu begeben, bot ihnen der Kommandant für den nächsten Tag Geleitschutz an. Filippo lehnte allerdings dankend ab. Der Alkohol hatte die Sinne des Kommandanten schon dermassen benebelt, dass er ihm nicht mehr widersprechen konnte. Mit lallender Stimme und wankenden Beinen befahl er schliesslich seiner Ordonanz, dass er ihn nun in seine Kammer zu begleiten hätte.

Bald darauf kehrte in der Hütte Stille ein. Filippo sprach sich vor dem Schlafengehen mit Cosimo und seiner Schwester ab, wann sie aufzubrechen gedachten. Jedenfalls wollten sie noch vor der Tagwache der Truppe losziehen, denn je näher sie der Schweizergrenze waren, desto sicherer würden sie sein.

⌘

Die Nachtruhe der drei war von kurzer Dauer, indes die zum Teil sturzbetrunkenen Wehrmachtssoldaten friedlich dem neuen Tag entgegen schlummerten.

Kurz vor drei Uhr in der Früh weckte Filippo zuerst Cosimo, daraufhin seine Schwester. Schlaftrunken trat er vor die Hütte und schaute zum Himmel; aber es zeigte sich weder der Mond, noch

---

[1] Psychopath: veraltete Bezeichnung für eine persönlichkeitsgestörte Person, die aufgrund charakterlich-konstitutioneller Gründe zu einer Anpassungsstörung führt, unter welcher der «*Psychopath*» und/oder seine Umwelt zu leiden haben.

waren Sterne sichtbar. Das gesamte Firmament hatte sich seit gestern Abend mit einer immer dichter werdenden Wolkendecke überzogen. Zurück im Aufenthaltsraum warf Filippo im Schein einer brennenden Kerze einen Blick auf den Barometer, der das Himmelsbild von draussen bestätigte: Der bedenklich gefallene Luftdruck wies zweifellos auf einen Wetterumschwung hin.

Trotzdem waren sie fest entschlossen, die vorgesehene Route über das Wiesbadnergrätle und weiter über den Ochsental- und den Silvrettagletscher anzugehen.

Im Vorraum zur Hütte, wo sie ihre Ausrüstungsgegenstände deponiert hatten, machten sie sich aufbruchbereit. Wortlos, möglichst keine unnötigen Geräusche zu verursachen, kontrollierten sie ihr Gepäck und nahmen zwischendurch etwas Tee zu sich, den sie vor dem Schlafengehen bereitgestellt hatten. Ab und zu bissen sie Stücke von Äpfeln, die mit etwas Brot ihr ganzes Frühstück darstellte. Sie wollten so rasch wie möglich weg, bevor die Deutschen Verdacht schöpften.

Unmittelbar hinter der Hütte begann ihr Weg, der zuerst in Richtung des Vermuntpasses verlief. Bis dahin rechnete Filippo mit etwa zwei Stunden, und solange würde es noch dunkel sein.

Als sie marschbereit waren und Filippo als erster aus der Wärme der Hütte getreten war, schlug ihm eiskalte Luft entgegen. Ein leichter, aus westlicher Richtung wehender Wind liess die Temperatur noch kälter erscheinen. Ungeachtet dessen suchte er im Schein einer Laterne die schmale, leicht ansteigende Wegspur, die sich bergseitig der Hütte befinden musste. Nach kurzer Zeit entdeckte Filippo den Einstieg und gab seinen Begleitern ein Zeichen. Zügig ging er voran, stellte aber schon bei den ersten Schritten fest, dass der Boden gefroren war. Das Gehen über die glatten Steine erwies sich daher als besonders heikel.

Der Wachthabende, der sich etwas abseits der Hütte in einem behelfsmässigen Unterstand eingerichtet hatte, wünschte ihnen beim Weggehen eine gute Reise.

«*Wenn der wüsste*», dachte Filippo und konnte sich beim Vorübergehen ein stilles Lächeln nicht verkneifen.

Bis zum Fuss des Grats würden sie das Licht der Laternen noch gebrauchen. Dann schätzten sie, sollte die Dämmerung einsetzen, was für den nachfolgenden steilen Aufstieg günstig war – und wenn alles ohne Zwischenfall verlaufen würde, könnten sie bei Sonnenaufgang bereits die Grenze zur Schweiz überschritten haben.

Auf halbem Weg zum Joch wandten sie sich nach rechts dem Wiesbadnergrätle zu. Bis hierher verlief alles planmässig. Über mittelsteile Firnflanken erreichten sie bald den Grateinstieg. Die Kerze in der Laterne war inzwischen abgebrannt. Der Himmel erhellte sich jedoch von Minute zu Minute.

Prüfend blickte Filippo an der knapp hundertfünfzig Meter hohen Wand hoch und suchte für die bevorstehende Kletterpartie eine Ideallinie. Als sie sich über den Weg geeinigt hatten, beschlossen sie, dass Cosimo die Führung übernehmen sollte. Sicherheitshalber seilten sie sich an. Als Zweite ging Cynthia, und Filippo sicherte den Schluss der Seilschaft.

In wohlgemuter Kletterei im wenig schwierigen Fels folgte die Dreierseilschaft einer Spur, die vor ihnen andere gelegt hatten. Sie erkletterten den Grat Seillänge um Seillänge wie alte Gebirgshasen. Kein Schritt erfolgte, ohne dass sie ihre eigene Sicherheit vernachlässigten. Bei jedem Stand befestigte Cosimo das Seil an vorspringenden Felsnasen, so dass Cynthia und Filippo sicher nachsteigen konnten. Auf diese Weise stiegen sie im immer steiler werdenden Gelände von Blockstufe zu Blockstufe hoch, bald der Dreitausend-Meter-Grenze entgegen.

Die inzwischen im Rücken aufgehende Sonne tauchte die Wolken bald in ein blassrotes Meer. Die Farbe des Himmels veränderte sich jedoch von Minute zu Minute in gespenstischer Weise.

Nach einer weiteren Seillänge hatten sie den Ausstieg aus der Wand erreicht. Auf dem Grätle thronend, sicherte Cosimo die Seilschaft noch einmal gewissenhaft, als er bemerkte, dass die unterdessen weit unter ihnen liegende Hütte zu Leben erwacht war. Langsam folgten ihm Cynthia und Filippo zum Stand. Während Cosimo das Seil gemächlich hochzog und geordnet über die

Hand und den Ellenbogen aufwickelte, deutete er mit einer stummen Geste nach unten. Filippo folgte seinem Blick und erkannte ebenfalls, dass um die Wiesbadnerhütte schon mächtig Betrieb war. Interessiert holte er das Fernglas aus dem Rucksack und erkannte, wie die Soldaten wie aufgeregte Ameisen um die Hütte schwärmten. Filippo konnte sich ein Lachen nicht verkneifen. Die Distanz war bereits zu gross, als dass sie ihnen noch gefährlich werden konnten. Die Landesgrenze zur Schweiz lag kaum zweihundert Meter vor ihnen.

Die Wetterentwicklung verhiess allerdings nichts Gutes. Über dem *Piz Buin*[1] stoben bereits unheilvolle Wolkenpakete. Cosimo meinte, ein Wetterumsturz stünde bevor und ermahnte zur Eile.

Er hatte Recht: Ohne Mühe kletterten sie die wenigen Meter zum Ochsentalgletscher hinab, um diesen ohne Höhe zu verlieren, zu überqueren, und kaum hatten die drei Gefährten die Grenze zur Schweiz überschritten, wurden sie von dichtem Nebel eingehüllt.

Ihr Weg führte nun auf schweizerischem Gebiet am Fusse des Piz Buin vorbei, der Fuorcla dal Cunfin entgegen. Der als schmaler Grat vom Piz Buin abfallende Übergang trennt den Ochsentalgletscher vom Silvrettafirn.

Auf der Fuorcla angelangt, legten die drei nochmals eine kurze Rast ein und berieten, ob sie den langen Marsch bei diesen miserablen Sichtverhältnissen über den langen Firn zur Silvrettahütte wirklich riskieren sollten, oder ob es nicht das kleinere Übel wäre, umzukehren. Die Sicht reichte inzwischen kaum zwanzig Meter weit. Cosimo riet, den Tag abzuwarten und allenfalls ein Biwak in Kauf zu nehmen. Filippo widersprach diesem Vorschlag mit der Begründung, die Grenzsoldaten der Wehrmacht auf der österreichischen Seite hätten vielleicht doch noch Patrouillen ausgesandt.

Filippos Argumente vermochten zu überzeugen. Die drei Freunde legten sich für den Weitermarsch eine neue Strategie zurecht. Nun führte Filippo die Seilschaft an und navigierte unter Zuhilfenahme

---

[1] Piz Buin (rätoromanisch für «Ochsenkopf»): höchster Berg der Silvrettagruppe an der Grenze von Graubünden (Schweiz) zu Vorarlberg (Österreich), 3312 müM.

des Kompasses, stets bedacht, die Richtung auf die östliche Seitenmoräne hin zu halten, wo der Weg wieder auf festem Boden hinab zur Silvrettahütte führte.

Die Gruppe bewegte sich am so genannten «*kurzen Seil*[1]», so dass sie dafür nur knapp die Hälfte der Länge des gesamten Bergseils benötigte. Den Rest des Seilvorrats schleppten sie – in Anlehnung an die Seefahrt, wo der Steuermann im Kielwasser erkennen konnte, ob der Kurs des Schiffs noch gradlinig verlief – lose hinter sich her.

Cosimo schloss die Seilschaft ab und hatte in erster Linie die Aufgabe, das hinter sich herschleifende Seil im Auge zu behalten. Ein gradliniger Kurs war für sie lebenswichtig, um nicht am Ende des Firns auf die grossen Gletscherspalten am steilen Gletscherabbruch zu stossen.

Immer dichtere Nebelbänke huschten derweil gespenstisch um sie herum. Niemand sprach ein Wort; ihre Nerven waren bis zum Zerreissen gespannt.

Ungefähr eine Stunde lang gingen sie in dieser Formation, als der Nebel sich aus einer Laune der Natur heraus plötzlich etwas lichtete. Nach und nach zeigten sich ringsum die Berggipfel des Silvrettamassivs.

Filippo hielt sofort inne und nahm die Bergkarte zur Hand. Die Gunst des Augenblicks nutzend, studierte er die darauf eingezeichnete Topografie und verglich sie mit den nun sichtbar gewordenen Bergspitzen. Dann peilte er mit dem Kompass die erkannten Berggipfel an. Das auf dem Messgerät abgelesene *Azimut*[2] übertrug er sodann mit einer feinen Bleistiftlinie auf das inzwischen feuchte Papier der Landkarte und fertigte auf diese Weise eine Schnittpunktpeilung an.

---

[1] «Kurzes Seil»: kurzer Abstand zwischen zwei oder drei Kletterer in einer Seilschaft.

[2] Azimut: In der Kartographie der im Uhrzeigersinn stehende Winkel zwischen Geographisch-Nord (Nordpol) und einer beliebigen Richtung auf der Erdoberfläche, zum Beispiel die Marschrichtung, etc.

Mit dieser einfachen Standortbestimmung erhoffte er sich, zu erfahren, wo sie sich auf diesem schier endlos scheinenden Firn wirklich befanden. Währenddessen verharrten Cynthia und Cosimo in kauernder Stellung und warteten schweigend auf das Ergebnis.

Nach einer Weile erklärte Filippo freudig, dass sie nur wenig vom richtigen Weg abgekommen seien. Die kleine Abweichung liesse sich jedoch gut korrigieren, sofern sich ihnen nicht noch ein quer verlaufender Gletscherspalt entgegen stellte. Er war sich seiner Sache sicher und zeigte nun in eine bestimmte Richtung. Hoffnungsvoll setzten sie ihren Weg fort. Inzwischen schien Petrus den Vorhang wieder zuzuziehen und die Seilschaft stapfte wieder im dichten Nebel über den Firn. Die Sichtweite betrug inzwischen weniger als fünf Meter.

Wie Filippo befürchtet hatte, kreuzten ihren Weg bald kleinere und grösser werdende Gletscherspalten. Jetzt zahlte sich Filippos Ausbildung im Umgang mit Karte und Kompass aus. Damals in der Rekrutenschule, wo man ihm diese Kenntnisse beigebracht hatte, hatte es sich jedoch nicht um Gletscherspalten gehandelt, sondern um improvisierte Minenfelder. So umgingen sie diese Hindernisse jeweils geschickt, indem sie dem Spaltenrand entlang gingen, um die schmälste Stelle zu finden. Das Wichtigste war dabei, die Orientierung nicht zu verlieren. Unter gekonntem Einsatz des Kompasses gelang ihnen auf diese Weise jede Umgehung im immer dichter werdenden Spaltengewirr. Aber es bestand kein Zweifel mehr: Sie näherten sich dem Ende des Gletschers. Jetzt mussten sie sich vorsichtig nach rechts wenden, um nicht zur steil abfallenden Gletscherzunge zu gelangen.

Die gefahrvolle Firnwanderung dauerte mittlerweile schon weit über drei Stunden. Cynthia wurde zunehmend unruhiger. Immer wieder fragte sie, wie lange ihr Marsch wohl noch dauern würde. Filippo versuchte sie zu beruhigen, war sich aber bewusst, dass ihre Nervosität bereits Anzeichen einer Panik sein könnte. Auch Cosimo fiel ihr Verhalten auf. Langsam ging er auf sie zu. Als er zu ihr aufgeschlossen hatte, rief er Filippo zu, man sollte eine kurze Rast einlegen. Cosimo legte sein rechter Arm über Cynthias Schultern. Die Geste wirkte Wunder. Sie entspannte sich sichtlich.

Filippo entging dies nicht. Schliesslich war ihm das Verhalten seiner Schwester während der letzten Tage auch nicht verborgen geblieben. Schmunzelnd nahm er Cosimos Verhalten gegenüber Cynthia zur Kenntnis. Jetzt hatte es offensichtlich auch bei seinem Freund gefunkt.

Nach einer etwa zehn Minuten dauernden Rast mahnte Filippo zum Aufbruch. Langsam und schleppend setzte sich die Seilschaft wieder in Bewegung.

Nach einer weiteren Wegstunde lichtete sich der Nebel erneut. Über Filippos Gesicht huschte ein erleichterndes Lächeln. Wie er nach einer erneuten Peilung mit dem Kompass feststellte, befanden sie sich erstaunlicherweise bis auf wenige Meter genau an jener Stelle auf dem Gletscher, wo sie direkt nach rechts zur lang ersehnten Seitenmoräne abbiegen mussten, um so dem bedrohlichen Gletscherabbruch zu entgehen. Auf dem seitlich parallel verlaufenden Schuttkegel konnte er sogar deutlich den markierten Weg erkennen, der sie auf direktem Weg zur sicheren *Silvrettahütte*[1] führen wird.

Aber kaum hatte Filippo diese frohe Botschaft verkündet, geschah das Unglück! Unter Filippos Füssen brach plötzlich die Schneebrücke ein, die sich über eine verborgene Gletscherspalte gespannt hatte. Filippo stürzte in die Tiefe, und die Seilreserve, die Cynthia noch in den Händen hielt, war im Nu aufgebraucht. Schlagartig wurde Cynthia umgeworfen und Filippos Gewicht zog sie bedrohlich schnell in Richtung des gähnenden Schlundes der Gletscherspalte. Verzweifelt versuchte sie sich mit den Fingern im Firn festzukrallen – doch vergeblich: Die Distanz zum Spaltenrand wurde immer kleiner.

Sofort reagierte Cosimo. Geistesgegenwärtig rammte er seinen Eispickel tief in den Firn und brachte damit das daran befestigte

---

[1] Silvrettahütte: Schutzhütte des Schweizerischen Alpenclubs (SAC) im Kanton Graubünden, 2341 müM.

Seil zum Stoppen. Mit seinem ganzen Körpergewicht stützte er sich darauf, um nicht auch umgerissen zu werden. Cynthia schrie – Filippo befand sich bereits so tief in der Spalte, dass von ihm nichts mehr zu sehen war.

Die blitzschnelle Reaktion Cosimos rettete beiden das Leben. Nach der ersten Schrecksekunde suchte Cynthia auf der Gletscheroberfläche Halt zu finden. Mit den Füssen stemmte sie sich gegen die aufgeweichte Firnoberfläche. Cosimo beobachtete sie beunruhigt, vergass indessen jedoch nicht, die Seilsicherung mit seinem Körpergewicht zu halten.

Nachdem Cynthia leidlich Halt gefunden hatte, hörten sie Filippo schreien: «Holt mich raus, ich bin eingeklemmt!»

«*Dio mio*[1]», rief Cosimo. Er wusste sich in schwierigen Lebenslagen zwar stets zu helfen und kannte sich auch in der rauen Bergwelt aus. Einer solchen Situation hatte er jedoch noch nie gegenüber gestanden. Sein Instinkt sagte ihm, dass er jetzt die Seilsicherung auf keinen Fall loslassen durfte. Verzweifelt versuchte Cosimo seinen Eispickel schräg nach unten noch tiefer in den Firn zu stossen. Nach einigen Anstrengungen blieb vom Pickel nur noch der obere geschmiedete Teil sichtbar. Der Schaft steckte nun vollständig im Gletscherfirn.

Vorsichtig verringerte er den Körperdruck auf den Pickel und prüfte, ob die Sicherung den Zugkräften des Seils gewachsen war. Cynthia hielt indes mit allen Kräften dagegen und verhinderte, dass die Pickelsicherung ausriss.

Bald rief Filippo mit heiserer Stimme aus der Tiefe, dass er einen Halt gefunden hätte. Cynthia spürte dies am Zug des Seiles, der plötzlich nachliess. Die Gefahr, dass die Seilschaft ganz in die Spalte hinein gerissen würde, war für den Moment zwar gebannt. Doch wie konnte man nun Filippo aus der Spalte befreien? Cosimo zwang sich zur Ruhe und versuchte zu überlegen. Einen Au-

---

[1] Dio mio: Mein Gott, ital.

genblick später, hiess er Cynthia, sie solle ihm ihr Eispickel zuwerfen. Er wollte damit eine weitere Pickelsicherung einrichten.

Unter weiteren Anstrengungen gelang ihm dies auch – das Seil hielt nun überraschend gut. Dies erlaubte Cynthia sich aufzurichten und sich zu Cosimo zu begeben. Dort richtete sie sich einen gesicherten Stand ein.

Daraufhin hiess sie Cosimo, die Pickelsicherung zu übernehmen, weil er nach Filippo schauen wollte. Auf allen Vieren robbte er vorsichtig zum Spaltenrand vor. Als er Filippo im Schlund der tödlichen Falle erblickte, sah er, dass sich sein Freund im Moment noch halten konnte: Filippo hatte auf einem schmalen Absatz in der Spalte einen leidlich guten Stand eingerichtet. Mit dem linken Bein stemmte er sich zwischen die Eisflanken, so dass er nicht nach unten rutschen konnte. Aber lange würde er es in dieser anstrengenden Stellung und extremen Kälte nicht aushalten.

Nach den ersten Selbsterhaltungsmassnahmen kehrte Besonnenheit in die Gruppe zurück.

«Bist du verletzt?», rief Cosimo Filippo zu.

«Nein, aber macht schnell; ich kann mich nicht lange halten», hörte Cosimo die flehenden Worte seines Freundes.

«Ich werfe dir das andere Seilende zu. Daran habe ich eine Reppschnur gebunden. Binde damit um das Seil einen *Prusikknoten*[1]. Wir versuchen dich sodann hochzuziehen.» Der Ratschlag Cosimos wurde von Filippo dankend quittiert. Das herab geworfene Seilende erreichte jedoch Filippo nicht; es war um etwa einen halben Meter zu kurz.

Alles half nichts – die Seilreserve musste verlängert werden, was nur möglich war, wenn sich Cosimo aus dem Seil löste.

---

[1] Prusikknoten: Klemmknoten, der sich unter Belastung zuzieht und bei Entlastung wieder lockert. Benannt nach seinem Erfinder 1931, Dr. Karl Prusik, Musiklehrer in Wien; wird von Bergsteigern, Höhlenforschern und Pfadfindern verwendet, um an einem herabhängenden Seil aufzusteigen oder um sich beim Abseilen zu sichern, oder einen im Seil hängenden Bergsteiger heraufzuziehen.

Das Seilende verlängerte sich jetzt um gut zwei Meter. Erneut liess Cosimo das Seil nach unten gleiten mit der Anweisung: «Ich werfe dir jetzt das Seilende zu; binde den Pickel daran. Ich ziehe ihn dann hoch und erstelle einen Flaschenzug. Damit versuchen wir dich herauf zu ziehen.»

Filippo fasste Hoffnung. Er fand die Idee gut und tat wie geheissen. Er fasste das Seilende und verknotete es mit seinem Pickel.

Nach einer Weile hatte Cosimo die Vorrichtung soweit eingerichtet, dass er Filippo das Seil erneut in die Spalte herab lassen konnte. Bereits mit klammen Fingern versuchte Filippo den Knoten um das Seil zu binden. Erstaunlich, wie schnell die Unterkühlung des Körpers voranschritt. Er liess sich jedoch nichts anmerken und konzentrierte sich darauf, den lebensrettenden Knoten fachmännisch zu schnüren.

Wie er unter Schmerzen in den Fingern die Arbeit fortsetzte, meldete sich Coniglio unerwartet und sprach ihm Mut zu: «*Hey Poppy, mach jetzt nur nicht schlapp; du weisst doch, wie der Prusik geknotet wird – aber um Himmels willen, schau nicht nach unten. Cosimo holt uns hier schon heraus.*»

«*Natürlich kann ich den Prusik. Ich verknote zuerst die Reppschnur zu einer Endlosschlinge: Dann lege ich die Schlinge zwei- oder dreimal um das herabhängende Seil und stecke dann die lange Bucht durch die kurze Bucht – und fertig ist der Knoten.*» Kaum hatte Filippo die Schlinge um das Seil gelegt und versuchte, sich daran hochzuziehen, schöpfte er neue Hoffnung: Der Knoten vermochte tatsächlich seinem Gewicht standzuhalten. Freudig meldete Filippo Bereitschaft zum Hochziehen. Kurz darauf spürte er, wie sich das herabhängende Seil spannte und ihm Cosimo von oben zurief, er solle sich nun nach oben hangeln.

Millimeterweise schob Filippo den Knoten sukzessive nach oben, während sich Cosimo und Cynthia am Spaltenrand gleichzeitig bemühten, das Seil über den behelfsmässigen, mit Eispickeln gesicherten Flaschenzug hoch zu ziehen. Nachdem sie auf diese Weise Filippo etwa drei Meter hochziehen konnten, waren alle ausser

Atem. Sie legten eine Verschnaufpause ein, und immer wieder prüfte Cosimo die Seilsicherung.

Nach einer weiteren Anstrengung, schaute Filippo bereits über den Spaltenrand, sank jedoch gleich wieder zurück. Er konnte jedoch schon so weit Fuss fassen, dass der Zug auf das Seil etwas nachliess. Sichtlich nervös zogen Cosimo und Cynthia weiter am Seil. Als Filippo erneut den Kopf aus der Spalte streckte, legten sie nochmals eine Pause ein. Jetzt nur nichts riskieren. Sie verloren jegliches Zeit- und Körpergefühl und kannten nur ein Ziel: Filippo so rasch wie möglich aus der tödlichen Falle zu ziehen.

Beim letzten Versuch machte sich Cosimo um die Eispickelsicherung Sorgen, die langsam aus dem Eis zu reissen drohte. Mit seinem ganzen Körpergewicht legte er sich über den vom Spaltenrand am weitesten entfernten Pickel, der als erste Umlenkung des improvisierten Flaschenzuges diente, damit Filippo auf keinen Fall mehr in die Spalte zurückfallen konnte. Mit einer allerletzten Anstrengung gelang es ihnen, den Geretteten endgültig an die Oberfläche zu zerren. Neben dem Spaltenrand, auf dem Rücken liegend, rang Filippo nach Luft. Seine Atemluft hinterliess über ihm graue Nebelwölkchen. Cynthia und Cosimo liessen sich erschöpft auf dem Firn nieder.

Langsam beruhigten sie sich. Bedächtig, um ja kein Risiko mehr einzugehen, robbte Filippo von der unheimlichen Spalte weg und auf seine Schwester zu. Wortlos umarmte er sie. Filippos Körper bebte vor Erleichterung. Cynthia vergrub ihr Gesicht in Filippos Schultern und schluchzte still in sich hinein. Kurz darauf kroch Cosimo auf allen Vieren zu ihnen und stiess lauthals einen Jauchzer in die Luft: «Mamma mia - hatten wir ein Glück!» Für mehr Worte gönnten sie sich keine Zeit. Schnell räumten sie die lebensrettenden Utensilien zusammen, seilten sich erneut an und setzten ihren Marsch Richtung Seitenmoräne fort. Die erfolgreich verlaufene Rettungsaktion verlieh ihnen wieder ungeahnte Kräfte.

Nach wenigen Minuten erreichten sie den lang ersehnten Schuttkegel. Mit einem weiten Sprung über die Kante des Firns verliessen sie den Gletscher und betraten festen, steinigen Boden.

Auf dem Moränegrat angekommen, entledigten sie sich der Steigeisen, rollten das lebensrettende Seil fachmännisch zu einem Bündel auf und banden es auf Filippos Rucksack.

Während einer kurzen Rast verpflegten sie sich mit dem letzten Dörrobst, welches sie noch bei sich führten. Aus den Feldflaschen tranken sie den restlichen Tee. Sie wussten: In den letzten Stunden und Tagen war ihnen schier unglaubliches Glück beschieden gewesen. Schweigsam hingen sie ihren Gedanken nach.

Jetzt lag nur noch der lange Abstieg ins Tal vor ihnen. Auf einen sorgsamen Umgang mit dem Proviant mussten sie jetzt keine Rücksicht mehr zu nehmen. Nach einer Weile der inneren Einkehr berieten sie, ob sie den Abstieg noch heute in Angriff nehmen sollten.

Sie kamen zum Schluss, ihre Glückssträhne sei unter allen Umständen auszukosten und nahmen sich vor, nach Möglichkeit noch heute bis Klosters zu gelangen. Dies war zwar ein langer Weg, und das Wetter verschlechterte sich weiter. Trotzdem entschlossen sie sich für den Weitermarsch.

Der Abstieg vollzog sich erwartungsgemäss harmlos, forderte dennoch ihre volle Aufmerksamkeit. Denn auch jetzt lauerten auf dem unwegsamen Gelände noch Gefahren. Sie hofften, sich in der Silvrettahütte etwas erholen zu können – doch dort angekommen, stellten sie fest, dass sie zugesperrt war. So entschlossen sie sich, keine weitere Zeit mehr zu verlieren, um in die Hütte zu gelangen, und setzten ihren Abstieg fort.

Die Anstrengungen der letzten Stunden und die Höhendifferenzen, die zu überwinden waren, zeigten sich in Form von Erschöpfung. Cynthia klapperte dauernd mit den Zähnen und klagte über schmerzvolle Wadenkrämpfe und Kopfweh. Doch damit nicht genug, inzwischen setzte kalter Regen ein, der ihnen nach und nach durch die Kleidung bis auf die Haut drang. Sie hatten bald das Gefühl, völlig durchnässt zu sein.

Der Weg entlang dem gleichnamigen Bergbach durch die alpinen Wälder des Verstanclatals schien ihnen endlos. Weiter talwärts erreichten sie bald den Punkt, wo sich der Bach mit der grösseren

Landquart vereinigte. Daraus entstand ein wild schäumender Bergbach, den sie auf ihrem weiteren Weg in abenteuerlicher Weise gleich mehrfach überschreiten mussten.

Das Geschwisterpaar und Cosimo hatten jedoch kaum mehr Sinn für Naturschönheiten. Mehr mechanisch als bewusst erreichten sie schliesslich die ersten Alphütten vor Monbiel, dem vorgelagerten Maiensäss von Klosters. Erschöpft und bis auf die Haut durchnässt, suchten sie sich die erstbeste Hütte aus, erstiegen die kurze Leiter, die nach oben auf den Heuboden führte und krochen ins Trockene. Kaum ihren Habseligkeiten und den nassen Kleidern bis auf ihre Leibwäsche entledigt, streckten sie ihre Glieder im wohlriechend luftigen Heu und liessen sich von Morpheus Armen umschlingen.

⌘

In flachen Bahnen blinzelte die Sonne durch die schmalen Ritzen der Holzverschalung. Filippo erwachte als Erster. Wohlig streckte er seine Glieder. Nur langsam drang ihm ins Bewusstsein, wo er sich befand. Von der Helligkeit geblendet, wagte er einen Blick hinüber, wo er seine Schwester und Cosimo vermutete. Im Halbdunkel erkannte er Cosimo. Sich auf dem Ellenbogen stützend stellte Filippo fest, dass sein Freund noch schlief. Die Augen schliessend drehte sich Filippo wieder auf den Rücken und schlummerte weiter vor sich hin. Langsam begannen die Bilder des Vortags Formen anzunehmen. Plötzlich schreckte er auf. Etwas war doch anders, bevor er gestern eingeschlafen war. Filippo richtete sich nochmals auf und schaute in die Richtung, wo sich gestern Cynthia zur Ruhe gelegt hatte. Tatsächlich! Der Platz war leer. Aber wo war sie geblieben? Langsam glitt sein Blick nochmals zu Cosimo hinüber – dann konnte er sich ein Schmunzeln nicht verkneifen: Seine Schwester kuschelte sich fest in den Arm seines Freundes, und dieser hielt sie mit dem rechten Arm liebevoll umschlungen.

Zufrieden, aber doch ein wenig überrascht, legte er sich abermals zurück ins Heu. Schon lange hatte er vermutet, dass sich seine Schwester in Cosimo verliebt hatte. Die Blicke, die sie zuweilen austauschten, sprachen Bände. Die Karten ihres Schicksals waren in den letzten Stunden und Tagen zweifellos kräftig neu gemischt worden. Diese Realität zeigte sich ihm nun unmissverständlich. Auf dem Rücken liegend sah Filippo in das mit Spinnweben verhangene Dachgestühl, wo sich sein Blick verlor.

Wie er still vor sich hin über ihre Zukunft sinnierte, kam Bewegung in das neben ihm liegende Paar. Sachte versuchte Cosimo den Kopf zu heben, um Cynthia nicht aufzuwecken. Mit noch verschlafenen Augen blinzelte er zu Filippo hinüber.

Das raschelnde Heu liess Filippo aufmerksam werden. «Guten Morgen, gut geschlafen?», fragte er mit ironischem Unterton.

«Und wie», antwortete Cosimos mit viel sagendem Gesichtsausdruck.

«Ihr Schlafmützen,» versuchte Filippo ihn noch mehr zu erheitern. «Schaut mal nach draussen; die Sonne lacht vom Himmel.»

Die erfreuliche Nachricht liess nun auch Cynthia erwachen. Genüsslich räkelte sie sich und rieb die Augen. «Wo sind wir?»

Cosimo zog sie noch enger an sich und flüsterte ihr kaum hörbar ins Ohr: «In Sicherheit. Mach dir keine Sorgen.»

Mit einem Ruck schälte sich Filippo aus dem Heu, welches ihm für die vergangene Nacht die nötige Körperwärme geboten hatte, und kroch auf allen Vieren zur Dachluke, durch die sie gestern Abend eingestiegen waren.

Der Blick nach oben bestätigte ihm: Die bereits hoch im Zenit stehende Sonne schien von einem wolkenlosen Himmel. Sein Blick schweifte nun über die Berggipfel. Er traute seinen Augen kaum: Wo es gestern oberhalb der Baumgrenze noch intensiv geregnet hatte, zeigten sich heute die Gipfel wie von Puderzucker weiss überzogen. Der Temperatursturz in der Nacht musste enorm gewesen sein. Ihre Entscheidung, noch ins Tal abzusteigen, war zweifellos richtig gewesen. Eine weitere Übernachtung oder gar ein Biwak bei solchen Wetterverhältnissen hätte ihnen bestimmt übel zugesetzt.

Hinter ihm kroch Cosimo hervor und schaute ebenfalls ins Freie. Auch er zeigte sich überrascht: «Au weia, es war doch gut gewesen, dass wir noch abgestiegen sind. Da oben liegt bestimmt schon ein halber Meter Neuschnee.»

Filippo nickte. «Tatsächlich, und die Sonne könnte heute nicht schöner scheinen. Ich schlage vor, wir trocknen unsere Kleider und beraten das Weitere.» Obwohl Filippo schon wieder ans Praktische dachte, blieb er seinen Weggefährten dankbar und dankte Gott und allen Heiligen, dass ihnen die Flucht aus Deutschland unbeschadet gelungen war und sie erst noch dem weissen Tod entrinnen konnten.

Nachdem sie ihr Nachtlager verlassen hatten, legten Cynthia und Cosimo die Kleider und Ausrüstungsgegenstände vor der Hütte zum Trocknen aus. Filippo ging derweil am nahen Bach auf und ab und dachte über ihren weiteren Weg nach. Auf seine geografischen Kenntnisse vertrauend, malte er sich den kürzesten Weg nach Hause aus. Allerdings kam er schnell zum Schluss, dass bei den jetzt schon winterlichen Verhältnissen nur die Eisenbahn via den Gotthardtunnel in Frage kam. Somit mussten sie zuerst nach Chur, von dort nach Zürich und dann schliesslich südwärts nach Hause gelangen.

Filippo wollte seine Überlegungen soeben den anderen mitteilen, da schickte sich Cynthia an, den Rucksack ihres Bruders auszupacken, um auch dessen Inhalt zum Trocknen auszulegen. Vorsichtig zog sie ein rundes Bündel hervor und wunderte sich, was sich wohl darin befand. Sie legte es ins Gras und begann, es zu entwirren. «*Eigenartig*», dachte sie, «*was könnte das nur sein? Wohl kaum eine Ausrüstung eines Hochgebirgsgängers?*»

Was sie schliesslich zu Tage förderte, versetzte sie in grösstes Erstaunen: Im Tuch sorgsam eingewickelt befand sich die antike Holzvase, deretwegen sie vom Baron nach München beordert worden waren. Vorsichtig umfasste sie das edle Stück und legte es wieder auf die weichen Wolllumpen zurück. «Filippo, du bist einfach genial», rief sie entzückt. «Wie hast du das Kunststück nur vollbracht - nein, du bist ein ausgebuffter Halunke. Wieso hast du uns nichts davon erzählt?» Cynthia war zwischen Begeisterung und Wut völlig hin und her gerissen.

Filippo hörte ihre Verwunderung und lachte zurück: «Ach ja, das hätte ich beinahe vergessen, euch zu erzählen.» Die Antwort war typisch. Er konzentrierte sich bereits auf das Bevorstehende statt zurückzublicken. Selbst Cosimo wunderte sich, auf welchen Irrwegen Filippo sich die Vase beschafft haben konnte.

So trödelten sie noch vergnügt einige Zeit vor der Alphütte und Filippo erzählte, wie er ohne ihr Mitwissen die Vase doch noch hatte beschaffen können. Wie er weiter zu berichten wusste, war dies nicht besonders schwierig gewesen. Als er die Adresse aufgesucht hatte, die ihm Herr von Richtfeld genannt hatte, stand das Paket mit der Vase schon bereit. Viel problematischer sei es gewesen, die Vase unbemerkt im Gepäck zu verstauen. Für Filippo stand es nämlich von Anfang an fest, sollte ihnen die Flucht gelingen, würde er sie damit überraschen.

Sie liessen sich von den warmen Sonnenstrahlen noch eine Zeit lang verwöhnen, derweil ihre Bergausrüstung und die Kleider nach und nach zu trocknen begannen.

Am frühen Nachmittag kam unerwartet Bewegung in die Gruppe. Filippo hörte das unregelmässige Hufgeklapper als Erster. Vom Tal herkommend entdeckten sie eine Gruppe von fünf Männern. Einer davon führte einen Maulesel, der voll mit Lasten bepackt war. Sie bewegte sich direkt auf sie zu.

Als die Gruppe näher kam, erkannten sie, dass es sich um eine Militärpatrouille handelte. Filippo vermutete eine Grenzkontrolle der Schweizer Armee. Er ermahnte seine beiden Begleiter, ihre Sachen schnell zusammenzuräumen und sich in der Hütte zu verstecken. Der Rat kam jedoch zu spät. Die Männer hatten sie bereits bemerkt. Cosimo meinte, es wäre zwecklos, sich jetzt noch zu verdrücken. Die Distanz zwischen ihnen betrug keine hundert Meter mehr, als ihnen ihr Anführer zurief: «Seid ihr gestern über den Pass gekommen?»

Die Frage überraschte sie. Filippo fasste sich ein Herz und antwortet spontan: «Ja, warum?»

«Wir suchen drei Flüchtlinge. Ich verwette meinen letzten Sold, dass ihr die Vermissten seid.»

Filippo erwiderte nichts. Vielmehr wollte er erfahren, in welchem Auftrag die Soldaten sie suchten. Die Gruppe kam rasch näher. Ihr Anführer, ein Wachtmeister, ging auf sie zu und begrüsste sie zuerst mit militärischem Gruss, dann wandte er sich Filippo zu und fuhr im freundlichen Tonfall fort: «Gott sei Dank! Wir dachten schon, ihr hättet euch auf dem Gletscher verlaufen. Sie müssen Herr Gehrig sein.»

«Negri», korrigierte Filippo, «Filippo Negri ist mein Name. Grüss Gott Herr Wachtmeister. Darf ich vorstellen: Das ist meine Schwester Cynthia, und das ist ihr, äh, ein Bekannter unserer Familie, Cosimo Scarpo.»

Cynthia staunte ob der Ausdrucksweise ihres Bruders und senkte verlegen ihren Blick. Cosimo verkniff sich ein Lachen, und bevor Filippo von ihrem Abenteuer berichten konnte, stellte er die entscheidende Frage: «Woher wissen Sie über uns Bescheid? Das kann doch kein Zufall sein.»

Der Wachtmeister lachte. «Keineswegs, aber da sehen Sie, wie unser Nachrichtendienst funktioniert.»

«Offenbar gut», pflichtete Filippo ihm bei. «Aber sagen Sie, in wessen Auftrag sind Sie hier?»

«Das werde ich Ihnen gleich erzählen.» Der Wachtmeister befahl einem seiner Soldaten den Maulesel anzubinden. Dann wandte er sich wieder an Filippo: «Verzeihung, dass ich mich noch nicht vorgestellt habe. Ich bin Wachtmeister Trachsel vom *Schütze-sächsi*[1].» Der Wachtmeister setzte sich auf die Bank vor der Hütte und musterte die drei mit kritischem Blick: «Sie haben bestimmt Hunger und Durst?»

---

[1] «Schütze-sächsi»: das 1874 gegründete Schützenbataillon 6 der Schweizer Armee wird 1926 zum Gebirgsschützen-Bataillon 6 und als solches neu dem ebenfalls neu gebildeten Gebirgsinfanterie Regiment 37 unterstellt.

Ohne auf eine Antwort zu warten, befahl er einen anderen Soldaten, ihnen essbares und Tee aus der Feldflasche abzugeben.

«Also, wie Sie sehen», fuhr Wachtmeister Trachsel fort mit dem Daumen auf seine *Epaulette*[1] zeigen und, nachdem sich die drei gierig auf das Brot und etwas Trockenfleisch gestürzt hatten. «Wir gehören der Stabskompanie dieses Bataillons an. Unser Quartier ist Klosters. Unsere Aufgaben sind zwar andere, als Flüchtlingen nachzurennen. An sich sind wir für den Nachschub zu den ebenfalls hier stationierten Grenzwachtkorps verantwortlich. Doch vor drei Tagen erhielten wir die Meldung, es seien zwei Männer und eine Frau mit wertvollem Material auf dem Weg vom österreichischen Rätikon über die Silvretta zu uns herüber. Man sagte uns, dass Sie auf der Flucht vor der Gestapo seien. Und heute erhielten wir den Befehl, nach euch zu suchen. Wir wunderten uns allerdings darüber. Solche Aufgaben erledigt sonst die Grenzwacht.»

«Wissen Sie, woher der Befehl stammte?», wollte Filippo wissen.

«Der Befehl hatte ich von meinem *Kadi*[2] erhalten. Aber soviel ich weiss, kam er per Kurier von unserem Hauptquartier in Landquart.»

«Ist eigentlich nicht wichtig. Hauptsache, ihr habt uns aufgespürt», entgegnete Filippo und fuhr an Cynthia und Cosimo gerichtet fort: «Ich habe da so meine Vermutung. Könnt ihr euch noch erinnern: Kurz vor unserer Abfahrt von München hatte ich noch einmal mit Herrn von Richtfeld telefoniert. Ich verriet ihm unseren Fluchtplan. Ich sagte ihm auch, dass Cosimo uns begleiten würde, und vor allem wusste er, dass der Auftrag des Barons trotzdem erfüllt worden ist.»

Als Cynthia dies vernahm, konnte sie ihr Temperament kaum mehr zügeln: «Du Erzhalunke – und das alles hast du uns verschwiegen.» Am liebsten hätte sie ihrem Bruder eine Ohrfeige verpasst. Doch im gleichen Augenblick umarmte sie ihn. Sie war

---

[1] Epaulette (frz. *épaulette*, zu *épaule* «Schulter»): Schulterstück /Schulterklappe einer Uniform.

[2] Kadi: Kurzform für den Kompaniekommandanten, schweiz.

ihm trotzdem für alles dankbar, und dem Schicksal dafür, dass sie mit viel Glück der weissen Hölle hatten entkommen können.

⌘

Zwei Tage nachdem sie dem Suchtrupp begegnet waren, wurden Filippo, Cynthia und Cosimo mit einem zivilen, von der Armee requirierten Lastwagen unter militärischer Begleitung nach Ascona gebracht. Ein über die Schweiz hinweg fegender Föhnsturm ermöglichte es, dass sie die direkte Route via Landwassertal, Thusis und dem Passo die San Bernardino nehmen konnten. Die Strassenverhältnisse hatten sich nämlich schlagartig verbessert und ersparten ihnen den grossen Umweg via Zürich und durch den Gotthardtunnel. Der erste Schnee, der bis unter die 2000-Metergrenze gefallen war, schmolz unter dem plötzlichen Wärmeeinbruch schnell dahin.

Die Tage danach verbrachten sie im Hotel auf dem Monte Verità, wo sie sich rasch von den Strapazen erholten. Am darauf folgenden Wochenende spazierten sie oft an den Gestaden des Lago Maggiore und sprachen viel über die vergangenen Ereignisse.

Am Sonntag erhielten sie vom Baron Besuch. Begleitet wurde er von Justus von Richtfeld, der ihnen ausrichtete, dass sie sich am folgenden Abend zum Abendessen treffen wollten. Bei dieser Gelegenheit sollte Filippo dem Baron auch die wertvolle Holzvase übergeben.

Zunächst freute sich Filippo über die Einladung. Damit erhoffte er sich, endlich mit seinem Chef einmal ausgiebig plaudern zu können. Der Abend verlief jedoch weit nüchterner als erhofft: Das Essen war zwar wie gewohnt ausgezeichnet. Auch liess der Baron einen wahrlich edlen Wein servieren, und mit Herrn von Richtfeld unterhielten sich alle sehr gut. Der Baron beschränkte sich in der Konversation allerdings auf das Allernotwendigste. Direkten Fragen wich er entweder aus, reagierte kurz angebunden, oder er blieb überhaupt eine Antwort schuldig.

Als Filippo vor der Nachspeise von Herrn von Richtfeld ein Zeichen erhielt, dass er jetzt die Vase dem Baron übergeben sollte, erwartete er endlich eine etwas aufgeschlossenere Reaktion. Aber auch bei dieser Gelegenheit lag mehr als ein knappes *Dankeschön-das-habt-ihr-gut-gemacht* schlicht nicht drin. Der Baron nahm den Gegenstand entgegen, als sei es das Selbstverständlichste der Welt.

Die Enttäuschung war Filippo anzusehen. Eigentlich hätte er mehr Begeisterung und Dankbarkeit erwartet. Immerhin hatten sie deswegen ihr Leben aufs Spiel gesetzt. Cynthia bemerkte seine Unzufriedenheit. Mit einem resignierenden, stummen Achselzucken versuchte sie ihren Bruder zu trösten.

«*Hey Poppy. Mach dir nichts draus*», meldete sich auch Coniglio zu Wort. «*Der Baron ist ein eingebildeter Schnösel. Viel wichtiger ist es, dass ihr Cosimo von der Gestapo habt befreien können und euch allen nichts Ernsthaftes geschehen ist.*»

«*Eigentlich hast du Recht. Aber ein bisschen mehr Dankbarkeit hätte ich schon erwartet*», antwortete Filippo in Gedanken und versuchte, sich einem anderen Thema zuzuwenden.

Dennoch, im Verlauf des Abends erfuhren sie viele interessante Hintergründe, die mit ihrer Aktion zusammenhingen. Endlich hatte Filippo Klarheit darüber, dass ohne die stillen Bemühungen des Barons, seinen Beziehungen zur Gestapo, aber auch zu hohen Militärs der Schweizer Armee ihr Abenteuer wohl anders ausgegangen wäre. Während der ganzen Zeit ihres Unternehmens standen sie mehr oder weniger unter seinem Schutz, ohne dass sie nur das Leiseste davon bemerkt hatten.

Es stellte sich aber auch heraus, dass dies nicht die Hilfe eines uneigennützigen Freunds gewesen war. Hätten sie trotz aller Schwierigkeiten die wertvolle Vase nicht mitgebracht, wäre vielleicht auch ihre Flucht anders verlaufen. Ohne diesen Gegenstand würden sie jetzt kaum in fröhlicher Runde beisammen sitzen.

Nach dem exzellenten Essen verliessen sie den Speisesaal und wechselten in die Hotelbar. Dort bestellte der Baron für alle einen Cocktail. Danach herrschte Schweigen. Erst als der Barmann die Getränke gebracht hatte, wurde der Baron unerwartet gesprächiger. Zunächst zeichnete er für das künftige Europa ein düsteres Bild. Dann erzählte er in einem Monolog, der keinen Einwand duldete, von seinen Zukunftsplänen und wie es für ihn vor diesem Hintergrund ausserordentlich schwierig sein würde, überhaupt noch verlässliche Geschäfte abwickeln zu können. Dabei ereiferte sich der Baron so sehr und war fest davon überzeugt, dass die desaströse Politik der Nationalsozialisten unweigerlich noch mehr Kriege nach sich zöge. Die eben begonnenen Besetzungen anderer Länder verschlinge ohnehin schon Unsummen von Geld, so dass es der deutschen Regierung kaum mehr möglich sei, dieses auf dem üblichen Weg beschaffen zu können.

Der Baron machte keinen Hehl daraus, dass er in diesem Spiel, wie er es nannte, auch kräftig mitmischen wollte. Schliesslich verfügte er mit seinen Beziehungen auch um ein ganz gut funktionierendes Netzwerk, um ausländische Devisen an die richtigen Stellen transferieren zu können. Unverblümt zeigte er auf, wie er mit solchen Transaktionen aktiver werden wollte, und zu Filippo blickend meinte er, dass dieser ihn dabei unterstützen könnte. Im Weiteren führte er aus, als wäre es bereits beschlossene Sache, dass sich diesbezüglich in den nächsten Tagen ein Vertreter seiner Bank in Holland mit Filippo in Verbindung setzen würde.

Im Grunde genommen kannte Filippo seine Art, Anweisungen zu geben, und liess sich dadurch nicht beeindrucken. Das alte Schlitzohr hatte bestimmt wieder ein schmutziges Geschäft vorbereitet, bei dem andere die Kastanien aus dem Feuer herausholen mussten. Was aber Filippo vielmehr überraschte, war, dass der Baron eine ihm bisher völlig unbekannte unangenehme Charakterseite offenbarte. Seine Schilderungen zeichneten von ihm plötzlich ein Bild eines machtgierigen Profiteurs, der über Leichen gehen konnte. Offenbar war es dem Baron völlig egal, wie viel Blut am Geld klebte, welches er bei seinen Geschäften erwirtschaftete. Das Leid anderer Menschen interessierte ihn scheinbar überhaupt nicht.

Zugegeben, Filippo hatte den Baron bisher immer für einen grossen Gönner und Mäzen gehalten. Er hatte zwar immer von seiner Krämerseele gewusst, dies jedoch immer damit entschuldigt, Bankiers seien nun mal so. Was er jetzt aber hörte, enttäuschte ihn masslos. Gerne hätte er von Justus von Richtfeld gewusst, ob ihm diese Seite des Barons auch bekannt war.

Der Abend verging im Flug. Die Uhr zeigte bereits nach Mitternacht, als der Barmann vorbei kam und fragte, ob die Herrschaften noch etwas zum Trinken wünschten. Überrascht über die schon vorgerückte Stunde verneinte der Baron die Frage und gab zu verstehen, dass es für ihn jetzt Zeit sei, zu gehen.

Kurz darauf verabschiedete er sich, während die anderen noch eine Weile bleiben wollten. Allerdings hob sich Filippo das Thema, welches ihn immer mehr bedrückte, für einen späteren Zeitpunkt auf.

Am darauf folgenden Tag nahmen Filippo und Cynthia wieder den normalen Dienst im Hotel auf. Cosimo fuhr nach Indemini hoch, um nach seinem kleinen Bauernhof zu sehen – hatte er doch einige Monate sich dort nicht blicken lassen.

⌘

Des Barons Andeutungen nahmen schon wenige Tage darauf konkrete Konturen an. Gegen Ende Januar 1941 schrieb sich im Hotel auf dem Monte Verità ein Vertreter einer holländischen Bank als Wochenendaufenthalter ein. Anfänglich schien der Mann noch als ein gewöhnlicher Tourist. Bei seiner Abreise jedoch hinterliess er beim Concierge einen Brief und die Anweisung, dass dieser mit einem seiner Koffer an Filippo Negri auszuhändigen sei. Gaetano wunderte sich zwar über diesen eigenartigen Auftrag; war es doch in seiner langjährigen Laufbahn noch nie vorgekommen, dass Gäste einem Angestellten ihr Gepäck anvertraut hatten. Trotzdem nahm er das von ihm bezeichnete Gepäckstück mit der Versicherung entgegen, er werde persönlich für die Weiterleitung besorgt sein würde.

Als Gaetano nach Dienstschluss am Abend den Koffer und den Brief an Filippo übergeben hatte, wunderte sich dieser ebenfalls über den eigenartigen Auftrag. Wortlos öffnete er den Briefumschlag. Flüchtig überflog er das Schreiben. Bereits bei den ersten Zeilen begann es Filippo unter den Fingernägeln zu kribbeln.

Hastig steckte er den Brief in die Tasche seines Jacketts, ergriff den Koffer und begab sich, ohne sich bei Gaetano zu verabschieden, auf sein Zimmer.

Ungeduldig öffnete er die Türe, die er hinter sich sofort verschloss und legte den Koffer auf das Bett. Nachdenklich setzte er sich auf die Bettkante und betrachtete das mit edlem schwarzem Leder überzogene, mit messingfarbenen Verschlüssen versehene Gepäckstück. Nachdenklich kramte er den Brief aus seiner Tasche und las die Zeilen nun genauer durch:

Geehrter Herr Negri

Hiermit vertraue ich Ihnen einen Koffer mit wertvollem Inhalt an. Sorgen Sie dafür, dass er nicht in unbefugte Hände gelangt. Er darf nur meinem Agenten übergeben werden, der sich in den nächsten Tagen mit Ihnen in Verbindung setzen wird. Mein Agent fährt einen schwarzen Mercedes-Benz mit deutschem Nummernschild und wird sich Ihnen gegenüber mit der Frage zu erkennen geben, ob Sie Manfred Albrecht Freiherr von Richthofen kennen und welchen Übernamen man dem deutschen Jagdflieger im ersten Weltkrieg gegeben hatte. Antworten Sie ihm, man hätte ihn der «Rote Baron[1]» genannt.

Hat sich mein Agent eindeutig zu erkennen gegeben, händigen Sie ihm den Koffer aus. Bis es zu dieser Begegnung kommt, kann es jedoch eine Weile dauern.

Ich zähle auf Sie.

Zweifelsfrei, der Brief stammte vom Baron; die Unterschrift war unverkennbar. Nachdenklich legte Filippo das Papier beiseite und betrachtete wieder den Koffer. Langsam zog er ihn zu sich. Vorsichtig betastete er die Schnappverschlüsse.

«*Hey Poppy, du möchtest bestimmt gerne wissen, was drin ist?*», stachelte Coniglio.

«*Natürlich möchte ich das wissen. Soll ich ihn öffnen? Was meinst du?*» Filippo war verunsichert.

---

[1] Manfred Albrecht Freiherr von Richthofen (* 2. Mai 1892 in Breslau; † 21. April 1918 bei Vaux-sur-Somme durch Abschuss): deutscher Jagdflieger im Ersten Weltkrieg.

«*Dummkopf! Wenn du schon wissen willst, was sich drin befindet, dann öffne ihn doch.*» Coniglios Logik klang entwaffnend. Filippo drückte mit den Daumen sachte an die Verschlüsse. Zu seiner Überraschung war der Koffer nicht abgeschlossen. Mit metallischen Klicken sprangen beide Bügel gleichzeitig auf. Erschrocken zog er sofort die Hände zurück und überlegte, ob er nun auch noch den Deckel öffnen sollte, oder die Verschlüsse wieder einschnappen zu lassen.

«*Hey Poppy, einfacher geht es nicht. Los, worauf wartest du noch? Öffne ihn!*»

Die Neugierde gewann schliesslich Oberhand. Langsam, als ob er befürchtete, es würde ihm irgendetwas entgegen springen, hob er den Deckel. Was sich ihm nun vor seinen Augen auftat, war eine echte Überraschung. Eigentlich hatte Filippo irgendwelche Kunstgegenstände erwartet. Aber nein! Der Koffer war voll mit Geldscheinen, ordentlich gebündelt und in mehreren Lagen übereinander geschichtet: Alles US-Dollarscheine in kleinen Notenwerten.

Filippo war perplex; noch nie hatte er so viel Geld auf einmal gesehen.

Nach einer Weile, immer noch konsterniert, ergriff er wahllos ein obenauf liegendes Bündel. Mit dem Daumen der anderen Hand strich er über die Breitseite des Bündels und liess die zusammengeballten Scheine bedächtig durch die Finger gleiten.

«*Mensch, mit soviel Geld hätte ich ausgesorgt!*», schoss es ihm durch den Kopf. Langsam wurde es ihm bewusst, dass der Baron ihm offenbar grenzenlos vertraute. Seine Gedanken schwirrten. «*Wie viel mag dies wohl sein? Bestimmt mehrere hunderttausend Dollars.*»

Erschrocken über dieses für ihn unvorstellbare Vermögen, schoss er auf, ging zum Fenster und zog die Vorhänge zu. Daraufhin prüfte er, ob er die Türe zu seinem Zimmer vorher tatsächlich verriegelt hatte, währenddessen er unentwegt zum Bett hinüber schielte.

«*Hey Poppy, nur nicht nervös werden!*», warnte Coniglio. «*An diesem Geld klebt Blut. Mach dir ja nicht die Finger schmutzig.*»

«*Werde ich nicht. Ich hoffe nur, dieser Unbekannte kommt so bald wie möglich*», redete Filippo sich ein.

Sein Herz pochte bis zum Hals. Es schien eindeutig: Nun sollte er auch noch als Geldkurier für zweifellos undurchsichtige Transaktionen eingesetzt werden. Filippo setzte sich wieder auf die Bettkante und entnahm dem Koffer erneut ein Bündel. Mit kritischem Blick prüfte er den obersten Schein.

«*Tatsächlich, alles echte Scheine*», stellte Filippo nüchtern fest, obwohl er kein Falschgeldexperte war. Die Banderole trug das Siegel einer holländischen Bank. Er kannte die Bank. Sie gehörte dem Baron.

Nachdenklich legte er das Bündel zurück und überlegte sich, was der Baron wohl damit beabsichtigte. Langsam kamen ihm Bedenken hoch. Sollte er sich nun auch noch auf solche Geschäfte einlassen? Waren der Taten nicht schon zu viele, die er für den Baron riskiert hatte? Die letzten Abenteuer waren wahrlich gefährlich genug gewesen.

Nach ausgiebigen Überlegungen kam Filippo zum Schluss, dass er sich auf keinen Fall auch noch auf solche Geschäfte einlassen möchte. Seine Missionen, bei welchen es sich noch um Kunstgegenstände gehandelt hatte, waren für seine Begriffe schon gefährlich genug gewesen. Vor allem aber wollte er nicht länger Leib und Leben für andere riskieren. Seine Schutzengel hatte er in letzter Zeit ohnehin schon über Gebühr strapaziert. Filippo war nun überzeugt: je mehr er sich auf solche Aktionen einlassen würde, desto mehr würde er sich in ein Netz verstricken, aus dem vielleicht später kein Entrinnen mehr war. Allerdings sah er auch keine Alternative.

«*Mensch Poppy, erzähl ja Cynthia nichts von diesem Koffer!*», warnte Coniglio erneut.

«*Keine Angst. Mir scheint das alles sehr rätselhaft. Ich will mal dazu Herrn von Richtfeld befragen. Vielleicht weiss er darüber mehr.*» Filippo klappte den Kofferdeckel zu und verriegelte die Schlösser. Danach schob er den Koffer unter das Bett.

⌘

In jener Nacht schlief Filippo unruhig. Erstmals verspürte er ein ihm bisher ungewohntes Gefühl. Nein, es war nicht etwa des vielen Geldes wegen, welches sich unter dem Bett befand. Vielmehr war es die Empfindung, von einem Menschen schamlos, arrogant und auf Kosten anderer ausgenutzt und missbraucht zu werden. Das Verhalten des Barons und seine Machenschaften beschäftigte ihn in dieser Nacht während vieler Stunden. Einem Film gleich zogen die zahlreichen Erlebnisse an seinem Geist vorbei, wo er im Dienste dieses Monstrums gestanden hatte, bei dem es schliesslich nur um Macht und Geld ging.

Eine solche Geisteshaltung war ihm bisher fremd gewesen. Wie er sich auch bemühte, dies alles nur annähernd zu verstehen, so half alles nichts: Er begann diesen Mann immer mehr aus tiefster Seele zu hassen.

Um fünf Uhr früh – die Glocken der Kirche zu Ascona bimmelten eben zur Frühmesse – hielt Filippo es nicht mehr aus. Hellwach schlug er die Decke zurück und stieg aus dem Bett. Ungeduldig suchte er nach seinen Pantoffeln. Nachdem er sie unter dem Nachttischchen gefunden und sie angezogen hatte, ging er zum Fenster, zog die Nachvorhänge zurück und öffnete die Fensterflügel. Das beginnende Tageslicht blendete ihn. Mit zusammengekniffenen Augen schaute er auf das unter ihm liegende Dorf und suchte den zur Kirche gehörenden kegelförmigen Turmbau. Die Kirche *Santa Maria della Misericordia*[1] war Filippo gut bekannt. Unzählige Male hatte er dieses Gotteshaus schon besucht. Selbst wenn er dort schon lange nicht mehr gewesen war, Filippo konnte sich noch gut an die reich ausgemalten, aus dem 15. und 16. Jahrhundert stammenden Fresken erinnern. Auch die Entstehungsgeschichte dieser, der heiligen Maria geweihten Kirche kannte er noch gut. Ihr wurden besonders strategische Zwecke nachgesagt. Die Mächtigen des Klerus von Rom erhofften sich mit diesem Bau ein Bollwerk gegen die damals immer einflussreicheren Reformatoren aus dem Norden zu errichten.

---

[1] Santa Maria della Misericordia: Kirche zu Ascona, finanziert und erbaut von einem reichen Grosshändler namens Bartolomeo Papio mit tatkräftiger Unterstützung des Erzbischofs und Kardinals von Mailand, Carlo Borromeo. 1584 eröffnet.

«*Eigenartig*», schoss es Filippo durch den Kopf, «*wieso denke ich ausgerechnet jetzt an diese Geschichte. Ob wohl jene Leute im Mittelalter auch schon Geld verschoben haben?*» Filippo war überzeugt, um solche Werke vollbringen zu können, mussten auch damals schon enorme Geldsummen im Spiel gewesen sein. Damit waren seine Gedanken wieder beim Koffer angelangt. Aber welchen Zwecken sollten diese Dollars dienen?

Nach seiner geschichtlichen Exkursion kleidete sich Filippo gemächlich an und begab sich daraufhin hinab in die Hotelküche. Die diensthabende Kellnerin war bereits mit der Zubereitung von Kaffee beschäftigt und legte für die Frühaufsteher ofenfrische Brötchen bereit.

Die Begrüssung war knapp, weshalb es von Filippo einer extra freundlichen Geste bedurfte, die Kellnerin zu bewegen, ihm ebenfalls eine Tasse mit heissem Kaffee einzuschenken. Schwarz und ungesüsst liebte er das Getränk.

Wie er, die Tasse mit beiden Händen haltend, allein an einem Tischchen sass und den heissen Kaffee vorsichtig schlürfte, spürte er die Wirkung des Getränks. Langsam begannen sich seine Gedanken zu ordnen, die zwar noch immer vom Koffer beherrscht wurden. Er überlegte, ob er Justus von Richtfeld darüber befragen sollte. Vielleicht wusste er mehr über die bevorstehende Transaktion. Da sein Dienst erst mit dem Mittagsservice begann, blieb ihm noch genügend Zeit dafür.

⌘

Filippo erreichte Justus von Richtfeld kurz darauf in seinem Büro in Zürich. Das Telefongespräch fiel allerdings kurz aus. Kaum wollte Filippo von diesem ominösen Koffer erzählen, fiel ihm Herr von Richtfeld ins Wort und teilte ihm mit, dass er morgen nach Mailand reisen würde. So könnte er in Ascona einen Zwischenhalt einschalten und ihn besuchen. Er hätte ohnehin vorgehabt, Filippo wieder einmal einen Besuch abzustatten.

Selbstverständlich war Filippo damit einverstanden und bedankte sich. Als er den Hörer auf die Gabel zurücklegte, schien es ihm, als wollte ihm sein Freund etwas mitteilen, was über das Geheimnis dieses Koffers hinausging. Beim Verabschieden erwähnte er fast beiläufig, jedoch mit eigenartig belegter Stimme, er sollte auf jeden Fall auf der Hut sein. Im Moment sei niemand mehr seines Lebens sicher.

Zweifellos wusste Justus von Richtfeld mehr über den Koffer. Zumindest aber erhoffte sich Filippo, von ihm einen Rat zu bekommen, wie er sich am besten verhalten sollte.

Als Herr von Richtfeld am anderen Tag im Hotel eingetroffen war, hatte Filippo eben den Mittagsservice hinter sich. Die Begrüssung in der Empfangshalle fiel kurz aus. Nachdem sich Filippo umgezogen hatte, fuhren sie mit dem Automobil gemeinsam nach Ascona. Was Filippo daraufhin im Restaurant Tamaro am *Lungolago*[1] bei einer Karaffe Wein von seinem langjährigen Begleiter erfuhr, bestätigten schliesslich seine Vermutungen. Auf die Schilderungen Filippos hin, denen Herr von Richtfeld aufmerksam gefolgt war, entgegnete er mit einem eigenartigen Lächeln auf dem Gesicht: «Das gesamte Vorgehen des Barons wundert mich nicht. Plötzlich passen alle Mosaiksteinchen zueinander. Was mich aber eher überrascht, ist, dass sich die Ereignisse schneller entwickeln, als ich bisher geahnt hätte. Eigentlich vermute ich schon seit geraumer Zeit, dass sich die Tätigkeiten des Barons nicht mehr nur auf das klassische Bankengeschäft beschränkten. Mir scheint auch, dass er an seinen vielen Kunstwerken bald jegliches Interesse verloren hat.»

«Das verstehe ich nicht. Warum nur betreibt der Baron solch zwielichtigen Geschäfte?», bemerkte Filippo.

«Lieber Freund, wie lange kennen wir uns jetzt? Einige Jahre! Also haben wir beide Zeit genug gehabt, um zu merken, dass sich die Situation drastisch verändert hat. In Europa ist nichts mehr, wie es früher einmal gewesen ist. Darum ist es schön zu wissen, dass man noch echte Freunde hat, mit denen man offen sprechen

---

[1] Lungolago: Uferpromenade, ital.

kann.» Justus von Richtfelds Augen bekamen plötzlich einen ungewohnten Glanz, was Filippo nicht entging.

«Hören Sie!» Justus von Richtfeld hob den Kopf und starrte Filippo ernst in die Augen. «Was ich Ihnen nun erzähle, ist von grösster Brisanz. Behalten Sie es daher für sich. Für mich sind die Informationen ohnehin bald bedeutungslos.»

Filippo stutzte. Was meinte er damit? Gespannt, was jetzt folgen sollte, fixierte Filippo mit krauser Stirn sein Gegenüber. Leise, aber mit fester Stimme, fuhr Justus von Richtfeld schliesslich fort: «Das Geld im Koffer stammt bestimmt aus der deutschen Reichskasse. Ich weiss zwar nicht, für wen und für welchen Zweck dieses Geld bestimmt ist. Sagten Sie nicht, im Koffer seien alles Dollarnoten?»

Filippo nickte und Justus von Richtfeld stellte sogleich eine weitere Frage: «Und der Koffer wurde Ihnen von einem Agenten übergeben?» Filippo nickte abermals.

«Nun gut – es handelt sich also um einen grösseren Betrag in US-Dollars. Das lässt zumindest vermuten, dass damit Waffen gekauft werden sollten. Ich weiss aus einer zuverlässigen Quelle, dass viele Zahlungen für solche Zwecke von der Bank des Barons im Amsterdam ausgehen, und soviel ich gehört habe, alimentiert er inzwischen auch im grossen Stil ein bestimmtes Konto bei einer Bank in Locarno. Der Baron, das müssen Sie wissen, ist nämlich mittlerweile zu einer wichtigen Schlüsselfigur für die Zentralabteilung Finanzen in Berlin geworden.»

Staunend folgte Filippo den Ausführungen: «Heisst das, der Baron ist selber ein Nazi?»

«Ich weiss nicht – eines aber steht fest: Er mauschelt ganz kräftig mit ihnen», bestätigte Herr von Richtfeld. «Ich bin sogar der Meinung, dass er dabei ein doppeltes Spiel spielt. Sie müssen wissen, seit die Niederlande von der Wehrmacht besetzt worden ist, sind in seiner Bank solche Transaktionen an der Tagesordnung, und was nur wenige Personen wissen: Seine Konten in der Schweiz werden auch von einer Verschwörergruppe benutzt, die sich gegen Hitler persönlich auflehnt. Und jetzt werden Sie noch mehr staunen: Der Kern dieser Gruppe ist in den engsten diplomatischen Kreisen des Führers und sogar in der deutschen Abwehr zu finden.»

Justus von Richtfeld legte eine Pause ein. Sein Blick wanderte nachdenklich von Filippo weg.

«Das ist wirklich kaum zu glauben.» Filippo blieb völlig konsterniert. «Wer sind diese Männer?»

«Im Augenblick kenne ich keine Namen. Aber soviel weiss ich: Ein als deutscher Vizekonsul getarnter Spion hat vor einigen Tagen dem Baron in Zürich mehrere tausend Reichsmark in Dollarnoten zugeschoben, der diese – ohne Quittung versteht sich – ohne Weiteres entgegen genommen und sie kurz darauf in Gold oder Schweizerfranken einwechselt hatte. Die Werte sind nun auf Konten oder Depots bei verschiedenen einheimischen Banken verteilt. Schlau, nicht wahr? Es kommt noch dicker: Es soll sogar schon vorgekommen sein, dass solche Gelder auf einen speziellen Putschfonds abgezweigt worden sein sollen, der einer Verschwörergruppe gehört, die sich gegen den Führer richtet. Auch dieses Konto soll sich bei einer namhaften Schweizer Bank befinden.»

Wieder legte Justus von Richtfeld eine Pause ein. Filippo war sprachlos. Offenbar – soviel kombinierte Filippo aus seinen Äusserungen – sprach Herr von Richtfeld damit die Abwehrabteilung der deutschen Wehrmacht an, die seit 1935 von *Admiral Wilhelm Canaris*[1] befehligt wurde. Was man in den offiziellen Kreisen der Gestapo jedoch lange nicht wusste: Canaris pflegt bereits seit 1938 Kontakte zu militärischen Widerstandskreisen.

Filippo gelangte immer mehr zur Überzeugung, der Koffer enthalte Kriegsgeld. Nach einer Weile des Schweigens fragte Filippo: «Eines verstehe ich noch nicht: Wenn das Geld tatsächlich so heiss sein soll, weshalb übergibt man es mir in einem unverschlossenen Koffer?»

---

[1] Wilhelm Franz Canaris (* 1. Januar 1887 in Aplerbeck bei Dortmund; † 9. April 1945 im KZ Flossenbürg): deutscher Admiral und während des NS-Regimes Leiter des Amtes Ausland/Abwehr (Geheimdienst) im Oberkommando der Wehrmacht.

Justus von Richtfeld überlegte: «Das ist auch mir schleierhaft. Vielleicht war dies nur ein fatales Versehen? Sie müssen wissen: Seit sich Ende September Italien, Japan und das Deutsche Reich sich zu einem Dreimächtepakt gegen die übrigen Staaten vereinigt hatten, könnten doch einige Herren im Führungsstab etwas überfordert sein. Ausserdem sind Anfangs Oktober deutsche Truppen in Rumänien einmarschiert, was bei der deutschen Abwehr auch so ziemlich alles durcheinander gebracht hatte.»

Filippos Gegenüber legte abermals eine Pause ein, was er dazu nutzte, seiner Überraschung Ausdruck zu verleihen: «Könnte dies nicht dazu führen, dass dabei auch unser Land in den Krieg verwickelt wird?»

«Durchaus möglich. Wie gesagt, im Moment weiss ich nicht mehr. Eines jedoch scheint gesichert zu sein: Solange die Verschwörergruppe in der obersten Führung der deutschen Abwehr dem Führer wichtige Informationen vorenthalten kann, droht Ihrem Land kaum ernsthafte Gefahr. Gerade jetzt sind die Nazis auf eine unverdächtige und neutrale Drehscheibe angewiesen. Vergessen Sie nicht, mittlerweile führt das Deutsche Reich einen Mehrfrontenkrieg – und Kriege führen, heisst, es sind riesige Geldmengen bereit zu stellen. Was meinen Sie, was nur das Bombardement auf London vom 29. Dezember vergangenen Jahres und der Luftkrieg gegen England täglich gekostet hatten? Seit Januar wissen wir auch, dass Deutschland in Afrika Krieg führt. Die von *General Rommel*[1] befehligte fünfte motorisierte Division ist jedenfalls bereits unterwegs nach Algerien. Wahnsinn, einfach blanker Wahnsinn!»

Wieder verstummte das Gespräch. Filippo überlegte und versuchte, das Gehörte auf die Reihe zu bringen. Ihn schauderte es schon beim Gedanken, dass sich dies zum Flächenbrand entwickeln könnte.

---

[1] Johannes Erwin Eugen Rommel (* 15. November 1891 in Heidenheim; † 14. Oktober 1944 in Herrlingen bei Ulm durch Suizid): deutscher Heeresoffizier und Generalfeldmarschall. Von den britischen Gegnern *Desert Fox* (Wüstenfuchs) genannt.

«Ich bin überzeugt», setzte Justus von Richtfeld seine Erklärungen fort, «das Geld im Koffer ist einem Agenten zuzuspielen, der für das Deutsche Reich irgendwo spionieren oder Waffen einkaufen soll.»

«Herr von Richtfeld», unterbrach ihn nun Filippo barsch, «ich werde das Gefühl nicht los, Sie wissen viel, vielleicht mehr als anderen lieb ist. Sie verfügen über Informationen, die Sie Ihren Kopf kosten könnte. Wäre es nicht gescheiter, wenn Sie Deutschland jetzt definitiv verlassen würden?»

«Sie haben Recht. Ich bin schon dabei, Vorbereitungen dafür zu treffen. Schon wegen meiner jüdischen Abstammung muss ich das Land auf dem schnellsten Weg verlassen. Keine Stunde kann ich mehr sicher sein. Lieber Freund, sobald ich mich in ein anderes Land abgesetzt habe, werde ich mich wieder bei Ihnen melden.» Tiefe Sorgenfalten bildeten sich auf Herrn von Richtfelds Stirn.

«Dann bleiben Sie doch einfach jetzt schon hier. Wieso wollen Sie nochmals nach Deutschland zurück?», fragte Filippo zweifelnd.

«Da sind noch einige familiäre Probleme zu lösen. Zuerst fahre ich nach Mailand an die *Monte Napoleone*[1]. Dort werde ich von jemandem erwartet, den Sie auch kennen. Signor Amadeo hatte mir versprochen, Schiffskarten und Einreisepapiere für die Vereinigten Staaten zu beschaffen. Sie haben mich mein halbes Vermögen gekostet. Anschliessend fahre ich nach Hamburg.»

«Aha, Don Pasquale nennt sich mit richtigem Namen Amadeo», dachte Filippo und erinnerte sich gut an die Begegnung mit seinem italienischen *Mentor*[2]. «Dennoch», widersprach er seinem Freund, «verstehe ich Sie immer noch nicht. Hier im Land haben Sie nichts zu befürchten, und trotzdem wollen Sie nach Deutschland zurück. An Ihrer Stelle würde ich jetzt schon hier bleiben.»

«Gott bewahre! Das wäre zu schön, um wahr zu sein.» Herr von Richtfelds Augen trübten sich plötzlich. «Sie sind jung, lieber

---

[1] Monte Napoleone: Strasse in der Altstadt von Mailand

[2] Mentor: Ratgeber, Lehrer (PICCHIO ROSSO Teil 1 / ISBN 978-3-907860-09-0)

Freund. Vielleicht verstehen Sie mich einmal später. Wissen Sie, in meinem Alter kann man sich nicht einfach so mir nichts dir nichts verkrümeln. Zuhause warten meine jüdische Mutter und meine Schwester auf mich. Verstehen Sie: Die laufen sonst Gefahr, von den Nazis in ein KZ deportiert zu werden.» Wieder trat in Justus von Richtfelds Augen dieser seltsame Blick.

«Das sind in der Tat gute Gründe», dachte Filippo und wusste jetzt auch den Gesichtsausdruck seines Freundes zu deuten. Verständnisvoll unterliess er es daher, zu insistieren, er solle bleiben.

Sie unterhielten sich noch ein Weilchen, bis Herr von Richtfeld die Kellnerin herbei rief, um die Konsumation zu bezahlen. Kurz darauf verabschiedeten sie sich mit den besten Wünschen für die Zukunft. Filippo sah dem wegfahrenden Fahrzeug noch lange nach, bis es schliesslich in die *Via Borgo*[1] einbog und seinen Blicken entschwand. Irgendwie beschlich ihn das Gefühl, Justus von Richtfeld heute das letzte Mal gesehen zu haben.

Entmutigt und nachdenklich machte sich Filippo auf den Heimweg. Der Fussmarsch die schmalen steilen Treppen hinauf zum Monte Verità tat ihm gut. Er liess wenigstens die Ohnmacht, die ihn erfasste, etwas lindern. Doch mit jedem Schritt wechselte die Beklemmung in eine unfassbare Wut. Der Gedanke, nun noch für die deutsche Abwehr eingespannt zu werden, liess ihn erschaudern. Alles was Filippo bisher getan hatte, tat er immer aus Überzeugung. Die Arbeit im Hotel und die vielen Kontakte mit Menschen liebte er über alles. Selbst die Aufträge des Barons, die er stets aus Liebe zur bildenden Kunst getan hatte, hatten ihn fortwährend fasziniert. Aber nun? Filippo fühlte sich ausgenützt und hintergangen. Sein Entschluss stand fest: Die Tage im Dienste dieses geld- und machtgierigen Menschen gehörten damit ein für allemal der Vergangenheit an. Daran änderte auch Justus von Richtfeld nichts, als er sagte, der Baron sei nur Mittel zum Zweck.

Jetzt war es an der Zeit, mit seiner Schwester offen über alles zu sprechen. Schliesslich steckte sie ebenso tief in diesem Schlam-

---

[1] Via Borgo: Hauptstrasse zum See im alten Dorfteil von Ascona

massel wie er. Wenig später erfuhr Filippo noch eine andere Überraschung: Nachdem Filippo ihr die Geschichte um den Koffer und das Geld berichtet hatte, eröffnete sie ihrem Bruder mit knappen Worten, aber mit feierlicher Miene, dass Cosimo und sie so bald als möglich heiraten werden.

Filippo verschlug es zunächst die Sprache. Doch hatte er es insgeheim schon lange erwartet: Nach allem, was sie zusammen erlebt hatten und wie sich ihre Beziehung immer mehr vertieft hatte, war dieser Schritt eigentlich zu erwarten gewesen. Er schloss seine Schwester in die Arme und küsste sie auf die Stirn: «Liebes Schwesterchen! Ich wünsche dir Gottes Segen.»

«Danke Poppy. Aber ich muss dir etwas gestehen», fuhr sie nach einer Weile fort. «Cosimo hat in Indemini sein Hof einem anderen Dorfbewohner zur Nutzung überlassen. Er arbeitet jetzt bei den italienischen Staatsbahnen und lebt im Haus seiner Eltern.»

«Schön, freut mich für ihn», entgegnete Filippo, bemerkte jedoch, dass Cynthia verlegen wurde. «Wolltest du mir noch etwas sagen?»

«Jaaah...», quälte sie sich und machte ihrem Bruder ein Geständnis. Mit feierlicher Miene eröffnete sie ihm: «Cosimo möchte, dass ich zu ihm ziehe.»

«Was?» Filippo verschlug es die Sprache.

«Ja, er möchte, dass ich mit ihm ins elterliche Haus nach *Villadossola*[1] ziehe.» Cynthia sagte es aber in einem Ton, als wäre der Schritt bereits beschlossene Sache.

Filippo staunte immer noch. «Du willst also zu Cosimo ziehen – und ihr seid noch nicht mal verheiratet. So so!» Kopfschüttelnd wandte er sich von Cynthia ab.

«Verstehe doch! Wir lieben uns, und geheiratet wird so rasch wie möglich.» Es war wieder typisch für Cynthia, dachte Filippo und wusste, dass er gegen ihren Entschluss doch keine Chance hatte.

---

[1] Villadossola: Gemeinde in der italienischen Provinz Verbano-Cusio-Ossola, Region Piemont / Italien.

Wie sich Filippo dies alles durch den Kopf gehen liess, erkannte er darin plötzlich eine Chance. Damit könnten sie sich alle – sowohl er, wie seine Schwester und Cosimo – elegant und mit einleuchtenden Gründen aus der Affäre ziehen. Auf diese Weise bräuchte er dafür nur noch eine plausible Erklärung.

«Gut», sagte Filippo schliesslich nach einer Weile. «Ich bin einverstanden. Aber ich stelle eine Bedingung.»

Cynthia blickte ihren Bruder fragend an: «Und die wäre?»

«Ich komme mit», sagte Filippo mit fester Stimme.

Jetzt war es Cynthia, die staunte. Barsch entgegnete sie: «Was? Du willst mit? Vergiss es; wir brauchen doch keinen Anstandswauwau. Kommt nicht in Frage! Und was ist mit deiner Arbeit? Du hast doch grössere Verpflichtungen als ich.»

«Oh, das ist das Wenigste», antwortete Filippo. «Ich kündige!», sagte er, als wäre es das Logischste der Welt.

«Und ist mit Vater?», argumentierte Cynthia. «Wenn wir alle hier wegziehen, dann wäre er hier ganz allein auf sich gestellt.»

Tatsächlich, daran hatte Filippo nicht gedacht. Aber auch für dieses Problem hatte er schnell eine Erklärung parat: «Das lässt sich regeln. Seit Mutters Tod lebt Vater doch ganz gerne allein. Um ihn müssen wir uns bestimmt nicht sorgen: Er ist nicht pflegebedürftig, geht ab und zu noch einer Arbeit nach, und was das Wichtigste ist: Er ist auch ohne uns nicht allein. Auf der *Bocciabahn*[1], im Kreis seiner Kollegen, ist er doch am glücklichsten. Und ab und zu besuchen wir ihn – er wird für unseren Entscheid bestimmt Verständnis haben.»

Nachdem Cynthia nicht mehr insistierte, trug Filippo daraufhin seiner Schwester seine Überlegungen vor, die er in der gegenwärtigen Situation als die vernünftigste Lösung hinstellte.

---

[1] Boccia: die italienische Variante des französischen Boule-Spiels, bei dem es darum geht, seine eigenen Kugeln möglichst nah an eine kleinere Zielkugel (Pallino) zu setzen (platzieren) bzw. die gegnerischen Kugeln vom Pallino wegzuschiessen.

Cynthia hatte schnell begriffen. Es schien, als liessen sich die Probleme nun plötzlich einfach lösen. Der unwiderstehliche Wunsch, Monte Verità so rasch wie möglich zu verlassen und damit alle Kontakte zum Baron abzubrechen, nahm damit erste Konturen an.

Aber da war noch dieser Koffer.

⌘

Über der *Cardada*[1] lag bereits Schnee. Die andauernden Niederschläge wechselten in den Tälern in Dauerregen über, was vielerorts zu Erdrutschen und Überschwemmungen führte. Die Strasse nach *Domodossola*[2] über das *Centovalli*[3] war daher schon mehrere Tage nicht mehr passierbar, und solange diese Route gesperrt blieb, konnte Filippo seine Schwester nicht besuchen, es sei denn, er nähme dafür den wesentlich längeren Weg via Verbania - Gravellona Toce und dann nordwärts Richtung Simplon nach Villadossola in Kauf. Aber da er immer noch im Besitz dieses Geldes war, traute er sich kaum, das Hotel zu verlassen.

Ungeduldig wartete Filippo auf den Augenblick, an dem er sich des Koffers entledigen konnte. Anfänglich konnte er kaum einschlafen, und wenn ihn die Müdigkeit schliesslich übermannte, plagten ihn die wildesten Alpträume. Der Gedanke, über einem Vermögen zu liegen, war ihm nicht geheuer. Beim Aufwachen griff er jeweils zuerst unter das Bett, um sich zu überzeugen, dass der Koffer noch da war. Doch allein die Tatsache, dass er nicht ins Leere griff, bereitete ihm bereits am Morgen Verdruss, und tagsüber plagte ihn die Vorstellung, der Koffer samt dem vielen Geld könnte doch noch gestohlen werden.

---

[1] Cardada: Hausberg von Locarno, 1332 müM.

[2] Domodossola (walserdeutsch *Döm*; veraltet deutsch *Domo*): Stadt mit römischem Ursprung (*Domus Ossula)e* im Zentrum der Val Ossolane (Ossola-Tal) auf der Route vom Simplonpass zum Lago Maggiore.

[3] Centovalli: Tessiner Tal, auf deutsch übertragen: *Hundert Täler*, beginnt bei Intragna und führt nach Camedo, Gemeinde Borgnone an der schweizerisch-italienischen Grenze.

Bis zu jenem Zeitpunkt, wo sich Filippo endlich des Koffers entledigen konnte, sollten noch viele Tage vergehen. Langsam empfand Filippo die Warterei lästig. Er wünschte sich bald nichts sehnlicher, als seine Mission so rasch als möglich hinter sich zu bringen. Filippos Nerven lagen blank, was auch seinem Chef, dem Concierge und vielen Arbeitskollegen und Kolleginnen nicht verborgen blieb. Ständig fragte er sich: Wieso übergab man ausgerechnet ihm eine solche Menge Geld, ohne jede Sicherheiten, und warum vertraute man ihm dieses Vermögen in einem unverschlossenen Koffer an? Entweder wollte man ihn auf diese Weise prüfen oder es war wieder eine gemeine Falle, in die er tappen soll. Steckte am Ende Heydenreich dahinter? Oder war es, wie Justus von Richtfeld vermutete, lediglich ein Versehen, und irgendwer hatte ganz einfach vergessen, die Schlösser mit dem Schlüssel abzusperren? Vermutlich würde er die Antworten darauf nie erfahren. Von welcher Seite her er es auch betrachtete, die Angelegenheit blieb mysteriös.

Für ihn blieb es unbestritten: Der Koffer war ihm von der Gestapo zugespielt worden, und das Geld stammte aus der deutschen Reichskasse. Sollte der Baron tatsächlich in diesem Spiel mitgemischt haben, dann tat er dies bestimmt als Vermittler, so wie er es bei seinen Geschäften mit Kunstgegenständen stets getan hatte.

Immer wieder erschütterte Filippo die Tatsache, dass das Geld im Koffer kaum auf saubere Art verdient worden war; davon war er überzeugt. Und nun soll es via die Bankverbindungen des Barons gewaschen werden. Nur, der Zeitpunkt für die Übergabe war offenbar noch nicht reif genug. Somit blieb ihm vorderhand nichts anderes übrig, als abzuwarten und sich mit der Situation abzufinden.

Am nächsten freien Nachmittag entschloss sich Filippo, nach Ascona zu gehen. Es herrschte wunderbares Winterwetter. Die Temperaturen fielen inzwischen unter den Gefrierpunkt. Die Luft war klar und trocken. Es war einer jener Tage, an denen es die Sonne trotz der winterlichen Jahreszeit fertig brachte, dass sich Jung und Alt im Freien aufhielt, sei es, um den täglichen Schwatz abzuhalten oder ganz einfach, um sich der Sonne zu erfreuen. Die

Sonnenscheibe hing auf ihrer täglichen Bahn schon wieder leicht über dem winterlichen Tiefpunkt und verwöhnte dabei den Lungolago von Ascona mit verschwenderischer Wärme.

Als Filippo die steile *Scalinetta*[1] *della Ruga* ins Dorf hinab stieg, am Waschhäuschen vorbei, wo fleissige Frauen Tücher und Bettzeug sauber schrubbten, fiel ihm auf der Via Borgo ein für ihn besonderes Automobil auf. Der schwarze Mercedes stand in der Einfahrt zu einem Haus so auffällig, dass er selbst auf Distanz nicht zu übersehen war. Edelkarossen dieser Art waren im Dorf selten zu sehen und wenn, dann strebten sie eher zum Hotel auf dem Monte Verità.

Das blitzblank polierte Fahrzeug weckte besonders bei der Jugend erhebliches Interesse. Neugierig bestaunten einige Knaben das Gefährt. Einer von ihnen erdreistete sich sogar, das Trittbrett zu besteigen, um besser ins Innere des Fahrzeugs sehen zu können.

In diesem Augenblick trat Filippo zu ihnen. Das Automobil trug ein deutsches Kontrollschild. «Na, gefällt euch der Schlitten?», fragte er die Knaben und tat so, als wäre er der stolze Besitzer des Fahrzeugs.

Erschrocken drehten sich die Jungs zum Ankömmling um. Der Älteste sprang vom Trittbrett und entgegnete altklug: «Sicher, so etwas sollte mir mal mein Doktor verschreiben. Gehört er Ihnen?»

Filippo lachte und erkannte im gleichen Augenblick das deutsche Kontrollschild. Aber noch bevor er dem Knaben seine Frage beantworten konnte, trat eine weitere Person in ihren Kreis. Als Filippo den Mann erkannte, verschlug es ihm die Sprache: Es war kein Geringerer als Heydenreich, sein Peiniger und ewiger Verfolger.

Auch Heydenreich erkannte Filippo und reagierte sofort mit süffisanter Redensart: «Na, Signor Negri, die Welt ist klein. So trifft man sich wieder. Hatten Sie in Le Havre einen netten Aufenthalt gehabt?»

---

[1] Scalinetta: kleine Freitreppe, ital.

Der Deutsche trug wie üblich einen schwarzen Ledermantel und blank polierte Lederstiefel. Seine Hände steckten in feinen ledernen Handschuhen. Allerdings fehlte an seinem linken Oberarm die Binde mit dem Hakenkreuz. Offenbar wagte er es nicht, in der Schweiz dieses Emblem offen zur Schau zu tragen.

Immer noch sprachlos, kämpfte Filippo gegen die aufkommende Wut. Der unerträgliche Anblick dieses «arischen» Widerlings provozierte ihn. Die Person in Uniform weckten finstere Gedanken in ihm. «*Hey Poppy! Bleib standhaft*», ermahnte ihn Coniglio genau im richtigen Moment.

«*Und was soll ich tun, wenn er mich fragt, ob ich diesen Freiherr von Richthofen kenne und welchen Übernamen man ihm gegeben hatte?*», befürchtete Filippo.

«*Dann antwortest du ihm ganz simpel, man hätte ihn den Roten Baron genannt.*» Die Antwort Coniglios war eigentlich einfach, bewirkte aber, dass Filippo nach dem kurzen Zwiegespräch mit seinem Gewissen die Fassung nicht verlor.

Den Blick von Heydenreich abgewandt auf den Mercedes gerichtet, hatte sich Filippo endlich wieder unter Kontrolle und entgegnete kaltschnäuzig: «Muss das sein? Eigentlich könnten Ascona und ich ganz gut auf ihre Anwesenheit verzichten. Aber da Sie nun mal da sind, was haben Sie hier verloren? Wollen Sie wieder unschuldige Menschen verhaften?»

Heydenreich verzog grinsend das Gesicht: «*Picchio Rosso* – immer noch der gleiche unverbesserliche Querkopf. Es scheint, Sie haben seit der *Ile de France*[1] nichts dazu gelernt.» Der Deutsche gab sich keine Blösse.

Auch Filippo liess nicht locker: «Ha, was sollte ich von Ihnen schon gelernt haben? Sie vergessen, hier sind Sie der Gast; und wenn jemand etwas lernen sollte, dann doch eher Sie.»

---

[1] Ile de France: Luxusdampfer und Flagschiff der französischen Kreuzfahrtsflotte mit über 43'000 BRT / PICCHIO ROSSO Teil 1 (ISBN 978-3-907860-09-0).

Heydenreich überging die Bemerkung und blickte auf die Jungs, die den für sie unverständlichen Wortwechsel mitverfolgt hatten. «Lassen wir das Geplänkel. Sie wollten doch den Grund meines Aufenthalts wissen.»

Filippo empfand nun keine Lust, mit seinem Erzfeind auf offener Strasse zu diskutieren, und je länger er über das wohl eher zufällige Zusammentreffen nachdachte, desto stärker wuchs bei ihm die Vermutung, dass Heydenreich wegen des Koffers hierher kam. Aber weshalb fuhr er zuerst ins Dorf und steuerte nicht direkt den Monte Verità an?

«Gut, dann folgen Sie mir», forderte Filippo ihn auf. «Ich wollte ohnehin zum See. Vielleicht ist Ihre Gegenwart für mich doch noch für etwas nützlich.»

Langsam schlenderten sie die Via Borgo hinunter zum See. Als sie die letzte Wegbiegung erreichten und sich ihnen der Blick auf den Lago Maggiore mit den verschneiten Bergen im Hintergrund eröffnete, blieb Heydenreich andächtig stehen und sagte: «Sie sind schon zu beneiden! Sie wohnen hier in einem kleinen Paradies. Solche Anblicke sind uns Nordländern sonst nur von Postkarten her bekannt. Ich wünschte mir, ich könnte auch einmal hier wohnen.»

Filippo blickte Heydenreich stumm von der Seite her an. Wie war nur diese Gefühlsregung aus dem Mund dieses Widerlings zu deuten? War es Schmeichelei oder wollte er damit vom Grund seines Besuchs ablenken? Ohne etwas zu erwidern, drehte er sich wieder von ihm ab und setzte den Weg Richtung See fort. Heydenreich folgte ihm wortlos.

Sie bogen in den Lungolago ein und gingen, immer noch schweigend, den Gestaden des Lago Maggiores entlang. Die Platanen hatten ihr Laubwerk längst abgeworfen. Die Sonne warf durch das kahle Astwerk lange Schatten. Beim Schiffssteg angekommen, setzten sie sich am Ufer auf Steinquader der Uferverbauung.

Filippo brach als erster das Schweigen: «Weswegen sind Sie hier?»

«Weshalb? Wollen Sie das wirklich wissen?», grinste Heydenreich zurück.

«Ich wette, Sie sind nicht nur wegen des schönen Wetters gekommen», wich Filippo der Gegenfrage aus.

«Nun, in der Tat: Ich habe gute Gründe hier zu sein. Ich könnte Ihnen jetzt irgendetwas erzählen. Würden Sie es mir überhaupt glauben?»

«Kaum. Mit der Wahrheit haben Sie es ja ohnehin nie so ernst genommen. Ich kann mir aber gut vorstellen, dass wir heute für einmal gleiche Interessen verfolgen.»

Heydenreich schwieg. Er schien nachzudenken. Plötzlich hob er einen flachen Stein vom Boden und warf ihn in einem weiten Bogen in den See. Als er auf der Wasseroberfläche aufklatschte, wandte er sich zu Filippo und sagte: «Hören Sie, Sie Klugscheisser! Was verstehen Sie schon von der Weltpolitik?»

Nun platzte Filippo der Kragen: «Himmel noch mal, was sind Sie doch für ein arroganter Pinsel! Sie sind wohl kaum wegen des schönen Ausblicks gekommen oder um hier Ihren Alterssitz zu suchen. Ich sage Ihnen, Sie sind ganz einfach wegen einer Menge Geld hier, stimmt's?»

Filippo traf ins Schwarze. Heydenreich verlor für einen Augenblick die Fassung. Er zeigte offensichtlich Mühe, seine Überraschung zu verbergen. Trotzdem versuchte er den Unwissenden zu markieren. «Ich verstehe nicht, was Sie meinen. Hinter was soll ich her sein?»

«Ach was, spielen Sie nicht den Ahnungslosen. Sie wissen genau, wovon ich spreche. Ja, ein Koffer voller Geld, hinter dem sind Sie her.» Filippo war es nun völlig egal, davon zu sprechen, obwohl ihm dies der Baron verboten hatte.

«Also mit Verlaub, ich weiss nichts von einem Koffer. Sind Sie denn im Besitz eines solchen?» fragte Heydenreich mit hohnvollem Unterton, doch seine nervös blickenden Augen verrieten Filippo, dass er sehr wohl wusste, von was er sprach.

Nun ging Filippo aufs Ganze: «Hören Sie doch auf, den Naiven zu spielen. Sie und Ihresgleichen sind doch an allem interessiert, was sich versilbern lässt. Ja, ich besitze einen solchen Koffer – voll gestopft mit Geld! Ich bin mir sicher, Sie sind deswegen hier.»

Heydenreichs Augen rollten noch nervöser hin und her. Filippo kannte diesen Blick. Genau so hatte er sich benommen, als er ihm damals in Neuengamme als Gefangener gegenüber gesessen hatte[1].

Trotz dieses verbalen Frontalangriffs und entgegen seiner Mimik stellte sich Heydenreich weiter unwissend: «Wie kommen Sie denn darauf? Und selbst wenn dem so wäre, was tut dies zur Sache? Ich bin aus ganz anderen Gründen hier.»

Filippo doppelte nach: «Das glaube ich nicht. Jedes Mal, wenn Sie hier sind, kreuzen sich unsere Wege. Ist dies nicht eigenartig? Sie sind wegen des Geldes hier, darauf könnte ich wetten.»

Heydenreich wich mit einer Handbewegung der Frage aus: «Papperlapapp, was interessieren mich Ihre Dollars?»

Filippo horchte auf: «Ha! Sagten Sie eben Dollars? Wer hat den von Dollars gesprochen? Ich jedenfalls nicht. Ich wusste es: Sie sind doch nicht so schlau, wie Sie meinen.»

Heydenreich merkte, dass er wegen seines Versprechers durchschaut worden war: «Un – Unsinn, sagte ich Dollars?»

Filippo erkannte den Mann nicht wieder. Der stets selbstsicher wirkende Heydenreich geriet auf einmal ins Stottern. Seine Verlegenheit steigerte sich immer mehr. Unbeherrscht und ständig seine Handschuhe knetend ging er jetzt am Ufer auf und ab.

Heydenreich war wegen des Geldes hier, davon war Filippo jetzt überzeugt. Vermutlich hätte er dies nur noch nicht jetzt wissen dürfen. Die zufällige Begegnung durchkreuzte bestimmt seine ursprünglichen Pläne, was bestimmt der Grund für seine Nervosität war.

---

[1] PICCHIO ROSSO Teil 1 (ISBN 978-3-907860-09-0)

Eine ganze Weile schwiegen sie, währenddessen der Deutsche ruhelos an der Hafenmauer entlang tigerte. Filippo freute sich, dass es ihm ein weiteres Mal gelungen war, Heydenreich aus seiner sonst überheblich wirkenden Ruhe gebracht zu haben.

«Siehste, Poppy. Jetzt hast du ihn in die Enge getrieben. Geschieht ihm Recht. Am besten sagst du jetzt kein Wort mehr. Der rückt mit der Wahrheit schon noch heraus.» Filippo tat wie ihm Coniglio geraten und liess sein Gegenüber jetzt nicht mehr aus den Augen.

Als Heydenreich erneut auf Filippo zusteuerte, blieb er unerwartet plötzlich vor ihm stehen und erklärte ihm, jetzt wieder wie gewohnt mit gefasster Stimme: «Gut, *Picchio Rosso*! Ich gebe mich geschlagen. Ich bin wirklich wegen des Geldes hier. Ich wusste nur nicht, dass Sie derjenige sind, der mir den Koffer übergeben soll. Kennen Sie überhaupt den Jagdflieger, den man den Roten Baron genannt hatte?»

Ein kleines Grinsen huschte Filippo übers Gesicht. Ein Stein schien ihm vom Herzen gefallen zu sein. Hatte er es doch geahnt. Eigentlich war es ihm egal, wem er den Koffer zu übergeben hatte. Für ihn war es viel wichtiger, dass er sich seiner so rasch wie möglich entledigen konnte.

Heydenreich setzte sich wieder auf den Stein. «Die Mission, derentwegen ich hier bin, ist äusserst delikat. Ihr Vorpreschen ändert zwar nichts an der Sache. Der Plan muss jetzt halt anders verlaufen. Ihnen bleibt ohnehin nichts anderes übrig, als uns zu helfen.»

«Helfen? Ich Ihnen helfen?» Ungläubig starrte Filippo ihn an. «Das ist nun wirklich der Witz des Tages. Von mir aus können wir sofort ins Hotel fahren. Je schneller ich diesen verdammten Koffer loswerde, desto besser.»

«Nun mal langsam. Vorher muss ich Ihnen noch etwas mitteilen. Das Geld muss um jeden Preis ins Ausland geschafft werden.»

«Um jeden Preis?», rief Filippo, bereits vermutend, was jetzt folgen würde.

Heydenreich überging den Zwischenruf. In tiefer Überzeugung und mit einer Arroganz, die kaum noch zu überbieten war, fuhr er fort: «Zunächst gehe ich davon aus, dass Sie mit Ihrer Arbeit im Dienste des Barons zufrieden sind. Zumindest schliesse ich dies daraus, dass alle Schnippchen, die Sie der Gestapo und mir in den vergangenen Jahren geschlagen hatten, nur mit Hilfe des Barons möglich gewesen waren. Ich gestehe, dies zeugt nicht nur von einer gewissen Unverfrorenheit und Raffinesse Ihrerseits. Aber ohne die schier unbegrenzte Protektion des Barons und die Verbindungen, die er zu den höchsten Stellen bis hinauf in das Führerhauptquartier pflegt, wäre Ihnen dies wohl kaum gelungen.»

Filippo staunte, wie gesprächig Heydenreich plötzlich war. Aufmerksam hörte er zu. Sicher liess Heydenreich jetzt noch weitere Katzen aus dem Sack.

«Wenn ich davon nicht völlig überzeugt wäre, würde ich Ihnen das wohl kaum erzählen. Also, ich sage es nochmals: Die Dollars müssen, koste es was es wolle, nach Mailand gebracht werden.»

Mit einer wegwerfenden Handbewegung fuhr Filippo dazwischen: «Dann holen Sie doch den Koffer und bringen ihn selber nach Mailand.»

«Das geht nicht», schüttelte Heydenreich den Kopf und tippte Filippo mit dem Zeigefinger auf die Brust. «Sie bringen ihn dorthin.»

«Das meinen Sie!» Filippo schlug Heydenreichs Arm energisch weg, als würde er eine gehässige Hornisse verscheuchen. «Aber verraten Sie mir mal, wofür ist das Geld bestimmt?»

«Das geht's Sie nichts an. Vielleicht sind das Lohngelder für Leute, die für unser Vaterland arbeiten.»

«Aha, von welchem Vaterland?» Filippo runzelte die Stirn und kniff seine Augen zu einem engen Schlitz zusammen. Tiefe Furchen bildeten sich zwischen den Augen. Er hatte die Frage bewusst so direkt gestellt, obwohl er die Antwort zu kennen glaubte.

«Von meinem natürlich.» Die Antwort schoss geradezu über Heydenreichs Lippen. «Unser Führer pflegt seine Mitarbeiter pünktlich zu bezahlen.» Damit war die Angelegenheit für Heydenreich erledigt.

Aber Filippo wusste, was er wissen wollte. «Also, wenn ich Sie richtig verstanden habe, ist das Geld für Ihre Spione im Ausland bestimmt.»

Heydenreich reagierte darauf nicht, doch Filippo bohrte weiter: «Und dafür zahlt der Führer US-Dollars? Ist schon merkwürdig; ich dachte, Ihre Landeswährung sei die Reichsmark?» Filippo wandte seinen Blick nicht von Heydenreich. Mit einem nicht zu überhörenden grimmigen Unterton kam Filippo nun so richtig in Fahrt: «Jetzt hören Sie mir mal ganz gut zu, Sie *Faktotum*[1] Ihres fanatischen Führers. Das alles mag so stimmen. Auch ich schätze es, wenn ich den Lohn für meine Arbeit bekomme. Schliesslich lebt man ja nicht von Brot allein. Aber dabei besteht immer noch ein feiner Unterschied, für wen und wofür man arbeitet. Verstehen Sie, was ich meine?»

Heydenreich hörte zu, wich den bohrenden Blicken Filippos geschickt aus und schwieg, währenddessen Filippo munter den Kropf weiter leerte: «Ich denke, was ich Ihnen nun erzähle, wird Sie zwar kaum interessieren, und trotzdem muss ich es loswerden. Sie müssen nämlich wissen, im Dienste Ihres Herrn und Führers hatte ich bekanntlich kaum grosse Erfolgserlebnisse zu verbuchen gehabt, für die es sich gelohnt hätte, zu arbeiten – im Gegenteil: einige Wochen Einzelhaft unter einem sadistisch veranlagten Scheisskerl, einen Blasendurchschuss und die stete Angst, erneut von der Gestapo verhaftet zu werden – nein, ich verzichte darauf, unter solchen Bedingungen zu arbeiten!»

Hartnäckig versuchte Heydenreich Filippos Wortschwall zu unterbrechen: «Sie übersehen etwas Wesentliches. Ihr Arbeitgeber ist der Baron, ich aber stehe im Dienste des Führers des Deutschen Reichs.»

«Ich pfeif auf Ihren Führer», unterbrach ihn Filippo und erhob sich. «Ich arbeite nicht für Verbrecher. Ich verwette ein Jahressalär

---

[1] Faktotum: (von lat.: *fac totum* = mache alles), eine Person, die eine Vielzahl von Aufgaben und je nach Kontext und Organisationstyp eine unentbehrliche Hilfskraft wahrnimmt, oder im Gegenteil eine niedere Hilfskraft, die alle Arbeiten übernimmt, für die keine besonderen Fähigkeiten erforderlich sind.

darauf, dass an Ihrem Geld Blut klebt, eine Menge Blut!» Seine Entrüstung stand Filippo ins Gesicht geschrieben. Er kannte Heydenreich mittlerweile gut genug. Der Obersturmbannführer war in solchen Augenblicken unberechenbar, doch verhielt er sich bei dieser Wortkanonade überraschend ruhig. Vielmehr versuchte er vom Thema abzulenken: «Was sind Sie doch für ein kleines Würstchen! Was wissen Sie schon über das Weltgeschehen, von Politik und von Krieg. Gucken Sie mal in die Zeitungen, dann fällt Ihnen vielleicht auf, dass unsere Armeen überall, wo sie im Einsatz stehen, nur Erfolge verbuchen. Warten Sie nur, bis unser *Führer* Ihr kleines «Ländli» im Handstreich dem grosse *Deutschen Reich* einverleibt hat. Dann sprechen Sie vielleicht anders, Sie Grossmaul.» Heydenreich betonte in seiner euphorischen Belehrung das «Deutsche Reich» und den «Führer» mit besonderer Artikulation.

Filippo witzelte: «Wer zuletzt lacht, lacht am Besten. Ich weiss zwar nicht, welche Rolle dabei der Baron wirklich spielt. Ich bin mir aber mittlerweile ziemlich sicher, dass mein Patron auch nicht über jeden Zweifel erhaben ist.»

Heydenreich kam nun auf das Geld zurück: «Kommen wir endlich zur Sache: Wo ist der Koffer?»

Filippos Geduldsfaden war längst gerissen: «Ach lecken Sie mich alle, Ihr Führer und das gesamte Deutsche Reich, sonst wo. Ich habe längst begriffen, dass ihr braunen Ärsche schon längst nicht mehr am gleichen Strang ziehen; wie damals, als Ihr ergaunertes Gold über unwegsame Schmugglerpfade bei Nacht und Nebel und unter Zuhilfenahme von dummen Bauern ins Ausland schaffen wolltet. Aber heute bedient ihr euch, wie schon andere Diktatoren zuvor, der vornehmen Methode. Offenbar ist dafür unsere Schweiz wieder gut genug. Was sind Sie doch für ein widerwärtiger Mensch. Pfui Teufel!», schrie sich Filippo seinen Ärger von der Seele und spie Heydenreich direkt vor die Füsse.

Nun schien Heydenreichs Geduldsfaden zu reissen: «Was fällt Ihnen ein? Und was hörte ich da eben? Also steckten Sie doch hinter dieser Goldgeschichte?»

«Sie können sich Ihr dummes Gesicht sparen; Sie haben richtig gehört. Zufälligerweise weiss ich von jenen denkwürdigen Goldtransporten. Da hatten Sie auch Ihre dreckigen Finger im Spiel. Und weiss Gott, was damals mit jenem Alfons geschah. Verstehen Sie nun, Sie Kleinhirn, weshalb ich mit Ihnen nichts mehr zu tun haben will. Kommen Sie morgen ins Hotel. Dort können Sie Ihren Koffer haben, auf den Sie so scharf sind. Aber eines sage ich Ihnen, für dumm lasse ich mich nicht mehr verkaufen, wenn Sie mir weismachen wollen, das Geld sei für Löhne von ehrlichen Staatsangestellten bestimmt. Verstehen Sie ein für allemal, ich will mit diesem ganzen Abschaum nichts mehr zu tun haben.»

Mit den letzten Worten wandte Filippo sein Blick von Heydenreich und starrte auf den See hinaus. Die heutige Begegnung mit Heydenreich hatte ihm nun die gesamte Wahrheit offenbart. Filippo war nun noch entschlossener denn je, seine Tätigkeit im Dienste des Barons zu beenden. Es war jetzt höchste Eisenbahn, ein neues Leben zu beginnen.

Wieder Heydenreich zugewandt, verabschiedete er sich mit noch markigeren Worten: «Wie gesagt, den Koffer können Sie morgen um punkt zwei Uhr nachmittags im Hotel abholen. Ich bringe ihn ganz bestimmt nicht nach Mailand. Arrivederci und leben Sie wohl, Sie Arschloch!»

Mit dieser für Filippo ungewohnten Fäkalsprache kehrte er sich von Heydenreich ab und ging davon. Nach einigen Schritten hielt er inne und blickte nochmals zurück: «Ja, Sie haben richtig gehört: Nur Arschlöcher von Schweinen können so dumm sein, für einen Führer zu leben, der von sich noch selbst behauptet, sein Reich werde tausend Jahre bestehen können.»

Zügigen Schrittes entfernte sich Filippo und liess einen konsternierten Heydenreich zurück. Offenbar war sich dieser nicht gewohnt, dass man ihm mit derartig rüden Worten begegnet. Damit war es aber auch besiegelt: Mit diesem Auftritt kündigte Filippo faktisch nicht nur seine Anstellung im Hotel auf dem Monte Verità. Dies bedeutete auch das Ende im Dienste des Barons, was zusammengerechnet auch hiess, dass er seinem Leben einen neuen Inhalt geben musste.

Sein Puls raste, doch er spürte grosse Erleichterung. Sein Entschluss stand fest: Er wollte so rasch wie möglich Cynthia aufsuchen und ihr von seinem Entschluss erzählen.

Im Hotel angekommen, verlangte er beim Concierge ein Auslandsgespräch. Er hatte vor, die neuste Entwicklung Justus von Richtfeld mitzuteilen, ihm, der ihn in all den Jahren wie ein Freund unterstützt und ihm das viele Wissen in der Welt der Musen und der bildenden Künste beigebracht hatte. Filippo war es sich bewusst: Mit diesem Gespräch löste er auch die geschäftlichen Beziehungen mit seinem langjährigen Weggefährten. Als Freund aber wollte Filippo Justus von Richtfeld nicht verlieren.

Die Verbindung nach Hamburg war schnell aufgebaut. Schon nach kurzer Zeit wurde das Telefon abgenommen. Eine fremde Stimme meldete sich: «Hallo? Wer spricht?»

Filippo stutzte weil sich der Angerufene nicht selber meldete und fragte: «Ist Justus von Richtfeld zu sprechen?».

«Nein – Herr von Richtfeld wurde eben von der Gestapo abgeführt – Sie können ihn jetzt im *KZ Buchenwald*[1] besuchen.»

Danach war die Leitung tot. Ungläubig starrte Filippo in die Leere. Lange realisierte er nicht, was ihm diese Stimme eben gesagt hatte. Den Hörer noch am Ohr haltend, begriff er nur langsam den Inhalt dieser Worte. Langsam begannen sich seine Nackenhaare zu sträuben.

«War wohl keine gute Nachricht gewesen?», fragte der Gaetano und hob die rechte Augenbraue.

⌘

Im Hotel auf dem Monte Verità hielten sich um diese Jahreszeit nur noch wenige Gäste auf. Bei den meisten von ihnen handelte es sich um Stammgäste, welche die Ruhe und Musse über dem

---

[1] KZ Buchenwald: eines der größten Konzentrationslager auf deutschem Boden, zwischen Juli 1937 und April 1945 auf dem Ettersberg bei Weimar als Arbeitslager für etwa 250'000 Menschen eingerichtet; zirka 56'000 Todesopfer, darunter zirka 11'000 Juden.

Lago Maggiore der Betriebsamkeit während den Sommermonaten vorzogen. Die schwache Belegung war aber auch auf die knappe Landesversorgung mit Rohstoffen und Lebensmitteln zurückzuführen. Für die Hotelleitung wurde es daher immer schwieriger, für die sonst verwöhnten Gäste einen attraktiven Menueplan aufzustellen.

Filippo kümmerte dies jedoch kaum mehr. Die Hiobsbotschaft über das Schicksal von Justus von Richtfeld hatte ihn zutiefst getroffen. Zwar musste sein langjähriger Freund und Beschützer immer damit rechnen. Doch hatte ihn das Schicksal nun mit voller Härte getroffen. Die wahren Gründe seiner Verschleppung in eines der schrecklichsten Konzentrationslager konnte Filippo nur vermuten: Für die Nazis war und blieb Justus von Richtfeld ein Jude. Bestimmt geriet er auch durch seine Tätigkeiten im Dienste des Barons ins Visier der Gestapo. Doch ein noch schrecklicher Gedanke durchzuckte Filippo: Trug er am Ende an seinem Schicksal auch noch eine Schuld? Nur weil sie sich kannten und zusammen nicht wenige Male gegen die Nazis gearbeitet hatten?

Filippo lief es kalt den Rücken hinunter. Jetzt hatte er erst recht nur noch ein Ziel: So rasch wie möglich den Koffer loszuwerden und das Kapitel seines bisherigen Wirkens zu beenden.

Während Filippo in seinem Zimmer auf den Zeitpunkt der Übergabe des Koffers wartete, liess er die zahlreichen Stationen in seinem Leben nochmals Revue passieren, in denen Justus von Richtfeld eine besondere Rolle gespielt hatte. Er erinnerte sich noch gut an die erste Begegnung mit ihm, damals im Zug, wo er voller Tatendrang als blutjunger Bursche nach Zürich gereist und später ihm auf der Baustelle wieder begegnet war. Damals hatte er auch zum ersten Mal dem Baron gegenüber gestanden. Es waren wahrlich derer Erlebnisse viele, die er mit seinem deutschen Freund geteilt hatte.

Justus von Richtfeld war ihm in dieser langen Zeit nicht nur Lehrer und Vorbild, sondern er war ihm stets auch Stütze, Helfer und Retter in der Not zugleich gewesen. Und diese Zeit sollte nun der Vergangenheit angehören? Filippo hatte grosse Mühe sich damit abzufinden.

«*Hadere nicht Poppy!*», versuchte Coniglio zu trösten, der spürte, Filippo drohte in ein tiefes Loch zu fallen. «*Schau nun, das du den vermaledeiten Koffer endlich loswirst. Dann wirst du sehen: Es geht immer wieder ein Türchen auf.*»

«*Du hast gut reden. Einen richtigen Freund zu verlieren ist nicht einfach. Und einen solchen wie Herrn von Richtfeld wieder zu finden, ist noch viel schwerer.*» Während Filippo in seinen wehmütigen Betrachtungen verharrte, fiel sein Blick auf den Wecker auf dem Nachttisch. Oh Schreck! Der grosse Zeiger zeigte bereits auf fünf vor Zwei. Die vorgerückte Zeit liess ihn aus seinen Gedanken auftauchen. Der verabredete Zeitpunkt stand bevor. Filippo zog den Koffer unter dem Bett hervor, erfasste ihn mit energischem Griff und verliess hastig das Zimmer.

Filippo traf Heydenreich vor dem Hotel, der mit deutscher Gründlichkeit pünktlich erschien. Grusslos gingen sie aufeinander zu. Wie zu erwarten, eröffnete Heydenreich die Konversation: «Gehen wir hinein. Ich möchte nicht in aller Öffentlichkeit gesehen werden.»

Filippo schwieg. Heydenreich voraus, stiegen sie die Treppe hoch und betraten hintereinander die Hotellobby.

Gaetano, der Concierge, blickte ihnen neugierig entgegen. Das veränderte Verhalten Filippos entging ihm nicht. Fragend blickte er auf Filippo, der ihn jedoch nicht wahrnahm. So schwieg Gaetano, der sonst beim Eintreffen neuer Gäste sie immer herzlich zu begrüssen pflegte, und dachte sich seinen Teil.

Selbstbewusst wie immer stolzierte Heydenreich an der Rezeption vorbei in Richtung Hotelbar. Filippo folgte ihm mit einigem Abstand. Das Stakkato der schweren Schritte des Gestapomannes hallte in der Hotelhalle.

Die Bar war leer. Heydenreich steuerte direkt auf eine Polstergruppe zu, die von der Lobby her nicht einsehbar war. Ohne den Mantel abzulegen, liess er sich in einen Fauteuil fallen. Filippo blieb vor ihm stehen, immer noch den Koffer in der Hand haltend.

Heydenreich zeigte auf den Koffer, den Filippo jetzt neben sich stellte. «Ist noch alles Geld drin, oder haben Sie sich bereits bedient?»

Filippo überhörte die Frage und schob mit dem rechten Fuss den Koffer zu Heydenreich. Gleichzeitig zog Filippo einen Zettel aus seiner Jackentasche und streckte ihm diesen entgegen. «Zählen Sie das Geld doch selber.» Filippo legte das aufgefaltete Blatt Papier vor ihm auf den Tisch. «Dann unterschreiben Sie diese Quittung.»

Heydenreich liess die Quittung unbeachtet. In arrogant wirkender Weise lehnte er sich im Sessel zurück. Ohne Filippo auch nur einen Blick zu schenken, kramte er mit umständlichen Bewegungen ein Zigarettenpäckchen aus der Tasche und entnahm ihm einen Glimmstängel, den er sich sogleich zwischen die Lippen steckte. Langsam und ebenso kompliziert entzündete er ein Streichholz. Nachdem er die Zigarette in Brand gesteckt hatte, zog er den Rauch genüsslich tief ein. Danach blies er damit kunstvolle Ringe in die Luft. Heydenreich bequemte sich immer noch nicht, die Quittung zu lesen, geschweige denn, das Geld zu zählen. Vielmehr paffte er eine Zeit lang genüsslich vor sich hin, derweil Filippo ihn mit bohrenden Blicken feindlich anstarrte.

Nach weiteren Zügen hob schliesslich Heydenreich den Koffer auf den Tisch. Nun staunte Filippo nicht schlecht, als Heydenreich einen Schlüsselbund aus der Manteltasche hervorzog und daraus einen kleinen Schlüssel auswählte, den er in das Schloss steckte. Als er feststellte, dass der Koffer unverschlossen war, hob er den Kopf und blickte mit kritischem Blick zu Filippo hoch: «Warum ist Koffer nicht verschlossen? War das Ihr Werk?»

«Mein Gott; Was fällt Ihnen ein?», empörte sich Filippo. «Sicher nicht! Aber Ihre Leute sind offenbar nicht mal fähig, einen Koffer ordentlich zu verschliessen, zumal, wenn er so brisantes Material enthält, wie dieser. Er war schon unverschlossen, als er mir übergeben worden ist.» Der Zorn gegenüber Heydenreich war Filippo anzusehen.

Ohne etwas zu erwidern, schob Heydenreich beide Verschlüsse mit den Daumen zurück; sogleich schnappten die Bügel auf. Mit gespannter Miene hob er den Deckel hoch. Beim Anblick der Geldbündel wandte er sich drohend wieder Filippo zu: «Eines versichere ich Ihnen, mein Lieber: Der gestrige Tag und das Arschloch verzeihe ich Ihnen nie. Mit Leuten Ihres Schlags sind wir noch jedes Mal fertig geworden.» Bedächtig begann er den Inhalt abzuzählen. Mit deutscher Gründlichkeit kontrollierte er jedes einzelne Bündel und zählte die Geldscheine peinlich genau.

Filippo schaute ihm dabei hasserfüllt zu. In Gedanken wünschte er sich, diesem Mann niemals begegnet zu sein. Er verabscheute ihn, wie nichts auf der Welt.

Nach beendeter Arbeit kam Heydenreich zum Schluss, dass nichts fehlte. Nun zog er die Quittung unter dem Koffer hervor, überflog den Inhalt kurz und unterzeichnete wortlos das Papier.

Filippo kontrollierte die Unterschrift, faltete die Quittung sorgfältig zusammen und steckte sie in die Tasche seines Kittels. Ohne sich zu verabschieden verliess er die Bar. Heydenreich murmelte ihm nicht gerade schmeichelhafte Worte hinterher und schwor ihm die Rache aller heidnischen Götter. Filippo hörte ihn schon längst nicht mehr.

Als er wieder auf seinem Zimmer war, verspürte Filippo eine wohltuende Erleichterung. Er war sich allerdings bewusst, dass sein Verhalten weder vom Baron noch von der Gestapo, und schon gar nicht von Heydenreich, so ohne weiteres hingenommen würde. Doch für ihn zählte jetzt nur eines: Er wollte weg von hier! Bewegt holte Filippo das Reisegepäck aus dem Schrank, welches er schon am Vorabend für die Abreise bereitgestellt hatte. Bevor er den Raum verliess, blickte er nochmals zurück und überzeugte sich, dass er das Zimmer wie üblich aufgeräumt zurückliess.

Beim Verlassen des Hotels log er dem Concierge vor, er sei für eine unbestimmte Zeit für den Baron unterwegs und bat ihn, für seine Stellvertretung besorgt zu sein. Für Gaetano war dies zwar nichts Aussergewöhnliches. Aber irgendwie schien ihm Filippos Verhalten sonderbar. «Wenn du Probleme haben solltest, lasse es mich wissen. Du weisst, wir sind für dich da», rief er ihm nach und wünschte ihm wie immer eine gute Reise. Das befreiende Lachen, welches über Filippos Gesicht huschte, sah der Concierge längst nicht mehr. Doch hörte er noch, wie Filippo ihm zurück rief: «Wenn ihr mich sucht, ihr wisst ja, wo Cosimo wohnt.»

Kopfschüttelnd wandte sich Gaetano wieder seiner Arbeit zu.

Filippo befand sich bereits talwärts auf dem Strässchen nach Losone, von wo er nach Locarno und von dort zuerst mit dem Schiff nach Italien, dann mit der Eisenbahn nach Villadossola zu seiner Schwester fahren wollte. Dort wollte er verweilen, bis über die Sache Gras gewachsen war.

Das Tempo, welches Filippo auf seinem Weg nach Losone anschlug, glich jedoch eher einer Flucht.

⌘

2. Kapitel
1941 bis 1943

Europaweit und rund um die Schweiz liess Hitler seine Armeen in fremde Länder einmarschieren. Selbst der afrikanische Kontinent wurde von den Nationalsozialisten nicht verschont. Unter dem Kommando vom Generalleutnant und späteren Generalfeldmarschall Erwin Rommel marschierten im Februar 1941 die ersten Einheiten des Deutschen Afrika-Korps in Tripolis ein. Am 27. März 1941 wurde in Verbindung mit dem geplanten Angriff auf Griechenland gegen Jugoslawien ein Blitzkrieg geführt. Kurz darauf rückten deutsche Panzer in Athen ein.

Die bisher siegessichere Führung des Deutschen Reichs liess sich gezielt auf einen Vielfrontenkrieg ein. Am 13. Mai 1941 erliess der Führer im Osten eine Kriegsgerichtsbarkeit mit dem Zweck, mit brutalsten Methoden gegen die sowjetische Bevölkerung vorzugehen. Kriegsgefangene der Roten Armee wurden gemäss einem speziellen Kommissarbefehl und nach durchgeführter Aussonderung kurzerhand – wie es im Gestapo-Jargon hiess – liquidiert.

Am 8. Juli 1941 verkündete Hitler seinen Entschluss, Moskau und Leningrad dem Erdboden gleichzumachen, um «*...zu verhindern, dass Menschen darin bleiben, die das (...) deutsche Volk dann im Winter ernähren müsste*».

Er befahl ausserdem, die deutsche Rüstung schwerpunktmässig auf Luftwaffe und Marine umzustellen. Dies allerdings zu Lasten des Heeres, was einigen Feldherren nicht in den Kram passte. Der bisher siegegewohnte Führer glaubte jedoch, den eben erst begonnenen Ostfeldzug bereits als gewonnen betrachten zu können.

Auch gegen die Schweiz hatte Hitler Kampfpläne erstellen lassen. Doch die sich im ersten Halbjahr 1941 überstürzenden Ereignisse in Afrika, im Osten sowie im Süden Europas waren Gründe genug, um den bisherigen Druck auf das neutrale Alpenland wieder abflauen zu lassen. Selbst die Luftzwischenfälle mit deutschen Flugzeugen, in die trotzige schweizerische Kampfflieger immer wieder im Grenzgebiet der Jurahöhen verwickelt waren, erschienen Hitler plötzlich weniger wichtig als die sich anbahnenden Probleme an den anderen Fronten.

Vor diesem Hintergrund überraschte es daher nicht, dass die Krieg führenden Nationen hierfür riesige Summen von US-Dollars, englischen Pfunds, französischen Francs, deutschen Reichsmark, japanischen Yen und selbst Schweizerfranken bereitzustellen hatten. Der Geldfluss auf den internationalen Finanzmärkten war rege. Millionenwerte wurden per Kurier hin und her oder von einer Bank zur anderen verschoben.

Seit dem Wegzug aus dem Hotel auf dem Monte Verità und dem Abbruch sämtlicher Verbindungen zum Baron hatte Filippo jedoch jegliches Interesse an der Weltpolitik und der Entwicklung in Europa verloren. Die Deportation seines Freunds Justus von Richtfeld ins KZ Buchenwald hatte ihm schliesslich noch den letzten Glauben an die Gerechtigkeit geraubt. Deshalb machte ihm der Wegzug aus seiner Heimat, auf die er sich Zeit seines Lebens immer hatte verlassen können, mehr zu schaffen, als er es erwartet hatte. Ausserdem musste Filippo nun schmerzlich erfahren, was es für einen Ausländer hiess, in einem fremden Land auf Arbeitssuche zu gehen, wo es selbst für Einheimische nicht genug Stellen gab.

Den geplanten Neubeginn in Villadossola, einem Dörfchen nahe dem Hauptort Domodossola, hatte sich Filippo in der Tat anders vorgestellt. Da halfen ihm auch aufmunternde Worte seiner Schwester nicht darüber hinweg. Das einfache, zweigeschossige Häuschen, welches Cosimo von seiner Tante erben konnte, bot zwar Platz für alle. Doch das Zusammenleben unter einem Dach, die ständige Knappheit an Geld und Lebensmittel sowie die Enttäuschung darüber, keiner ständigen Beschäftigung nachgehen zu können, führte unter ihnen bald zu Missstimmungen. Wenigstens war es dank einer verwandtschaftlichen Beziehung Cosimo vergönnt, bei den staatlichen Eisenbahnen zu arbeiten. In den Werkstätten von Domodossola verrichtete er von frühmorgens bis spät in den Abend hinein Reparaturen an Lokomotiven, Waggons und Fahrgestellen aller Art.

Cynthia arbeitete ab und zu beim nahen Bahnhof in einem Restaurant. Vom Besitzer erhielt sie anstelle eines Lohns manchmal übrig gebliebene Lebensmittel, die sie mit nach Hause nehmen durfte. Hauptsächlich aber besorgte sie für Cosimo den Haushalt und pflegte den Garten, aus dem sich manchmal etwas Gemüse und Früchte ernten liess.

Lange Zeit fand Filippo keine sinnvolle Beschäftigung, und der wochenlang dauernde Müssiggang fiel ihm immer schwerer. Mit jedem neuen Tag musste er aufs Neue feststellen, dass die gepflegte Umgebung im Hotel, die angeregten Gespräche mit interessanten Leuten und vor allem die Spannungsfelder und Abenteuer, welche die Aufträge des Barons mit sich gebracht hatten, endgültig der Vergangenheit angehörten. Auch der am frühen Morgen beim Erwachen gewohnte Blick aus dem Fenster auf sein geliebtes Ascona fehlte ihm. Bald hegte er grosse Zweifel, ob sein Entschluss nicht übereilt gewesen war, alle Brücken hinter sich abzubrechen.

Seine ursprüngliche Absicht, so rasch wie möglich wieder einer geregelten Arbeit nachgehen zu können, verkam immer mehr zur Illusion. Obwohl er sich anfänglich sehr darum bemühte, deprimierte ihn der stete Müssiggang. Wenn schon mal eine der seltenen offenen Stelle zu besetzen war, wurde selbstverständlich ein Einheimischer bevorzugt. Die grassierende Arbeitslosigkeit und die an allen Ecken und Enden spürbaren Kriegsängste der Menschen liessen immer weniger Perspektiven zu

Filippos Gemüt erfuhr wenig später nochmals einen Tiefschlag, als ihm eines Morgens – Cosimo war bereits zur Arbeit gefahren – der Postbote einen Brief überbrachte, der als Absender die Insignien des Hotels Monte Verità trug. Der Brief war in Ascona aufgegeben worden.

Als Filippo den Brief mit zitternden Händen öffnete, ahnte er nichts Gutes. Sofort erkannte er Gaetanos Handschrift.

Die kurz gehaltene Mitteilung traf ihn mitten ins Herz: Ihr Vater war gestorben! Unerwartet sei er in seiner Wohnung im Pedemonte an einem Herzschlag erlegen. Die Beisetzung hätte bereits stattgefunden. Neben einigen tröstenden Worte schrieb Gaetano noch, zwecks der zu erledigenden Formalitäten müsste er sich so rasch wie möglich mit der Gemeindebehörde des Wohnorts seines Vaters in Verbindung setzen.

Für einen Augenblick wusste Filippo überhaupt nicht, was um ihn herum geschah. Den Brief noch in der Hand haltend, starrte er über den Gartenzaun hinaus ins Leere. Willenlos setzte er sich auf die Bank neben dem Hauseingang. Langsam begriff er den Inhalt dieser Mitteilung. Wie ein eiskalter Schauer lief es ihm über den Rücken, sein Brustkorb begann zu beben, seine Augen füllten sich langsam mit Tränen.

Den ersten Schock noch nicht überwunden, trat Cynthia aus dem Haus. Auf ersten Blick erkannte sie, dass mit ihrem Bruder etwas nicht stimmte. Wortlos und ohne sie anzusehen, hielt Filippo ihr den Brief entgegen.

Die Hiobsbotschaft traf sie ebenso hart. Kaum hatte sie die Zeilen gelesen, stiess sie einen spitzen Schrei aus und eilte ins Haus. Es war unübersehbar: Dem Geschwisterpaar wurde damit die letzte, noch übrig gebliebene Verbindung zu ihrem eigentlichen Zuhause geraubt.

Die folgende Zeit war von Trauer geprägt. Während Cynthia sich an Cosimo festhalten konnte, hatte Filippo damit allein fertig zu werden. Der Tod seines Vaters liess ihn seelisch wie mental noch tiefer in eine tiefe Leere fallen. Jetzt machte er sich noch mehr Vorwürfe, dass er Vater verlassen hatte und seiner Schwester gefolgt war. Wäre er doch bei ihm geblieben, dann würde er vielleicht noch leben.

Um die Formalitäten und den Nachlass ihres Vaters kümmerte sich in der Folge seine Schwester. Filippo wäre dazu nicht in der Lage gewesen. Von tiefen Depressionen geplagt, weigerte er sich kategorisch, dafür in die Schweiz zurückzukehren.

⌘

Die Zeit nach Vaters Tod tröpfelte in Villadossola im eintönigen Gleichklang und stetem Existenzkampf dahin, bis an jenem denkwürdigen Septembertag 1941, als Cosimo sich von seinem

Arbeitsort auf den Weg von der Arbeit nach Hause machte. Cynthia hantierte zu dieser Zeit in der Küche und Filippo sass im Garten auf der Bank. Gelangweilt sonnte er sich in der warmen Abendsonne. Schnuppernd hob er die Nase in die Luft. Den Düften nach zu schliessen, die aus dem Fenster zu ihm herüber schwebten, kochte Cynthia für heute Abend eine würzige *Polenta*[1].

Kurze Zeit später kam Cosimo des Weges und strahlte schon von weitem über das ganze Gesicht. Wohl bemerkte Filippo dies, doch hatte er es inzwischen verlernt, die Fröhlichkeit anderer zu erwidern. Nach einer flüchtigen Begrüssung versuchte Cosimo Filippo mit einer Botschaft aufzuheitern: «Du wirst es nicht erraten, wen ich heute getroffen habe.»

Filippo blieb stumm und gönnte seinem Schwager in spe kaum einen Blick. Die Ellenbogen auf die Knie gestützt, las er Kieselsteine vom Boden auf, schüttelte sie in der hohlen Hand wie Würfel, um sie danach weit von sich zu werfen.

Cosimo bemerkte rasch: Filippo durchlebte einmal mehr ein Stimmungstief. Bewusst übersah er aber seine Verfassung und berichtete frohgelaunt: «Magst du dich an Mirko erinnern?»

Für einen kurzen Moment hob Filippo den Kopf, schaute Cosimo ungläubig an und fragte mürrisch: «Wer zum Teufel ist Mirko? Ich kenne keinen Mirko.» Er senkte den Kopf wieder und warf weiter Kieselsteine weit von sich.

«Tu nicht so; natürlich kennst du Mirko, den Sohn von einem Freund deines Vaters. Ich weiss zwar nicht, wo sich die Väter kennen gelernt haben, aber Mirko hat mir gesagt, er wäre damals schon einige Male bei euch zu Besuch gewesen. Weisst du nun, wen ich meine?»

Interessiert wartete Cosimo auf Filippos Reaktion, der jedoch erneut Kieselsteine zu werfen begann.

---

[1] Polenta (in Südtirol *Plent*, in Kärnten und Steiermark auch *Plentn* oder *Sterz* genannt): ein meist aus Mais-Grieß hergestellter fester Brei. Im Nordosten Italiens und Teilen der Schweiz, Österreichs, Rumäniens und Moldawiens sowie des Balkans zur regionalen Kochtradition gehörend.

«*Hey Poppy! So behandelt man keine Freunde*», mischte sich nun Coniglio verärgert ein. «*Cosimo kann wirklich nichts dafür, wenn du wieder einen schwarzen Tag hast. Beantworte wenigstens seine Frage.*»

Coniglios Vermittlung schien zu wirken. Nach einer Weile nickte Filippo müde und murmelte kurz angebunden vor sich hin: «Vielleicht. Aber der Junge hiess Ugo.»

«*Na also*», quittierte Coniglio und gab gleich noch eins drauf: «*Aber höflicher könntest du jetzt schon noch werden.*»

Das Interesse Filippos schien zumindest geweckt geworden zu sein, was Cosimo nicht entging. Die Gelegenheit nutzend berichtete er weiter von seiner Begegnung mit Mirko: «Ich wusste, du kennst ihn; Mirko ist auch nur sein Spitzname. Also hör zu: Als ich heute Morgen zur Arbeit kam, wurde mir eben dieser Mirko...»

«...Ugo...», korrigierte Filippo unwirsch.

«*Was hatte ich eben gesagt? Bleib freundlich!*», insistierte Coniglio hartnäckig.

«Ja, ich weiss», erwiderte Cosimo und begann sofort weiter zu berichten: «Ich nenn ihn nun Mirko, weil ihn alle so nennen. Also bitte, hör mir jetzt zu: Mirko ist heute Morgen zu uns ins Depot gekommen. Er wollte irgendetwas Technisches über den Simplontunnel und die Bahnanlagen wissen. Dann erzählte uns der Betriebschef, Mirko arbeite für eine Firma in Frankreich, die ebenfalls mit Eisenbahnen zu tun habe.»

«Und weshalb erzählst du mir das?», fragte Filippo mürrisch.

Cosimo überhörte die Zwischenfrage. Unbeirrt wusste er weiter zu berichten: «In der Arbeitspause hatte ich Gelegenheit, mit Mirko allein zu sprechen. Ich sage dir: ein toller Mensch! Der weiss so viel; und mir scheint, der weiss, was da oben läuft.» Dabei hob er den Zeigefinger und wies nach oben. Filippo erkannte sofort, was er damit meinte: Mirko pflegte offenbar Kontakte zu einflussreichen Persönlichkeiten. Angeekelt wandte er sich von Cosimo ab; nur ungern erinnerte er sich an den Baron, der ebenfalls Verbindungen *nach oben* pflegte.

Cosimo entging Filippos Verhalten nicht. Unbeirrt fuhr er in offensichtlicher Begeisterung über diese Person fort: «Ich kann mir denken, was in dir jetzt vorgeht. Wir sprachen über dich. Er kennt dich und Cynthia. Mir schien, als interessierte er sich sehr für dich.»

«Ja und? Was hast du über mich erzählt? Dass ich ein Nichtsnutz bin?»

Cosimo ignorierte die Frage: «Ich will dich nicht auf die Folter spannen. Morgen wirst du mit ins Depot kommen. Mirko wird wieder da sein. Ich vermute fast, er hat eine Arbeit für dich.»

Filippos Blick wanderte zu Cosimo. Sein Interesse schien zwar geweckt, doch hegte er Zweifel. «Zu schön um wahr zu sein», sprach er und erhob sich.

Während Filippo nachdenklich auf und ab ging, hielt Cosimo geduldig inne. Er erkannte, Filippo würde gerne etwas dazu sagen. Aber irgendetwas beschäftigte ihn, was ihn daran hinderte.

Nach einer Weile antwortete Filippo, wenn auch mit resigniertem Unterton: «Der sucht vielleicht nur einen Dummen, der ihm irgend so eine Drecksarbeit abnimmt.»

Filippo befand sich tatsächlich in einer tiefen Gemütsverfassung. Selbst solche Chancen vermochte er nicht mehr positiv wahrzunehmen. Enttäuscht wandte sich Cosimo von ihm ab, hatte er sich doch erhofft, seinem Freund damit eine Freude zu bereiten. Stattdessen verharrte Filippo immer noch in seiner bald unerträglichen Lethargie.

Dann gab sich Cosimo nochmals einen Ruck, setzte sich auf die Bank und forderte Filippo energisch auf: «Komm setz dich!», stellte die leere Verpflegungsbüchse, die ihm Cynthia jeden Morgen mit einer einfachen Mahlzeit gefüllt hatte, neben sich auf den Boden und versuchte Filippo zu trösten: «Filippo, komm! Lass den Kopf nicht hängen.»

Widerwillig kam Filippo der Aufforderung nach. Verständnisvoll legte Cosimo ihm den Arm über die Schultern und zog ihn leicht zu sich: «Filippo, mein Freund. Wie viele Male hast du mir schon beigestanden! Mehr noch, du und Cynthia haben mich vor dem Allerschlimmsten bewahrt, ja ihr habt mir das Leben gerettet. Weisst du noch in München? Bitte! Lass mich jetzt dir helfen!»

Als Cosimo seinen Freund von der Seite her ansah, bemerkte er, dass sich Filippos Augen mit Tränen füllten. Geduldig liess er ihn gewähren. Er wusste ja aus eigener Erfahrung, dass Weinen zuweilen für Leib und Seele besseres zu tun vermag als tausend freundschaftliche Worte. Selbst Coniglio schwieg verständnisvoll.

Langsam fasste sich Filippo wieder. Cosimo versuchte es nochmals mit tröstenden Worten: «Steh auf mein Freund. Wir essen jetzt und gehen morgen zu Mirko. Ich bin selber neugierig, was er im Schilde führt.»

In diesem Moment streckte Cynthia den Kopf zum Fenster im ersten Stock heraus und rief ihnen zu, das Abendessen stünde bereit. Von der Unterhaltung der Männer hatte sie nichts mitbekommen. Aber die Unterbrechung kam wie gerufen. Filippo raffte sich auf und erhob sich als Erster von der Bank.

⌘

Die Begegnung mit Mirko erwies sich in mancher Beziehung für Filippo und Cosimo als schicksalhaft. Der schwarzäugige, gross gewachsene und kräftig gebaute schlanke Norditaliener überzeugte bereits durch sein blosses Erscheinen. Sein Gesicht prägten zwar energische Züge, doch die tiefen Lachfalten unter den leicht buschigen Brauen liessen erahnen, dass er kein Kind von Traurigkeit war. Die eher abenteuerlich wirkende Kleidung – über einem verwaschenen Leinenhemd trug er eine am Kragen pelzbesetzte schwarze Lederjacke und abgewetzte braune Drillichhosen – passte allerdings nicht ganz zu seiner Selbstsicherheit, die er ausstrahlte. Die Kopfbedeckung verriet hingegen seine wahre Herkunft: Auf dem schwarzen *Barett*[1], unter dem massenweise Lockenhaare hervor quollen und ihm teilweise ins Gesicht hingen, war seitlich

---

[1] Barett: auch Baskenmütze genannt, eine aus Wolle oder Filz hergestellte Kopfbedeckung. Im Gegensatz zum Barett ist die Baskenmütze eine zivile Kopfbedeckung.

ein Abzeichen aufgenäht, welches auf eine militärische Zugehörigkeit hinwies. Mirko war es sich zweifellos gewohnt, Menschen zu führen und für sich zu gewinnen.

In der Tat, Mirko vermochte Filippo und Cosimo, der ihn ja schon am Vortag flüchtig kennen gelernt hatte, auf Anhieb zu beeindrucken. Schon wenn er mit seiner sonoren Stimme zu sprechen begann, zog er seine Zuhörerschaft in den Bann. Mirko schien sehr intelligent zu sein und verfügte über einen grossen Wortschatz, den er in seinen Schilderungen geschickt einzusetzen wusste.

Zunächst erzählte Mirko von sich und seiner Tätigkeit in Südfrankreich. Wie Cosimo schon berichtet hatte, arbeitete Mirko zwar dort, sein Arbeitgeber war jedoch eine italienische Firma, die Signalanlagen für Eisenbahnen herstellte. Im Verlauf des Gesprächs bemerkte Filippo aber bald, dass Mirko neben den beruflichen Interessen auch eine grosse Leidenschaft für die Politik seines Landes und die derzeitige Weltlage hatte. Filippo schien es, dass diesem Mann ein ausgeprägtes Demokratieverständnis und ein beinahe abnormes Freiheitsbewusstsein eigen sein musste, denn sobald der Fokus ihres Gesprächs auf den italienischen Faschismus oder den deutschen Nationalsozialismus schwenkte, ereiferte er sich derart, dass ihm die Halsschlagadern anzuschwellen begannen. Es überraschte daher nicht, dass er alle Protagonisten, welche sich solchen Ideologien hingegeben hatten, hasste wie nichts anderes auf der Welt.

Trotzdem: Je länger Filippo diesem Mann in der Fabrikkantine gegenüber sass und ihm zuhörte, desto stärker verspürte er tief in seinem Innersten eine langsam wiederkehrende Kraft – eine Kraft, wie er sie, seit er die Brücken hinter sich abgebrochen hatte, nicht mehr gekannt hatte.

In ihrem Gespräch, welches sich bis zum Mittag hinzog, erzählten sie sich viel über ihre Väter und ihre Erfahrungen, was vor allem Filippo Gelegenheit bot, von seinem ehemaligen Auftragsgeber, dem Baron, zu berichten. Filippo erzählte ausführlich von seiner Gefangennahme durch die Gestapo in Hamburg, der anschliessenden Haft und vom dramatischen Zwischenfall auf der *Ile de France*.

Mirko war ein geduldiger Zuhörer. Besonders interessiert verfolgte er, wie Filippo sich mit grosser Begeisterung an die geglückte Flucht über die Alpen erinnerte, und daran, wie sie den deutschen Soldaten ein Schnippchen geschlagen hatten[1]. Je länger er ihm seine Aufmerksamkeit schenkte, desto stärker fiel es Mirko auf, dass in Filippo weit mehr Fähigkeiten steckten, als er anfänglich angenommen hatte.

Es war deutlich festzustellen: Das Gespräch tat Filippo gut. Er taute in der Gegenwart des Italieners förmlich auf. Fragen, auf die Filippo bisher keine Antworten gefunden hatte, sprudelten nun nur so aus ihm heraus, während Cosimo kaum mehr zu Wort kam. Trotzdem zeigte sich dieser ebenfalls rundum glücklich. Zufrieden stellte Cosimo fest, wie sein Freund wieder aufzuleben begann und sogar wieder für etwas zu begeistern war. Filippo schien wieder ganz der Alte zu sein.

Nach dem gemeinsamen Mittagessen in der Kantine trennten sie sich, nicht, ohne ein weiteres Treffen zu vereinbaren. Beim Verabschieden bemerkte Mirko beiläufig, dass sich für Filippo in seiner Organisation bestimmt eine Arbeit finden liesse. Gleichzeitig versicherte er ihm, beim nächsten Treffen wüsste er bestimmt mehr darüber zu berichten. Freudig nahm Filippo die Bemerkung zur Kenntnis und bedankte sich bei Mirko mit festem Händedruck.

Gegen Abend, als Filippo und Cosimo zufrieden nach Villadossola zurückgekehrt waren, entlud sich über dem Tal ein heftiges Gewitter. Pitschnass erreichten sie ihr Haus, wo Cynthia bereits mit dem Essen auf sie wartete.

Das Treffen mit Mirko war selbstverständlich am Tisch ihr Hauptthema. Was allerdings Cynthia ganz zum Schluss auch noch zu erzählen wusste, begriff Filippo zunächst nicht. Erst als seine Schwester sich in einem zweiten Anlauf Gehör verschaffen konn-

---

[1] PICCHIO ROSSO Teil 1 (ISBN 978-3-907860-09-0).

te, hörte er genauer hin: Mit fester Stimme erklärte Cynthia – und schaute dabei Cosimo verliebt in die Augen – dass ihnen ein noch weit wichtigeres Ereignis bevorstünde, nämlich, dass sie und Cosimo sich verlobt hätten und die Heirat noch in diesem Jahr stattfinden würde. Die Vorbereitungen seien bereits getroffen worden.

⌘

«In dem Namen Gottes, des Vaters, des Sohnes und des Heiligen Geistes. Amen.»

Filippo bemühte sich, der bevorstehenden Zeremonie folgen zu können. Die letzten Tage waren hektisch gewesen, und zudem stand er noch unter dem Eindruck der Begegnung mit Mirko. Seither schwirrten seine Gedanken wild umher. Die Wechselbäder der Gefühle überstiegen bald seine mentalen Kräfte. In der Zeit bis zur Hochzeit schaffte er es nur mit äusserster Mühe und einem unbeschreiblichen Willen, wieder Ordnung in sein Leben zu bringen. Ohne die Hilfe seiner Schwester und Cosimo, aber auch mit Unterstützung seiner inneren Stimme hätte er dies nie geschafft.

Filippo konnte es an diesem denkwürdigen Tag noch immer nicht fassen – was für ein Anblick: Sein einziger verbliebener Freund, gekleidet in einen ausgeliehenen schwarzen Anzug und seine geliebte Schwester in einem weissen Hochzeitskleid, welches vor einigen Jahren schon Cosimos Tante Petullia getragen hatte, standen nun vor dem Traualtar und warteten darauf, den göttlichen Segen für ihr gemeinsames Leben zu empfangen. Cynthias Haarpracht zierte ein kunstvoll eingebundenes Krönchen. Züchtig bedeckte der weisse Schleier ihr Gesicht.

In diesem denkwürdigen Augenblick pendelte Filippos Seele erst recht in einem wilden Durcheinander zwischen Enttäuschung und Freude, Wehmut und Eifersucht hin und her. Einerseits war er auf seine Schwester mächtig stolz und freute sich darüber, dass sie sich nun mit seinem Freund verehelichen wollte. Andererseits fühlte er sich trotz dem aufmunternden Gespräch mit Mirko immer noch als Versager. Immer wieder hatte er gegen diese abgrundtiefe Ohnmacht zu kämpfen, die jetzt nur von einer schwachen Schicht von spontanem Glück überdeckt wurde.

Von weit her drangen des Priesters Worte an sein Ohr: «Cynthia Negri und Cosimo Scarpo.»

Filippo hörte die Stimme kaum; zu sehr war er mit den eigenen Gedanken beschäftigt und senkte seinen Blick zum Boden.

«Hey Poppy! Hör nun dem Priester zu. Schliesslich ist dies Cynthias schönster Tag.» Recht hatte Coniglio – doch Filippo tat sich schwer, sich auf die Zeremonie zu konzentrieren.

«Geliebte in dem Herrn», setzte der Priester die feierliche Handlung fort. «Ihr seid hier in Gegenwart dieser Zeugen vor Gottes Angesicht erschienen, um als gesetzlich verbundene Eheleute den Segen Gottes zu diesem Ehebunde zu begehren. Bevor wir jedoch zu dieser heiligen Handlung schreiten, lasst uns dessen eingedenk sein, wie wichtig und heilig, und zugleich, wie folgenreich und verantwortungsvoll dieser feierliche Schritt für euch beide ist.»

«Mein Gott, welche Wege lässt du uns gehen? Gib mir doch noch etwas Zeit, um über mein Leben nachzudenken. Muss denn alles so schnell geschehen?» Filippo zauderte, derweil ihm Coniglio Mut zu sprach: *«Hey Poppy! Schau deine Schwester an. Ist sie nicht hübsch anzusehen?»*

Filippo blickte auf und sah nach vorne, wo sie ganz in Weiss neben Cosimo kniete – wirklich eine schöne Braut! Er spürte förmlich, welch ein Glück von ihr ausging. Doch die Gedanken an die Ereignisse der letzten Tage holten ihn wieder ein. Über die vor ihm sich abspielende Szene legte sich wieder ein dunkler Schleier. Filippo senkte seinen Blick und starrte wieder verdrossen zu Boden.

Ungeachtet dessen setzte der Priester die Trauungszeremonie nach altem Brauch fort: «...der Ehestand ist ein heiliger Stand, in welchen ihr mit dieser Stunde eintretet; denn Gott der Allmächtige und Heilige hat ihn selbst gestiftet, indem er sprach: Es ist nicht gut, dass der Mensch allein sei; ich will ihm eine Gehilfin machen, die um ihn sei.»

«Wie war das?» Die letzten Worte schnappte Filippo noch auf und sah sich mit einem Widerspruch in seinem Inneren konfrontiert: *«Unsinn! In so vielen Stunden seines Lebens ist der Mensch mit sich allein.*

Jeder muss doch selbst entscheiden, ob er etwas tun oder lassen soll. Oh Gott, wie willst du uns dann helfen?» Er dachte an Mirko. Der Quervergleich lag auf der Hand. Soll er diesem Menschen wirklich sein Vertrauen schenken? Ob ihm Gott bei dieser Entscheidung wohl auch helfen würde...? Er liess die Frage offen und versuchte, der vom Priester zelebrierten Festlichkeit zu folgen:

«...er nahm ihm eine Rippe aus der Seite und schuf aus ihr das Weib, die Eva ward geboren. Der Mann sprach von ihr: Das ist Bein von meinem Gebein, und Fleisch von meinem Fleisch. Und Gott segnete sie, und sprach: Seid fruchtbar und mehret euch, und füllet die Erde, und machet sie euch Untertan...»

«Himmel noch mal, wer macht hier auf Erden wen zum Untertan? Sind denn Kriege die einzigen Mittel, um das Leben auf diesem Planeten zu bewältigen?» Unruhig rutschte Filippo auf der Kirchenbank hin und her. Alte Erinnerungen wurden wach. Er dachte an seinen Freund, Justus von Richtfeld. Ob er noch lebte? Nicht, dass er seiner Schwester ihr Glück missgönnte. Vielmehr nervten ihn die gesalbten Worte des Priesters. Sie galten seiner Schwester, derweil die Zeit von Krieg, Tod und Zerstörung gezeichnet war. Der Verzweiflung nahe, legte er den Kopf in die Hände und stützte die Ellbogen auf die Knie. Der Ohnmacht nahe, schluchzte er verzweifelt und still in sich hinein: *«Lieber Gott, da vorne steht meine einzige Schwester und ist im Begriff, sich mit meinem Freund zu vermählen. Ich flehe dich an, segne sie und lass sie glücklich werden. Ich frage dich aber: Gibt es auch für diese Welt etwas Frieden und vielleicht auch einmal ein Weib, das mich versteht?»* Die Frage erschreckte ihn. Mit einem Mal wurde er es sich bewusst, dass er von nun an allein auf sich gestellt war.

«Geduld, Geduld, lieber Poppy. Die Zeit deiner Liebe wird noch kommen – verlass dich darauf», tröstete ihn seine innere Stimme.

«Ich brauch den Frieden aber jetzt», flehte Filippo Coniglio an. *«Lieber Himmel, was soll ich tun?»*

Die Stimme des Priesters drang wieder von weit her an sein Ohr: «...nach dem Sündenfall aber belegte der Herr den Ehestand auch mit dem Kreuz, indem er zum Weibe sprach: Ich will dir viele

Schmerzen schaffen, wenn du schwanger wirst; du sollst mit Schmerzen Kinder gebären...»

Die Predigt hörte Filippo inzwischen längst nicht mehr. Er schluchzte leise in sich hinein. Die wenigen Menschen in der Kirche bemerkten es nicht. Nur der Priester schielte zuweilen zu ihm hinüber. Es schien, als bemerkte er Filippos Gemütsverfassung.

Die Gedanken in Filippos Hirn glichen einem Sturm. Sie wogen zu schwer, um sie mit der heiligen Zeremonie noch teilen zu können. Bald erkannte er keinen Ausweg mehr. Am liebsten wollte er jetzt aus der Kirche laufen, um über sein Dasein nachzudenken, welches er nur noch als einen ständigen Kampf gegen Intrigen und Unwahrheiten wahrzunehmen in der Lage war. Die Erinnerungen an die Tätigkeiten im Dienste des Barons machten ihn wütend und traurig zugleich. *«Wie konnte ich mich in diesem Manne nur so täuschen? Und wieso um alles in der Welt, entfachen Irre, wie dieser Adolf Hitler, Kriege? Und die Menschen laufen solchen Despoten in Scharen nach!»*

Die Wut gegen die Welt überschattete die Freude über das Glück seiner Schwester. Noch grösser aber war die Enttäuschung über den Baron und sein scheussliches Doppelspiel. Am Anfang war er doch überzeugt gewesen, einem Menschen zu dienen, der es ehrlich meinte, und der nur den Musen und den schönen Künste huldigte. Statt dessen...

Zugegeben, ein Schlitzohr war der Baron immer gewesen. Darauf hatte ihn sein Freund Justus von Richtfeld mehr als einmal hingewiesen, und so blauäugig war selbst Filippo nie gewesen, um nicht erkannt zu haben, dass ihm der Zweck nur die Mittel heiligte.

Dass er nun aber noch mit den grössten Verbrechern aller Zeiten im grossen Stil konspirierte und dabei jedes Opfer in Kauf zu nehmen schien, überstiegen seine Wertvorstellungen über Ehre, Moral und das Leben. *«Vater im Himmel, warum tust du uns das an? Wo ist mein Selbstvertrauen geblieben? Gib mir bitte die Kraft und die Zuversicht zurück, die ich in meinem Leben bisher von dir erhalten durfte.»*

«...weder in Glück noch Unglück, in Freud oder Leid, in Ehren oder Unehren, auch dich zu keiner anderen halten ihr Leben lang, sondern ihr die eheliche Treue bewahren unverbrüchlich, und dich nicht von ihr scheiden willst, bis der Tod euch scheidet?»

Die letzten Worte des Priesters holten Filippo in die Gegenwart zurück. «*Was sagt er? Tod?*» In seinem Magen machte sich ein beklemmendes Gefühl breit.

«*Hey Poppy! Ja, Tod hat er gesagt. Auch dieser wird dich einmal ereilen. Jetzt aber pass endlich auf!*» Coniglios Worte trafen Filippo in seinem tiefsten Inneren. Mit wachsendem Interesse verfolgte er den nun unmittelbar bevorstehenden, entscheidenden Moment. Heimlich wischte er sich die feuchten Augen trocken, atmete tief durch und blickte nach vorn zum Traualtar.

«Ist dieses dein fester Entschluss und Wille», kam der Priester schliesslich zur alles entscheidenden Frage: «so bekräftige dieses allhier vor dem allgegenwärtigen und allwissenden Gott und diesen Zeugen durch ein vernehmliches «Ja».

Cosimos Antwort war unüberhörbar: «Ja!»

Der Priester wandte sich Cynthia zu: «So frage ich auch dich als Ehefrau hier vor Gottes Angesicht, ob du mit diesem deinem Ehemanne willst nach Gottes Ordnung ehelich leben, ob du ihn ehren, lieben, in allen vernünftigen und Gott wohlgefälligen Dingen gehorchen, ihm allezeit Rat, Hilfe und Beistand leisten, und ihn nie verlassen willst, weder in Glück noch im Unglück, in Freud oder Leid, in Ehren oder Unehren, auch dich zu keinem andren halten dein Leben lang, sondern ihm die eheliche Treue bewahren unverbrüchlich, und dich nicht von ihm scheiden willst, bis der Tod euch scheidet? Ist dieses dein fester Entschluss und Wille, so bekräftige dieses allhier vor dem allgegenwärtigen und allwissenden Gott und diesen Zeugen durch ein vernehmliches Ja.»

Cynthias Jawort war kaum hörbar, doch nicht weniger bestimmt.

Es grenzte an ein Wunder. Es bedurfte offenbar nur dieser einfachen Worte. Verflogen war die Unrast und Verzweiflung. Filippo schöpfte wieder Hoffnung. Weg waren die Depressionen der vergangenen Stunden und Tage und wichen langsam einer unbeschreiblichen Freude. Er hob den Kopf und blickte zur Kirchendecke hoch, als wollte er sich bei Gott für das wieder erlangte Glück bedanken. *«Oh Gott, du hast mich erhört. Ich weiss, es wird alles gut.»*

«...der allmächtige Gott ist Zeuge zwischen euch! Wechselt jetzt zum Zeichen dieser eurer gegenseitigen Gelöbnisse und der ehelichen Treue eure Trauringe...»

Mit erwartungsvollem Lächeln nahmen die Frischgetrauten die Ringe vom Kissen, das ihnen ein Messdiener entgegen hielt. In tiefer Andacht steckten sie sich die Ringe an die Finger.

«...was Gott zusammengefügt hat, das soll der Mensch nicht scheiden. Als ein von Gott verordneter Diener der Kirche Jesu Christi führe ich euch hiermit als rechtskräftige christliche Eheleute zusammen und bestätige euren Bund: Im Namen Gottes des Vaters, des Sohnes und des heiligen Geistes. Amen.

Kniet nieder, und lasst uns den Segen Gottes auf euch herabflehen...» Der Priester legt dem Ehepaar seine Hände aufs Haupt. «Lasst uns beten.»

Ein unbeschreibliches Glücksgefühl erfasste Filippo: *«Ich wünsche euch Glück und Segen.»*

«...allmächtiger Gott, Vater der Liebe und allen Segens! Im Namen unseres Herrn Jesu Christi rufen wir dich an...»

Das Gebet nahm Filippo nicht mehr wahr. Er hing der wieder erlangten Glückseligkeit nach und hoffte von Herzen, die Worte des Priesters mögen sich für alle erfüllen.

Und noch lange betete dieser, bis er sagte: «...und lass sie nach diesem Leben eingehen in das ewige Reich deiner Herrlichkeit in der Zukunft deines lieben Sohnes Jesu Christi, welchem mit dir und dem heiligen Geiste Preis und Ehre sei in Ewigkeit. Amen.»

Die daraufhin eintretende Pause tat Filippo gut. Es brauchte dieses Ereignis, um in alter Zuversicht von neuem zu erstarken. Durch seine Schwester fand er zurück zu Mut und Hoffnung. Endlich konnte er die Vergangenheit von der Gegenwart unterscheiden und sah die Zukunft wieder positiv. Das folgende *Vaterunser* sprach Filippo im neu gefundenen Glück laut mit. Unentwegt schaute er auf das Paar und freute sich mit ihnen. Vorbei waren die Zweifel, vorbei die Zukunftsängste. Die Hochzeit erlebte er nun wahrlich als ein göttliches Zeichen.

Der folgende Segen hob sein Glücksgefühl schliesslich ins Unermessliche, und als danach der Organist Händels «Hallelujah» intonierte und Filippo in die Gesichter der glücklichen Brautleute blickte, hielt ihn nichts mehr zurück. Er preschte zum Traualtar vor, trat zwischen den Priester und das Brautpaar. Innig küsste er seine Schwester auf die Wange.

Cynthia liess ihren Bruder lächelnd gewähren. Seine ungezügelte Spontaneität überraschte sie nicht. Cosimo hingegen schaute verdutzt. Der Priester aber war darüber überhaupt nicht begeistert und schob Filippo sanft zur Seite. Freundlich ermahnte er ihn zur Ordnung: «Mein Sohn, die Trauung ist noch nicht zu Ende. Hab Geduld.»

Nach einer kleinen Pause, die Filippo dazu benutzte, um auf die Kirchenbank zurückzukehren, brachte der Priester die Zeremonie zum Abschluss: «Senke, oh Vater, herab deinen göttlichen Frieden und Jesus geh' diesem Paar stets voran.»

Mit verständnisvollem Blick auf Filippo beendete der Priester die Predigt mit den Worten: «Und nun können Sie das Brautpaar beglückwünschen. Ich wünsche allen Gottes Segen.»

⌘

In den folgenden Tagen währte das junge Glück in den eigenen vier Wänden. Selbst Filippos Gemütsverfassung entwickelte sich weiterhin positiv. Es schien, als gehörte sein andauerndes Seelentief der Vergangenheit an. Die Begegnung mit Mirko, und besonders die Heirat seiner Schwester mit Cosimo, liessen ihn wieder Hoffnung schöpfen. Zwar belastete ihn immer noch die Arbeitslosigkeit, und der durch die Kriegswirren vorgezeichnete Alltag kehrte für alle bald zurück. Doch ertrugen sie alle diese Belastungen nun besser als zuvor.

Wenige Wochen nach der Hochzeit überbrachte ihnen der Postbote einen an Filippo adressierten Brief von Mirko, der einen Poststempel von Nizza trug. In einer kurzen Mitteilung stellte er ihm eine Arbeitsstelle in Aussicht und lud ihn ein, auf Anfangs 1942 nach Nizza zu kommen. Freudig sagte Filippo zu. Plötzlich sah er das Leben wieder erwartungsvoller und nicht mehr so rabenschwarz wie zuvor.

Auch Cosimo blühte sichtbar auf und war sich seines Glückes bewusst: Hatte er doch – im Gegensatz vieler seiner Mitbürger – eine Arbeitsstelle, die ihm erst noch den Vorteil einbrachte, dass er nicht in die Armee eingezogen wurde. Denn als Angestellter bei den Staatsbahnen war er nicht stellungspflichtig. Sonst hätte er bestimmt täglich – wie schon über 50'000 seiner Landsleute – mit dem Marschbefehl rechnen müssen, um vereint mit den Deutschen in Nordafrika gegen die englischen Belagerer zu kämpfen.

Cynthia trug wesentlich dazu bei, ihrem jungen Glück wirtschaftlich über die Runden zu helfen. Angesichts der prekären Lage standen der Bevölkerung selbst die einfachsten Grundnahrungsmittel nur noch auf dem Schwarz-Markt und, wenn überhaupt, zu völlig überrissenen Preisen zur Verfügung. Dank dem Umstand, dass sie sich aus dem eigenen Garten weitgehend selbst versorgen konnten, und einer Fülle von Ideen, um das Allernötigste beschaffen zu können, war es möglich, dass keiner der drei mit knurrendem Magen ins Bett gehen musste.

Kurz nach dem Jahreswechsel beschloss Filippo im Einvernehmen mit seiner Schwester und Cosimo, nach Nizza zu reisen. Das Angebot von Mirko erschien ihm in verschiedenerlei Hinsicht verlockend. Erstens verschaffte er sich damit noch mehr Distanz zu seiner jüngsten Vergangenheit. Die einzige Alternative – nach Ascona zurückzukehren – kam für ihn schon gar nicht in Frage; zumindest solange nicht, er dort Gefahr lief, jenen Menschen zu begegnen, die er so hasste.

Andrerseits bot sich ihm in Nizza die Gelegenheit, die französische Sprache zu vertiefen, und nicht zuletzt erhoffte er sich damit, wieder interessanten Menschen zu begegnen.

Mitte Januar 1942 packte Filippo also seine wenigen Habseligkeiten, bestehend aus zwei Paar Hosen, einem Jackett, zwei Paar Schuhen, einiges an Leibwäsche, Strümpfen und Toilettenartikeln – wie Zahnbürste, Kamm und Seife – sowie dem Wichtigsten von allem: dem Reisepass und den wenigen Ersparnissen, die er sich von seinem Sparheft bei einer Bank in Locarno in amerikanischen Dollars überweisen liess.

Als er am Vorabend der Abreise sein Gepäck begutachtete, machte sich bei Filippo Wehmut bemerkbar. Wie oft hatte er früher schon seine Koffer gepackt, um eine Mission zu erfüllen. Doch heute konnten ihn solche Gedanken nicht mehr in den Abgrund reissen.

Noch am gleichen Abend verabschiedete sich Filippo von Cynthia und seinem Schwager. Mit dem Frühzug ab Domodossola wollte er durch den Simplontunnel nach Brig und von dort über Genf nach Lyon, und weiter nach Marseille fahren, wo er ein letztes Mal umzusteigen gedachte, um schliesslich am späten Abend Nizza zu erreichen.

Als Filippo dem Zug in der bekannten Hafenstadt an der Côte d'Azur entstieg, erkannte er den auf dem Bahnsteig wartenden Mirko sofort an seiner pelzbesetzten schwarzen Lederjacke und am schwarzen Barett, unter dem – so schien es Filippo – inzwischen noch mehr Haare hervor quollen, als er ihm das letzte Mal begegnet war.

Die Begrüssung war kurz; Mirko schien es eilig zu haben. Ohne viel Worte zu verlieren, gingen sie zu Fuss in Richtung Altstadt. Nahe dem Fischerhafen steuerten sie ein kleines Hotel an. Endlich vor der kleinen unscheinbaren Rezeption stehend, musterte Filippo die zahlreichen Fotografien an den Wänden. Offenbar hatte diese Herberge schon vielen Matrosen und Fischerleute als Unterkunft gedient. Die Bilder zeugten davon.

Es ging eine Weile, bis der Hausmeister zu ihnen kam, was Mirko dazu benutzte, Filippo zu raten, dass er hier sein vorläufiges Quartier aufschlagen sollte. Damit könnte er sich auch an die neue Umgebung gewöhnen. Die Zimmer seien zwar nicht luxuriös.

Doch meinte er: einem geschenkten Gaul schaute man nicht ins Maul, denn für die Unterkunft bräuchte er auch nichts zu bezahlen. Das Haus gehöre nämlich einer staatlichen Institution, die ausschliesslich Mitarbeitenden der französischen Eisenbahn zur Verfügung stünde, die auch für den Fährbetrieb nach Korsika zuständig sei.

Nachdem Filippo ein bescheidenes, jedoch sauberes Zimmer bezogen hatte, verabschiedete sich Mirko von Filippo und versicherte ihm, er würde sich so bald wie möglich melden.

Eigentlich war Filippo ganz froh darüber, dass Mirko ihn jetzt ihn in Ruhe liess. Von der Reise müde, begab er sich bald zu Bett.

Beinahe eine Woche verfloss, bis Mirko wieder etwas von sich hören liess, was Filippo jedoch nicht bedauerte. Vielmehr genoss er nun das freie und unbeschwerte Leben in vollen Zügen und fühlte sich wie im Paradies. Das Flair von Nizza und das mediterrane Leben, die charmanten Menschen und das gute Essen taten Leib und Seele gut. Obwohl der Jahreszeit nach auch an der Côte d'Azur immer noch tiefer Winter herrschte, schien Filippo die Sonne schon recht warm ins Gesicht. Erst jetzt begann er zu begreifen, was die Franzosen unter «*Laisser-faire*[1]» verstehen.

Zum ersten Mal erfuhr Filippo das Gefühl der Nähe zum Meer. Oft hielt er sich an der Quaipromenade auf, die sich vor den noblen Hotels schier endlos entlang zog, und blickte verträumt aufs offene Meer hinaus. Besonders das Abendlicht hatte es ihm angetan, wenn er zwischen den Palmen hindurch auslaufende Schiffe erspähte, die bald im Dunst des dunkler werdenden Horizonts langsam verschwanden. Sehnsüchte nach der Ferne wurden wach. Er liebte dieses Gefühl. Es verhalf ihm endlich, ganz zur inneren Ruhe zurückzufinden.

Als Filippo am darauf folgenden Freitag am späten Nachmittag das Hotel betrat, steckte im Kästchen, wo sonst nur der Zimmer-

---

[1] Laisser-faire: «machen lassen» im Sinne von «gewähren lassen», benutzt in der Infinitivform, bezeichnet ein Lebensgefühl.

schlüssel lag, ein Briefumschlag. Neugierig nahm er ihn an sich und öffnete ihn auf dem Weg nach oben.

Endlich! Die lang ersehnte Nachricht von Mirko. Er schrieb, dass er ihn morgen Abend in einem Bistro am Fischerhafen – nicht weit vom Hotel entfernt – erwartete. Filippo kannte inzwischen das Restaurant; er hatte dort schon oft zu Mittag gegessen. Es lag in der ersten Häuserzeile direkt gegenüber der Hafenverwaltung.

Anderntags gegen Abend – die Fischer rüsteten ihre Boote für den nächtlichen Fang – schlenderte Filippo über den grossen Platz. Genüsslich sog er die abendliche Meeresbrise tief in seine Lungen ein. Ein Blick auf die Armbanduhr sagte ihm, dass er sich nicht beeilen musste. Bei der Hafenmole angelangt, schaute er den Fischern eine Weile bei der Arbeit zu, dann ging er langsam weiter, auf das graue Gebäude der Hafenverwaltung zu.

Vor dem Bistro angelangt, blickte er hoffnungsvoll auf die grün bemalte Holztafel über dem Eingang, auf der in grossen gelben Lettern «*Vieux Pêcheur*» geschrieben stand. Hoffnungsvoll betrat Filippo das Lokal.

Mirko war auch ohne Lederjacke und obligate Baskenmütze nicht zu übersehen. An einem Tisch im hinteren Bereich des Raumes sitzend, winkte er Filippo auffällig zu.

Die Begrüssung war wie immer kurz: «Salut, komm, setz dich.» Mirko winkte dem Kellner, der sofort herbei eilte. Ohne Filippo zu fragen, bestellte er zwei *Pastis*[1].

Zunächst sprachen sie über Belangloses. Der Kellner brachte kurze Zeit später die Getränke herbei. Als er die Gläser auf den Tisch gestellt hatte, fragte Mirko: «Sag mal, François, was offeriert heute der Chef zum Essen?»

---

[1] Pastis (aus dem Provenzalischen *pastis* für *Mischung*): Spirituose / Aperitivgetränk aus Anis, enthält ursprünglich Anis, Zucker, Fenchelsamen und typischerweise 40 bis 45 Volumenprozent Alkohol.

«Nur Gutes», antwortete der beflissene Kellner und straffte seine weisse bodenlange Schürze. «Soviel ich gesehen habe, hat Michel auf dem Markt einen fangfrischen *turbot*[1] ergattert können.»

«Oh! Dann richte Michel aus, er solle die Filets mal sachte im *Meursault*[2] schmoren lassen.»

«Geht in Ordnung. Wann wollt ihr essen? Sofort?»

«Nein, nein. Michel kann sich Zeit lassen. Wir haben noch Wichtiges zu besprechen.»

François nickte kurz und eilte dienstfertig davon.

Mirko war anscheinend ein Feinschmecker, was sich Filippo gern gefallen liess. Es erinnerte ihn ganz an seine Zeit im Hotel auf dem Monte Verità. Auch dort hatten die Gäste bei solchen Köstlichkeiten geschwelgt.

Nachdem also für das leibliche Wohl gesorgt war, nippte Mirko am Glas und stellte es dann beiseite. «So, jetzt sprechen wir über deine Zukunft. Ich freue mich, dass du gekommen bist. Hast du überhaupt eine Ahnung, was dich hier erwartet?»

Die Frage überraschte Filippo: «Eigentlich hast du mir damals in Domodossola schon einiges erzählt. Ich soll bei einer Eisenbahn im Streckendienst eingesetzt werden?»

«Genau!» Mirko ergriff sein Glas, führte es zum Mund und hielt inne. Gespannt wartete Filippo auf die Antwort. «Ich habe gehört, du hast dich schon seit deiner frühesten Jugend für Eisenbahnen interessiert.»

Filippo nickte erstaunt.

---

[1] Turbot *(Psetta maxima)*: Steinbutt, fast kreisrunder, schuppenloser Plattfisch; lebt an den Küsten des Atlantischen Ozeans, des Mittelmeers, der Nord- und Ostsee auf Sand und Geröll in Tiefen von 20 bis 70 Metern, erreicht eine durchschnittliche Länge von 50 bis 70 cm und ein Gewicht bis zu 20 kg.

[2] Mersault (Appellation Meursault d'Origine Contrôlée): Weinsorte verfügt über 17 Premier Cru-Lagen. Angebaut werden fast ausschliesslich Weissweine aus der Chardonnay-Rebe.

«Hast du schon mal was von der *Tendabahn*[1] gehört?», fragte Mirko und blickte Filippo erwartungsvoll ins Gesicht.

«Ja schon, aber fahren dort noch Züge? Ich habe gehört, es wären dort weite Teile der Strecke zerstört worden?», erinnerte sich Filippo an den Bahnbeamten, als er in Domodossola die Fahrkarte nach Nizza gekauft und der ihm davon erzählt hatte. Ursprünglich hatte Filippo nämlich beabsichtigt, diese wesentlich kürzere Strecke via *Cuneo*[2] zu fahren.

«Teilweise», antwortete Mirko und leerte sein Glas in einem Zug. «Du musst wissen, seit Beginn des Kriegs ist der grenzüberschreitende Verkehr von Italien nach Nizza praktisch eingestellt worden. Viele der auf französischem Gebiet befindlichen Eisenbahnanlagen wurden mittlerweile zerstört. Die Strecke Ventimiglia – Cuneo ist hingegen noch durchgehend befahrbar, wenn auch nicht mehr mit fahrplanmässigen Zügen.»

«Ich soll für die Italiener arbeiten?», fragte Filippo ungläubig.

«Nein! Dein Lohn wird dir in Nizza ausbezahlt. Er wird nicht riesig sein. Reicht gerade mal fürs Leben, und zum Sterben ist es eh zuviel. Dafür arbeitest du weitgehend selbstständig.»

«Das kapiere ich nicht», unterbrach Filippo seinen Redefluss. «Ich soll einen Lohn erhalten, der mir in Nizza ausbezahlt wird, und der französische Abschnitt ist nicht mehr befahrbar?» Filippos Skepsis war berechtigt.

«Das ist ja das Problem. Hör zu; ich versuche es dir zu erklären: Als Italien 1940 Frankreich den Krieg erklärt hatte, sprengte die französische Armee aus Angst, die Faschisten könnten über diesen Weg in ihr Land einfallen, viele Brücken und Einrichtungen.

---

[1] Tendabahn: normalspurige, etwa 100 km lange eingleisige Eisenbahnstrecke; verbindet Turin über Cuneo mit Nizza und unterquert den Hauptkamm der Seealpen unterhalb des Colle di Tenda in einem über 8 km langen Tunnel.

[2] Cuneo: Stadt in Norditalien und Hauptstadt der Provinz Cuneo, Region Piemont.

Die Strecke im Abschnitt zwischen *Breil*[1] und Nizza blieb daher lange Zeit nicht mehr befahrbar. Aber kurz nachdem die Franzosen mit Italien einen Waffenstillstand vereinbart hatten, wurden viele Bauwerke soweit repariert, dass einige Abschnitte wieder befahren werden können – aus strategischen Gründen, versteht sich. So auch das wichtige Viaduc du Caï in der Gorge de la Bévéra in der Nähe von *Sospel*[2]. Dafür wurde sogar ein neuer, über 150 Meter langer Tunnel in den Berg getrieben. Die Behelfsbrücke wurde dadurch um mehr als die Hälfte kürzer als die alte es gewesen war. Allerdings können dort die Züge wegen der dichten Kurven nur sehr langsam verkehren.» Mirko zog eine zerknitterte Fotografie der alten Brücke aus seinem Kittel und legte sie auf den Tisch. Er zeigte Filippo, wie die neue Strecke nun verlief. «Und auf diesem Streckenabschnitt zwischen Sospel und Breil sollst du deinen Dienst versehen.»

«Gütiger Himmel», stöhnte Filippo beim Betrachten der Fotografie. «Das ist aber eine lange Distanz. Das dauert ja wochenlang, um alles kontrollieren zu können», entfuhr es Filippo.

«Keine Angst. Du bist nicht allein. Zuerst wirst du einer Gruppe zugeteilt, die dich in deine Arbeit einführen wird. Es wird zweifellos eine harte und eine gefährliche Arbeit sein, die viel Ausdauer und Körpereinsatz abverlangt. Meinst du, du schaffst das?»

«Na ja, wir werden sehen. Wird für mich bestimmt eine grosse Umstellung werden. Aber sag mal, wer sind meine Vorgesetzten?» Filippos Neugier war verständlich. Bis jetzt hatte er überhaupt nichts über seinen zukünftigen Arbeitgeber erfahren.

«Wie gesagt, deine Arbeitgeber sind die Tendabahnen. Die Anordnungen erteilt dir eine Spezialabteilung der Bahnbetriebszentrale hier in Nizza. Über diese Abteilung kann ich dir allerdings

---

[1] Breil-sur-Roya: Ortschaft im Departements Alpes Maritimes, bis 1860 zu Italien (Breglio). Knotenbahnhof zwischen den beiden Zweigen der Tendabahn, 350 müM.

[2] Sospel (italienisch bis 1860 Sospello): Stadt im Südosten Frankreichs am Bévéra-Fluss, Departement Alpes-Maritimes, am Rand des Mercantour-Nationalparks und am französischer Zweig der Tendabahn, 350 m Höhe.

nicht viel erzählen – alles streng geheim, verstehst du? Aber das ist gut so. Je weniger du weisst, desto besser für dich.» Mirkos Gesichtsausdruck verdüsterte sich für einen Moment, hellte sich jedoch sofort wieder auf, als François auftauchte um zu fragen, ob sie zum Fisch Wein zu trinken wünschten.

Mirko bejahte und wandte sich sogleich wieder Filippo zu, der eine weitere Frage stellte: «Klingt alles nicht schlecht. Arbeitest du auch für die Tendabahn?»

«Ja – und nein. Offiziell arbeite ich für sie. Ich pflege aber auch Kontakte zu anderen französischen und italienischen Institutionen.» Filippo wunderte sich, weshalb Mirko so plötzlich geheimnisvoll klang. Dieser lieferte jedoch sogleich die Erklärung: «Weil die italienischen Faschisten mit den Nazis von Deutschland noch Beziehungen pflegen, diese aber wiederum Frankreich besetzt halten, sind die beiden Nachbarn nicht besonders kooperativ.

Du merkst, in diesem Spannungsfeld sind wir Verbindungsleute und Streckenkontrolleure unersetzlich. Da wird uns deine neutrale Herkunft und dein sprachliches Multitalent besonders nützlich sein.»

«Das klingt ja so, als wärst du ein Doppelagent?», mutmasste Filippo.

«Wenn du willst – so kann man es auch nennen», gab Mirko unumwunden zu. «Doch schau, ich bin Italiener und stehe für die Freiheit meines Landes ein. Da ist es manchmal schwierig, sich für das eine oder das andere zu entscheiden. Aber eines weiss ich: Strategisch sind beide Bahnstrecken von grosser Bedeutung und werden in diesem Krieg bestimmt noch eine entscheidende Rolle spielen. Aber vergiss niemals, es sind nicht die Italiener oder die Franzosen, die sich bekämpfen. Es sind die Faschisten und Nationalsozialisten, die uns Andersdenkende aus unserer Heimat vertreiben wollen.» Mirkos Blick schweifte nachdenklich ins Leere.

Filippo hatte dem nichts entgegenzuhalten. Als Schweizer fiel es ihm nicht schwer, solchen Überlegungen zu folgen.

«Wann wurde diese Bahn eigentlich gebaut?» Filippo versuchte mit der Frage, Mirko wieder in die Gegenwart zurückzuholen.

«Was sagst du?», entgegnete Mirko noch gedankenverloren, verstand die Frage aber trotzdem: «Ach ja; da gäbe es viel zu berichten. Ich versuche, dir das Wichtigste darüber zu erzählen, denn je mehr du über die Bahn weisst, desto besser wirst du dich in deiner Arbeit zurechtfinden.» Mirko nippte zwischendurch an seinem Glas. «Soviel ich weiss, wurde die Verbindung zum Mittelmeer erst nach jahrzehntelangen Bemühungen 1928 eröffnet. Eigentlich plante man die Bahn schon lange vor den beiden Weltkriegen. Sie war als eine internationale Bahnlinie gedacht, um sich den weiten Umweg via Marseille oder Genua zu ersparen. Dabei sollten sowohl Italien als auch Frankreich profitieren. Deshalb wurde die Strecke von Norden aus Italien her, nach dem langen Scheiteltunnel am Tenda-Pass bei Breil, wie ein Ypsilon verzweigt: Rechts führt das Trassee nach Nizza und links nach dem italienischen Ventimiglia.

In den Dreissigerjahren verkehrten über diese Bahnstrecken tatsächlich Kurswagen. Sie führten in beiden Richtungen vom Mittelmeer bis nach Berlin und Genf. Später aber wurde die Linie für den internationalen Verkehr bedeutungslos. Auf der rund 100 Kilometer langen italienischen Linie von Cuneo bis Ventimiglia und auf dem um etwa 50 Kilometer längeren französischen Abschnitt verkehrten bald nur noch Regionalzüge, denn mehr als 50 km/h waren auf der steilen, mit zahlreichen Schleifen und Kreiskehren gespickten Strecke ohnehin kaum möglich.

Nach Cuneo folgt auf dem Weg nach Süden der erste grössere Halt in *Limone*[1]. Gleich dahinter beginnt der längste Tunnel der Strecke. Fast zehn Minuten dauert die Fahrt unter dem Tenda-Pass hindurch. Von da an geht es über 1000 Höhenmeter steil bergab ins Roya-Tal bis zur Küste. Das übertrifft sogar bekannte Alpenbahnen, wie die der Gotthardbahn oder der Lötschberg-Simplonlinie.»

---

[1] Limone: Gemeinde in der italienischen Provinz Cuneo (CN), Region Piemont.

Mirkos Wissen war in der Tat bemerkenswert. «Möchtest du noch mehr darüber wissen?»

Filippo bejahte und folgte weiter gebannt seinen Schilderungen.

«Ich liebe diese Gegend», fuhr Mirko fort. «Die Berge entlang der Strecken sind zwar karg und nur spärlich von Bäumen bewachsen. Ganz oben dominiert noch die Hochgebirgslandschaft, doch je mehr man nach unten fährt, desto mehr spürt man mit jedem Höhenmeter, dass der Süden greifbarer wird. Bald siehst du Zypressen und Olivenbäume. Im Frühjahr blüht dort überall der gelbe Ginster. Besonders beeindruckend sind die Dörfer entlang der Bahnlinie. Wie Adlerhorste kleben sie an den Felshängen.» Mirkos Augen begannen begeistert zu leuchten.

«Und das Faszinierendste ist die Eisenbahn. Es grenzt fast ans Unmögliche, wo die Gleisbauer manchmal an senkrecht abfallenden Felswänden noch Platz gefunden haben. Die Strecke führt über Viadukte, taucht in Tunnels und zieht abenteuerliche Schleifen – sogar bis tief in die Berge hinein. Zwischen Breil und Cuneo werden beinahe fünfzig Tunnels durchquert, und zwischen Limone und Breil habe ich über zwanzig grössere Viadukte und Brücken gezählt.»

Filippo hing förmlich an Mirkos Lippen. Voller Begeisterung setzte dieser seine Schilderungen fort.

«Und jetzt beginnt unsere Geschichte: Mit dem Beginn des Krieges und der Besetzung Frankreichs durch die deutsche Wehrmacht, nicht aber zuletzt wegen der besonderen Beziehungen Deutschlands zum faschistischen Italien, erlangten die beiden staatlichen Eisenbahngesellschaften bald eine besondere Bedeutung. So wurde es auch den Strategen diesseits und jenseits der Grenzen bald bewusst, dass ohne Strassen oder Bahnverbindungen keine Kriegsmaschine läuft. In den Südalpen gilt dies besonders für das Herzstück im Grenzbereich zwischen dem Piemont und der Mittelmeerküste – der Tendabahn.»

Fast andächtig betonte Mirko die letzten Worte und griff nach seinem Glas. Doch der Pastis war längst ausgetrunken, was ihn daran erinnerte, François mitzuteilen, dass das Essen jetzt zubereitet werden konnte. Doch sein Zeichen verstand der beflissene Kellner sofort und eilte in die Küche. Als er zurückkam und die Bestellung bestätigte, bestellte Mirko ein *Pichet*[1] mit Rotwein.

Mirko schloss seine Schilderungen mit der Feststellung, dass ein derart langes Bahntrassee nur mit einem grossem Personalaufwand überwacht werden konnte und wegen der Nähe zu den Landesgrenzen eine grosse Verletzbarkeit aufwies. Darum sei es enorm wichtig, dass die zahlreichen, noch intakten Kunstbauten und Tunnels stets kontrolliert und überwacht würden. Andernfalls würde die Tendabahn mit der Zeit verfallen und unbrauchbar werden.

Nachdem Mirko seine Ausführungen beendet hatte, setzte er wieder denselben nachdenklichen Gesichtsausdruck von vorhin auf. Lange schaute Filippo ihn von der Seite an. Ob er wohl an der Arbeit auch Gefallen finden würde, fragte sich Filippo plötzlich.

Wie die beiden Männer sich eine Zeit lang stumm gegenüber sassen, flüsterte plötzlich Coniglio Filippo ins Gewissen: «*Poppy, überlege nicht lang. Das wird für dich eine Arbeit sein, wie sie du dir wünschst. Bedenke, du bist selbstständig und triffst die Entscheidungen ganz allein.*»

«*Ja schon,*» zögerte Filippo. «*Aber für wen tue ich das? Damit stünde ich doch ständig zwischen den Fronten von Krieg führenden Staaten.*»

Coniglio erwiderte daraufhin nichts. Nach einer längeren Nachdenkpause entschied Filippo sich, die Arbeit anzunehmen, zumal ihn die Eisenbahntechnik schon immer fasziniert hatte.

Mirko zeigte sich erfreut: «Ich wusste, du würdest dich so entscheiden», und drückte Filippo die Hand.

Bis das Essen serviert wurde, wechselten sie das Thema. Filippo erfuhr dabei, dass Mirko nicht nur gute Kontakte zu den Verwaltungen der beiden Staatsbahnen hatte. Er pflegte auch zu vielen militärischen Stellen gute Verbindungen. Dass er aber auch die

---

[1] Pichet: kleiner Krug

wichtigsten Zellen des italienischen Widerstands gut kannte, erfuhr Filippo erst viel später.

Nach einer Weile eilte François herbei und servierte gekonnt den herrlich zubereiteten Fisch, der mit ebenso delikaten *timbales*[1] und gedämpftem Rosenkohl serviert wurde.

Das Gericht sah nicht nur appetitanregend aus, es mundete auch entsprechend. Genüsslich schlemmten Mirko und Filippo das vorzügliche Mahl. Nach dem letzten Bissen lehnte sich Mirko entspannt zurück und war des Lobes voll über des Küchenchefs kulinarische Meisterleistung. Zufrieden strich er sich mit der Serviette über den Mund. François, stets darauf bedacht, die Wünsche seiner Gäste vom Gesicht abzulesen, eilte sofort herbei. Während er beflissen die Teller abräumte, bestellte Mirko noch einen Krug Rotwein.

Und kaum hatte François den Wein herbeigebracht, gesellten sich Kumpels von Mirko zu ihnen an den Tisch – als hätten diese darauf gewartet. Offenbar war Mirko im *Vieux Pêcheur* kein Unbekannter. Bald kam eine gemütliche und redselige Stimmung auf. Die Runde wurde bald lebhafter und unbeschwerter, bis kurz nach Mitternacht, als sie auf Geheiss von François das Lokal verlassen mussten. Nach der langen Verabschiedung an der Hafenmole von den vielen neuen Freunden torkelte Filippo seiner Herberge entgegen und freute sich über sein wieder gefundenes Lebensglück.

⌘

Nach einer zünftigen Katerstimmung begann zwei Tage später der Ernst des Lebens: Filippo lernte seine Arbeitskollegen kennen, allesamt durchtrainierte Männer mittleren Alters von einem eigenen Schlag. Reden war nicht ihre Stärke. Die wenige Konversation, die sie zeitweilig unter sich pflegten, blieb auf das Allernot-

---

[1] Timbales: Pasteten aus einer Farce aus Fleisch, Wild, Geflügel (auch Innereien wie Leber) oder Fisch, in einer Teighülle gebacken, oder portionsgrosse, panierte und / oder frittierte Rissolen (Halbmondpasteten), gegart und serviert in kleinen Näpfchen.

wendigste beschränkt. Dafür schienen sie verlässlich und vertrauenswürdig zu sein.

In einem Kurzlehrgang, der punkto Drill und Methodik vieles mit seiner Rekrutenzeit gemeinsam hatte, wurde Filippo in seine neue Aufgabe eingeweiht. Mirko persönlich brachte ihm einige Kniffe und Tricks bei, wie er in bestimmten Situationen zu arbeiten und sich zu verhalten hatte. Nach knapp einer Woche übergab man ihm die einfache Grundausrüstung eines Streckenwärters, bestehend aus einem Lederrucksack und einigem Werkzeug. Mittlerweile hatte er schon soviel gelernt, dass er kurz darauf mit zwei Kollegen auf seinen ersten Kontrollgang abkommandiert wurde.

Tags darauf traf sich der Trupp. Mirko liess es sich nicht nehmen, Filippo persönlich zu verabschieden. Heimlich vor dem Weggehen, so dass es seine Kollegen nicht sehen konnten, drückte er Filippo eine Armeepistole und eine Schachtel Munition in die Hand. «Man kann nie wissen», war die lapidare Erklärung auf Filippos fragenden Blick. «Vielleicht wird dir diese *Beretta*[1] einmal dein Leben retten.»

Schweigend nahm Filippo die Waffe entgegen und verstaute sie in der Aussentasche seines Rucksacks. Seit der Rekrutenschule hätte er es sich nie im Traum einfallen lassen, eine Waffe tragen zu müssen.

Bald aber vergass er die Pistole. Die neue Arbeit in einer kleinen, aber gut eingespielten Mannschaft behagte ihm von Beginn an recht gut. Zuerst gingen sie im unteren Teil des ihnen zugewiesenen Streckenabschnitts auf einfache Rekognoszierungstouren. Das Leben in freier Natur gefiel Filippo. Die langen Täler des Departements Alpes-Maritimes erinnerten ihn in vielerlei Hinsicht an seine eigene Heimat.

In der kurzen Ausbildungszeit wurde ihm beigebracht, wie er besonders in ausserordentlichen Situationen und im Interesse der

---

[1] Beretta: Fabbrica d'Armi Pietro Beretta, eine der grössten Waffenproduktionsfirma Italiens und das älteste Rüstungsunternehmen der Welt, gegründet 1526, seit fast einem halben Jahrtausend im Besitz der selben Familie.

Bahngesellschaft zu handeln hatte. Wo möglich musste er einfache Reparaturen sofort ausführen. Nur wenn er nicht über die erforderlichen Mittel verfügte, hatte er fremde Hilfe anzufordern. Allein, die Ortschaften, wo er solche Meldungen telegrafisch aufgeben konnte, lagen oft weit auseinander, so dass wertvolle Zeit verfliessen konnte.

Filippo brauchte nicht lange zu warten, bis man ihm wenig später den wieder in Betrieb genommenen Streckenabschnitt zwischen Sospel und Breil anvertraute. Dieser Abschnitt aber war mit derart vielen Tunnels, Brücken und Galerien bespickt, so dass eine lückenlose Überwachung schier unmöglich war. Filippo war es sofort klar, dass man von ihm einiges abverlangte. Aber am meisten war er auf das Viadukt über die Schlucht der Bévéra gespannt, von dem Mirko soviel zu erzählen wusste.

Die neue Tätigkeit faszinierte ihn. Er lernte auch schnell den stets lauernden Gefahren entgegenzuwirken. Als er wieder einmal die lange Strecke von Breil in Richtung Sospel durch den beinahe vier Kilometer langen Tunnel durch den Mont Grazian unter die Füsse nahm, ahnte er noch nicht, was ihm am anderen Ende bevorstehen würde. Gewissenhaft leuchtete er auf seinem Gang den Gleiskörper mit der Karbidlampe ab.

Nach etwa anderthalb Stunden erreichte er das Ende des Tunnels. Als er sich wieder ans Tageslicht gewöhnt hatte, sah er sich bereits dem nächsten Tunnelportal gegenüber. Filippo wusste: Hinter diesem, nur etwa hundertfünfzig Meter langen Durchstich, befand sich die provisorische Brücke über den Bévéra-Fluss – jener stählerne Viadukt, den die Franzosen erst vor etwa zwei Jahren erstellt hatten.

Aufmerksam ging er weiter und tauchte bald in den Tunnel ein. Wie er kurze Zeit darauf wieder ans Tageslicht trat und sich vor ihm die provisorische Brücke über das tiefe Tal erstreckte, blieb er für einen Augenblick stehen und genoss die wärmenden Strahlen der Frühjahrssonne, die ihm das Gesicht streichelten.

Mit erhobener Hand, seine Augen schützend, schritt Filippo langsam weiter. Aufmerksam unterzog er den Bahnkörper und die

Eisenbrücke einer ersten oberflächlichen Kontrolle. Zwar nahm er nichts Verdächtiges wahr, doch...

«*Achtung Poppy! Da stimmt was nicht. Sei vorsichtig!*», warnte ihn völlig unerwartet Coniglio.

Filippo verlangsamte sofort seine Gangart. Vorsichtig betrat er die Brücke und tastete sich neben dem Gleis mit kurzen Schritten vorwärts, den Blick stets auf jene Stellen gerichtet, wo Gefahren lauern könnten. Oftmals schweifte sein Blick über das Geländer, um einen Eindruck der Tragkonstruktion zu erhalten, oder er versuchte zwischen den Bahnschwellen hindurch unter die Brücke zu sehen.

So ging er keine zehn Meter weit, als von der anderen Talseite her ein raschelndes Geräusch an seine Ohren drang. Es klang, als würde jemand durchs Unterholz schleichen. Filippo hielt inne und versuchte das Rascheln zu orten. Es kam eindeutig vom gegenüberliegenden Abhang her, dort wo die Eisenbrücke endete und auf den gemauerten *Lehnenviadukt*[1] wechselte. Es klang, als ob sich jemand im steilen Gelände bewegte.

Angestrengt lauschte Filippo in die Luft und suchte nach einer Erklärung. Stammte das Geräusch von einem Tier, welches er aufgescheucht hatte? Plötzlich schoss ihm Mirkos Warnung durch den Kopf, als er ihm die Bedeutung der Bahnlinie geschildert hatte. Was hatte er ihm damals eingebläut? Mit Störaktionen und Sabotagen am Bahnkörper musste immer gerechnet werden.

In geduckter Gangart, um möglichst nicht gesehen zu werden, bewegte sich Filippo auf das gegenüberliegende Ende der Brücke zu. Über dem ersten Brückenauflager, suchte er nach der Leiter, die hinab führte. Nach kurzer Suche fand er den Einstieg. Nachdem er sein Umfeld nochmals kritisch einem Kontrollblick unterzogen hatte, beschloss er, die Sache von unten zu betrachten. Geübt überstieg er das Geländer und schwang sich auf die seitlich der Brückenkonstruktion festgemachte Leiter. Tief unter ihm

---

[1] Lehnenviadukt: eine auf tief gegründeten Pfeilern aufgesetzte Hangbrücke.

rauschte die Bévéra, doch Filippo hörte dies nicht. Fest die Holme der Leiter umklammernd, stieg er bedacht nach unten zur Stelle, wo die weit über das Tal gespannten Stahlträger auf dem gemauerten Pfeiler auflagen. Beim Pfeilerkopf angekommen, gönnte er sich eine Pause und blickte suchend auf die andere Talseite, von wo das Geräusch hergekommen war.

Nachdem Filippo immer noch nichts Verdächtiges erspäht hatte, begann er sich einem Artisten gleich im Eisengewirr des Fachwerks vorwärts zu bewegen. Als er beim nächsten Widerlager angelangt war, bestätigte sich sein Verdacht: An den Stahlträgern war eine etwa zwei Kilogramm schwere Sprengladung befestigt. Jemand hatte die schwarzen Klötzchen mit dem explosiven *Trotyl*[1] fachmännisch angebracht und mit Sprengschüren verbunden.

Nun erst drang Filippo ins Bewusstsein, was seine Augen eigentlich schon lange vorher gesehen hatten: Die Sprengschnüre, die wie Wäscheseile seitlich der Brücke entlang zum gegenüberliegenden Brückenkopf gespannt waren. Zweifellos: Die Brücke war zur Sprengung vorbereitet worden.

«*Ich habe es dir ja gesagt, hier stimmt was nicht*», flüsterte Coniglio Filippo ins Gewissen. «*Und mehr noch: Die Saboteure können noch nicht weit sein.*»

«*Warum bist du dir so sicher?*», fragte Filippo ungläubig.

«*Ganz einfach: Schau mal nach vorn. Siehst du dort auf dem Stahlträger die leere Papiertüte?*» Coniglios Erklärung klang überzeugend. Der Zeitpunkt, an welchem jemand hier am Werk gewesen war, konnte noch nicht lange zurückliegen. Sonst hätte der Wind die leichten Papierreste, in welche die Sprengkapseln verpackt gewesen waren, schon längst weggeweht.

Filippo schauderte es beim Gedanken, vielleicht von dieser Person beobachtet zu werden. Trotzdem: Filippo holte sein Taschenmesser aus der Seitentasche seines Rucksacks hervor und kappte vorerst mal die vor ihm vorbeiführenden Sprengschnüre. Daraufhin

---

[1] Trotyl: Kurzform von Trinitrotoluol (TNT).

löste er vorsichtig den Sprengstoff vom Tragwerk, entnahm ihm die hochbrisante, in das Trotyl gesteckte Sprengkapsel und versorgte beides im Rucksack. Die erste Gefahr war damit gebannt, doch Coniglio gab keine Ruhe:

«*Poppy, erinnere dich an deine Rekrutenschule: Was wurde dir dort beigebracht? Sprengobjekte werden immer von einer Stelle aus gezündet, und die befindet sich bestimmt irgendwo dort drüben, wo es vorhin geraschelt hat. Was nützt es dir, wenn du nur die eine Sprengladung entschärfst? Bestimmt befinden sich noch andere Ladungen an dieser Brücke. Suche sie, sonst fliegen wir gemeinsam in die Luft*».

Coniglios Einwand klang wiederum überzeugend. Sofort schwang sich Filippo den Rucksack um und machte sich daran, im Gewirr der Stahlträger den Sprengschnüren folgend, zum anderen Ende der Brücke zu hangeln. Auf dem Weg dorthin überlegte er, wo sich die zentrale Zündstelle befinden könnte, von wo aus man die Sprengung auslösen konnte. Wieder erinnerte sich Filippo an das Rascheln im Gebüsch.

Wie vermutet: Schon von weitem erkante er die schwarzen Trotylklötzchen. Auch diese waren fachmännisch um die Stahlträger angebracht worden. Behutsam arbeitete er sich zum gegenüber liegenden Pfeiler vor. Bevor er jedoch bei der Sprengladung angelangt war, peitschte ein Schuss durch die Luft. Das Geschoss pfiff an ihm vorbei und traf auf einen Stahlträger – der Querschläger surrte hässlich. Filippo duckte sich instinktiv, obwohl ihn dies kaum geschützt hätte. Das Echo des Mündungsknalls verhallte langsam im Tal. Der Schuss hatte zweifellos ihm gegolten.

Filippos Nerven waren zum Zerreissen gespannt: «*Nur noch diese Ladung unschädlich machen und dann...*», schoss es ihm durch den Kopf, allein – er wusste nicht, wie er sich danach verhalten sollte. Selbst Coniglio wusste ihm keinen Rat. Das dichte Eisengewirr bot ihm nur leidlichen Schutz.

Ein zweiter Knall zerriss die Stille. Wiederum verfehlte der Schuss sein Ziel. Filippo hangelte die wenigen Meter bis zum Widerlager weiter und schmiegte sich schutzsuchend daran.

Die Sekunden tröpfelten endlos dahin. Filippo kauerte abwartend in höchst unbequemer Stellung. Ein dritter Schuss folgte – Filippo sah, wie das Projektil nur wenige Zentimeter neben ihm in den Stein einschlug. Grauer Staub wirbelte hoch. Wie gelähmt klammerte er sich an einen Stahlträger.

«*Poppy, täusche den Schützen – stell dich tot!*» riet ihm Coniglio in letzter Verzweiflung.

Es bot sich ihm in der Tat keine andere Möglichkeit. Mit dem letzten Rest von Hoffnung liess sich Filippo über den vor ihm liegenden Stahlträger fallen, aber so, dass er nicht nach unten stürzte. In dieser höchst unbequemen Stellung verharrend, lauerte Filippo und lauschte. Dann plötzlich: Gegenüber im Unterholz raschelte es erneut. Filippo meinte, nun Stimmen zu hören. Sein Herz pochte bis zum Hals, derweil ihm der Stahlträger zusehends in die Lende drückte.

Nach einer Weile vernahm er Schritte, die von oben an seine Ohren drangen. Wollte sich der Schütze seines Werkes vergewissern? Oder waren es gar zwei Täter? Filippo konnte seine Fragen nicht zu Ende denken. Die Schritte schienen näher zu kommen. Behutsam drehte Filippo seinen Kopf, so dass er nach oben blicken konnte. Zwischen den Bahnschwellen hindurch erkannte er schemenhaft einen Mann. Er bewegte sich langsam auf ihn zu. Noch trennten ihn nur wenige Meter.

Vorsichtig entledigte sich Filippo des Rucksacks – immer in der Hoffnung, seine Täuschung würde vom Schützen nicht bemerkt. Geräuschlos zog Filippo die Pistole hervor, die ihm Mirko geschenkt hatte. Eigentlich hatte er sich damals vorgenommen, sie nie zu gebrauchen. Aber jetzt…?

Filippo schob den Patronenschlitten behutsam nach hinten und liess ihn langsam wieder nach vorne gleiten. Das weiche, metallene Geräusch, welches das Durchladen verursachte, wurde vom Rauschen des Baches übertönt. Die näher kommende Person blieb stehen und lauschte. Filippo entsicherte die Waffe und hielt sie mit einer Hand fest umklammert. Mit der anderen hielt er sich am Stahlträger fest.

Abwechselnd drehte Filippo seine Augen zuerst nach oben und dann auf das gegenüberliegende Gelände. Nun erkannte er auch den zweiten Mann, der auf der anderen Talseite kauerte. Sein Gewehr zielte genau in Filippos Richtung. Der Schütze gab dem Mann auf der Brücke Zeichen. Es war nur noch eine Frage der Zeit, bis der Mann auf der Brücke Filippo aufgespürt hatte.

Angespannt wartete Filippo auf die unausweichliche Begegnung oder auf den Schuss der ihn treffen musste. In diesen bangen Sekunden erinnerte er sich an seinen Instruktionsoffizier, damals im Gefechtsschiessen. Was hatte dieser gesagt? Angriff sei die beste Verteidigung.

«*Sie haben dich noch nicht entdeckt. Lass den Mann näher kommen, und dann...*», riet ihm Coniglio in höchster Anspannung.

Filippo wagte kaum zu atmen. Noch hatte ihn der Mann nicht entdeckt. Er stand jetzt fast über ihm. Filippo zwang sich, ruhig zu bleiben und überlegte, ob ein Schuss durch die Lücken der Eisenbahnschwellen sein Ziel treffen würde.

«*Um Himmels Willen, NEIN!*», warnte Coniglio. «*Und wenn du ihn verfehlst?*»

Coniglio hatte Recht. Der Mann auf der Brücke konnte nur im direkten Kontakt unschädlich gemacht werden. Filippo blieb keine andere Wahl. Andernfalls würde er selbst zum Opfer. Der Mann war schliesslich ebenfalls bewaffnet, wie er bald feststellte. Die Maschinenpistole hielt er schussbereit in den Händen.

Langsam verliess Filippo seine Position und hangelte sich beinahe geräuschlos zur Leiter vor, die seitlich der Brücke nach oben führte. Glücklicherweise befand sich diese auf der abgewandten Seite, so dass ihn der zweite Mann nicht sehen konnte.

Bei der Leiter verharrte Filippo einen Augenblick, einen Arm um eine Strebe geschlungen. Mit beiden Händen hielt er den Knauf der Pistole umklammert. Die Sekunden rieselten dahin. Der Unbekannte hatte Filippo immer noch nicht entdeckt, während dieser zwischen den Bahnschwellen hindurch alle seine Bewegungen wahrnehmen konnte.

Wenn der Mann nun auf ihn schiessen wollte, müsste er sich zwangsläufig weit über die Brüstung neigen, dachte Filippo und erkannte dies als seine Chance: Nur ein präzis gezielter Schuss aus seiner Waffe würde ihn aus der lebensgefährlichen Lage retten.

Wie erwartet verharrte der Unbekannte oben für eine Weile. Zwischen den Bahnschwellen hindurch erkannte Filippo, wie er unschlüssig zu seinem Kompagnon hinüberblickte. Filippos Nerven waren zum Zerreissen gespannt, doch verhielt er sich ruhig.

Der Fremde erhielt von seinem Gefährten am gegenüber liegenden Hang offenbar Zeichen, was er tun sollte. Kurz darauf beugte sich der Fremde langsam über das Geländer und prüfte die Lage unter sich. Noch hatte er Filippos Versteck nicht entdeckt. Einen Augenblick später schwang er zuerst ein Bein, dann das andere über das Geländer. Immer wieder hielt er inne und spähte prüfend nach unten. Die Distanz zu Filippo verringerte sich von Sprosse um Sprosse, die er tiefer stieg.

Als der Fremde wenig oberhalb des Podestes angelangt war, wo die Leiter endete, löste sich Filippo von der Verstrebung, an der er sich gehalten hatte, und balancierte katzenhaft gewandt auf einer Querstrebe auf das Podest zu. Noch bevor der Mann seinen Fuss auf das Podest setzte, hielt Filippo inne und suchte einen sicheren Stand. Dann, in Sekundenschnelle – bevor der Mann ihn überhaupt wahrnehmen konnte – umklammerte Filippo die Waffe mit beiden Händen und zielte auf den Mann, der sich jetzt genau vor ihm befand. Sachte beugte sich Filippos Zeigefinger zum Druckpunkt des Abzugbügels – und in dem Moment, als sich der Fremde zu ihm wandte, zog Filippo den Abzug durch.

Der Schuss knallte hässlich und hallte im weiten Tal. Lautlos sackte der Körper des Unbekannten in sich zusammen, löste sich von der Leiter und flog an Filippo vorbei in die Tiefe. Der dumpfe Aufschlag auf den Felsen wurde vom Rauschen des Baches verschluckt.

Bevor der andere Mann bemerkte, was sich unter der Brücke abgespielt hatte, stieg Filippo im Schutz der Brückenkonstruktion nach oben. Elegant schwang er sich über das Geländer und ging dahinter sofort in Deckung. Nach einer Weile riskierte er einen Blick auf die andere Talseite. Eigenartigerweise blieb alles still. Weshalb reagierte der Kumpel des Erschossenen nicht? Kein Gegenfeuer, keine Geräusche – einfach nichts.

Vorsichtig versuchte er den Ort auszumachen, wo der Schütze in Stellung gelegen hatte. Doch dort, wo er ihn vorher noch gesehen hatte, war weit und breit kein Mensch mehr zu sehen. Filippos Blick glitt nach oben. Da! Direkt über dem Tunnelportal erkannte er, wie ein Mann, wie vom Teufel gejagt, auf allen Vieren den steilen Hang nach oben kletterte.

Ermattet setzte sich Filippo auf den Gleiskörper und lehnte sich an das Geländer. Mit mechanischen Bewegungen sicherte er die Waffe und versorgte sie im Rucksack.

«*Gratuliere Poppy!*», frohlockte Coniglio erleichtert.

«*Mehr Glück als Verstand*», gestand sich Filippo selber ein, indessen er nochmals zum Berghang hinüber schaute. Vom Flüchtenden war weit und breit nichts mehr zu sehen. Die Gefahr schien – zumindest vorläufig – gebannt zu sein. Dennoch traute er der Situation nicht und verhielt sich ruhig. Nachdem sich eine Weile nichts Verdächtiges ereignet hatte, stieg Filippo abermals zum Brückenlager hinab, entschärfte wie in Trance die zweite Sprengladung und legte die Sprengkapseln sowie die Trotylklötzchen zu den anderen im Rucksack. Anschliessend unterzog er das ganze Bauwerk nochmals einer genauen Kontrolle und vergewisserte sich, ob er in der Aufregung keine Sprengladung übersehen hatte. Danach stieg er ins Bachbett hinab und untersuchte das Opfer. Sein Schuss hatte ihn oberhalb des linken Ohrs getroffen – er musste sofort tot gewesen sein.

Hastig untersuchte er die Kleider. Der Tote trug weder einen Ausweis noch ein anderes Erkennungszeichen auf sich. Das Einzige, was er bei sich hatte, war die Maschinenpistole, die immer noch an seinem Oberkörper hing, einen Gurt mit Ersatzpatronen sowie ein Sackmesser der gleichen Art, wie Cosimo eines besass. Aufgrund dessen vermutete Filippo, dass das Opfer Italiener war.

Obwohl Filippo jetzt überraschend ruhig handelte, wusste er, sein Gewissen würde sich früher oder später melden. Immerhin hatte er einen Menschen getötet. Selbst wenn er sich einredete, ihn in Notwehr erschossen zu haben, würden Zweifel bleiben. Im Moment war er jedoch heilfroh, mit dem Leben davon gekommen zu sein.

Filippo beschloss, die Nacht in der Nähe der Brücke zu verbringen. Bevor er sich nach einer Biwakstelle umsah, nahm er dem Toten die Waffe und den Patronengurt ab, rollte den Leichnam in eine Senke und bedeckte ihn notdürftig mit Steinen und Erde.

Nach getaner Arbeit meldete sich wie erwartet sein Gewissen. In ohnmächtiger Trauer fiel er vor dem Grab auf die Knie. Andächtig flüsterte er am notdürftig zusammengescharrten Grab ein Gebet und bat um Vergebung für seine Tat. Nach der stillen Andacht lief ihm ein kalter Schauer über den Rücken.

«*Verzage nicht Poppy!*», rief sich Coniglio ins Bewusstsein Filippos zurück. «*Hättest du nicht geschossen, würdest du jetzt seiner statt da unten liegen. Und wie ich diese Kerle einschätze, die hätten dich bestimmt nicht begraben und für dich gebetet.*»

«*Du versuchst mich nur zu trösten*», widersprach ihm Filippo. «*Vielleicht aber habe ich einem Kind den Vater genommen? War es das wert?*»

Coniglio schwieg. Auf keinen Fall wollte Filippo die Nacht in der Nähe der Leiche verbringen. Er stieg das steile Bord hoch zum Bahntrassee. Oben angelangt, blickte er nochmals in Gedanken versunken in die Tiefe.

Langsam ging Filippo auf den Tunnel zu, aus dem er vor dem Zwischenfall gekommen war, ohne auf die zuvor sich selbst gestellte Frage eine Antwort zu geben. Etwa hundert Meter nach dem Tunnelportal befand sich im Gewölbe eine kleine Nische. Er beschloss, sich darin ein Nachtlager einzurichten.

⌘

Von wilden Träumen geplagt erwachte Filippo. Sein Rücken schmerzte von der unbequemen Lage und in seinem rechten Arm kribbelte es von der Achsel bis zur Hand. Mit steifen Gliedern erhob er sich und verrichtete Turnübungen, um seine Gliedmassen zu lockern. Nachdem das Kribbeln im Arm aufgehört hatte, rollte er die Wolldecke zusammen und verstaute sie im Rucksack.

Nachdenklich setzte er sich wieder zu Boden. An die feuchte Tunnelwand lehnend, rollten die Bilder des Vortages nochmals alptraumartig an seinem Geist vorbei.

Langsam fand Filippo sich zur Gegenwart zurück. Er verspürte Durst. Mechanisch griff er in die Aussentasche seines Rucksackes und suchte nach der Feldflasche. Aber anstatt die Flasche fasste seine Hand den Pistolenlauf. Wie elektrisiert zog er den Arm zurück. Die Erinnerung, mit diesem Ding gestern einen Menschen erschossen zu haben, schoss ihm wie ein Blitz durch den Kopf.

Filippo zwang sich, die aufkommenden Gewissensbisse zu verscheuchen. Entschlossen griff er in die andere Aussentasche und fand das Gesuchte. Mit einem Ruck zog er den Korken aus der Flasche und führte sie zum Mund. Während er das letzte Wasser gierig schluckte, nahm er durch das Tunnelportal erst wahr, dass inzwischen die Morgendämmerung eingesetzt hatte. Frühmorgendliches Vogelkonzert drang von draussen her an seine Ohren.

Noch in der Dämmerung des beginnenden Tages schritt Filippo, den Rucksack über die rechte Achsel geschwungen, nach draussen. Hoffentlich hatte sich der Schütze vom Vorabend verzogen, dachte Filippo und betrat die Brücke. In der Mitte hielt er kurz inne und blickte nach unten. Das Tageslicht hatte den Talboden jedoch noch nicht erreicht, um das eilig aufgeschüttete Grab neben dem Bachbett erkennen zu können. Eigentlich war er froh darüber. Schnell lief er weiter.

Nachdem er den gegenüber liegenden Brückenkopf erreicht hatte, suchte er einen Weg, der nach oben führte. Linkerhand des Bahngeleises entdeckte er eine schmale Wegspur. Nach seinen Schätzungen vermutete er etwa zweihundert Meter über dem Bahntrassee die Hauptstrasse. Vom Schützen war tatsächlich weit und breit keine Spur zu sehen. Nur die Stimmen der Natur waren zu hören. Weit weg bellte ein Hund.

Achtsam und immer um sich schauend, kraxelte Filippo den Berghang hinauf. Bevor er die Strasse erreicht hatte, legte er sich flach auf den Boden und robbte die letzten Meter auf dem Bauch bis zum Strassenrand. Leise schob er sich vor und prüfte zwischen zwei Stauden hindurch, ob ihn nicht eine weitere Überraschung erwartete.

Nachdem sich Filippo überzeugt hatte, dass er auf weiter Flur der einzige war, richtete er sich langsam auf. Erleichtert überquerte er die Strasse und entledigte sich dort des Rucksackes. Dann klopfte er sich den Staub von seinen Kleidern. Der sich ausbreitende feine Sand stieg ihm in die Nase. Nur mühsam unterdrückte er den aufkommenden Niesreiz. Die Nase mit beiden Zeigefingern reibend, setzte er sich auf einen Felsvorsprung; dann kramte er mit einer Hand die Landkarte aus der Aussentasche seines Rucksacks. Er wollte wissen, wie weit der Weg nach Sospel noch war, dem nächst gelegenen Dorf.

⌘

Steinschlag, Lawinen, Gewitter und herabstürzende Bäume – mit diesen Gefahren wusste Filippo umzugehen. Das Erlebnis an der Eisenbahnbrücke aber prägte seine Empfindungen und hinterliess Spuren, die ihm immer wieder zu schaffen machten. Damit wurde er endgültig zum Teil eines Krieges, der ihn im Grunde genommen gar nichts anging. Er realisierte nun auch, was es hiess, im Kampf gegen einen Feind bestehen zu können, der ihm nur nach seinem Leben trachtete. Albträume belasteten seinen Schlaf. Oft zeigten sich darin auch die Gesichter von Heydenreich, dem unsäglichen Baron und von jenem hakennasigen Mann, der auf dem Schiff auf ihn geschossen hatte. Er wünschte sich, diesen Menschen nie begegnet zu sein. Immer mehr spielte er mit dem Gedanken, in die Schweiz zurückzukehren und ein ruhigeres Leben zu führen.

Doch soweit sollte es so bald nicht kommen. Schneller als Filippo es erwartet hätte, bereitete ihm das Leben bereits ein neues Kapitel vor. Als er wieder einmal nach einem mehrwöchigen strapaziösen Kontrollgang nach Nizza zurückgekehrt war, wollte er wie immer seinen Bericht abliefern. In der Betriebszentrale aber teilte man ihm mit, Mirko erwarte ihn an jenem Abend um sieben Uhr bei François im *Vieux Pêcheur.*

Filippo zeigte sich darüber sehr erfreut, zumal er Mirko schon lange nicht mehr gesehen hatte.

Pünktlich fand sich Filippo im Bistro ein und François, der ihn wie immer herzlich begrüsste, wies ihm einen Tisch zu, auf dem eigenartigerweise vier Gedecke aufgetischt waren. «*Wozu?*», fragte sich Filippo und schaute um sich. «*Wieso vier Gedecke? Kommt noch wer?*» Zunächst fand er jedoch dazu keine Erklärung und setzte sich. Zufrieden blickte er in die Runde und bewunderte einmal mehr den zauberhaften, mit blauen Hortensien umsäumten Innenhof. Auf der gekiesten Fläche standen einfache Tische in verschiedenen Grössen. Selbst die Stühle waren zusammengewürfelt: Es schien, als hätte der Wirt das Mobiliar sukzessive aus verschiedenen Haushaltungen zusammengetragen. Auf den mit rot-weiss karierten Tüchern bedeckten Tischen standen liebevoll gebundene Sträusschen von Wiesenblumen. An den Pergolen rankten sich Weinreben, und die daran hängenden Trauben begannen sich bereits blau zu färben. Zwischen den Ranken hindurch erblickte Filippo im Tiefflug kreisende Schwärme von Schwalben, welche die Luft mit ihrem singenden Pfeifen erfüllten. In der Tat, der laue Sommerabend bot sich zum Essen im Freien wieder einmal geradezu an.

Die Antwort auf Filippos Frage, weshalb vier Gedecke aufgetischt waren, liess nicht lange auf sich warten. Stumm deutete François zur Türe, denn in diesem Augenblick betrat Mirko in Begleitung eines etwas jüngeren Mannes und einer sportlich aussehenden Frau das Lokal.

Lachend kam Mirko auf Filippo zu, der sich sofort vom Stuhl erhob. Die beiden Männer begrüssten sich mit einem kräftigen Händedruck. Danach stellte er ihm seinen Bruder, Franco, und die ihn begleitende Dame vor. Als Filippo die Frau begrüsste und Mirko sie als Freundin seines Bruders vorstellte, huschte ihr ein flüchtiges Schmunzeln über das Gesicht und kleine Lachfältchen bildeten sich um ihre Augen.

Nach der Begrüssung setzten sie sich an den Tisch. Franco nahm gegenüber Filippo Platz; Mirko sass zu seiner Linken und die junge Frau zu seiner Rechten.

Beim Hinsetzen musterte Filippo die Frau diskret aus dem Augenwinkel. Ihr Blick schweifte jetzt in die Runde; sie schien momentan mehr an den zahlreichen Blütenstauden der blauen Hortensie interessiert zu sein, als an ihrer Begleitung.

Das Alter der weiblichen Begleitung der beiden Männer war schwer zu erraten. Filippo schätzte sie auf etwas über dreissig. Schon beim Betreten des Lokals war ihm ihre sportlich wirkende Gangart aufgefallen, was jedoch bestimmt auf die flachen *Mokassins*[1] zurückzuführen war, die sie an den Füssen trug. Aber auch ihre Kleidung und ihre Frisur – sie hatte die langen, leicht gewellten schwarzen Haare am Hinterkopf zu einem Pferdeschwanz gebunden – liess sie jünger erscheinen. Die kakifarbene Hose und das gleichfarbene sportliche Hemd, welches sie lässig darüber trug, hinterliessen zwar einen uniformen Eindruck, was jedoch ihre weiblichen Rundungen nicht zu kaschieren vermochte.

Es war unschwer zu erraten: Die Frau beeindruckte Filippo. Doch wollte er sich keine Blösse geben. Zurückhaltend wandte er sich nun Mirkos Bruder zu. Franco trug sein geblumtes Hemd provokativ weit offen. Auch sonst erweckte er in seiner saloppen Kleidung den Eindruck des typischen, heissblütigen Italieners. Beim weiteren Hinsehen jedoch erkannte Filippo, dass es Franco mit dem Leben nicht so ernst zu nehmen scheint. Da und dort fehlte ein Knopf an seiner Jacke – die auch kaum etwas dagegen gehabt hätte, wieder einmal gebügelt zu werden.

Nachdem sie ihre Plätze eingenommen und gegenseitig einige Begrüssungsfloskeln ausgetauscht hatten, berichtigte Franco seine Beziehung zu seiner Begleitung: «Nicht meine Freundin, lieber Bruder. Aber was nicht ist, kann noch werden», schmollte Franco und verzog schelmisch sein Gesicht. «Darf ich vorstellen: Penny.

---

[1] Mokassin: weicher Schlupfschuh ohne Absatz.

Eigentlich heisst sie Penelope Alfieri; ich glaube, sie lebt in Florenz, oder?»

«Nein nein», korrigierte die Angesprochene lachend. «Ich bin zwar in Florenz geboren und habe dort an der Universität studiert. Leben tue ich jedoch woanders.»

«Ach, was soll's», wehrte Franco ab und liess wieder seine pechschwarzen Augen rollen. «Sie ist Italienerin wie ich. Viva Italia!» Mit diesen Worten hob er den Arm, als wollte er seinen Salut unterstreichen.

«*Na Poppy. Wie findest du diese Frau? Sympathisch, oder?*», frotzelte plötzlich Coniglio.

«*Halt dich ruhig, Coniglio, und bring mich nicht in Verlegenheit. Du weisst, fremden Frauen gegenüber ist Vorsicht geboten – besonders, wenn sie so hübsch sind.*» Zweifellos, Filippo kam ins Schwärmen.

Ohne auf Francos Worte einzugehen, wechselte Mirko unvermittelt das Thema. Mit ernster Miene erklärte er, alles was sie heute Abend besprechen würden, hätte unbedingt vertraulich zu bleiben. Aber ebenso plötzlich zeigten sich auf seinem Gesicht schalkhafte Züge. Dabei lehnte er sich geniesserisch zurück und teilte der Runde feierlich mit, dass jedoch zuerst gegessen werde. Danach winkte er François mit einem Handzeichen herbei.

Die Gesellschaft fand Filippo von Beginn an sympathisch. Es entwickelte sich bald eine angenehme Unterhaltung, wobei Franco diese die meiste Zeit mit Belanglosigkeiten bestritt. Er könnte – zumindest äusserlich – der Zwillingsbruder von Mirko sein, war aber eindeutig der typische Zweitgeborene, der sich zeitlebens gegen seinen älteren Bruder hatte durchsetzen müssen. Für Filippo verkörperte er genau denjenigen Typ, der ausriss, wenn er des Alltags überdrüssig wurde. Der gelernte Automechaniker, als welcher er sich vorstellte, zog einen häufigen Tapetenwechsel einem geregelten Leben vor, weshalb er es bisher auch nie lange an einer Arbeitsstelle ausgehalten hatte.

Man konnte ihm das nicht verübeln. Er gab sich nicht nur als ein mit allen Wassern gewaschener Bonvivant aus; er blieb sich dieser Eigenschaft offenbar auch treu.

Mirko und Filippo beschränkten sich auf wenige Worte, währenddessen Penny der Unterhaltung der Männer schweigend folgte.

Nach einer Weile trat François an ihren Tisch. In seiner, wie immer beflissener Art, fragte er, ob die Herrschaften schon gewählt hätten.

Nachdem François die Bestellungen aufgenommen hatte und schon wieder davon schwirren wollte, wechselte Mirko das Thema: «Sag mal Franco, wie viel Uhr ist es?»

Etwas verdutzt dreinschauend antwortete der Angesprochene und blickte auf seine Armbanduhr: «Kurz vor halb acht. Wieso fragst du? Hast du noch ein Rendez-vous?»

Mirko überhörte die Gegenfragen seines Bruders und wandte sich wieder François zu: «François, bitte schalte doch um acht Uhr das Radio ein», und sich wieder seiner Tischrunde zuwendend erklärte er: «*BBC*[1] London bringt dann nämlich die neusten Nachrichten aus aller Welt.»

Bei diesen Worten bemerkte Filippo in Pennys Augen sofort grosses Interesse. Neugierig suchte sie nach dem Radiogerät, welches sie seitlich neben ihr auf einem Tischchen erblickte. «Das ist gut. BBC bringt um diese Zeit immer das Aktuellste aus aller Welt.»

Filippo staunte: Zuerst dachte er an ein scheues Reh, als er Penny das erste Mal sah: Zwar wachsam, aber zurückhaltend. Jetzt allerdings, zeigte sie plötzlich Interesse.

Als François den ersten Gang herbei brachte – er bestand für jeden aus je einer kleinen Schüssel Spaghetti mit Knoblauchscheibchen, Stückchen von Paprikaschoten und Olivenöl – teilte

---

[1] BBC: *British Broadcasting Company* am 18. Oktober 1922 von John Reith, Cecil Lewis, Arthur Burrows und Stanton Jefferies in London als unabhängiger Radiosender gegründet; 1927 in *British Broadcasting Corporation* umbenannt. 1932 startete die BBC die ersten regelmäßigen Kurzwellensendungen.

er mit, dass er das Radio wunschgemäss auf acht Uhr einschalten werde. Er fügte jedoch flüsternd hinzu, dass dadurch die anderen Gäste nicht gestört werden sollten. Mirko zeigte dafür Verständnis und meinte, in diesem Fall könne er das Gerät ja auf Zimmerlautstärke einstellen.

Beim ersten Gang kreisten die Gespräche weiterhin um eher belanglose Themen. Filippo wickelte eben ein Bündel Spaghetti kunstvoll um seine Gabel, als Franco sich erneut bemühte, das Gespräch in Gang zu halten. Er wandte sich an Filippo: «Wo arbeitest du?»

Die Frage kam überraschend, zumal Filippo seine Spaghetti endlich erfolgreich zum Mund geführt hatte. Kauend versuchte er zu sprechen: «Bei der Tendabahn», war die kurze Antwort, und er schluckte den Bissen hinunter.

«Ach lass ihn doch erst mal seine Spaghetti essen», fuhr Mirko dazwischen. «Du stellst immer im dümmsten Moment deine Fragen!» Wenn es bei Mirko ums Essen ging, kannte er keinen Pardon.

«Schon gut», winkte Filippo ab. «Ich kann auch mit vollem Mund sprechen. Erst bei mehr als hundert Gramm wird es schwierig.»

Die scherzhafte Einlage brauchte Zeit, um zu wirken. Umso lauter lachte Franco: «Ach nein? Was treibst du bei der Bahn? Zählst du die Schienennägel?»

Mirko gab ihm unter dem Tisch einen Tritt ans Schienbein. Franco liess sich jedoch nicht beirren: «Komm, erzähl mal ein bisschen darüber. Das interessiert mich. Auch mein Bruder ist so ein Schienennarr.» Der zweite Hieb seines Bruders war ihm damit garantiert.

Geschickt wusste Filippo die Unterhaltung zu versachlichen: «Ich zähle zwar keine Schienennägel. Aber wenn ein oder mehrere davon fehlen, schlage ich Alarm», und er drehte ein neues Bündel Spaghetti um die Gabel.

«Was meinst du damit?» Jetzt war es Franco, der nicht begriffen hatte.

«Ganz einfach. Wenn Nägel fehlen, hält die Schiene nicht, und wenn der Zug darüber fährt, entgleisen die Wagen.» Genüsslich schob Filippo die neue Ladung Spaghetti in den Mund und wartete gespannt auf Francos Reaktion.

Doch bevor dieser reagieren konnte, schaltete sich Mirko dazwischen. «Du könntest dir an Filippo ein Beispiel nehmen, lieber Bruder. Erst vorletzte Woche hat er einen Sabotageakt vereiteln können und dabei erst noch den Saboteur ausser Gefecht gesetzt.»

«*Das hätte er jetzt wirklich nicht erwähnen müssen*», dachte Filippo und verschluckte sich beinahe an den Spaghettis.

«Tatsächlich? Komm, erzähl!», forderte ihn Franco auf.

Filippos Blick traf Penny: «Signorina Penny; ich darf Sie doch so nennen?» Weiter kam Filippo nicht, denn Coniglio mischte sich jetzt ins Gespräch: «*Na, na, Poppy, immer schön höflich bleiben.*»

«*Keine Angst Coniglio, bei einem so hübschen Käfer...*»

«Aber selbstverständlich, nennen Sie mich einfach Penny. Überhaupt, weshalb so förmlich? Ihre Geschichte interessiert mich wirklich.»

«*Von wegen hübscher Käfer, schau ihr mal in die wunderschönen Augen; und neugierig ist sie auch noch*», mischte sich Coniglio wieder dazwischen.

«*Sei still Coniglio! Natürlich habe ich ihre Augen bemerkt.*» Die Frau und Coniglios Vorwitz verwirrten Filippo sichtlich. Langsam schob er den fast leeren Teller von sich und atmete diskret durch: «Um ehrlich zu sein, verehrte Signorina, ich kann mir Schöneres vorstellen, als Menschen zu töten. Ich hatte keine andere Wahl, sonst hätte er mich erschossen. Sie können es mir glauben, es ist reine Notwehr gewesen.» Nachdenklich wischte sich Filippo den Mund mit der Serviette ab.

«Und es hat Ihnen gar nichts ausgemacht, als Sie den Mann erschossen haben?», fragte Penny mit prüfendem Blick.

«Ich weiss nicht. Im Moment als ich den Mann näher kommen sah und wie er die Leiter bestieg, um zu mir hinab zu steigen, da wusste ich, der würde nicht zögern, mich zu erschiessen. Immerhin hatte ich die Sprengladungen entdeckt. Ich hatte wirklich keine andere Wahl.» Filippos Gesicht verdüsterte sich. Eine Zeit lang herrschte betretenes Schweigen.

«Aber immerhin, du hast Mut bewiesen und ihn erledigt. Was geschah danach?», bohrte Franco und bemerkte nicht, dass sich Filippo seiner Tat eigentlich schämte.

«Ach was! Was heisst schon Mut? Mutige Leute sind doch meistens fantasielose Geschöpfe; die wissen oft nicht einmal, worauf sie sich einlassen. Nein, ehrlich gesagt: ich hab' bloss riesiges Glück gehabt. Eigentlich bin ich nur davon gekommen, weil ich ihn zuerst gesehen habe und der andere, der vorher auf mich geschossen hat, offenbar ein schlechter Schütze gewesen ist.» Schuldbewusst senkte Filippo seinen Kopf.

Franco wollte noch eine Frage stellen, doch Mirko hielt ihn zurück: «Lass das. Siehst du nicht, deine Fragerei ist nicht mehr angebracht.»

Überraschend schob Penny ihre Hand vor und legte sie auf den Unterarm von Filippo. Sie hatte seine innere Zerrissenheit bemerkt.

Die Unterhaltung wurde plötzlich durch eigenartige Kratzgeräusche unterbrochen. Dann folgten aus dem Lautsprecher des Radiogeräts auf- und abschwingende Pfeiftöne, welche bald die Aufmerksamkeit von allen Gästen auf sich zogen. Mit viel Feingefühl drehte François am Sendesuchknopf des Geräts, um den von Mirko gewünschten Sender zu suchen.

Bald darauf erfüllten tiefe Paukentöne den Innenhof:

«Ta Ta Ta Taaa[1]»

---

[1] «Ta Ta Ta Taaa»: Kopfmotiv aus Beethovens 5ter Sinfonie während des zweiten Weltkriegs des britischen Radiosenders BBC. Wegen ihrer Bedeutung als Buchstabe «V» für *Victory* im Morse-Alphabet (··· —). Das Abhören von BBC London war in Deutschland und in den von den Deutschen besetzten Staaten meist die einzige Möglichkeit, um an gesicherte Informationen über die Kriegssituation und die Frontlage zu gelangen. Auf das unerlaubte Abhören standen in Deutschland hohe Strafen.

Das Gemurmel der Gäste verstummte sofort. Alles hörte auf die einprägsame Tonfolge des Kopfmotivs aus Beethovens 5ter Sinfonie.

«*Ta Ta Ta Taaa*», ertönte es ein zweites Mal aus dem Rundfunkempfänger. Nach einer kleinen Pause folgte dem Erkennungszeichen des Radiosenders eine metallisch klingende Männerstimme:

«*Hier spricht BBC London – Ta Ta Ta Taaa*», erschallte es zum dritten Mal aus dem mit Stoff bezogenen Lautsprecher des auf dem Tischchen unter dem Fenster an der Hauswand stehenden Radiogeräts. Die Blicke der Anwesenden im *Vieux Pêcheur* richteten sich gespannt auf den braunen, mit einfachen Intarsien verzierten Holzkasten, während die sonore Stimme des Radiosprechers weiter sprach:

«*Sewastopol in deutscher Hand. Am 1. Juli 1942 wird auf der Halbinsel Krim die Festung Sewastopol von der deutschen elften Armee erstürmt. Die sowjetische Armee hatte massive Verluste erlitten. Zehntausende wurden von den Deutschen gefangen genommen. Der Fall von Sewastopol ist nicht nur ein militärischer Sieg; er zieht auch wichtige politische Folgen nach sich: Die Türkei gibt nun den Schiffen der Achsenmächte den Weg durch den Bosporus ins Schwarze Meer frei.*»

«So ist's Recht», entfuhr es Mirko, der sofort begriffen hatte, was die letzt genannte Massnahme bedeuten könnte. «Jetzt geht's den Deutschen hoffentlich an den Kragen.»

«Psst!», tönte es von einem Gast am Nebentisch.

«*An der Ostfront, im Raum Bokowskaja hat die deutsche sechste Armee inzwischen den grossen Donbogen erreicht. Damit ist dem Gros der sowjetischen Südfront der weitere Rückzug nach Osten abgeschnitten.*»

So folgten weitere Erfolgsmeldungen der deutschen Wehrmacht Schlag auf Schlag, beispielsweise wie diese auf ihren Märschen nach Leningrad und nach Stalingrad sowie auf ihrem Weg von Norwegen bis in die Barentssee jenseits des Polarkreises militärische Erfolge verbuchen konnten. Mit jeder Meldung verdüsterte sich Mirkos Blick. An den Bewegungen seiner Lippen bemerkte Filippo, dass er darob am liebsten laut drauflos geflucht hätte. Als dann der Radiosprecher über Ereignisse in Nordafrika zu berichten begann, kam erneut Spannung auf. Penny zog sofort einen kleinen Schreibblock und ein Bleistift aus der Tasche ihres Hemdes.

«*...seit Ende Juni 1942 sind die Achsenmächte der deutsch-italienischen Offensive unter General Feldmarschall Rommel mit einer Panzerarmee gegen die Briten in heftige Kämpfe verwickelt. Die deutsch-italienische Armee steht zurzeit vor El Alamein[1], zirka 95 Kilometer vor Alexandria. Die Verbände sind jedoch wegen des zunehmenden Widerstands der Briten offenbar festgefahren.*»

Jetzt hielt sich Mirko nicht mehr zurück. Lauthals polterte er los: «Hört ihr's! Selbst unsere eigenen Landsleute helfen den Deutschen. Diese verdammten Faschisten! Geschieht ihnen Recht, wenn ihnen jetzt die Briten eins aufs Dach geben!»

Penny ihrerseits hörte nicht hin. Pausenlos kritzelte sie Notizen auf ihren Block.

Nach weiteren ähnlichen Nachrichten rief Mirko quer über den Innenhof, so dass es alle hören konnten: «François, stell das Radio ab. Ich habe genug gehört. Hoffentlich können wir bald erfreulicheres aus dieser Kiste hören.»

Die Aufforderung Mirkos stiess jedoch allseits auf Unverständnis. Die Gäste wollten die Nachrichten zu Ende hören.

Nachdem der Radiosprecher noch von anderen, für die Tischrunde von Mirko weniger aufschlussreichen Ereignissen berichtete, wagte Filippo Penny zu fragen, weshalb sie an den Ereignissen in Nordafrika so speziell interessiert sei.

Das Bleistift und den Schreibblock wieder in ihrer Hemdtasche versorgend, blickte sie zu Filippo auf und antwortete: «Ach wissen Sie, das ist ein Teil meines Berufes. Ich habe zwar schon gehört, dass die Lage in Nordafrika sehr ernst und diffus sei. Aufgrund

---

[1] El Alamein: ägyptische Kleinstadt an der Küste des Mittelmeers, knapp 110 km westlich von Alexandria und 240 km nordwestlich von Kairo.

dieser Meldung aber scheint mir eine Wende nicht mehr ausgeschlossen.»

«Wie meinen Sie das, eine Wende?» Mirko schnappte den letzten Satz mit wachem Interesse auf.

«Sie haben es gehört: Rommels Armee beisst sich offenbar an den Engländern die Zähne aus. Vielleicht hat er schon zu viele Verluste erlitten», erklärte Penny mit offensichtlichem Sachverstand. «Die Engländer werden überdies bald von *Generalleutnant Montgomery*[1] befehligt, der den bisherigen Oberbefehlshaber der achten britischen Armee, General *Auchinleck*[2], ablösen wird. Und mit der Unterstützung der Amerikaner dürfte es sodann nur noch eine Frage der Zeit sein, bis die Deutschen zum Rückzug blasen müssen.» Die prophezeienden Worte Pennys waren Balsam in den Ohren von Mirko. Und die Geschichte würde ihr noch Recht geben, nur wagte zu diesem Zeitpunkt niemand, ernsthaft daran zu glauben.

Filippo liess nicht locker und wünschte mehr darüber und über Pennys berufliche Tätigkeiten zu erfahren. Bereitwillig erzählte sie, dass sie für eine französische Agentur als Journalistin arbeitete und eben von einer Dienstreise zurückgekehrt war. In dieser Eigenschaft hatte sie in Genua über die militärische Lage in Nordafrika zu recherchieren. Über die Hintergründe ihres Jobs war jedoch wenig zu erfahren. Im Laufe des Abends verriet sie allerdings, dass sie sich hauptsächlich mit militärischer Berichterstattung beschäftigte. Ihr profundes Wissen darüber verblüffte selbst Mirko, der ihr interessiert zuhörte: «Sie sprechen laufend von Kriegsberichterstattungen. Können Sie uns mehr darüber erzählen?»

«Da gibt es nicht viel zu erzählen. Ich schreibe, was ich von unseren Informanten und Korrespondenten zu hören bekomme.

---

[1] Bernard Law Montgomery, 1. Viscount Montgomery of Alamein (* 17. November 1887 London; † 24. März 1976 Isington Mill): britischer Feldmarschall.

[2] Sir Claude John Eyre Auchinleck (* 21. Juni 1884 in Aldershot; † 23. März 1981 in Marrakesch): auch The Auk genannt, britischer Feldmarschall während des Zweiten Weltkriegs.

Manchmal ergänze ich meine Berichte auch mit eigenen Wahrnehmungen.»

«Dann sind Sie bestimmt schon zuvorderst an der Front gewesen?», fragte Filippo und erinnerte sich an das Erlebnis auf der Brücke.

«Bis jetzt nicht. Aber was nicht ist, kann sich vielleicht noch ändern. Man weiss nie...» Pennys Blick wurde nachdenklich.

«*Beeindruckend, diese Frau*», dachte Filippo. Die Faszination war aber nicht nur ihrem Wissen und ihrer Ausstrahlung zuzuschreiben. Selbst ihre sprachlichen Begabungen waren bemerkenswert. Wie sie weiter erzählte, spreche und schreibe sie akzent- und fehlerfrei auch Französisch, weswegen sie vor allem im südeuropäischen Raum als Berichterstatterin eingesetzt worden war. Selbst die englische Sprache sei ihr geläufig. Nur mit der deutschen Sprache, meinte sie augenzwinkernd, bekundete sie etwelche Mühe.

Das Thema wurde unterbrochen, als François den Hauptgang herbeibrachte. In einer grossen Kasserolle servierte er einen vorzüglichen, mit Käse und würzigen Kräutern gratinierten Eintopf von Gemüse und Kartoffeln.

Die Stimmung schien wieder hergestellt zu sein, zumal es einmal mehr überraschte, was der Küchenchef des *Vieux Pêcheur* trotz Lebensmittelrationierung und Versorgungsengpässen immer wieder hervorzubringen im Stande war.

Je länger die Unterhaltung dauerte, desto mehr stellte Filippo fest, dass Penny auch sehr unterhaltsam sein konnte. Zwar schwieg sie, wenn andere erzählten, und hörte ihnen mit wachem Blick interessiert zu. Sie wusste jedoch den Anspielungen von Franco stets mit Humor und Charme zu begegnen. Filippo reizte es immer mehr, diese Frau näher kennen zu lernen.

Das Eis schien in vorgerückter Stunde gebrochen zu sein und Filippo fasste sich ein Herz: «Signorina Penny», fragte er schüchtern. «Kennen Sie Franco schon lange?»

Penny lachte: «Franco? Oh nein! Er ist nicht mein Typ.»

Franco mimte den Beleidigten, aber alle merkten, dass er bloss damit kokettierte: «Und ich Esel habe gedacht, ich hätte die Liebe meines Lebens gefunden», und sich Filippo zugewandt, fügte er hinzu: «Lieber Freund, um ehrlich zu sein: das hat sich so ergeben. Ich will es Ihnen erklären: Als ich in Genua nach meinem Vergnügungsausflug nach Rom dieses zauberhafte Geschöpf im Abteil des Zuges angetroffen habe, da dachte ich tatsächlich noch an die grosse Liebe. Und jetzt diese Antwort – liebe Penny, ich bin schon enttäuscht», sprach er und lachte dabei schalkhaft übers ganze Gesicht. Franco brachte es tatsächlich einmal mehr fertig, in einer nicht zu überbietenden Art den nimmermüden Charmeur zu spielen. Die Erheiterung in der Runde war jedenfalls perfekt.

Die Unterhaltung zog sich noch lange bis in die Nacht hinein, und bald kehrten sie wieder zum alten Thema zurück: Der Krieg in Nordafrika, worüber Penny immer wieder neues zu berichten wusste.

Filippo hörte ihr gerne zu. Er ertappte sich sogar dabei, dass er selbst solchen Geschehnissen zum ersten Mal in seinem Leben bewusst Gehör schenkte. Vielleicht auch deshalb, weil sich dort der Krieg nicht so entwickelte, wie es sich die Deutschen wünschten. Insgeheim wünschte sich Filippo, die Briten würden ihnen eine vernichtende Niederlage bereiten. Der Hass gegen den Nationalsozialismus und alles was damit zusammenhing, lag bei Filippo bereits so tief, dass er schon so etwas wie Schadenfreude verspürte, und als Penny noch weiter zu berichten wusste, dass die achte britische Armee inzwischen verstärkt worden sei, und die Engländer bereits die Luftüberlegenheit über die Deutschen besässen, verstärkte sich der Wunsch, dass dadurch der Krieg bald beendet werden kann.

Zum Dessert servierte François, wie in Frankreich nach einem guten Essen üblich, den obligaten Käse und frischgebackene *Baguettes*[1]. Dazu stellte er nochmals eine Karaffe Wein auf den Tisch. Noch lange assen und tranken sie über die Mitternachtsstunde

---

[1] Baguette: lang gestrecktes, knuspriges Weissbrot, bedeutet wörtlich «Stöckchen» bzw. «Stab».

hinaus, und Mirko kam entgegen seiner ursprünglichen Absicht überhaupt nicht dazu, von seinen Plänen zu berichten.

Beim Verabschieden fasste sich Filippo nochmals ein Herz und fragte Penny mit rasendem Puls, ob er sie wieder sehen dürfe. Zurückhaltend meinte Penny, dies sei nicht ausgeschlossen. Allerdings müsse sie ihren Bericht erst noch zu Ende schreiben, den sie morgen bei der Redaktion abzuliefern hätte. Und welche Aufträge sie dann erwartete, wisse sie jetzt noch nicht.

Mirko schmunzelte. Sehr wohl hatte er das Augenspiel zwischen den beiden bemerkt. Sein Verdacht lag daher nahe: Zwischen den beiden könnte es gefunkt haben.

⌘

Ungeduldig wie ein *Primaner*[1] rief Filippo anderntags die Redaktion an. Die Erinnerung an Penny liess ihn nicht mehr los. Er wollte sie so bald wie möglich wieder sehen. Die weibliche Stimme am Telefon aber gab ihm allerdings kurz und bündig zu verstehen, Penelope Alfieri sei bereits abgereist.

Die Enttäuschung war gross. Nach einer Weile fragte Filippo die Stimme, wo sie zu erreichen wäre. Da bemerkte die Dame lakonisch: In Nordafrika. Zuerst dachte Filippo an einen schlechten Witz und fragte, was denn der Grund sei, dass sie Hals über Kopf nach Afrika gereist wäre. Die sauertöpfische Stimme am anderen Ende der Leitung aber hielt sich zurück und leierte kurz angebunden herunter, die Lage in Nordafrika hätte dies erfordert. Madame Alfieri sei von höchster Stelle der Zeitung zur Kriegsberichterstattung vor Ort beordert worden.

Für einen Augenblick verschlug es Filippo die Sprache. «*Scheiss Krieg!*», dachte Filippo und knallte den Hörer ohne Adieu zu sagen, auf die Gabel zurück.

In den darauf folgenden Wochen zeigte Filippo verständlicherweise besonderes Interesse über die Ereignisse, die sich im *maghre-*

---

[1] Primaner: Bezeichnung eines Schülers für die oberen Klassen eines Gymnasiums.

binischen Raum[1] abspielten. Geradezu besessen kaufte er alle möglichen Zeitungen, die über die Kriegsereignisse in der Wüstenregion zu berichten wussten. Oft entdeckte er in den Blättern auch Berichte, welche das Kürzel «*pa*» trugen. Filippo vermutete, diese könnten von Penny verfasst worden sein.

Seit der Begegnung im *Vieux Pêcheur* liess Penny nichts mehr von sich hören. Filippo wusste nicht einmal, wo sie zu erreichen wäre, und wenn er die Redaktion anrief, entgegnete die launische Stimme, der Aufenthaltsort von Madame Alfieri sei vertraulich. So blieben Filippo einzig die Zeitungsberichte, die nur vermuten liessen, in welchem Gebiet sie sich aufhalten könnte.

In dieser Zeit pflegte Filippo einen vermehrten Briefkontakt zu seiner Schwester. Andere Bezugspersonen hatte er momentan ohnehin nicht. Auch Mirko hatte sich schon wochenlang nicht mehr blicken lassen, und wenn er in seinen freien Tagen den *Vieux Pêcheur* aufsuchte und hoffte, Freunde anzutreffen, war er meistens allein.

So schrieb er seiner Schwester öfters, und in einem seiner zahlreichen Briefen an Cynthia offenbarte er ihr auch die Begegnung mit Penny, und wie er sich bemüht hatte, sie wieder zu sehen. Cynthia zeigte dafür grosses Verständnis. Sie las aber auch zwischen den Zeilen, dass hinter dieser Begegnung mehr steckte, als es ihr Bruder verriet. Feinfühlig wie sie war, versuchte sie Filippo zu trösten. Sie riet ihm, wenn er zu dieser Frau schon Gefühle verspüre, solle er auf keinen Fall aufgeben. Ein zufälliges Treffen allein genügt eben einer Frau noch lange nicht, um eine wirklich gute Beziehung aufzubauen. Dafür müsste er schon etwas mehr tun.

Die Worte Cynthias gaben ihm Mut. Immer wieder versuchte er herauszufinden, wie er mit Penny in Kontakt treten könnte – doch erfolglos. Die einzige Verbindung, die er eine Zeit lang noch hatte, verlief über ihre Zeitungsberichte.

---

[1] Maghreb (auch *Maghrib*; «der Westen»): abgeleitet vom Verb *gharaba*: «untergehen» (...der Sonne), gemeint sind die drei nordafrikanischen Länder Tunesien, Algerien und Marokko, teilweise auch Libyen und Mauretanien.

Trotzdem: Die folgende Zeit verflog im Nu. Filippo erledigte seine Arbeit bei der Tendabahn nach wie vor gewissenhaft. Erfreulicherweise blieb er seither von nennenswerten Zwischenfällen verschont.

Anfangs Oktober 1942 las Filippo in einer Zeitung – er kehrte eben von einem längeren Kontrollgang zurück – dass der Versuch von General Feldmarschall Rommel, seine Truppen bis zum Suezkanal vorzustossen, endgültig gescheitert sei. Die Offensive gegen die achte britische Armee sei schon vor einem Monat abgebrochen worden.

Weiter stand im Bericht geschrieben, es sei Rommel zum Verhängnis geworden, dass sein Gegner, Feldmarschall Montgomery, durch abgefangene und dechiffrierte deutsche Berichte rechtzeitig darüber informiert worden sei, wo die Achsenmächte angreifen würden. So blieben die Deutschen im heftigen britischen Artilleriefeuer endgültig stecken.

Der Bericht enthielt einmal mehr das ihm inzwischen vertraute Kürzel «pa». Filippo war nun überzeugt, seine Angebetete befand sich an vorderster Front in den Wüsten von Nordafrika. Er tröstete sich nun damit, dass dies wohl auch der Grund gewesen war, weshalb er von ihr seit ihrem damaligen Treffen nichts mehr gehört hatte.

Jetzt aber machte er sich noch mehr Sorgen um sie. Er sprach auch mit Mirko darüber, als dieser sich wieder einmal im *Vieux Pêcheur* blicken liess. Erstaunlicherweise war er über die Ereignisse in Nordafrika sehr gut informiert. Es schien sogar, Mirko wisse weit mehr, als in den Zeitungen geschrieben stand, und Filippo fragte ihn, woher er so viele Informationen hätte. Geschickt wich dieser der Frage aus und meinte, wenn die Zeit dafür reif sei, würde er es schon noch erfahren.

Filippo stutzte und vermutete sofort, dass Mirko Kontakte zu geheimen Organisationen pflegte, oder selber schon einer zu solchen angehörte. Erst viel später erfuhr Filippo, dass sein Freund zu dieser Zeit bereits mit Widerstandsgruppen intensive Kontakte gepflegt hatte.

Anfangs November begab sich Filippo wieder ins *Vieux Pêcheur* zu François, wo er Anfangs Juli Penny kennen gelernt hatte. Er verspürte Lust nach einem fangfrischen Fisch, den der Koch noch immer so delikat zuzubereiten wusste. Er hoffte aber auch, wieder einmal Bekannte zu treffen, um mit ihnen über Gott und die Welt plaudern zu können.

Das Lokal war aber kaum besucht. Die wenigen Anwesenden kannte er nicht. Enttäuscht darüber, bestellte er bei François das Essen. Der Fang des Tages bescherte ihm einen Seebarsch, den der Koch in Weisswein pochiert und anschliessend mit Butter, Schalotten, Weissbrot und Käse überbacken hatte.

Die Zeit, bis François das Essen servierte, überbrückte sich Filippo mit Lesen. An der Wand hingen verschiedene Zeitungen. Filippo wählte die mediterrane Ausgabe der *Gazzetta del Popolo* vom 26. Oktober 1942. Als er die Zeitung aufrollte, prangte ihm mit grossen Lettern eine Schlagzeile entgegen:

"*Una grande battaglia impegnata sul fronte die El Alamein.*"

Mit wachsendem Interesse las Filippo im Untertitel, dass nach der Schlacht um El Alamein ein nicht enden wollender Strom gefangener italienischer und deutscher Soldaten auf dem Weg in die Internierungslager sei. Auch dieser Bericht trug das ihm schon vertraute Kürzel der Verfasserin. Elektrisiert las er weiter:

Verstärkt durch weitere Verbände von amerikanischen Truppen stellten sich Ende Oktober die Briten in El Alamein den deutsch-italienischen Achsenmächten. Die Schlacht glich einem Inferno. Mit regelrechten Feuerwalzen aus britischen Geschützen arbeiteten sich die Truppen mühsam durch die von den Deutschen gelegten Minenfelder vor.

Filippo kannte mittlerweile Pennys Schreibstil. Nur sie war imstande, solche Berichte zu verfassen. Um aber an solche Informationen heranzukommen, musste sie sich selber an vorderster Front befinden, davon war Filippo überzeugt. Entschlossen nahm er sich vor, bei der Redaktion der Zeitung mit allem Nachdruck nachzufragen, wo um Himmels Willen Penny zu erreichen sei. Er wollte nun endlich Gewissheit haben.

Lustlos verspeiste Filippo das einmal mehr hervorragende Fischgericht. Völlig frustriert verliess er danach das Lokal. Selbst die erhoffte Gesellschaft von Freunden hatte sich nicht eingestellt.

Gross war die Überraschung dafür anderntags, als er nicht die unhöfliche Schnepfe am Telefon antraf, sondern gleich mit dem Dienst habenden Redaktor sprechen konnte.

Ohne Umschweife erkundigte sich Filippo nach Pennys Aufenthaltsort. Die zweite Überraschung war, dass dieser ihm sogar sagen konnte, wo sich Penelope Alfieri befand: Gegenwärtig sei sie mit den britischen Truppen im Gebiet zwischen *Alexandria*[1] und El Alamein in der afrikanischen Wüste unterwegs. Doch auf die dritte Frage hin, ob man sie telefonisch erreichen könnte, lachte die freundliche Stimme und meinte, wohl kaum. Erstens seien die Truppenverbände nur über Funk erreichbar, und zweitens würden über diesen Weg bestimmt keine privaten Gespräche zugelassen. Am ehesten sei sie noch über ihre Hoteladresse erreichbar. Der Redaktor gab ihm bereitwillig ihre Anschrift bekannt, die auch für ihre eigenen, redaktionellen Zwecke gültig sei.

Hastig notierte sich Filippo die Anschrift des genannten Hotels, welches sich in Alexandria befand. Danach bedankte er sich beim Redaktor überschwänglich und legte den Hörer mit zufriedener Miene auf die Gabel zurück.

⌘

Seit Penny im Sommer 1942 von ihrem Auftraggeber nach Nordafrika zur Berichterstattung beordert worden war, hatte sie sich nun bald ein halbes Jahr in allen möglichen und unmöglichen Unterkünften aufgehalten. Hautnah hatte sie in dieser Zeit erfahren und an vorderster Front sehen müssen, was Krieg bedeutet. Sie sah Schmutz und Elend und erlebte, wie in den Lazaretten unter den misslichsten Verhältnissen Ärzte und Krankenschwestern mit letzten Mitteln versuchten, den Verwundeten zu helfen.

---

[1] Alexandria oder Alexandrien (griechisch *Alexándreia*, nach Alexander dem Großen; arabisiert, *al-Iskandariyya*): Hafenstadt am Delta des Nils an der Mittelmeerküste Ägyptens.

Tapfere junge Soldaten starben in ihren Armen, denen sie nach Antritt ihrer letzten Reise die Lider zudrückte, und oft blickte sie selber dem Tod direkt in die Augen.

Die Erlebnisse belasteten zunehmend Pennys Gemüt. Ihr Seelenleben begann sich zunehmend abzustumpfen – und die Weihnachtsfeiertage standen bevor. Penny sehnte sich nach Hause. Bei nächster Gelegenheit wollte sie ihren Chefagenten bitten, von ihrem Posten abberufen zu werden.

Zu ihrer grossen Überraschung wurde ihrem Gesuch grundsätzlich entsprochen. Allerdings hatte sich ihr Chef ausbedungen, dass Penny wenigstens noch solange vor Ort bleiben sollte, bis sich die Kriegslage entscheidend veränderte. Immerhin betrachtete sie dies als einen kleinen Lichtblick. Freudig kehrte sie ins Hotel zurück. Beim Betreten der Hotelhalle winkte ihr der Concierge. Der wieselflinke, im traditionellen *Kaftan*[1] und rotem *Fes*[2] gekleidete Nordafrikaner schwenkte einen Brief in der Hand und lachte mit breitem Gesicht, so dass seine blendend weissen Zähne zum Vorschein kamen.

Kommentarlos und ohne sich etwas dabei zu denken, wer der Absender dieses Schreibens sein könnte, nahm Penny das Schreiben entgegen und eilte die Treppe hoch. Im Zimmer angekommen, legte sie den Brief achtlos auf den Tisch. Sie hatte jetzt nur einen Wunsch: eine lauwarme Dusche nehmen und dann in frische Kleider zu schlüpfen. Sie nahm sich vor, sich für diesen Abend etwas Besonderes zu leisten. Sie wollte fein essen gehen. Nach dem endlosen Gamellenfrass und all den improvisierten sanddurchsetzten Speisen sehnte sie sich danach, wieder einmal abendländisch und gepflegt zu essen, natürlich am liebsten in angenehmer Gesellschaft und nicht allein.

---

[1] Kaftan (entlehnt vor dem 16. Jh. aus türkisch *kaftan*, von arabisch *quftan*, persisch *haftan*, «unter dem Panzer zu tragendes Gewand»): langes Woll- oder Seidenhemd aus Brust- und Rückenstück, das über den Hüften gegürtet wird.

[2] Fes (auch *Fez* oder *Tarbusch*): eine früher im Orient und auf dem Balkan weit verbreitete Kopfbedeckung in der Form eines stumpfen Kegels aus rotem Filz mit meist schwarzer Quaste, benannt nach der Stadt Fès in Marokko.

Penny kannte ein von einem Italiener geführtes Restaurant, nicht weit vom Hafen entfernt. Es war ihr vor einiger Zeit von ihrem Agenten in Alexandria empfohlen worden. Dieser hatte geschwärmt, man esse dort ausgezeichnet, weshalb es hauptsächlich von westlichen Offizieren und Mitgliedern des diplomatischen Korps besucht würde.

Diese Auskunft war für Penny ein Grund mehr, nicht allein dorthin zu gehen. Zudem wusste sie: In einem islamischen Land, wo sich die Frauen gewöhnlich bis auf die Augen verschleiern, würde es von den einheimischen Männern bestimmt falsch verstanden, wenn sie sich in einem öffentlichen Lokal allein zeigen würde. So erhoffte sich Penny, sie würde ihren Agenten dazu ermuntern können, sie zu begleiten. Auf ihre telefonische Anfrage hin, sagte er ihr sofort zu. Eigentlich hatte sie eine Absage erwartet, denn sie kannte diesen Mann eher als einen zurückhaltenden Menschen.

In freudiger Erwartung auf einen schönen Abend kleidete sich Penny für einmal orientalisch. Als dafür passende Kleidung wählte sie einen rosafarbenen, aus einem leichten Seidenstoff gewobenen Kaftan. Sie wusste inzwischen, wie solche Kleider zu tragen waren. Lange genug war sie von einheimischen Frauen umgeben gewesen, die ihr die traditionelle Tragart beigebracht hatten.

Zufrieden betrachtete sich Penny im Spiegel. Danach griff sie zum Telefon und bestellte beim Concierge ein Taxi. Nach einem nochmaligen Blick in den Spiegel verliess sie das Zimmer. Sie befand sich bereits auf der Treppe, als sie sich an den Brief erinnerte. Eilig ging sie nochmals zu ihrem Zimmer zurück, wollte sie doch wissen, wer ihr geschrieben hatte.

Bevor Penny das Schreiben in ihre Tasche steckte, überflog sie flüchtig den Umschlag und die schwungvoll geschriebene an sie gerichtete Adresse. Das Schriftbild war ihr jedoch fremd. Beim Verlassen des Zimmers rätselte sie, wer den Brief geschrieben haben könnte. Dem Poststempel nach zu schliessen wurde er in Nizza aufgegeben.

Da sie ohnehin schon knapp an Zeit war, entschloss sie sich, ihn erst im Restaurant zu öffnen. Immerhin könnte das Schreiben auch etwas Unangenehmes enthalten. In diesem Fall wäre es ohnehin besser, damit bis nach dem Essen zuzuwarten.

⌘

Das Lokal, welches Penny mit Monsieur Lavalle, dem Agenten ihrer Zeitung, aufsuchte, befand sich nicht nur an einer romantischen, sondern auch an einer geschichtsträchtigen Lage. Hoch über den Klippen der ehemaligen Insel *Pharos*[1], in der Nähe der Stelle auf denen man die frühzeitliche Festungsanlage des *Leuchtturms von Alexandria*[2] vermutete – eines der sieben Weltwunder – ragte in gewagter Konstruktion eine breite Terrasse ins Meer hinaus. Dem Betrachter eröffnete sich auf beide Seiten hin ein betörender Blick auf das offene Meer. Einen schöneren Platz, um gediegen zu speisen, konnte man sich kaum vorstellen.

Monsieur Lavalle, ein gebürtiger Franzose, der allerdings schon sein halbes Leben in Nordafrika verbracht hatte, wartete an einem hübsch dekorierten Tisch auf Penny. Die Sonne neigte sich soeben zum Horizont und sandte noch einen letzten Glanz über die Meeresfläche. In melancholischer Pracht breitete sich der Widerschein der Strahlen darüber, während sich das Meer durch einem vom Wasser aufsteigenden leichten Dunst in eine goldene Fläche verwandelte. Kein Lufthauch störte die Ruhe der Stunde, obwohl dann und wann aus der Ferne die Geräusche der Stadt zu vernehmen waren.

Als er Penny erblickte, erhob sich Monsieur Lavalle und ging betont galant auf sie zu. Mit einem Handkuss begrüsste er sie: «Bonsoir, Mademoiselle Penny. Ich bin entzückt, den Abend mit Ihnen an diesem herrlichen Ort verbringen zu dürfen.»

---

[1] Pharos: eine kleine Insel nahe der ägyptischen Küste, 25 Kilometer westlich des kanopischen Nilarmes, heute verbunden mit einer künstlichen Landbrücke.

[2] Grosser Leuchtturm von Alexandria (nach der Insel, auf der er stand, auch Pharos genannt): höchster je gebauter Leuchtturm, der erste seiner Art und eines der sieben antiken Weltwunder. Der Turm soll etwa 115 bis 160 Meter hoch gewesen sein.

Penny kannte Monsieur Lavalle: Er zeigte sich überraschend galant. Sie erkannte den Mann nicht wieder und fragte sich plötzlich, wieso ein so charmanter Mensch noch allein lebte.

«Ganz meinerseits», entgegnete Penny und erklärte umgehend, um allfälligen Missverständnissen vorzubeugen: «Ach wissen Sie, ich esse nicht gerne allein; besonders in einer so göttlichen Umgebung.»

Monsieur Lavalle lachte und strich sich verlegen über die schon leicht ergraute Schläfe. «Oh, keine Ursache. Auch ich esse am liebsten in netter Gesellschaft. Aber bitte, folgen Sie mir», bat er in dienerischer Manier. «Der Chef de Service hat uns ein besonders schönes Tischchen reserviert.» Er zeigte in die Richtung und ging vor ihr langsam voran, aber stets bedacht, seine Begleitung nicht aus den Augen zu verlieren.

Nachdem sie ihre Plätze eingenommen hatten, liess Penny die faszinierende Szenerie auf sich wirken. Während sie die wunderbaren Lichteffekte bestaunte, die das untergehende Tagesgestirn hinzauberte, liess sie ihren Gedanken freien Lauf. Am wolkenlosen Himmel flackerte bereits der Abendstern. Staunend blickte sie hoch. Ein leiser Hauch von Heimweh stieg hoch. Schon oft hatte sie ein solches Firmament gesehen. Aber heute erschien es ihr irgendwie anders. Das war bestimmt auf ihre bevorstehende Rückkehr nach Hause zurückzuführen.

Monsieur Lavalle bemerkte ihren träumerischen Blick Doch er liess ihr den stillen Genuss und schwieg diskret.

Bevor jedoch das Schweigen peinlich wurde, besann sich Penny ihres Gegenübers: «Unglaublich, wie schön ein beginnender Nachthimmel sein kann. Da, schauen Sie, der grosse Stern neben der Mondsichel, das muss die Venus sein. Nur der Abendstern leuchtet so stark.»

Der Angesprochene schien jedoch von dieser astronomischen Feststellung überfordert zu sein und war froh, darauf keine Antwort geben zu müssen. Just in diesem Moment eilte der Kellner herbei, um ihnen die Speisekarten zu bringen.

Wortlos studierten sie die angebotenen Speisen. In ungelenker Schrift stand darauf, dass neben dem immer erhältlichen traditionellen *Couscous*[1] heute auch fangfrischer Kabeljau, Pasta in verschiedenen Variationen und Saucen sowie Reis oder Hirse als Beilagen angeboten wurden. Weitere Speisen, so stand es ebenfalls geschrieben, stünden wegen der momentan schwierigen Versorgungslage leider nicht zur Verfügung.

Trotz der Kriegswirren verstand es der gewiefte Italiener, mit wenigen zur Verfügung stehenden Köstlichkeiten seine Gäste zu verwöhnen. Er wusste: Für eine erfolgreiche Küche waren nicht nur europäisch-mediterrane Speisen ausschlaggebend. Auch einfache maghrebinische Menus wurden von seiner Kundschaft geschätzt. Das kulinarische Angebot wusste offenbar Leute aus allen Kreisen zu begeistern. Schon beim Betreten des Lokals waren Penny die zahlreich anwesenden britischen Offiziere wie auch einige zivil gekleidete Herren aufgefallen. Damen hingegen waren klar in der Unterzahl.

Penny wunderte sich über das kunterbunte Publikum. Die Zusammensetzung der Gäste sagte ihr, was sie schon über dieses Lokal gehört hatte. Danach soll der Wirt gute Verbindungen bis in die höchsten Führungsetagen von Politik, Wirtschaft und der Militärs pflegen. Dies käme jedoch nicht von ungefähr; die Verschwiegenheit des Italieners sei weit herum bekannt, was bestimmt auch erklärte, dass einige Damen im Alltag nicht zu jenen Männern gehörten, an dessen Tisch sie an jenem Abend sassen.

Nach dieser kurzen Betrachtung wandte sich Penny wieder der Speisekarte zu. Begreiflicherweise konzentrierte sie sich nicht auf das einheimische Angebot. Der Hirse und der Bohnen war sie mittlerweile überdrüssig. Wenn es wenigstens knackige italienische Borlottibohnen wären, dann würden in ihr Heimatgefühle ge-

---

[1] Kuskus, Couscous oder Cous Cous (von *Suksu* bei den Berbern und *Kseksou*, bei den Arabern): Grundnahrungsmittel der nordafrikanischen Küche aus befeuchtetem und zu Kügelchen zerriebenem Griess von Weizen (Hartweizengriess), Gerste oder Hirse hergestellt. Kuskus wird zum Garen nicht gekocht, sondern über kochendem Wasser oder einem kochenden Gericht gedämpft.

weckt. Aber schon wieder Hirsebrei mit schwer definierbarem Fleisch – nein, danach hatte sie heute wirklich kein Verlangen. Nach den vielen Wüstenfahrten gelüstete es sie heute nach etwas anderem. Ebenso wollte sie wieder einmal einen feinen Wein trinken, was draussen in der Wüste nie möglich gewesen war. Im besten Fall gab es dort den würzig-süssen Tee von *Nanablättern*[1] zu trinken. Wenn ihr von ihrem muslimischen Begleiter die volle Kanne mit dem heissen und durststillenden Getränk vorgesetzt wurde, wusste sie: Jetzt hatte sie getreu dem Brauch der blauen Männer von Marokko, der *Tuaregs*[2], solange Tee zu trinken, wie Wasser zur Verfügung stand, und weil der Tee so süss war, sprach ihr Scout nicht von *Tee-*, sondern von *«Zuckertrinken»*. Penny schmunzelte, als sie sich an diesen Brauch erinnerte.

Der fragende Blick, den ihr in diesem Moment Monsieur Lavalle über den Rand seiner Speisekarte hinüber sandte, brachte sie wieder in die Gegenwart zurück. Als der Kellner an ihren Tisch trat, hatte sie sich entschieden. Penny bestellte in Olivenöl gebratenen Kabeljau mit einem Weisswein-Risotto. Dazu empfahl der Wirt einen sardischen Wein. Der stark alkoholhaltige, aus der oberitalienischen Vernaccia-Traube gekelterte und an sich trockene Wein passte hervorragend zum im Ofen in einer dicken Salzkruste gegarten Fisch. Monsieur Lavalle wählte für sich einen gegrillten Seebarsch auf einem Beet von Gemüse.

Nachdem sie ihre Bestellung aufgegeben hatten, unternahm Monsieur Lavalle erneut einen zaghaften Anlauf, um einen Dialog aufzubauen: «Eigentlich kam Ihr heutiges Telefonat für mich unerwartet. An alles hatte ich gedacht, aber dass ich den heutigen Abend mit Ihnen verbringen darf, schätze ich ausserordentlich. Ihr Anruf hat mich wirklich sehr erfreut. Gefällt Ihnen das Lokal?»

---

[1] Nana: Nordafrikanische Minzensorte *(Mentha)*, eine Gattung aus der Familie der Lippenblütengewächse (Lamiaceae).

[2] Tuareg: ein zu den Berbern zählendes Volk in Afrika, dessen Siedlungsgebiet sich über die Wüste Sahara und den Sahel ausbreitet.

«Sehr sogar. Aber stellen Sie sich vor, ich wäre hier allein im Lokal. Ich wette, das hätten viele der hier anwesenden Männer falsch verstanden», bemerkte Penny und schaute vielsagend in die Runde.

Monsieur Lavalle lachte und nickte zustimmend: «Afrika ist halt nicht Europa. So ist es halt: Ist die Katz' aus dem Haus, tanzen die Mäuse.»

Penny schmunzelte, schaute dennoch irritiert zur Seite. Sie wusste, worauf er damit anspielte. Schliesslich hatte sie in den letzten Wochen oft genug mit Männern zusammengelebt und in den kalten Wüstennächten den Annäherungsversuchen den vor Angst und Heimweh geplagten Soldaten widerstanden. Doch irgendwie hatte sie dafür noch Verständnis. Selbst ihr wäre es manchmal danach gewesen, sich bei einem vertrauten Menschen anzulehnen. Spätestens aber beim nächsten Feuerüberfall hatte sie die Welt alle wieder in die Realität zurückgeholt.

Penny und Monsieur Lavalle pflegten in der Zeit, bis das Essen serviert wurde, eine eher unverfängliche Konversation. Sie sprachen alsbald über ihre beruflichen, aber wenig über ihre persönlichen Ambitionen. Beide wollten von sich nicht mehr preisgeben, als unbedingt notwendig war. Der Zweck heiligte jedoch die Mittel: Penny war froh darüber, nach den vielen Strapazen und Entbehrungen der letzten Wochen nicht alleine speisen zu müssen, und Monsieur Lavalle machte ebenfalls keinen Hehl daraus, das in einem romantischen Rahmen gehaltene Rendez-vous in charmanter Weise zu geniessen.

Das inzwischen servierte Essen vermochte zu begeistern. Wortlos genossen die beiden die exzellent zubereiteten Speisen. Es schien jedoch, als wären beide glücklich darüber, nicht mit vollem Mund sprechen zu müssen. Die Konversation beschränkte sich schliesslich auf lobende Worte über das Essen sowie den Wein, der Penny beinahe die Welt vergessen liess. Schon lange hatte ein so edler Tropfen ihren Gaumen nicht mehr verwöhnt.

Nach dem Essen – der Kellner hatte die Teller längst abgeräumt – erinnerte sich Penny an den Brief. Umständlich kramte sie den

Umschlag aus ihrer Tasche und erklärte Monsieur Lavalle, dass sie keine Ahnung hätte, von wem das Schreiben stammen könnte.

Langsam öffnete sie den Umschlag, derweil ihr Gegenüber sich genüsslich zurücklehnte und nach einem Päckchen Zigaretten kramte. Schweigend bot er ihr an, sich zu bedienen.

Wortlos, ohne ihn aber anzusehen, winkte Penny ab. Sie faltete die beschriebenen Blätter auseinander und stellte zunächst fest, dass ihr die Handschrift unbekannt war. Eine Mitteilung der Agentur, wie sie es zuerst vermutet hatte, war es jedenfalls nicht; sonst wäre der Brief bestimmt mit einer Schreibmaschine geschrieben worden.

Die Anrede erregte jedoch umso mehr ihre Aufmerksamkeit und Neugier:

Liebe Penny, ich sorge mich um dich.

Sie stutzte. Wer mag das sein, der sich um sie sorgte? Eilig suchte sie nach dem letzten Blatt, auf dem sie den Namen des Absenders vermutete. Der Brief endete mit den Worten:

Pass auch dich auf, dein um dich besorgter Filippo.

Filippo? Sie erinnerte sich zunächst nicht an einen Mann mit diesem Namen. Wer mochte dies wohl sein?

Sie wendete sich wieder dem ersten Blatt zu und las weiter:

Wie schön wäre die Welt ohne Krieg. Dann sässen wir bestimmt wieder uns gegenüber und erzählten uns Dinge, die dich und mich bewegen. Aus den Zeitungen lese ich nur, wie in Nordafrika die Panzer rollen und Menschen sterben. Ich bete dafür, dass du wohlauf bist und dich in Sicherheit befindest.

Seit unserer Begegnung im vergangenen Sommer - du erinnerst dich - denke ich oft an dich. Es klingt vielleicht albern, aber seit dieser Stunde hat sich in meiner Seele und in meinem Herzen viel verändert.

Über Pennys Gesicht huschte ein Lächeln und ihr Blick schweifte in die Ferne über das weite Meer. Jetzt erinnerte sie sich: Dieser Brief stammte von jenem jungen Mann, der sie beim Treffen vor der Abreise im vergangenen Sommer noch unbedingt hatte sehen wollen. Auch sie hatte bei ihren Wüstentrips durch feindliche Linien oft an diese Begegnung gedacht. Schade, dass sie damals dieser Einladung nicht hatte Folge leisten können.

Als Frontberichterstatterin hatte sie in der Ausübung ihrer Arbeit nie Angst verspürt; auch in jenen Augenblicken nicht, wenn rings um die Stellungen, in denen sie sich befanden, die Granaten detonierten. Aber oft dachte sie besonders in solchen Momenten an diesen ihr fremden Mann. Aber weshalb schrieb er ihr nur? Sie nahm den Brief wieder auf:

Verzeih mir, wenn ich dir meine Zuneigung und Sorge um dich erst heute zum Ausdruck bringe. Es war wahrlich schwierig gewesen, bis ich endlich deine Anschrift ausfindig machen konnte. Jetzt aber hoffe ich sehnlichst, dich erreicht zu haben um dir meine Gefühle mitzuteilen.

Penny hielt für einen weiteren Augenblick inne und blickte an Monsieur Lavalle vorbei aufs offene, inzwischen dunkel gefärbte Meer. Nachdenklich liess sie die soeben gelesenen Worte auf sich wirken. Wirklich, dieser Mann hatte eine besondere Art zu schreiben. Sie wandte sich wieder dem Brief zu:

Deine Agentur in Frankreich hatte mich stets vertröstet – angeblich aus Gründen der Sicherheit, sie könnten mir deine Adresse nicht bekannt geben. Es bedurfte erst der Hilfe anderer, die mir den Tipp gaben, wie ich dich erreichen konnte. Jetzt hoffe ich, meine Worte und die Gefühle, die mich bewegen, erreichen dich endlich.

Hier in Europa geht alles drunter und drüber. Es vergeht kaum ein Tag ohne eine verheerende Kriegsmeldung. Die Versorgungslage ist prekär. Die Menschen sind verunsichert und niemand weiss, was der nächste Tag bringen wird.

Ich wünsche mir, wir könnten uns bald wieder sehen. Deine Augen und deinen Blick, wie du mich damals angesehen hast, habe ich nie vergessen. Es war, als blickte ich direkt in dein Herz.

Bitte komm bald heim.

Die letzten Sätze gingen Penny unter die Haut. Langsam begannen ihre Augen feucht zu werden. Die aufkommenden Tränen unterdrückend versuchte sie weiter zu lesen:

Wie wirkt doch die Welt oft seelenlos. Wenn ich auf meinen Kontrollgängen bin und die Eisenbahnstrecke in den Bergen routinemässig abspule, sehe ich zwar die Schönheiten und Wunder der Natur. Die Bergspitzen sind bereits mit frischem Schnee bepudert. Es wäre alles so wunderbar.

Doch wie kann der Mensch nur im Stande sein, solche Schönheiten kaputt zu machen? Auch die Zerstörungen an den Einrichtungen der Bahn nehmen bedrohlich zu. Letzte Woche hatten Saboteure schon wieder eine Brücke gesprengt. Die Bahn hat den Dienst schon längst eingestellt. Ich wundere mich überhaupt, dass sie mich noch beschäftigen, und frage mich, wie lange ich diese Arbeit noch ausüben kann.

Wenn sie mich entlassen, kehre ich in meine Heimat zurück – am liebsten mit dir.

Der Brief endete abrupt:

Bitte antworte mir, egal auf welche Weise.

Pass auch dich auf, dein um dich besorgter Filippo.

Der letzte Satz – er wirkte lange nach. Penny blickte auf, sah mit leeren Augen wieder aufs Meer hinaus und schwieg. Ihr Begleiter sah sie fragend an. «Der Brief enthält wohl nichts Angenehmes?»

Penny blieb stumm und kramte in ihrer Handtasche. Sie suchte nach einem Taschentuch. Nachdem sie das Gesuchte gefunden hatte, brach sie das Schweigen: «Verzeihen Sie, dieses Schreiben hat mich völlig durcheinander gebracht. Bitte, ich möchte gehen.»

«Gewiss, ich verlange die Rechnung», sprach Monsieur Lavalle und winkte dem Kellner.

Wortlos erhob sich Penny und strebte dem Ausgang zu, den Brief fest in ihrer Hand. Sie wollte nicht, dass ihr Begleiter ihre jetzt noch stärker aufkommenden Gefühle zu sehen bekam.

⌘

Nach jenem denkwürdigen Abend – als Penny den Brief von Filippo gelesen hatte – wurde es ihr bewusst, dass ihr Leben vor einer einschneidenden Wende stand. Dies umso mehr, als ihr Arbeitsvertrag demnächst auslief und eine Erneuerung unter den gegebenen Umständen nicht in Frage kam. Sie wollte so rasch wie möglich fort von diesem Leben in Nordafrika, fort von der Arbeit als Berichterstatterin und fort vom allgegenwärtigen Elend und den ständigen Todesängsten. Zunächst aber gab ihr das Schreiben mehr Rätsel auf als ihre eigene Zukunft. Welche Empfindungen musste dieser Mann gehabt haben, ihr nach so langer Zeit und mit solch einfühlsamen Worten zu schreiben? Wie sollte sie darauf nur reagieren? Anfänglich lehnte sie es strikte ab, auf gleiche Weise zu antworten, zumal ihr beruflich geprägter Schreibstil falsch verstanden werden könnte. Bald begann Penny sogar daran zu zweifeln, dass sie unter den Eindrücken der vergangenen Wochen und Monate überhaupt fähig war, passende Worte zu finden.

Je länger sie darüber nachdachte, desto mehr fühlte sie sich zu diesem Mann hingezogen. Oder waren es nur die wunderschön formulierten Zeilen, die ihre Gefühle durcheinander brachten? Lange Zeit blieb sie verunsichert, und immer mehr ärgerte sie sich darüber, dass es ihr nicht gelang, auf den Brief passend zu antworten. Am liebsten würde sie Filippo gegenübertreten und ihm ihre Gefühle zeigen.

Am Weihnachtstag – Penny hatte dienstfrei und war wie so oft allein im Hotelzimmer – fasste sie sich ein Herz. Sie setzte sich an das kleine, mit feinen *Intarsien*[1] belegte Schreibtischchen und schaute mit verträumtem Blick aus dem filigran vergitterten und mit bestickten Leinenvorhängen verdunkelten Fenster. Wie durch eine Schablone gezeichnet zeigte sich dazwischen schemenhaft die Silhouette der orientalischen Stadt. Neben Penny stand eine Karaffe gefüllt mit Limonade sowie ein Glas, vor sich hatte sie einen Stapel blütenweisses, unbeschriebenes Papier und eine Schreibmaschine.

Von der Strasse herauf klangen undefinierbare Alltagsgeräusche. Irgendwo krähte ein Hahn. Nachdenklich kaute Penny am Ende ihres Füllfederhalters, den sie stets auf ihren Reisen mitführte, und wusste nicht, wie sie den Brief beginnen sollte. Die Schreibma-

---

[1] Intarsie: Dekorationstechnik auf einer planen Oberfläche durch Einlegen verschiedener Hölzer, von den italienischen Begriffen *tarsia* bzw. *intarsia* (Verb *intarsiare* .= «einlegen).

schine hatte sie schon längst zur Seite geschoben, denn sie hatte entschieden, den Brief an Filippo handschriftlich zu verfassen. Sie überlegte: Wie lange hatte Filippo wohl gebraucht, bis er seinen Brief geschrieben hatte?

Penny fuhr sich in die Haare. Sie fühlte sich wie eine Volontärin an ihrem ersten Arbeitstag in der Redaktion, die einen Bericht über ein Thema zu verfassen hatte, welches ihr nicht vertraut war. Eigenartig: Obwohl sie um Worte nie verlegen war – dies war ja schliesslich auch ihr Beruf – fand sie heute kaum die treffenden Worte, geschweige denn einen schön formulierten Satz. Mehrmals setzte sie an und kritzelte etwas auf das Papier, um die Entwürfe sogleich wieder zu vernichten.

Zur Ablenkung begab sie sich an das Fenster und zog den Vorhang etwas zur Seite. Zwischen den Gittersprossen zeigte sich in der Gasse unter ihr das rege Leben der orientalischen Stadt. Emsig liefen Menschen auf und ab, Händler hielten Waren feil und Kunden feilschten um den Preis.

«*Ist ja klar*», dachte Penny, «*den Moslems ist ja der Weihnachtstag auch einerlei.*» Die Welt schien ihr jetzt noch fremder. So unbekannt und doch so vertraut – wie Filippo, der Mann, dem sie eigentlich ihre Gefühle mit einem Brief erwidern wollte.

Penny schob den Vorhang ganz zurück und hielt sogleich einen Moment inne. «*Ja! Das ist es!*», rief sie halblaut vor sich hin. Der ihr noch *unbekannte* Filippo war doch der Steigbügel, den sie für ihre Botschaft brauchte.

Hastig begab sie sich zum Schreibtischchen zurück, griff nach einem neuen Blatt Papier und nahm den Füllfederhalter zur Hand. Entschlossen begann sie zu schreiben:

Lieber Filippo, du unbekanntes Wesen.

Deine Worte bewegen mich. Alles hatte ich erwartet, nur ein Schreiben in dieser Offenheit nicht, und dies inmitten der zerrütteten, hasserfüllten Welt, in der wir leben. Verzeih mir, ich weiss tatsächlich kaum mehr, wie es sich in einem geordneten Leben lebt – in einem Leben voller Liebe und Zuversicht, Vertrauen und Glauben an die Menschen. Meine Welt, in der ich mich nun seit Monaten bewege, ist erfüllt von Hass, Ungerechtigkeit, Tod und Verderben. Ich habe es satt; ich sehne mich nach Ruhe.

Die Anfangshürde schien erfolgreich genommen zu sein. Wie eine Besessene schrieb Penny sich nun die Seele frei:

Ich gestehe, dein Brief gibt mir Rätsel auf. Er rüttelt mit jedem Mal, wenn ich ihn lese, an meinen Gefühlen. Bitte versteh mich nicht falsch. Meine Schreibweise ist sonst eine andere. Daran trägt mein Beruf die Schuld.

Ich bin mir sicher, ich werde so bald wie möglich nach Hause fahren. Ich frage mich nur, wo überhaupt mein Zuhause ist? Meine Eltern in Florenz sind verstorben, und Geschwister habe ich keine. Weitere Bekannte, ausser solchen, mit denen ich in meinem Beruf zu tun habe, habe ich kaum.

Dein Brief war daher wie eine Botschaft aus einer anderen Welt. Ich freue mich auf ein Wiedersehen. Ich werde mich bei dir melden, sobald ich in Frankreich bin. Deine Anschrift kenne ich ja nun. Bei Mirko kann ich mich ja ohnehin nicht mehr melden. Ich hörte, der alte Haudegen sei jetzt in der Armee und kämpfe irgendwo für die Gerechtigkeit – was dieser Begriff auch immer zu bedeuten hat.

Mein Arbeitsvertrag bei der Zeitung läuft demnächst aus. Ich habe deshalb um die Versetzung nach Frankreich oder Italien gebeten. Ich weiss zwar nicht, wohin ich abberufen werde, aber in Nordafrika will ich auf keinen Fall mehr bleiben. Wenn ich nur einer Arbeit nachgehen kann, egal, welcher. Ich möchte einfach nicht mehr an vorderster Front über die schrecklichen Dinge berichten müssen, die dort geschehen. Der Tod ist allgegenwärtig, was mir zusehends zu schaffen macht.

Lieber Filippo, ich hoffe, wir werden uns bald sehen.

Penny.

Schwungvoll zeichnete sie ihren Namen darunter und lehnte sich dann nachdenklich zurück. Langsam griff sie nach dem Glas mit der Limonade und führte es zum Mund. Während sie vom erfrischenden Getränk nippte, hielt sie mit der anderen Hand den Brief und las ihn nochmals aufmerksam durch.

«Ja! So soll ihn Filippo lesen». Penny war zufrieden. Sie entnahm der Schreibmappe einen Briefumschlag und schrieb die Adresse darauf. Daraufhin faltete sie den Brief, steckte ihn in den Umschlag und klebte ihn zu.

Der Krug mit der Limonade war inzwischen beinahe leer, derweil die Luft im Zimmer noch stickiger geworden war. Daran konnte auch der sich Tag und Nacht unentwegt drehende Propeller an der Zimmerdecke nichts ändern. Er sorgte nur dafür, dass die heisse Luft wenigstens in Bewegung blieb.

Penny ging abermals ans Fenster und stiess den vergitterten Flügel auf. So gut es die kleine Öffnung gestattete, lehnte sie sich nach draussen und atmete tief durch. Aber auch die heisse Luft von draussen brachte ihr keine Linderung. In den engen Gassen von Alexandria herrschte immer noch reger Betrieb.

Während sie überlegte, auf welche Weise sie den Brief befördern wollte, schloss sie den Fensterflügel wieder zu. Ihre Botschaft musste jedenfalls auf dem schnellsten Weg seinen Bestimmungsort erreichen. Der offizielle Weg über die öffentliche Post war ihr dafür nicht sicher genug. Sie entschloss sich, dafür die Kurierpost der Zeitung zu benutzen, die auch die Niederlassung in Nizza bediente. Diese Möglichkeit erschien ihr verlässlicher, obwohl es gegen die interne Vorschrift verstiess, welche die Beförderung von privater Post per Kurier ausdrücklich untersagte.

Am Neujahrstag brachte sie die Kuriertasche zum Flughafen. Das Flugzeug nach Nizza stand bereits startklar zum Abflug bereit. Die Tasche, die sie wie gewohnt dem Abfertigungsbeamten im Zollbüro übergab, enthielt nebst ihren üblichen Berichten auch den Brief an Filippo.

Sie wartete noch eine Weile, bis sich die kleine Maschine in Bewegung setzte und zur Piste rollte. Nach einem kurzen Zwischenstopp brachte der Pilot das Flugzeug in Startposition und liess die Kolbenmotoren nochmals aufheulen. Aus den Auspuffen stoben graue Wolken. Langsam, dann immer schneller jagte das Flugzeug über die Piste. Kurz vor dem Ende der Piste hob der Flieger gleichmässig dröhnend ab und reckte seine Nase steil in den Himmel. Kurz darauf drehte er in einem weiten Bogen mit Kurs auf Europa ab.

Sehnsüchtig schaute Penny dem immer kleiner werdenden Flugzeug nach, bis es schliesslich in einer weissen Wolke verschwand.

⌘

In den ersten Wochen des noch jungen Jahres hatte Penny nur wenige Berichte zu verfassen. Der Verlauf der Feldzüge in Nordafrika blieb jedoch nach wie vor spannend. Rommel erreichte mit dem Gros seiner Panzerarmee Tunesien, während Generalleutnant Montgomery der achten britischen Armee innerhalb von nur achtzig Tagen mehr als 1500 Kilometer in seinem Vormarsch zurückgelegt hatte, um die deutschen Verbände von El Alamein bis Tripolis zu verfolgen.

Anfangs Februar vernahm Penny, dass sich der englische Premierminister, *Winston Churchill*[1], kürzlich mit dem amerikanischen Präsidenten, *Franklin Roosevelt*[2], in Marokko getroffen haben soll. Dem Vernehmen nach wollten die Staatsmänner die Invasion in Tunesien vorbereiten, mit dem Ziel, die deutsch-italienischen Angriffsoperationen endgültig zurückzuschlagen.

Diese für Penny über geheime Quellen durchgesickerte und höchst interessante Information war für sie Grund genug, um jetzt endgültig die Koffer zu packen. Sie wollte um jeden Preis nach Hause. Sollten sich nämlich die hartnäckigen Gerüchte bewahrheiten, hätte sie womöglich noch weitere Monate hier in diesem Hexenkessel zu verbringen.

Noch am gleichen Tag sprach sie bei Monsieur Lavalle vor und fragte ihn, ob ihr Arbeitsvertrag vorzeitig aufgelöst werden könnte. Per Ende März würde er ohnehin auslaufen, und da eine Verlängerung nicht in Frage kam, wäre dies die beste Gelegenheit.

---

[1] Sir Winston Leonard Spencer Churchill (* 30. November 1874 in Woodstock (England); † 24. Januar 1965 in London): britischer Premierminister, führte Grossbritannien durch den 2. Weltkrieg. Zuvor Erster Lord der Admiralität, sowie Innen- und Finanzminister.

[2] Franklin Delano Roosevelt (* 30. Januar 1882 in Hyde Park, New York; † 12. April 1945 in Warm Springs, Georgia): von 1933 bis zu seinem Tod 32. Präsident der Vereinigten Staaten von Amerika (USA).

Monsieur Lavalle zeigte dafür grosses Verständnis, vertröstete Penny jedoch um einige Tage, mit der Begründung, für ausserterminliche Vertragsauflösungen sei die Zustimmung des Chefredaktors erforderlich.

So blieb Penny nichts anderes übrig, als diese Zeit abzuwarten. Ihre Ungeduld blieb ohnehin strapaziert, zumal sie von Filippo immer noch keine Antwort erhalten hatte.

Als sie Monsieur Lavalle anderntags aufsuchte, um ihn zu fragen, ob sich wegen ihrer Kündigung schon etwas ergeben hätte, war er am Telefon in ein angeregtes Gespräch verwickelt. Bereits beim Betreten des Büros fiel ihr auf, dass er hinter seinem Schreibtisch, und soweit es das Telefonkabel überhaupt zuliess, aufgeregt auf und ab ging. Er war so vertieft, dass er Penny kaum Beachtung schenkte. Nur flüchtig begrüsste er sie und bedeutete ihr stumm, dass sie sich setzen sollte. Es handelte sich wohl um ein sehr wichtiges Gespräch, denn sonst hätte er sie bestimmt wie immer galant zum Stuhl begleitet.

Penny setzte sich wie geheissen und kramte in ihrer Tasche nach einem Taschentuch. Nach den aufgefangenen Wortfetzen zu schliessen, stand Lavalle mit der Redaktion in Nizza in Verbindung. Telefonate mit Europa waren zwar möglich, doch hatten diese für den Anrufer immer einen hohen Preis. Sie wurden deshalb nur bei sehr wichtigen und dringlichen Ereignissen geführt. Ausserdem konnten sich die Sprechenden nie in Sicherheit wiegen, ob die Gespräche nicht durch britische Militärs oder die Abwehr der Deutschen abgehört würden.

Das Gespräch zog sich eine Weile hin, ohne dass Penny daraus schlau wurde, über welches Thema sie redeten. Soviel aber hörte sie daraus: Lavalle telefonierte mit einem hohen Tier der Zeitung.

Nach geraumer Zeit kam das Gespräch zu einem Ende. Lavalle wollte sich schon verabschieden, da gab ihm Penny ein Zeichen, er solle noch nicht einhängen. Sie wollte die Gelegenheit nutzen, ihr persönliches Anliegen jetzt bei einem offiziellen Vertreter ihrer Zeitung zu deponieren. Lavalle begriff ihre Geste und verabschiedete sich mit den Worten bei seinem Gesprächspartner, Penny

Alfieri wolle ihm etwas mitteilen. Wortlos übergab er ihr den Hörer: «Bitte machen Sie's kurz. Die Gespräche sind sehr teuer.»

«Danke.» Sie nahm den Hörer entgegen. «Hallo, hören Sie mich? Hier spricht Penelope Alfieri, Korrespondentin in Nordafrika. Mit wem spreche ich?» Sie wartete einen Augenblick. Die Stimme gab sich offenbar zu erkennen. Penny nickte erfreut: «Danke, ich habe nur zwei Fragen. Zunächst, wissen Sie, ob meinem Gesuch um eine vorzeitige Versetzung entsprochen wurde?» Sie lauschte gespannt in den Hörer. Es verging eine Weile, bis sich ihr Gesicht schliesslich erhellte. Offenbar zeigte man Verständnis für ihr Anliegen. Sie nickte ihrem Agenten zu und vergass beinahe, die zweite Frage anzubringen. Die Stimme in der Leitung erinnerte sie daran: «Meine zweite Frage? Ach so, beinahe hätte ich sie vergessen. Ich wollte noch fragen: Meinem letzten Korrespondentenbericht hatte ich ein privates Schreiben beigelegt. Wurde der Brief an die angegebene Adresse weitergeleitet?»

Die Antwort blieb offenbar lange aus, dann nickte Penny einige Male. Zwischendurch verzog sie die Mundecken und grinste schelmisch. Ihrem Gesichtsausdruck nach zu schliessen, hielt der Sprechende ihr offenbar eine Standpauke wegen des Briefs. Gespannt lauschte sie dennoch in den Hörer, bis ihre Frage endlich beantwortet wurde. Freudig bedankte sie sich und gab Lavalle nach einer kurzen Verabschiedung den Hörer zurück.

Erleichtert setzte sich Penny, derweil Lavalle vor Neugier schier platzte: «Was sagt die Direktion? Werden Sie nun versetzt?»

Penny lachte und klatschte vor Freude in die Hände: «Ja, es hat geklappt. Ich kann mit dem nächstbesten Schiff nach Marseille fahren. Sie erwarten mich bereits Mitte März in Nizza. Sie hätten sogar schon eine neue Aufgabe für mich.»

«Weiss man schon was?»

«Nein, darüber haben wir nicht gesprochen. Vielleicht bleibe ich eine Weile in Nizza. Für mich zählt jetzt eigentlich nur, dass ich Afrika endlich verlassen kann.» Penny neigte den Kopf zufrieden zur Seite.

Monsieur Lavalle zeigte zwar Verständnis, liess dennoch nicht locker: «Sie erwähnten vorhin einen Brief, nach dem Sie sich erkundigt haben. Habe ich richtig gehört, es war ein privates Schreiben?»

Penny wurde verlegen. «Ja, ja, ich weiss, private Briefe gehören nicht in die Kurierpost. Das hatte mir schon Ihr Chef erklärt. Ich habe es mir trotzdem erlaubt. Aber das Schreiben war mir zu wichtig, um es mit der hiesigen Post befördern zu lassen.» Sie lächelte zufrieden: «Der Brief hat jedenfalls sein Ziel erreicht.»

Lavalle schien dem Charme von Penny wieder einmal erlegen zu sein. Er versuchte das Gespräch auf andere Dinge zu lenken: «Na schön. Kommen wir zum Geschäftlichen. Nachdem Sie mir offensichtlich nicht mehr lange erhalten bleiben, möchte ich doch, dass Sie für mich noch etwas erledigen.»

Penny wurde hellhörig: «Sie wollen mich aber nicht schon wieder in die Wüste schicken? Ich habe in letzter Zeit weiss Gott schon tonnenweise Sand geschluckt.»

«Sicher nicht.» Lavalle lachte. «Aber ich habe eben den Hinweis erhalten, dass sich an der Front Entscheidendes abzeichnen könnte. Die deutschen 10. und 21. Panzerdivisionen unter Generalleutnant Ziegler sollen mit dem Unternehmen *Frühlingswind* gegen das II. US-Korps eingesetzt werden. Versuchen Sie, noch etwas über ihre Informanten zu erfahren, wo die englischen Verbände heute stehen. Wenn es nämlich gelänge, dass die Amerikaner bis zu den Engländern vorstossen könnten, bliebe Rommel nichts anderes übrig, als zum Rückzug zu blasen. Das deutsch-italienische Unternehmen verkäme damit zum Rohrkrepierer. Verstehen Sie, eine solche Meldung wäre für unsere Zeitungen der absolute Knüller!»

So charmant wie Lavalle ihr zuweilen erschien, so enthusiastisch konnte er sich ereifern, wenn es um journalistische Sensationen ging. Aber eigentlich zeigte Penny wenig Lust, ihm diese Freude zu bereiten. Ihre Antwort war daher entsprechend kurz und unverbindlich: «Ich will sehen, was sich machen lässt.» Selbstbewusst erhob sich Penny und reichte Lavalle die Hand. «Wir sehen uns sicher noch. Sie hören von mir.»

Beim Verlassen des Raumes überlegte sie sich, wie sie Monsieur Lavalle doch noch ohne viel Aufwand dienen könnte. Schliesslich hatte er ihr auch schon viele Dienste erwiesen. Sie beschloss, noch heute Abend ins Camp der britischen Offiziere zu gehen, um dort vielleicht mehr Informationen über die gegenwärtige Situation an der Front erfahren zu können. Immerhin kannte man sie dort und vielleicht traf sie sogar Leute, die ihr aus früheren Zeiten noch etwas schuldig waren.

Doch sie hatte sich getäuscht: Als sie nach dem Abendessen ihr Vorhaben in die Tat umsetzte und sich an die Bar in der Offiziersmesse begab, wo sie schon einige Male vertrauliche Informationen erlauscht hatte, schlug ihr von den anwesenden Gästen auf ihre Fragen nur eisige Stille entgegen. Da halfen selbst ihr ganzer Charme und ihre Redegewandtheit nichts. Die ungewohnte Verschwiegenheit der Offiziere deutete sie jedoch dahingehend, dass in militärischer Hinsicht doch einiges im Gange zu sein schien.

Die Folge des Abends war ein Bericht über Weniges, was sie innerhalb dieser kurzen Zeit überhaupt in Erfahrung bringen konnte. Um Lavalle aber nicht zu enttäuschen, dichtete sie einige persönliche Schlussfolgerungen dazu. Danach sah sie eine erneute Offensive von Rommel gegen die 8. britische Armee voraus, welche – sollte sie erfolgreich verlaufen – die Kräfteverhältnisse im nordafrikanischen Raum entscheidend verändern würden; allerdings in einer Weise, die den Briten und den Amerikanern wohl kaum gefallen hätten.

An Penny war tatsächlich eine gute Strategin verloren gegangen. Die Geschichte zeigte nämlich bald, dass ihre Voraussagen nicht weit daneben lagen. Rommel startete zwar noch einmal eine schmerzliche Offensive. Deutsche Panzerdivisionen, verstärkt durch verschiedene italienische Verbände, stellten sich den Gegnern anfänglich noch einmal erfolgreich entgegen. Das Abwehrfeuer der Engländer stoppte jedoch den Angriff, was schliesslich Rommel zum Abbruch der Offensive zwang.

Generalfeldmarschall Rommel wurde kurz darauf im März nach Deutschland zurück befohlen, während in Nordafrika die Wende zugunsten der Briten und der US-Truppen eingeleitet wurde. Die beiden Armeen vereinigten sich im Süden von Tunesien.

⌘

Nach einer ihr schier endlos scheinenden Zeit betrat Penny Anfangs März endlich wieder europäischen Boden. Mit einem französischen Handelsschiff gelangte sie von Alexandria auf direktem Weg nach Marseille und von dort mit der Eisenbahn nach Nizza. Die Reise war beschwerlich und lang. Es bedurfte noch einiger Anstrengungen, bis Penny endlich Filippo gegenüber stand. Obwohl sich die beiden in ihrem Leben erst einmal begegnet waren, begrüssten sie sich wie Bekannte, um nicht zu sagen, wie Liebende. Im *Vieux Pêcheur* – wie könnte es nicht anders gewesen sein – gingen sie aufeinander zu und sahen sich zunächst eine Zeit lang nur schweigend in die Augen.

«Wie froh ich bin, Sie wieder zu sehen», brach Filippo schliesslich das Schweigen, streckte die Arme nach ihr aus, ging aber nur zögernd auf sie zu.

Penny erwiderte die Geste, was Filippo spontan ermutigte, ihre Hände zu fassen und sie in seine Arme zu schliessen. Noch in der Umarmung entgegnete Penny: «Sag doch einfach Penny zu mir. Du hast mich ja schon in deinem Brief so genannt.»

Erleichtert löste sich Filippo aus der Umarmung: «Tatsächlich?»

«Ja, einfach Penny», wiederholte sie und erkannte, dass sie seinem Charme offenbar erlegen war. Zaghaft küsste Filippo sie auf die Stirn.

«*Ha! Siehst du Poppy. Auch bei Penny hat es gefunkt*», triumphierte Coniglio dazwischen und brachte damit Filippo in Verlegenheit. Er spürte, wie sein Blut zu wallen begann. Obwohl er jetzt etwas sagen wollte, versagte seine Stimme komplett.

Penny fiel dies zwar nicht auf; dennoch ergänzte sie zaghaft: «Weisst du, als ich deinen Brief das erste Mal gelesen habe, hatte ich noch keine Ahnung, was du damit bei mir ausgelöst hast. Jedes

Mal, wenn ich deinen Brief wieder las, verspürte ich ein Gefühl, das ich nicht zu deuten wusste. Ich freue mich, dich zu sehen.»

Damit drückte Penny weit mehr aus, als sie eigentlich sagen wollte. Filippo entging dies nicht und fand endlich seine Stimme wieder: «Eigenartig, genau darüber möchte ich mit dir reden. François, bring uns doch bitte zwei Pastis.»

Filippos Wunsch wurde prompt entsprochen: François, der nimmermüde Kellner im *Vieux Pêcheur*, brachte ihnen kurz darauf zwei mit dem herrlichen Getränk gefüllte Gläser und eine Karaffe gefüllt mit Wasser. Nach Belieben konnten sie damit das milchige Anisgetränk verdünnen.

«Bitte erzähl, was hast du seither erlebt? Bleibst du jetzt in Nizza? Hat dich dein Chef gefeuert?»

Penny lachte und liess ihre makellos weissen Zahnreihen blitzen. Charmant bremste sie seine Neugier: «Bitte nicht so ungestüm. Du weisst, ich bin von Beruf Journalistin. Müsste ich all deine Fragen in einen Bericht beantworten, kämen dabei bestimmt einige Seiten heraus.»

Verdutzt schaute Filippo sein Gegenüber an und begriff den Sinn ihrer Worte nur langsam. «Oh Verzeihung. Ich möchte doch so viel von dir wissen. Aber du hast Recht. Trinken wir erst mal auf das Wiedersehen» Er nahm das schlanke schwere Glas zur Hand, welches typisch für das heimliche Nationalgetränk der Franzosen war, und prostete Penny zu. Man musste kein Menschenkenner sein, um zu sehen, dass Filippo ausser sich vor Freude war. Jetzt, wo seine Angebetete ihm gegenüber sass, wusste er, dass er diese Frau nicht erst jetzt zu lieben begonnen hatte. Schon damals, als er ihr in ihre dunklen, unergründlichen Augen geblickt hatte, war sein Blut in Wallung geraten und hatte in seinem Bauch ein eigenartiges Kribbeln verspürt.

«*Hey Poppy! Nimm dich zusammen*», warnte Coniglio und doppelte gleich nach: «*Verschiesse nicht gleich alles Pulver auf einmal.*»

Dem Rat seiner inneren Stimme folgend, versuchte er abzulenken: «Bitte, mach es mir nicht schwer. Bleibst du nun in Nizza?»

Pennys Augen wurde ernst. Ihren Blick von ihm abgewendet antwortete sie nachdenklich: «Ich weiss nicht – ich weiss nicht einmal, wo ich wohnen werde.» Wieder ihm in die Augen schauend fragte sie ohne Umschweife: «Kennst du jemanden, der mir ein Zimmer oder eine Wohnung vermieten kann?»

«Kein Problem. Wohne doch bei mir.»

«*Hey! Jetzt gehst du aber aufs Ganze*», staunte Coniglio über Filippos Entschlossenheit.

«Nun hör aber auf! Wir kennen uns ja kaum», dämpfte Penny seine Erwartungen verschämt.

«Pah! Sollen doch die Leute denken, was sie wollen. Wenn du keine Bleibe hast, wäre dies doch die einfachste Lösung: Du schläfst in meinem Bett und ich im Wohnraum auf der Couch. In Ordnung?»

Penny lachte. «Ich danke dir; ich überlege es mir. Zuerst aber muss ich mal der Redaktion einen Besuch abstatten. Vielleicht haben die ja für mich schon etwas organisiert.»

Filippo wiederholte sein Angebot nochmals, wechselte jedoch bald das Thema. Sie plauderten aber in einer Weise, die ein unbeteiligter Zuhörer schnell zum Schluss kommen liess, dass sich die beiden schon näher standen, als sie es selber wussten. Dazu tranken sie Pastis und erzählten lange von jener Zeit, als sie getrennte Wege gegangen waren. Eigenartigerweise aber wusste Penny weniger zu berichten, obwohl sie bestimmt weit mehr erlebt hatte als Filippo, der die meiste Zeit einsam und in der Abgeschiedenheit der Südalpen verbracht hatte. Die Art und Weise jedoch, in der Filippo von seinen Erlebnissen erzählte, faszinierte Penny. Ihm war offenbar die seltene Begabung eigen, Erlebnisse so glaubhaft und detailgetreu zu beschreiben, dass sich ein Zuhörer lebhafte Bilder vorstellen konnte. Interessiert hörte sie ihm die längste Zeit wortlos zu und vergass dabei ganz, dass sie eigentlich Journalistin war. Bestimmt hätte sie bei einem anderen Mann längst ihren Notizblock gezückt und sich Stichworte für einen Reisebericht aufgeschrieben.

François brachte bereits die dritte Runde Pastis, als Penny bemerkte: «Dein Leben hört sich an wie ein spannender Roman. Wenn ich dir so zuhöre, werde ich den Verdacht nicht los, dass du heute zwar zufrieden bist. Doch täusche ich mich? Irgendwie scheint mir, dass dich etwas bedrückt.»

Die Feststellung verwirrte Filippo, und er blickte nachdenklich in sein bereits wieder leeres Glas.

Penny bemerkte seine Unsicherheit und ergriff seine Hand. Offenbar hatte sie damit bei ihm einen wunden Punkt getroffen: «Ich weiss, du musst mir heute nicht gleich alles erzählen. Aber dein Leben interessiert mich sehr.»

«Nur mein Leben?», fragte Filippo fast gekränkt.

«Sicher nicht», versuchte Penny zu korrigieren. «Schau: Wir sitzen uns hier das erste Mal im Leben allein gegenüber und ich freue mich, mit dir diese Zeit zu verbringen.»

«Ich hoffe, es bleibt nicht bei diesem Mal», entgegnete Filippo mit erwartungsvollem Unterton, «und dein Interesse gilt nicht nur meiner Vergangenheit? Überhaupt, mein Leben war auch wieder nicht so interessant gewesen, um darüber eine Story zu schreiben.»

«Bitte, sei nicht empfindlich. Schau mich an. Sehe ich aus wie eine, die nur für ihren Beruf lebt? Oder bin ich eine, die von Blüte zu Blüte flattert, um ihnen den Nektar zu stehlen?»

Filippo errötete und suchte vergeblich nach Worten. Dafür versuchte sich Penny zu erklären: «Ich gestehe, es gab in meinem Leben noch nie einen Mann, mit dem ich auf diese Weise gesprochen habe. Gib uns beiden doch einfach etwas Zeit. Ich glaube, wir haben uns noch eine Menge zu erzählen.»

«Du hast Recht», sah Filippo ein. «Ich war ungerecht. Aber das nächste Mal möchte ich etwas über dein Leben erfahren. Vielleicht liesse sich darüber auch ein Buch schreiben.»

Lachend quittierte Penny seine Worte und versprach Filippo, dass sie sich so bald als möglich wieder sehen werden.

«*Siehst du Poppy; die Sache entwickelt sich. Trage Sorge zu dieser Frau. Ich glaube, ihr passt ganz gut zueinander.*» Coniglio schien mit Filippo zufrieden zu sein. Penny und Filippo sassen noch eine Weile im *Vieux Pêcheur*, versuchten aber nicht mehr über Gefühle und ihr eigenes Leben zu reden. François, der diskrete Beobachter, servierte ihnen, nachdem sie nun schon den vierten Pastis bestellt und getrunken hatten, eine Portion Käse und ein nicht mehr gerade frisches Baguette. Er befürchtete, ohne etwas Währschaftes im Magen bekämen den beiden die Drinks auf die Dauer wohl kaum.

Die gut gemeinte Geste kam an. Zufrieden mit sich und der Welt ging der Abend zur Neige. Filippo bezahlte die Zeche, derweil Penny vor dem Restaurant auf ihn wartete. Sie hatte sich vorgenommen, trotz der vorgerückten Stunde noch bei der Redaktion vorbei zu schauen. Sie hoffte, den diensthabenden Korrespondenten anzutreffen. Vielleicht konnte sie etwas erfahren, was für ihre Zukunft wichtig erschien.

⌘

Die darauf folgenden Tage und Wochen verliefen abwechslungsweise mit Hochs und Tiefs. Filippo verlor schon bald nach Pennys Rückkehr seine Anstellung bei der Bahn. Er trug den Entscheid, wenigstens äusserlich, zwar gelassen. Angesichts der zunehmenden Sabotageakte an den Bahneinrichtungen hatte er ohnehin täglich damit rechnen müssen. Andererseits trauerte er dieser Arbeit doch etwas nach. Immerhin hatte sie ihm nach den Enttäuschungen auf dem Monte Verità aus seinem Seelentief verholfen. Jetzt aber, wo er Penny in seiner Nähe wusste, gab ihm dies genügend Halt, um nicht wieder in das gleiche Loch zurück zu fallen, aus dem er sich so mühevoll aufgerappelt hatte. An jene Zeit, als er sein geliebtes Ascona verlassen musste und an die Umstände, die ihn dazu getrieben hatten, erinnerte er sich nur ungern. Damals hatte er in der Tat kaum noch Zukunftsperspektiven gesehen. Heute aber gab ihm eine Frau den nötigen Halt, die ihm, wie er spürte, auch die ersehnte Liebe für die Zukunft geben konnte. Wie aber sollte er sich verhalten, um ihr nicht als Versager zu erscheinen? Arbeitsstellen boten sich auch nicht gleich beim Nachbarn um die Ecke an. Oder doch?

Es schien, als kehrte mit Penny auch Filippos Glück zurück. Als er eines Abends Francois von seiner Entlassung erzählt und ihm sein Leid geklagt hatte, legte der rührige und stets hilfsbereite Kellner bei seinem Chef sogleich ein gutes Wort ein. Kurz darauf konnte Filippo mit einer Arbeit im Bistro am Hafen beginnen. Tagsüber verrichtete er Botengänge, und am Abend half er im Service aus. Dem Chef blieb es nicht lange verborgen, dass Filippo in der Branche kein Neuling war.

Das Lokal erfreute sich selbst in diesen schweren Zeiten eines guten Zulaufs. Die bunte Gästeschar setzte sich besonders an den Wochenenden aus allen möglichen Schichten zusammen. Da sassen Militärs und Politiker neben wohlhabenden Bürgern dicht an dicht. Gleich daneben assen einfache Leute aus der Stadt von all den leckeren Speisen, als herrschte tiefster Friede auf der Welt. Und wer genauer hinschaute und horchte, was die Leute miteinander sprachen, stellte bald mal fest, dass hier nicht die Weltpolitik das Sagen hatte. Daran war allerdings nicht nur die mediterrane Atmosphäre des Lokals schuld. Die gute Küche und die exzellenten Tropfen aus dem Keller trugen ebenso dazu bei, dass das Leben selbst in Kriegszeiten noch andere Werte bieten konnte.

Dies entsprach sehr Filippos Vorstellungen. Die Umgebung erinnerte ihn an die gute alte Zeit, als er noch auf dem Monte Verità Gäste verwöhnen durfte. Zwar arbeitete er im *Vieux Pêcheur* ohne Entgelt. Der Gewinn, den der Inhaber mit dem Gastbetrieb erwirtschaftete, war dafür viel zu klein. Ersatzweise gestattete er Filippo jedoch freie Kost, und seit Mitte April bot er Filippo sogar eine Unterkunft – welche er bald danach sogar mit Penny teilte.

Diese Entwicklung kam zwar für Filippo sehr gelegen. So hatte er weit mehr, als er es sich in den kühnsten Träumen je zu erhoffen gewagt hatte. Doch das Zusammenleben unverheirateter Paare war auch im sonst so freizügigen Frankreich nicht problemlos. Als der Inhaber des *Vieux Pêcheurs* jedoch davon erfahren hatte, meinte er nur, wenn zwei Menschen sich wirklich lieben und es ehrlich meinten, sei ihm das einerlei. Er hatte sie nur darum gebeten, in der Öffentlichkeit damit nicht zu prahlen.

Damit beruhigte sich auch Pennys Alltag. Nachdem sie vom Chefredaktor Bericht erhalten hatte, weiterhin für die Zeitung tätig sein zu dürfen, begab sie sich regelmässig auf die Redaktion, um Meldungen zu bearbeiten und Berichte zu schreiben. Die Versetzung aus ihrem Wirkungskreis vom Unruheherd Nordafrika nach Europa wirkte sich nicht nur positiv auf ihr privates Umfeld aus. Bald verbesserte sie sich auch beruflich. Die Agentur beförderte sie schon nach kurzer Zeit zur Ressortleiterin für Kriegsberichtserstattungen. Durch dieses Privileg konnte sie nun von Nizza aus, und dank ihrer Beziehungen, noch effizienter und erfolgreicher korrespondieren. Die meisten Meldungen wurden ihr von Informanten zugetragen, die sie schon von früheren Begegnungen und Kontakten her kannte.

In dieser Position und aufgrund der ihr zur Verfügung stehenden modernsten technischen Einrichtungen kam sie zuweilen an Informationen, zu denen nicht einmal die Geheimdienste der Achsenmächte oder der alliierten Streitkräfte Zugang hatten. Die Berichterstattungen mit dem inzwischen bestbekannten Kürzel «pa» gelangten daher meistens auch auf die Titelseiten der renommiertesten Tageszeitungen – soweit diese nicht der Zensur der Nachrichtendienste zum Opfer fielen.

Das Glück schien für beide vollkommen, obwohl sie keine langfristigen Zukunftsperspektiven hatten. Sie lebten zusammen und liebten sich, so wie es ihnen die Tage boten – und das allein genügte ihnen. Die Zeiten des Zusammenseins blieben zwar beschränkt. Entweder war Penny unterwegs oder hatte im Büro zu tun, oder Filippo verrichtete im Bistro seinen Dienst. Doch kaum bot sich die Gelegenheit zusammen zu sein, sprachen sie über alles, was sie bewegte – zuweilen bis spät in die Nacht hinein. Sie sprachen aber kaum je über ein Leben nach dem Krieg, dessen Ende nach Pennys Einschätzungen immerhin absehbar war. Ihre Gespräche drehten sich mehr um die eigene Vergangenheit, ihre Herkunft und wie sie die täglichen Probleme zu bewältigen versuchten. Besonderes Interesse zeigte Penny an Filippos Lebensgeschichte. Wenn er ihr bis spät in die Nacht hinein aus früheren Zeiten erzählte, schlug in ihr auch das Journalistenherz. Sie kritzelte dann meistens ihr Notizbuch seitenweise voll, welches sie gewohnheitsmässig immer auf sich trug. Sie erkannte bald, dass Filippo in der Vorkriegszeit am eigenen Leib Phasen erlebt hatte, die für die Entwicklung und den Erfolg des deutschen Nationalsozialismus entscheidend gewesen waren. Die Rolle des Barons, die Verbindungen, die dieser Mann zu den Nazis pflegte, das ganze Netz der Geheimen Staatspolizei und die dubiosen Bankengeschäfte, welche durch raffinierte Systeme getarnt wurden, waren für Penny Stoff genug, um ihre Fantasien anzuregen. Sie liebäugelte sogar damit, einmal darüber ein Buch zu schreiben, gewissermassen als Biografie ihres Geliebten. Die Notizen hob sie daher jeweils sorgsam auf.

Momentan betrachtete sie solche Pläne aber noch als zu wenig wichtig. Ihr waren dafür die lauen Sommernächte zu schade. Viel schöner empfand sie es, mit Filippo das Leben zu geniessen. Ihre Begegnungen verlegten sie deswegen oft an einsame, unbeobachtete Strandabschnitte. Am schönsten erlebten sie solche Momente, wenn sie im Mondlicht, angelehnt an die von der Mittagshitze noch erhitzten Felsen, bis spät in die Nacht hinein miteinander sprachen, so lange, bis der leise säuselnde Wind und das sanfte, regelmässige Rauschen der Brandung ihre Körper und Sinne bald in eine so wundersame Stimmung versetzten, dass sie sich schliesslich unter dem Sternenzelt im noch warmen Sand zu lieben begannen.

Was waren dies für Glücksgefühle, wenn Filippo in die unergründlich dunklen Augen seiner Geliebten sah, ihren starken Schenkeldruck verspürte und sie ihn liebevoll umschlungen hielt. Dann begannen seine Sinne zu schwinden. In solchen Situationen vergassen beide Zeit und Raum. Das gemeinsame Glück schien vollkommen, und beide wünschten sich, es bliebe für immer so.

Erst das Bad im Meer, welches die erhitzten Körper wieder abzukühlen vermochte, holte die beiden wieder in die Realität des Lebens zurück. Aber selbst dann erlebten sie das unglaubliche Gefühl der Liebe, und immer, wenn nur noch ihre Blicke sprachen oder Filippo das Schweigen brechen wollte, legte Penny ihm den Zeigefinger auf den Mund – was selbst Coniglio sprachlos werden liess. Dann lauschten sie wieder dem Rauschen der Brandung und dem zierlichen Gezirpe der unzähligen Zikaden, die sich irgendwo in den Büschen diskret versteckt hielten, die vielleicht die Liebenden heimlich beobachteten, bis sie im Morgengrauen die schmale Wegspur über den Klippen hoch zur Strasse kletterten.

⌘

Die Wirklichkeit aber holte die Liebenden schneller ein, als sie erwartet hätten. Nach der Eroberung Nordafrikas, die statt ursprünglich der vorgesehenen sechs Wochen nun doch über ein halbes Jahr dauerte, konzentrierten sich die Alliierten auf den Sprung nach Europa. Massive Bombardements auf See- und Luftstützpunkte sowie auf Eisenbahnziele in Sizilien und Süditalien dienten offensichtlich der Vorbereitung einer geplanten Invasion.

Die Ereignisse beschäftigten Penny mehr als zuvor. Sie fand bald kaum noch Zeit, sich mit Filippo zu treffen. Tag und Nacht verbrachte sie in der Redaktion. Ihr Vorgesetzter hätte es jedoch lieber gesehen, wenn sie wieder in die Krisenherde fahren würde. Von dort aus, direkt an der Quelle, wären ihre Berichte bestimmt noch authentischer - noch spannender ausgefallen.

Lange Zeit trotzte sie solchen Wünschen. Sie brachte es sogar fertig, auch nach jenem verhängnisvollen dritten September, als in den Morgenstunden die Invasion der alliierten Kampfverbände des europäischen Festlandes begann, nein zu sagen. Erst als bekannt wurde, dass die italienische Regierung nach langwierigen Verhandlungen kapituliert hatte, änderte sich die Situation dramatisch. Als akkreditierte Korrespondentin war es daher nur noch eine Frage der Zeit, dem Drängen des Chefredaktors nachzugeben.

Filippo indessen, erging es anders: Er langweilte sich oft. Selbst wenn er ins Bistro ging und hoffte, Francois hätte eine Beschäftigung für ihn, beschränkte es sich damit, auf den Fischmarkt zu gehen, um den täglichen Fang zu begutachten. Mittlerweile wusste Filippo nämlich durchaus, einen guten von einem weniger guten Fisch zu unterscheiden. Die immer seltener werdenden Momente mit Penny hingegen, führten doch bald zu Lücken, die zwischen ihnen oft zu Spannungen führten. Besonders zerstreut verhielt sich Filippo, wenn er Penny lange nicht mehr gesehen hatte, oder wenn sie sich in ihrer gemeinsamen Wohnung trafen und Filippo längst schon schlief. Das veränderte Verhalten von Filippo fiel selbst dem Koch im *Vieux Pêcheur* auf, dann nämlich, wenn Filippo vom Fischmarkt statt der bestellten Rotbarbe den weitaus teureren Seeteufel mitbrachte.

Auch Penny spürte die Veränderungen in ihrem Leben. Oft sass sie am Schreibtisch und versuchte sich zu sammeln. Besonders Mühe bekundete sie, wenn sie ihre Berichte zu schreiben hatte und sich stattdessen an die gemeinsamen Stunden mit Filippo zurück erinnerte. Dann konnte sie nur das schrille Läuten des Telefons oder das monotone Stakkato des Telegrafenapparats in die Wirklichkeit zurückholen. Schwiegen allerdings diese grässlichen Geräte, benützte sie oft die Gelegenheit, die heimlich begonnenen Aufzeichnungen über Filippos Leben fortzusetzen. Die Vergangenheit ihres Geliebten begann sie je länger, desto mehr zu faszinieren, und inzwischen hatte sie über die Geschichte des *Picchio Rosso* bereits ein umfangreiches Manuskript verfasst. Penny hatte es sich tatsächlich in den Kopf gesetzt, sobald die Zeit dafür gegeben war, mit dem Verleger ihrer Zeitung zu sprechen, um Filippos Lebensgeschichte in einem Buch erscheinen zu lassen. Aber nicht nur damit wollte sie ihren Geliebten überraschen.

⌘

Als Penny an jenem Spätsommerabend Filippo sagte, am folgenden Tag hätte sie keinen Dienst, packte Filippo sogleich die Gelegenheit und reservierte im *Vieux Pêcheur* das von ihnen bevorzugte Tischchen für ein gemeinsames Abendessen. François hatte es fertig gebracht, den an sich begehrtesten Tisch des Lokals, von dem aus man den herrlichsten Blick aufs Meer hatte, frei zu halten. Den ganzen Tag fieberte Filippo dem Abend entgegen. Trotz der bereits fortgeschrittenen Zeit war die Luft noch lau und warm. Es versprach, wieder eine Nacht für Verliebte zu werden.

Filippo war selbstverständlich viel zu früh zum Rendez-vous erschienen. Ungeduldig nippte er am Glas mit dem unvermeidlichen Pastis und wartete.

Pünktlich wie vereinbart erschien Penny, doch Filippo erschien es, als hätte er schon stundenlang auf sie gewartet. Nun aber, als sie ihm gegenüber sass und er in ihre unergründlichen Augen sehen konnte, spielte dies alles keine Rolle mehr.

Ihr Rendez-vous entwickelte sich trotz den langen Entbehrungen der letzten Tage ihren Wünschen entsprechend. Beide genossen den lauen Abend in vollen Zügen. Selbst der Küchenchef hatte wieder einen Leckerbissen auf die Teller gezaubert, was beide einmal mehr die Weltgeschichte vergessen liess.

Als nach dem Essen die meisten Gäste das Lokal schon verlassen hatten, nahm Penny sich vor, ihr bisher streng gehütetes Geheimnis zu lüften.

Filippo strich sich zufrieden über den Bauch und äusserte sich lobend über das exzellente Essen: «Mein Gott, war das wieder gut! Hat es dir auch geschmeckt?»

Penny nickte und blickte Filippo verliebt in die Augen. Kaum hörbar bejahte sie seine Frage. Die Zartheit ihrer stillen Reaktion bemerkte er jedoch nicht und fragte: «Möchtest du noch etwas Wein?»

Sie schüttelte den Kopf und schaute ihm weiter verträumt in die Augen.

Erst jetzt fiel ihm das eigenartige Leuchten in ihren Augen auf, doch deutete er den Blick völlig falsch: «Penny, bitte nicht hier...» Filippo errötete über beide Ohren, denn er kannte die Wirkung ihrer Blicke auf seine *Libido*[1].

Penny lachte: «Was denkst du schon wieder?»

«Du weisst doch, immer wenn du mich so anschaust, dann...»

«Was dann?» Der Schalk in Pennys Gesicht war nicht zu übersehen.

---

[1] Libido: Geschlechtstrieb

Filippo versuchte, die aufkommende Verlegenheit zu vermeiden und suchte mit dem Blick nach Francois, um noch mehr Wein zu bestellen. Penny kam ihm zuvor und griff nach seiner Hand: «Nein, nicht. Ich habe eine andere Überraschung für dich.»

«Was hast du, eine Überraschung? Komm, lass hören.» Filippo suchte angestrengt weiter nach François. Er war sichtlich erleichtert, die zweideutige Konversation beenden zu können und strich sich mit der Serviette über den Mund. Nicht, dass er Pennys Blicke nicht widerstehen konnte – im Gegenteil. Aber in der Öffentlichkeit war er prüde.

«Ich möchte über dein Leben ein Buch schreiben», entfuhr es Penny.

«Was willst du?»

«Deine Lebensgeschichte in einem Buch festhalten», wiederholte Penny selbstsicher und schaute ihm dabei fest in die Augen, während sie immer noch seine Hand hielt.

«Das ist doch wohl nicht dein Ernst?» Er versuchte, seine Hand zurückzuziehen. «Was soll daran schon interessant sein? Und überhaupt, mein Leben geht niemanden etwas an – ausser dir, selbstverständlich.»

«Ich sagte ja nicht, dass ich das Buch veröffentlichen will. Ich finde nur, dein Leben ist es wert, um festgehalten zu werden. Ich bin überzeugt, du bist ein aussergewöhnlicher Zeitzeuge.»

«Was soll ich sein?» fragte Filippo ungläubig.

Ausweichend fuhr Penny fort: «Schau, unser Leben war bisher auf getrennten Wegen verlaufen. Noch vor kurzer Zeit wusste ich nicht einmal, dass es dich gibt. Jetzt aber, wo dieser wahnsinnige Krieg nicht mehr lange dauern wird, sollten wir uns auf ein neues gemeinsames Leben besinnen. Ich bin der Meinung, wer die Gegenwart bewältigen will, muss seine Vergangenheit kennen, um nicht in der Zukunft die gleichen Fehler zu begehen.»

«Du sprichst wie ein Prediger.» Filippo schüttelte den Kopf. «Ich begreife immer noch nicht, was du meinst.»

Penny merkte, dass sie deutlicher werden musste. Sie schwieg zunächst und dachte nach. «Bitte überlege, wie sollen wir unsere gemeinsame Zukunft gestalten, ohne das Gewesene zu kennen und darüber nachzudenken?»

Filippo war feinfühlig genug zu begreifen, dass sie damit auf etwas anspielte. «Liebling, du weisst, ich liebe dich. Ich liebe dich so sehr, dass ich dich nicht mehr missen möchte. Aber was soll das, mit dem Buch. Brauchen wir so was?»

«Ich meinte es auch nicht um meinetwillen. Ich liebe dich doch auch ohne Buch. Aber wenn wir schon eine gemeinsame Zukunft planen, sollten wir uns unseren Kindern unsere Vergangenheit nicht vorenthalten.»

Jetzt war es Filippo, der nach Worten suchte. Stirnrunzelnd fragte er nach einer Weile: «Welchen Kindern?»

Pennys Blick senkte sich mit einem leisen Lächeln. Filippo aber liess nicht locker: «Du willst doch damit nicht etwa sagen, dass...?»

Weiter sprach er nicht, denn Penny unterbrach ihn mit einem viel sagenden freudigen Blick und nickte dazu. Die stumme Antwort war deutlich genug.

«Nein, das ist nicht war? Das heisst...?» Filippo deutete auf ihren Bauch.

Abermals nickte Penny und schaute Filippo liebevoll an: «Genau, das heisst es...»

Jetzt begriff er zwar schnell, doch die Verblüffung war perfekt. Als sich die erste Überraschung gelegt hatte, sprang er wie von einer Tarantel gestochen vom Stuhl. Dabei stiess er beinahe den Tisch um. Bedrohlich schwappten die Gläser hin und her. Er rannte um den Tisch, umarmte Penny und küsste sie wiederholt auf die Stirn. «Stimmt das wirklich?»

«Ich bin noch nicht ganz sicher. Die Regel ist jedenfalls schon seit einiger Zeit überfällig; aber Frauen haben so etwas im Gefühl.»

Filippo war ausser sich. Er tanzte wir ein irr gewordener Bär auf und ab. «Francois! Ich werde Vater! Meine Penny schenkt uns ein Kind. Ist das nicht ein Grund zum Feiern?»

⌘

Zwei Tage nach diesem denkwürdigen Abend, tickerte in der Redaktion eine Meldung über den Telex, die es in sich hatte: Am Donnerstag, dem 9. September, seien vier Divisionen der fünften US-Armee und das zehnte britische Korps in der Bucht von *Salerno*[1] im frühen Morgengrauen gelandet. Weiter hiess es, die Operation *Avalanche*[2] unter dem Kommando von US- Lieutenant General Clark und dem britischen Lieutenant General McCreery hätte primär zum Ziel, um Salerno verschiedene Brückenköpfe einzurichten und von dort aus nordwärts vorzustossen. Der Hafen von Neapel sollte unter die vollständige Kontrolle der Amerikaner gebracht werden, um später über diesen Brückenkopf die auf Rom vorrückenden alliierten Truppen mit Nachschub zu versorgen. Dabei hätten sich die Streitkräfte Italiens bereits am Tag vor der Landung aus dem Kriegsgeschehen zurückgezogen.

Nachdem der Telex zu tickern aufgehört hatte, trat der Dienst habende Redaktor an den Apparat und überflog den Titel der eingegangenen Depesche routinemässig. Er begriff die Brisanz der Meldung jedoch schnell. Aufgeregt riss er den voll beschriebenen Papierstreifen von der Rolle und las den Text völlig ausser sich durch. Danach eilte er zu Penny ins Büro nebenan.

«Penny, Sie werden es nicht glauben, was soeben herein getickert kam.» Mit wichtiger Miene legte er ihr die Meldung auf den Tisch.

Ungläubig betrachtete Penny den Mann und griff nach dem Papier. Schon wollte sie es zur Seite legen; denn sie wusste, viele Depeschen die auf ihrem Tisch landeten, enthielten kaum Neuigkeiten, die sie nicht schon kannte.

---

[1] Salerno (in der Antike *Salernum*): Hafenstadt am Golf von Salerno, im Süden Italiens, Hauptstadt der Provinz Salerno / Kampanien.

[2] Avalanche: Lawine, engl.

Doch ihr Redaktionskollege insistierte: «Nein! Lesen Sie, es ist wirklich wichtig!»

Noch zweifelnd nahm Penny das Papier wieder näher zu sich und überflog die Meldung mit schnellem Blick. Ihr Kollege hatte richtig vermutet: Mit jeder Zeile, die Penny las, erhellt sich ihr Gesicht. Am Schluss legte sie das Papier auf den Tisch zurück. Immer noch die Meldung betrachtend, sprach sie zufrieden vor sich hin: «Endlich mal eine gute Nachricht. Aber so schnell hatte ich nicht damit gerechnet», und sich wieder dem Redaktor zugewandt, beauftragte sie ihn, sofort den Chefredaktor zu informieren.

Penny konnte die Meldung immer noch nicht fassen, zumal die Bulletins der letzten Tage kaum eine solche Entwicklung hätten erwarten lassen. Nach einer Weile realisierte sie, dass dies auch für sie persönlich Folgen haben könnte: Jetzt nur nicht wieder an die Front versetzt zu werden, dachte sie und wagte kaum, daran zu denken, was Filippo dazu sagen würde.

In den folgenden Stunden überstürzten sich die Ereignisse. Laufend gingen neue Meldungen ein. Offenbar stiessen die alliierten Streitkräfte auf heftigen Widerstand. Deutsche Truppen hätten Artillerie und Maschinengewehrposten an den Landungszonen installiert, die zwar das Voranschreiten erschwerten. Das Strandgebiet wurde jedoch trotzdem erfolgreich eingenommen. Eine weitere Meldung am späten Nachmittag besagte, dass sich italienische Flottenverbände unter dem Kommando von *Admiral Bergamini*[1] dem Schutz der Engländer unterstellt hätten und somit nicht mehr mit den Deutschen kämpften. Die Lage schien jedoch verworren zu sein.

Sorgfältig sammelte Penny die eingehenden Berichte und versuchte sich einen Überblick zu verschaffen. Inzwischen war der Chefredaktor eingetroffen; er hatte heute seinen freien Tag, weshalb es einige Zeit dauerte, bis man ihn über die neusten Ereignisse informieren konnte. Kurz danach kam vom Mutterhaus ihrer Zei-

---

[1] Carlo Bergamini (* 24. Oktober 1888 in S. Felice sul Panaro (Modena); † 9. September 1943 bei Asinara, Sardinien): italienischer Admiral.

tung aus Paris die Anweisung, mit allen verantwortlichen Redaktoren so rasch wie möglich ein Konferenzgespräch zu schalten. Die Meldung hatte offenbar auch dort wie eine Bombe eingeschlagen und wurde offenbar so brisant eingestuft worden, dass die Zeitung eine Sonderausgabe plante.

Noch am gleichen Tag entschied die Chefredaktion, Penny nach *Amalfi*[1] abzuberufen. Als profunde Kennerin der Materie und deren Zusammenhänge sollte sie so rasch als möglich an den Ort der Geschehnisse um den Golf von Salerno reisen, um von dort aus die Lage zu beobachten und exklusiv darüber zu berichten.

Von dieser Hiobsbotschaft erfuhr Filippo, als sie sich spät am Abend im *Vieux Pêcheur* trafen. Wie es zu erwarten war, reagierte er entsetzt. Er konnte es schlicht nicht verstehen, dass Penny in ihrem Zustand diesem Ruf folgen sollte. Der Gedanke, sie dorthin reisen zu lassen, brach ihm beinahe das Herz.

«Nein, nein, nein, und nochmals nein! Das lasse ich nicht zu! Du brauchst jetzt absolute Ruhe. Stell dir vor, dort unten ist die Hölle los.» Filippo geriet völlig ausser sich und liess Penny keine Chance, um ihre eigenen Überlegungen einzubringen.

Endlich, als Filippo vor Entsetzen die Worte fehlten, versuchte Penny ihn zu beruhigen: «Filippo, bitte hör mir zu...»

«Ich will gar nicht erst zuhören», entgegnete Filippo trotzig. «Denk doch mal ein bisschen an unser Kind.»

«Wieso? Es ist doch noch gar nicht sicher, dass ich in Erwartung bin.» Penny hätte jedoch besser geschwiegen.

«So, jetzt plötzlich?», fragte Filippo erstaunt. «Vor zwei Tagen sagtest du noch...»

Jetzt war es Penny, die ihm ins Wort fiel: «Filippo! Bitte hör mir jetzt zu. Gar nichts habe ich gesagt. Ich habe nur eine Vermutung

---

[1] Amalfi: Kleinstadt am Golf von Salerno, Provinz Salerno, Region Kampanien, ca. 20 km westlich von Salerno und 30 km südlich von Neapel.

geäussert. Ich sagte, ich wäre mir auch noch nicht sicher. Das Einzige was stimmt, ist, dass meine Regel bisher ausgeblieben ist.»

«Wieso erzählst du mir dann davon und machst uns Hoffnungen? Ich freue mich doch so sehr auf ein gemeinsames Kind.»

«Liebster, das weiss ich auch. Ich mach einen Vorschlag zur Güte.» Penny fasste mit beiden Händen Filippos Hand und streichelte sie sanft. «Selbstverständlich hatte ich mit dem Chefredaktor darüber gesprochen. Du kannst es mir glauben, er zeigte grosses Verständnis. Er ist ja selber Vater von drei Kindern. Und da es bei mir noch nicht hundertprozentig sicher ist, überliess er mir die freie Entscheidung. Er schlug sogar vor, wenn ich mich entschliessen sollte und es sich dann dort unten bestätigte, dass ich schwanger sei, könne ich den Dienst sofort quittieren.»

Filippo zeigte sich nach wie vor unversöhnlich, bis völlig unerwartet Coniglio dazwischen fuhr: «*Himmelherrgottmal, Poppy! Jetzt hör doch mal Penny richtig zu. Selbst sie ist sich noch nicht sicher. Was vergebt ihr euch, wenn du sie gehen lässt? Ich gehe jede Wette ein, sie hält Wort, wenn du Vater werden würdest.*»

Nur langsam besann sich Filippo dieser Wendung: «Entschuldigung, ich wollte nicht streiten. Heisst das, du würdest zwar reisen, aber wenn du dir der Sache sicher bist, kommst du zurück?»

«Genau, das wollte ich dir sagen. Schau, auf mein Wissen möchte die Agentur nicht verzichten. Ich stelle mir das so vor: Ich reise auf dem schnellsten Weg nach *Amalfi*. Dort wurde mir bereits ein Office eingerichtet, und der Ort ist nicht so klein, dass es dort keine Ärzte gäbe. Und das verspreche ich dir: Sobald ich Bescheid weiss, werde ich die Lage ein letztes Mal beurteilen, den Bericht abliefern und danach definitiv zu dir kommen.»

«Und wenn du nicht schwanger bist?» Filippo schaute Penny prüfend an.

«Ich komme zurück, so oder so. Wenn der Befund negativ ist, werde ich vielleicht etwas länger bleiben.»

«Ich sehe, ich habe keine Chance gegen dich. Wenn du dir etwas in dein Köpfchen gesetzt hast, dann...»

«Ich weiss. Aber ich werde zurückkehren. Das verspreche ich dir. Ich liebe dich.» Penny fasste abermals Filippos Hand.

Dagegen war Filippo machtlos. «Versprich mir, halte mich auf dem Laufenden. Ich warte auf dich. Ich liebe dich doch so sehr.»

Penny ging um den Tisch und setzte sich neben Filippo. «Ich verlasse dich doch nicht», versuchte sie ihn zu trösten. «Ich gehe ja nur vorübergehend von dir weg. Bitte lass mir diesen Freiraum. Danach wird alles noch viel schöner. Ich verspreche es dir.»

«Also gut, ich bin einverstanden» gestand Filippo schliesslich mehr resignierend als überzeugt ein und erklärte auch weshalb: «Ich hatte mir nämlich auch schon über unsere Zukunft Gedanken gemacht. Am liebsten würde ich Nizza schon heute verlassen – mit dir selbstverständlich.»

Penny quittierte die Äusserung zwar freudig. Doch Filippo zeigte sich nach wie vor enttäuscht: «Es wäre alles so schön gewesen: Zuerst wären wir zu meiner Schwester gefahren. Dort hätten wir in aller Ruhe unsere Zukunft planen können.» Es war nicht zu übersehen: Filippo bedauerte Pennys Entscheidung. «Nun fahre ich halt ohne dich. Bitte enttäusche mich nicht. Ich werde auf dich warten.»

«Ich wusste es. Ich bin stolz auf dich.» Liebevoll sah sie ihm in die Augen und küsste ihn auf die Wange. Nach einer Weile fragte sie: «Gehst du mit Mirko?»

Die Frage irritierte Filippo und sah Penny misstrauisch an. «Wieso fragst du?»

«Na ja.» Penny gab sich geheimnisvoll. «Ich denke, wenn Mirko nach Domodossola geht, tut er dies nicht grundlos.»

«Was meinst du damit? Überhaupt, woher weisst du, dass Mirko auch nach Domodossola gehen will?» Filippo horchte auf.

«Er hat es mir gesagt. Er will sich dem Widerstand anschliessen!»

«Was will er? Sich dem Widerstand anschliessen? Ich dachte, er kämpft mit der italienischen Armee», entfuhr es Filippo erstaunt.

«Das war einmal», erklärte Penny. «Nein! Mirko will im Val d'Ossola den Widerstand aufzubauen helfen. Dort soll ein gewisser *Dionigi Superti*[1] und ein anderer, den man *Capitano Mario*[2] nennt, kampfwillige Männer um sich scharen, um den alliierten Vormarsch vorzubereiten.»

«Woher weisst du das?», fragte Filippo ungläubig.

«Mirko hat mir das erzählt. Du musst wissen, er ist einer meiner Informanten.»

«Dieser Hundesohn. Wieso hat er mir nie davon erzählt?» Beleidigt schaute Filippo zur Seite.

«Mach dir nichts daraus. Mirko hat es faustdick hinter den Ohren. Er machte mir gegenüber auch keinen Hehl daraus, dass er mit den Faschisten und den Nationalsozialisten nichts mehr am Hut hätte und will nun, wo es möglich ist, für seine eigenen Freiheiten kämpfen.»

«Wieso will er sich ausgerechnet dort dem Widerstand anschliessen? Das begreife ich nicht.» Filippos Zweifel waren angebracht.

«Die genauen Gründe kenne ich nicht. Aber er hat mir Andeutungen gemacht.» Penny gab sich weiterhin geheimnisvoll.

«Und die wären?» Filippo horchte auf.

«Ich weiss zwar nicht, woher er diese Informationen hat; aber möglich wäre eine solche Entwicklung schon. Er erzählte mir nämlich, die Deutschen wollen auf ihrem unvermeidlichen Rückzug nach Norden aus der Linie Bergamo-Mailand-Turin bestimmt auch in Richtung Südschweiz vordringen. Dabei nimmt logischerweise das Val d'Ossola und der nördlich davon liegende Simplontunnel eine wichtige strategische Schlüsselstellung ein. Ich vermute, seine Pläne sind längerfristig. Wenn sich der Krieg tat-

---

[1] Dionigi Superti, genannt «Major» (*1899 † 1968): seit 1919 Mitglied der Partito Repubblicano und Kommandant der Widerstandsgruppe Val d'Ossola.

[2] Mario Muneghina, genannt Capitano Mario: Mitglied der kommunistischen Partei PCI und Kommandant-Stellvertreter der Widerstandsgruppe Val d'Ossola.

sächlich so entwickelt, wie Mirko denkt, so will er bestimmt helfen, den Widerstand dort frühzeitig aufzubauen.»

«Klingt logisch. Ich dachte schon immer: Mirko ist ein Teufelskerl. Vielleicht hast du Recht.» Filippo überlegte lange über ihre Worte nach, bis er plötzlich aufschreckte: «Dann will ich Nizza sofort verlassen. Wenn deine Vermutungen stimmen, kann dies auch für die Schweiz dramatisch werden.»

«Wieso?», fragte Penny.

«Ganz einfach, überleg mal. Wenn die Deutschen den Simplontunnel im Auge haben, dann weisst du auch, dass sich am Ende des Tunnels die Schweiz befindet. Siehst du: Wenn die Deutschen diesen Durchgang ins Visier nehmen, kann auch ich nicht untätig sein. Ausserdem habe ich mit diesen Schweinehunden noch eine Rechnung offen.» Filippos Augen begannen zu funkeln. Beim letzten Satz ballte er die Hand zur Faust, um damit seine Entschlossenheit zu demonstrieren.

Penny hörte aufmerksam zu: «Ich begreife deinen Zorn. Aber denke daran, Wut und Rachegefühle sind hier fehl am Platz. Ein Irrtum im Augenblick, kann zur Sorge deines Lebens werden. Willst du am Ende damit sagen, dass du dich Mirko anschliessen möchtest?»

«Ich? Mich den Widerstandskämpfern anschliessen? Völlig absurd. Für welche Werte sollte ich kämpfen? Ich bin Schweizer und kein Italiener!» Filippo schüttelte den Kopf. «Ich könnte mir aber gut vorstellen, dass Mirko mir diese Frage auch stellen wird – dessen bin ich mir fast sicher.»

Penny schwieg und dachte über die alles und doch nichts sagende Antwort nach.

Nach einer Weile präzisierte Filippo, weil er merkte, dass Penny sich damit nicht zufrieden gab: «Keine Angst, Liebling. Ein Fahnenflüchtiger bin ich nicht. Wo steckt Mirko eigentlich?»

«Er muss noch in Nizza sein», antwortete Penny, und Filippo wusste nun, weshalb Penny so genau Bescheid wusste.

Er hinterfragte jedoch nicht, sondern meinte nur: «Passen wir also auf uns auf. Du begibst dich ja auch in ein Kriegsgebiet.»

Penny zeigte sich überrascht: «Da besteht aber ein kleiner Unterschied. Ich bin eine Schreibtischtäterin, und wenn du zu Mirko wechseln würdest, würdest du dich direkt aufs Schlachtfeld begeben. Bitte versprich mir, dass du keine Dummheiten machst.»

Die Erklärung wirkte. Filippo versuchte sie zu beruhigen: «Nein, nein. Ich sagte dir ja schon, ich bin Schweizer und kein Italiener. Aber immerhin, da sind auch noch meine Schwester und Cosimo. Die leben doch mitten in diesem Gebiet.»

Die Lage wurde immer vertrackter. Je länger sie darüber sprachen, desto mehr verliefen sie sich in Spekulationen. Penny schlug daher vor, nicht mehr darüber zu sprechen. Sie versuchte den Abend mit anderen Themen zu beschliessen.

Filippo beschäftigte das Gespräch jedoch noch lange. Er erinnerte sich noch allzu gut an jene Zeit, in der er mit Personen wie Heydenreich und Konsorten zu tun gehabt hatte. Er fragte sich, welche Schandtaten inzwischen auch noch auf das Konto dieser Teufelsbrut gegangen waren.

Die Nacht vor ihrer Abreise verbrachten sie gemeinsam. Lange liebten sie sich und schworen, einander beizustehen. Es sollte Pennys letzter Auftrag sein. Danach wollte sie ihren Beruf endgültig an den Nagel hängen. In dieser letzten gemeinsamen Nacht liessen sie ihren Emotionen nochmals freien Lauf, und das tat beiden gut. Noch nie hatte Filippo das Leben so schön empfunden, obwohl beide nicht wussten, was ihnen die Zeit noch bringen würde. Penny begab sich in ein Kriegsgebiet, wo auch unter den Zivilpersonen der Tod allgegenwärtig war, und Filippos Leben, ob an der Seite von Mirko oder nicht, wäre ebenfalls alles andere als ungefährlich. Trotzdem waren sie naiv genug, ein rasches Wiedersehen herbei zu sehnen.

Am Morgen versprach Penny noch einmal, Filippo so rasch wie möglich zu folgen. Die Chancen dafür standen gut, ob sie jetzt schwanger war oder nicht. Den letzten Meldungen zufolge, die Penny noch vor der Abreise erreicht hatten, hätten sich die deutschen Truppen bereits von Neapel zurückgezogen, nachdem die achte britische Armee an die Küste des Tyrrhenischen Meers vorgedrungen war.

Am 1. Oktober 1943 wurde die wichtige Hafenstadt von den Deutschen aufgegeben, und Penny hielt Wort: Ende Oktober quittierte sie ihren Dienst, nachdem ihr ein Arzt ihre Schwangerschaft bestätigt hatte.

Kurz darauf trat sie die Reise nach Villadossola an, wo Filippo bereits bei seiner Schwester und Cosimo wohnte.

⌘

3. Kapitel
1943 bis 1945

Zwei Wochen nach Abschluss der alliierten Landung auf Sizilien gelangten am 3. September 1943 zwei britische Divisionen erstmals an der Stiefelspitze in Kalabrien auf italienisches Festland. Die Hauptmacht der alliierten Streitkräfte landete sechs Tage später in Salerno südlich von Neapel. Unter erheblichen Verlusten wurden beide Städte Anfang Oktober eingenommen.

Nachdem das Königreich Italien seine Kampfhandlungen gegen die alliierten Streitmächte eingestellt und am 8. September 1943 damit faktisch kapituliert hatte, flohen in den darauf folgenden Monaten zahlreiche Antifaschisten unter den Italienern in die Berge und schlossen sich den Partisanen an.

Derweil drangen von Süden her britische und amerikanische Truppen beharrlich gegen Norden vor. Am Montag, dem 11. Oktober begann die fünfte US-Armee eine Offensive. Unter dem Kommando der achten britischen Armee fiel an der Adriaküste nach einem amphibischen Landeunternehmen die Ortschaft *Termoli*. Die deutschen Kampfeinheiten kamen dadurch immer mehr in Bedrängnis, weshalb sie sich in die weglosen Berge zurückziehen mussten.

Der eilig von der Ostfront abgezogenen zehnten Armee der deutschen Wehrmacht unter *Generaloberst Heinrich von Vietinghoff*[1] gelang dabei nördlich von Neapel der Aufbau einer quer über das italienische Festland verlaufenden Frontlinie. Um den Vormarsch der Alliierten zu stoppen, wendeten die Deutschen stets dieselbe Taktik an. Sie verteidigten ihre Stellungen, bis die Angriffe der Gegner übermächtig wurden. Unterdessen sprengten sie Brücken, errichteten Strassensperren und legten Minenfelder an. Danach zogen

---

[1] Heinrich Gottfried Otto Richard von Vietinghoff, genannt Scheel (* 6. Dezember 1887 in Mainz; † 23. Februar 1952 in Pfronten-Ried, Allgäu): ab 1944 Oberbefehlshaber Südwest der Heeresgruppe C.

sie sich ins nächste Bergdorf zurück und gewannen so Zeit für den Aufbau der nächsten Verteidigungslinie.

Während die Alliierten den Süden Italiens von Neapel und Bari sowie den Osten von der Adria her unter enormen Einsätzen und grossen Verlusten nach und nach befreiten, besetzten die Deutschen das von vielen Tälern durchzogene Gebiet von Norditalien.

Im italienisch-schweizerischen Grenzgebiet zwischen dem Wallis, dem Tessin und dem Lago Maggiore gelang es den italienischen Partisanen, den deutschen Besatzungsmächten wirksam die Stirn zu bieten. Bevor aber diese Widerstandskämpfer im September 1944 spektakuläre Rückeroberungen verzeichnen konnten, bauten sie zuvor ein gut funktionierendes Netz geheimer Zentralen auf. Unter den Widerstandskämpfern befand sich auch Mirko, der sich schon lange Zeit vorher, nachdem er die Armee verlassen hatte, nach Villadossola durchgeschlagen hatte.

⌘

Nach mehrmonatiger Abwesenheit kehrte Filippo nach Villadossola zu seiner Schwester zurück. Das Wiedersehen mit Cynthia war überschwänglich herzlich. Die Zeit der Trennung hatte es die Geschwister offenbar erst spüren lassen, was es hiess, eine Familie – und sei sie noch so klein – zu haben. Dennoch: Als Filippo seinen Schwager in die Arme schloss, spürte er einen Widerstand, als würde sich Cosimo gegen die Umarmung stemmen. Das Gefühl dauerte zwar nur einen Augenblick. Verunsichert liess Filippo ihn los und sah ihn an. Er hatte sich nicht getäuscht: Zwei nervöse Augen blickten ihm entgegen – wie damals in Neuengamme, als er ihm als Gefangener der Gestapo gegenübergestanden hatte.

Filippo versuchte die Freude über das Wiedersehen nicht zu trüben. Mit Begeisterung erzählte er von Nizza, den neu gewonnenen Freunden, der spannenden Zeit bei der Tendabahn, und zu guter Letzt, dass er sich in eine wunderbare Frau verliebt habe. Detailgetreu beschrieb er seine Angebetete und lobte sie mit den schönsten Worten, wo sie arbeitete und sich momentan aufhielt. Diplomatisch verschwieg er jedoch, dass sie möglicherweise ein gemeinsames Kind erwarteten und dass Penny beabsichtigte, ihm später nachzufolgen.

Die von Filippo in den höchsten Tönen beschriebene Penny, mit all ihren Eigenschaften und Tugenden, weckte natürlicherweise die Neugier seiner Schwester. Sie wollte unbedingt mehr über diese Frau wissen. Filippo aber blieb konsequent und verriet nichts weiteres.

Umgekehrt wusste Cynthia wenig Spannendes von sich und ihrem Mann zu erzählen. Seit der Abreise Filippos fristete das jung vermählte Paar offenbar ein eher bescheidenes Dasein. Die Zeit verlief meistens im gleichen Trott: Cynthia besorgte Haus und Garten, während Cosimo immer noch in den Werkstätten der staatlichen Eisenbahnen einer mehr schlecht als recht bezahlten Arbeit nachging. Um aber überhaupt über die Runden zu kommen, nutzte Cynthia neben der Selbstvorsorge, jede Gelegenheit, um da und dort noch etwas dazu zu verdienen.

Trotz der wirtschaftlichen Not zeigte sich Cynthia weitgehend genügsam und zufrieden. Als sie jedoch mit Filippo einmal allein in der Küche sass, verriet sie ihm, dass sie sich um Cosimo sorgte. Sie sah sich offenbar einem Problem gegenüber, gegen welches sie machtlos war. Es war nicht zu übersehen: Cynthia ängstigte sich vor der Zukunft. Mit ernster Mine erzählte sie, wie Cosimo von Tag zu Tag unzufriedener würde. Dies sei bestimmt auch auf den Unmut unter den Fabrikarbeitern zurück zu führen, rechtfertigte sie ihn. Die Ungerechtigkeiten im Betrieb seien an der Tagesordnung. Ein offener Streit zwischen der Betriebsführung und der Arbeiterschaft sei daher absehbar. Und das Schlimmste war, dass in letzter Zeit die Löhne nicht mehr ausbezahlt würden. Das Klima unter den Arbeitenden gleiche einem Pulverfass, an der die Lunte bereits brannte.

Unter Tränen klagte Cynthia, dass praktisch kein Tag verginge, ohne dass sich die Arbeiterschaft nicht zu Versammlungen traf, dann irgendwelche *Pamphlete*[1] verfasst oder gar Streikpläne

---

[1] Pamphlet oder «Schmähschrift»: Schrift, in der sich jemand engagiert, oft polemisch, zu einem wissenschaftlichen, religiösen oder politischen Thema äussert.

schmiede. Sie vermutete, Cosimo sympathisiere mit einer konspirativen Gruppe.

Schockiert hörte Filippo ihr zu; er war sprachlos. Er nahm sich vor, sobald wie möglich seinen Schwager darauf anzusprechen. Cynthia zeigte sich darüber zwar nicht erfreut, doch sie erklärte sich schliesslich damit einverstanden.

Tags darauf stellte Filippo Cosimo zur Rede und berichtete ihm, dass sich Cynthia sehr um ihn und ihre Zukunft Sorgen machte. Aber Cosimo wäre nicht Cosimo, wenn er dies einfach so hingenommen hätte. In einem für ihn eher ungewohnt gehässigen Tonfall argumentierte er, wie er doch seine Arbeit liebte, und es nicht anginge, dafür keinen Lohn zu bekommen. An allen seien nur diese Faschisten schuld – und wenn es sein müsste, würde er nötigenfalls sogar gegen dieses Pack in den Krieg ziehen.

Als Filippo dies vernahm, verschlug es ihm die Sprache. Es hätte auch keinen Zweck gehabt, Cosimo zu widersprechen, obwohl er selbst für dessen Einstellung überhaupt kein Verständnis hatte. Filippo musste einsehen: Cosimo war aufs Tiefste verunsichert, und in solchen Fällen würde er nur seinem Gewissen folgen – und wie er sagte: «*...er sogar in den Krieg ziehen würde*».

Sogleich dachte Filippo an Mirko. Hatte Penny ihm an ihrem letzten gemeinsamen Abend in Nizza nicht gesagt, Mirko wolle nach Domodossola gehen, um sich den Widerstandskämpfern anzuschliessen? Der Gedanke, Cosimo könnte es ihm gleichtun, durchzuckte Filippos Gehirn wie ein Blitz.

Filippo versuchte diese Möglichkeit sofort beiseite zu wischen und redete sich ein, die Gründe für seine Unzufriedenheit wären in der allgemeinen sozialen Unsicherheit und wirtschaftlichen Not zu finden, in der Cynthia und er gegenwärtig steckten. Die Bedenken jedoch, Cosimo wurde bei den Zusammenkünften der Fabrikarbeiter von irgendwelchen despotischen Sprüchen beeinflusst, liessen ihn nicht los – denn Filippo wusste: Cosimo war für solches schon immer empfänglich gewesen. Besonders dann, wenn die Reden seiner inneren Überzeugung und Einstellung entsprachen.

Wenige Tage nach diesem Gespräch konnte Filippo die brenzlige Situation in der Fabrik selber hautnah erleben. Als er Cosimo zur Arbeit begleitete, wollte es der Zufall, dass die Belegschaft die Arbeit spontan niederlegte und sich in der grossen Montagehalle zu einer Kundgebung traf. Allerdings schloss man Filippo davon aus. Da halfen auch Cosimos Interventionen nichts.

Trotzdem erfuhr Filippo am Abend – Cynthia war zu diesem Zeitpunkt noch nicht zuhause – was der Grund des Aufstands gewesen war und was verhandelt wurde. Für Filippo schien die Situation jedoch eindeutig: In der Fabrik mottete es gewaltig, und es war nur noch eine Frage der Zeit, bis sich die Männer endgültig zum offenen Widerstand aufraffen würden.

Anfang November, als Filippo am späteren Nachmittag von einer Besorgung nach Hause kam, rief ihn Cynthia ganz aufgeregt zu sich. Sie stand vor dem Haus und schien Cosimo zu erwarten. Filippo dachte zuerst, es wäre ihm etwas zugestossen. Dann aber sah er, wie Cynthia unübersehbar einen Zettel in der Hand schwenkte, den Filippo sofort als Telegramm erkannte. Sein Herz begann hörbar lauter zu schlagen, und in der Tat, das Fernschreiben stammte von Penny. Cynthia hatte die wenigen Zeilen offenbar bereits gelesen. Sie strahlte über das ganze Gesicht, als sie ihm das Papier überreichte.

Aufgeregt las Filippo den kurzen Text:

Hallo Liebling - Stop - Du wirst Papa - Stop - Ich bin in Genua - Stop - Komme so rasch wie möglich - Stop - In Liebe deine Penny.

«Du Schuft, davon hast du mir nichts erzählt.» Cynthia umarmte ihren Bruder und küsste ihn. «Ich wünsch euch Gottes Segen.» Sie wischte sich eine Träne von der Wange. Vielleicht auch, weil ihr ein solches Glück bisher verwehrt geblieben war.

⌘

Während die Alliierten die starren Verteidigungslinien der Deutschen im unwegsamen Gebirge zwischen Mittel- und Süditalien zu knacken versuchten und sich dabei zwecks Neuorientierung selber eine Kampfpause auferlegen mussten, beorderte Hitler Generalfeldmarschall Rommel nach Westeuropa. Die Verantwortung zur Verteidigung Italiens übertrug er *Generalfeldmarschall Kesselring*[1].

Kaum war Penny an der amalfitanischen Küste eingetroffen, wurde sie Zeugin der spektakulären Erfolge der alliierten Truppen. Amalfi, das malerische Städtchen an der nördlichen Küste des Golfes von Salerno, war inzwischen fest in den Händen der legendären *US-Rangers*[2].

Der Vorstoss der Alliierten nach Norden verzögerte sich dagegen wider Erwarten. Eine starke deutsche Fallschirm-Panzerdivision versperrte ihnen an den strategisch wichtigen Übergängen nach Neapel am *Chiunzi-* und am *Molinapass* den Weg. Die Truppen lieferten sich dort tagelang erbitterte Kämpfe, bis es ihnen schliesslich unter erheblichen Verlusten gelang, die Front zu durchbrechen und die Deutschen zurückzudrängen. Die nachfolgenden Gefechte spielten sich weiter nördlich ab. Das führte dazu, dass es für Penny immer schwieriger wurde, an aktuelle Meldungen zu gelangen. Sie beschloss daher, sich endlich jener medizinischen Untersuchung zu unterziehen, die ihr Gewissheit verschaffen sollte. Ihre Regel war schon zu lange ausgeblieben.

Der lokale Agent ihrer Zeitung riet ihr, sich in einem Lazarett der US-Rangers von jenem Militärarzt untersuchen zu lassen, den er bei seinen Recherchen flüchtig kennen gelernt hatte. Der Weg dorthin gestaltete sich höchst beschwerlich. An vielen strategisch wichtigen Orten hatten die Amerikaner Checkpoints eingerichtet. Doch dank ihres Charmes und ihren einwandfreien Ausweispapieren überstand Penny selbst die strengsten Kontrollen problemlos.

Bald stand sie dem jungen US-Offizier gegenüber, dem der Grund ihres Kommens offensichtlich schon bekannt war. Nach einer kurzen Untersuchung, konnte er Penny bestätigen, dass sie tat-

---

[1] Albert Kesselring (* 13. November 1885 in Marktsteft / Unterfranken); † 16. Juli 1960 in Bad Nauheim): deutscher Heeres- und Luftwaffenoffizier (seit 1940 Generalfeldmarschall).

[2] United States Army Rangers: Spezialtruppe der US Army, heute auch bekannt als die «Green Berets» des 75th Ranger Regiments.

sächlich schwanger war. Wenn alles gut verliefe, sagte er, dürfte ihre Niederkunft auf Juni 1944 zu erwarten sein.

Am liebsten hätte Penny ihre Freude in die Welt hinaus geschrieen. Schade nur, dass Filippo diesen Augenblick nicht auch erleben konnte. Nun hatte sie wahrlich gute Gründe, ihre Entlassung zu beantragen und auf dem schnellsten Weg ihrem Geliebten zu folgen. Umgehend begab sie sich auf die Redaktion, schrieb ihren letzten Bericht auf der Basis der inzwischen noch eingegangenen Meldungen, setzte das Kündigungsschreiben auf und erkundigte sich nach den Formalitäten für die bevorstehende Rückreise.

Zunächst überlegte sie sich, welcher Reiseweg wohl der Schnellste und der Sicherste wäre. Aufgrund ihres Wissens um die militärischen Ereignisse in Italien erschien ihr der direkte Landweg zu gefährlich. Zurzeit war es nicht einmal klar, wo die Frontlinien zwischen Neapel bis Genua verliefen.

Penny wählte daher den Seeweg, obwohl dieser wesentlich mehr Zeit in Anspruch nehmen würde. Sie erhoffte sich, ein Schiff zu finden, welches sie direkt nach Genua bringen würde.

Zunächst begab sich Penny nach *Salerno*[1], wo noch vor wenigen Tagen grosse britische und amerikanische Truppenverbände vom Meer her kommend das Land erstürmt hatten. Aus früheren Zeiten kannte sie dort einen Exportkaufmann. Dem Vernehmen nach sollte er sich immer noch in der Stadt aufhalten, wo er mit den Amerikanern ins Geschäft kommen wollte. Gerüchten zufolge aber wusste Penny, dass der etwa fünfzigjährige Mann vermutlich dem alten neapolitanischen Geheimbund der *Camorra*[2] angehörte, der jetzt vor allem die Schwarzmärkte kontrollierte und den alliierten Besatzungstruppen nicht nur Lebensmittel und Informationen verkaufen wollte.

---

[1] Salerno (in der Antike *Salernum*): Hafenstadt am Golf von Salerno, Hauptstadt der Provinz Salerno, Kampanien.

[2] Camorra (italienisch für *Schläger*): zu Beginn des 19. Jhd. südital. Geheimbund zur Einigung Italiens. Später, hauptsächlich in Kampanien mit Drogenhandel und -schmuggel, Geldwäsche und Erpressung beschäftigt und zu einer Verbrecherorganisation deformiert. Zentrum des Clan-Zusammenschlusses ist Neapel.

Dass diese Person nicht ganz lupenrein war, kümmerte sie wenig. Alles, was sie sich von diesem Mann erhoffte, war, dass er ihr eine Schiffspassage nach Genua vermitteln konnte.

Als Penny in Salerno eintraf, war der Hafen überfüllt mit Kriegsschiffen. Die wenigen noch verbliebenen Fischerboote und Handelsschiffe nahmen sich zwischen den grossen grauen Schiffsrümpfen geradezu zwergenhaft aus. Auf dem Hafengelände herrschte emsiges Treiben. Wie Ameisen liefen Armeeangehörige umher, stapelten Waren oder beluden Transportfahrzeuge, die zwischen der Hafenmole und den Sammelplätzen hin und her pendelten.

Gleich nach ihrer Ankunft begab sie sich zur Hafenverwaltung. Auch dort herrschte ein wildes Durcheinander. Im Büro des Verwalters sass jetzt ein amerikanischer Offizier, der offensichtlich nicht ohne zivile Mitarbeiter auskam. Der diensthabende *GI*[1] bekundete dabei die grösste Mühe, sich mit seinem italienischen Kollegen, einem kleinen, dicklichen Neapolitaner mit Glatze und Schnurrbart, wenigstens einigermassen zu verständigen.

Penny betrat das Büro. Diskret räusperte sie sich, um sich bemerkbar zu machen. Sofort verstummte das Gespräch der beiden Männer. Fragend blickten sie auf Penny. Aber noch bevor einer der Männer etwas sagen konnte, kam Penny gleich zur Sache und erkundigte sich in ihrer Muttersprache nach dem gesuchten Mann. Der Italiener reagierte als erster. Offenbar hatte nur er ihre Frage verstanden. Er strahlte übers ganze Gesicht und meinte gefliessen, der Gesuchte hielt sich jetzt bestimmt im Ristorante gegenüber dem Verwaltungsgebäude auf. Er zeigte durchs Fenster auf die gegenüberliegende Seite der Hafenmole.

Penny bedankte sich und wollte schon das Büro verlassen, da rief der Italiener ihr in einem auffällig Ehre erbietenden Tonfall nach: «Grüssen Sie Don Michele von mir.»

---

[1] GI: Bezeichnung für US-amerikanische Infanterie-Soldaten. Ursprünglich als Abkürzung für die damals verwendeten Metallmülleimer, auf die *GI* für *Galvanized Iron* gestempelt war. Später übertragen als Abkürzung für *Government Issue* (*Regierungseigentum*).

Bereits die Türfalle in der Hand, fragte Penny verwundert zurück: «Von wem?»

«Sagen Sie nur, Sandro Paravatti lässt ihn grüssen», entgegnete der Italiener, korrigierte sich jedoch sogleich und schob wichtigtuerisch nach: «Direttore Paravatti!»

Auf dem Weg zum angegebenen Treffpunkt überlegte Penny, weshalb der Italiener ihren Bekannten «Don» genannt hatte. Auf diese Weise werden sonst nur Angehörige bestimmter Adelsfamilien angesprochen. Aber neuerdings, so hatte sie schon gehört, würden auch die Chefs der neapolitanischen Camorra so angesprochen.

Im Ristorante traf Penny tatsächlich ihren Bekannten. Don Michele sass am Fenster an einem kleinen Tischchen und speiste. Als er Penny erkannte, legte er sofort das Besteck beiseite und hiess sie, sich zu ihm zu setzen. Die Begrüssung war kurz. Penny entschuldigte sich zunächst, dass sie ihn beim Essen störe. Der Italiener winkte ab und fragte nach dem Grund ihres Besuches. Bevor sie jedoch ihr Anliegen vorbrachte, richtete sie ihm zuerst die Grüsse von Sandro Paravatti dem Direttore, aus. Don Michele schmunzelte verhalten, erwiderte jedoch nichts. Penny wertete dies als Zeichen, dass sie ihr Anliegen nun ohne Umschweife vorbringen konnte.

Don Michele brauchte nicht lange zu überlegen und erklärte Penny, dass demnächst ein Schiff in Richtung Genua auslaufen würde. Mit dem Ellbogen schob er den Teller beiseite, kramte umständlich einen Bleistift und eine Visitenkarte aus seinem schäbigen Kittel und kritzelte ungelenk eine Anschrift darauf. Beim Schreiben meinte er, der Kapitän dieses Schiffes würde sie bestimmt mitnehmen. Wieder sein verschmitztes Lächeln aufsetzend, fügte er hinzu, schliesslich hätte er ihm auch schon einige Dienste erwiesen.

Penny erwiderte nichts, vermutete jedoch, dass dieser Kapitän wohl auch der Camorra zugehörte. Sie unterhielten sich noch eine Weile, dann bedankte sie sich bei Don Michele und verliess das Lokal.

Der Tipp war tatsächlich hilfreich gewesen, kostete Penny jedoch fast ihre ganzen Ersparnisse. Auf einem unscheinbaren Handelsschiff stach Penny zwei Tage später von Salerno aus in See. Ihre Reise führte sie zunächst quer durch das Thyrrenische Meer nach Sardinien. Der Seeweg aber wurde von den alliierten Streitkräften streng kontrolliert. Oftmals wurde das Schiff auf offener See von Patrouillenbooten und meist unter Androhung von Waffengewalt angehalten, um Ladung und Passagiere zu kontrollieren. Endlich in Cagliari angekommen, wurden weitere Güter zugeladen.

Die Fahrt ging bald an der Ostküste weiter der Insel entlang, nordwärts bis nach La Maddalena und nach Bastia, die Hauptstadt von Korsika. Von dort aus querten sie die Meerenge zwischen dem Thyrrenischen und dem Ligurischen Meer und gelangten nördlich an der Insel Elba vorbei nach Livorno, bis das Schiff nach beinahe zwei Wochen endlich in Genua eintraf.

In Genua erinnerte sich Penny daran, das längst fällige Telegramm über die Frohbotschaft an Filippo zu senden. Auf dem Zollamt wies ihr der freundliche Beamte, der ihre Papiere kontrollierte, den Weg zur Hauptpost. Das Telegramm war schnell aufgegeben. Sichtlich froh und erleichtert machte sie sich danach auf die Suche nach einem Hotel. Obwohl Penny eine ganz passable Unterkunft in der Altstadt von Genua gefunden hatte, lebte sie einige Tage unter widrigen Verhältnissen. Die Versorgungslage war auch hier sehr prekär – so prekär, dass selbst der Schwarzmarkt, auf dem sonst noch das Allernotwendigste zu kaufen war, kaum mehr funktionierte.

Glücklicherweise kannte Penny in Genua einige Presseleute, die ihr in ihrer Lage behilflich waren. An einem gemeinsamen Abendessen mit einem Journalisten bot sich ihr eine Mitfahrgelegenheit, die sie bis nach *Novara*[1] brachte.

Von dort aus setzte sie die Fahrt zuerst mit einem Reisebus fort, dann marschierte sie einige Kilometer zu Fuss, bis ein Ochsenkar-

---

[1] Novara: Hauptstadt der Provinz Novara, Region Piemont, ca. 100 km von Turin und ca. 50 km von Mailand entfernt.

ren sie einholte. Der liebenswürdige Bauer hiess sie unaufgefordert aufzusteigen und brachte sie ein gutes Stück weiter. Die letzten Kilometer bis nach *Sesto Calende*[1] marschierte sie in der Nacht, wo sie in der Morgendämmerung völlig übermüdet eintraf. Vor der Stadt suchte sie eine leere Scheune auf, wo sie sich für ein paar Stunden zur Ruhe legte.

Um die Mittagszeit begab sie sich in den Ort und versuchte, Filippo telefonisch zu erreichen. Nach mehreren erfolglosen Versuchen kam die Verbindung endlich zustande.

⌘

Filippo befand sich zu diesem Zeitpunkt im Garten und half Cynthia, die Beete auf den Winter vorzubereiten. Als das Telefon schrillte, eilte Filippo ins Haus. Mit noch schmutzigen Händen hob er den Hörer ab und meldete sich. Alles hätte er erwartet, nur einen Anruf seiner Geliebten nicht.

Die Unterhaltung war kurz. Beide waren zu aufgebracht, um lange miteinander zu reden. Mit bewegter Stimme teilte Penny ihm mit, wo sie sich befand und wo sie auf ihn wartete.

Filippo geriet völlig aus dem Häuschen. Seine Freude war riesig. Endlich konnte er die Mutter seines zukünftigen Kindes in die Arme schliessen. Sie wollten sich um die Mittagszeit in Arona, dem Nachbardorf von Sesto Calende, vor der Kirche treffen.

Sofort begab sich Filippo zum Nachbarn, der ein Fuhrwerk und ein Maultier besass, und fragte ihn, ob er beides für einen Tag ausleihen konnte. In aller Herrgottsfrühe – der Himmel war noch wolkenverhangen – begab er sich schliesslich auf die Reise. Die spätherbstlichen Morgentemperaturen zwangen Filippo, sich eine Wolldecke über die Knie zu legen.

Das Gespann gab ein eigenartiges Bild ab: Filippo, gross gewachsen und dick eingehüllt auf dem kleinen schmalen Kutscherbock thronend, lässig die Zügel haltend, und davor trottend ein gelang-

---

[1] Sesto Calende: Provinz Varese / Lombardei, am Südende des Lago Maggiore.

weilt scheinendes Maultier, dem man zur Ablenkung ein Strohsack um den Hals vorgehängt hatte.

Im Verlauf des Vormittags verzogen sich die Wolken nach und nach. Fahle Sonnenstrahlen schienen zeitweise durch das Gewölk und liessen auf Filippos Gesicht eine angenehme Wärme zurück. Je näher er seinem Ziel kam, desto ungeduldiger wurde er und liess über dem Maulesel die Peitsche knallen. Kurz nach zwei Uhr mittags traf er in Arona ein. Filippo steuerte das Fuhrwerk geradewegs auf die Kirche zu.

Dick im Mantel eingehüllt sass Penny auf einer Mauer und wärmte sich in der nur noch blass scheinenden Novembersonne. Als das Fuhrwerk auf den Platz einbog, erkannte sie sofort, dass der Fuhrmann auf dem Bock ihr Filippo war. Schnell rannte sie ihm entgegen, doch er schien sie noch nicht erblickt zu haben. Penny stand vor ihm, das kleine zerknutschte Köfferchen in der einen Hand haltend, und versperrte ihm mit der anderen Hand wie eine Verkehrspolizistin den Weg.

Als Filippo endlich realisierte, wer vor ihm stand, fiel er vor Freude beinahe vom Bock. Ein kurzer schriller Jauchzer entglitt ihm, wie es sonst nur Alphirten im hintersten Onsernonetal vor Glück und Freude taten.

Mit einem gewagten Sprung stieg er vom Kutscherbock und eilte auf sie zu. Wortlos fielen sie sich in die Arme. Penny weinte vor Glück. Die Anstrengungen der letzten Tage standen ihr ins Gesicht geschrieben. Ohne viele Worte zu verlieren, hiess Filippo sie aufsteigen. Auf dem Bock hatte es zwar nicht für beide Platz. Doch auf der Ladebrücke waren auf beiden Seiten schmale Bretter angebracht, die sich ebenso als Sitzbänke benutzen liessen. Penny liess sich darauf direkt hinter ihm nieder.

Auf dem Rückweg gab es für beide viel zu erzählen. Penny begann als Erste zu berichten. Ihre Reiseerlebnisse rückte sie zwar völlig in den Hintergrund. Viel schöner fand sie es, von ihrem bevorstehenden Glück zu schwärmen. Desgleichen freute sie sich, bald seine Schwester und ihren Mann kennen zu lernen. Allerdings löste dies bei Filippo zwiespältige Gefühle aus. Er besann sich der

Probleme, die wegen Cosimos Verhalten zu entstehen drohten. Er hörte ihren Erzählungen daher nur noch mit halbem Ohr zu, was Penny nicht verborgen blieb: «So, jetzt habe ich genug geschwatzt. Jetzt erzähl von dir. Wie ist das Leben bei deiner Schwester?»

Filippo druckste herum, bevor er zu berichten begann: «Cynthia ist schon in Ordnung. Ich wüsste nicht, wie wir ohne sie über die Runden kämen. Allein sie hält uns zusammen, wie damals meine Mutter; Gott hab sie selig.»

Penny war feinfühlig genug, um zu merken, dass Filippo ihr etwas verschwieg: «Filippo, Liebling, und wie geht es deinem Schwager?»

Noch immer zögerte Filippo mit einer Antwort. Erst nach einer Weile gab er sich einen Stoss und gestand: «Ich mache mir grosse Sorgen um ihn.» Abrupt zog er die Zügel, um das Fuhrwerk anzuhalten. Das folgsame Maultier gehorchte sofort. Ohne Penny anzusehen, die Zügel lose in der Hand haltend, fuhr er fort: «Er verhält sich in letzter Zeit sehr eigenartig. Ich befürchte, man benutzt ihn als Werkzeug für üble Pläne.»

«Was für Pläne?», fragte Penny neugierig.

Filippo überlegte, auf welche Weise er ihr dies am besten erklären konnte, wo er doch selbst noch nicht völlig durchblickte: «Meinen Schwager liebe ich wie einen Bruder. So ist es mir nicht gleichgültig, was mit ihm geschieht. Du weisst, Cosimo arbeitet bei der Bahn, und seine Fähigkeiten sind mittlerweile weit herum anerkannt. Dank ihnen ist er inzwischen auch zu einem ausgewiesenen Facharbeiter avanciert.»

«Das klingt doch gut», unterbrach ihn Penny. «Dann verdient er bestimmt auch gutes Geld?»

Filippo lachte gequält: «Es wäre schön, wenn es nur darum ginge. Das Problem liegt woanders. Ich versuche es dir zu erklären: Seine Fähigkeiten scheinen auch andere Leute bemerkt zu haben.»

«Welche Leute?»

Filippo versuchte zu verdeutlichen: «Cosimo ist zwar ein unverbesserlicher Idealist; er glaubt an das Gute in den Menschen. Aber er ist auch leicht zu beeinflussen. Nun herrscht in der Fabrik nicht gerade die beste Stimmung. Die Arbeiter sind unzufrieden, der Lohn wird nicht pünktlich ausbezahlt und keiner weiss, ob er am anderen Tag nicht entlassen wird. Einigen seiner Kollegen ist dies bereits geschehen.»

Nach einer kurzen Pause fuhr Filippo fort: «Ein solches Klima ist für Cosimo denkbar schlecht. Mehr noch: Sein Seelenleben ist bereit so stark gestört, dass er beim kleinsten Problem überreagiert. Cynthia leidet sehr darunter.»

Aufmerksam hörte Penny zu. Filippo setzte das Fuhrwerk wieder in Gang und liess die Peitsche leise knallen.

«Das heisst, ihre Ehe ist gefährdet?» Penny ahnte Schlimmes.

«Vielleicht?. Wie du weisst, Mirko lebt nun auch in Villadossola. Von ihm weiss ich, dass sich Cosimo der *Resistenza*[1] anschliessen will. Es bestehen sogar schon Pläne, wie sie gegen die Deutschen und Faschisten kämpfen wollen. Mirko hat auch mich gefragt, ob ich mitmachen würde.»

«Und?», fragte Penny erschrocken, «hast du zugesagt?»

«Um Himmelswillen, nein! Weshalb sollte ich? Zudem bin ich Schweizer, daher hat man mir bisher auch jeden Zugang zu solchen Veranstaltungen verwehrt. Eigentlich bin ich ganz froh darüber.

Bei Cosimo scheint der Fall allerdings anders zu liegen. Gott bewahre ihn vor diesem Schritt. Dafür ist er mir wirklich zu wichtig. Ich denke da auch an meine Schwester. Stell dir vor, sie erfährt davon.»

«Weiss sie denn noch nichts?», fragte Penny.

«Ich weiss nicht. Aber so wie ich meine Schwester kenne, hat sie bestimmt schon eine Ahnung.» Abermals hielt Filippo das Fuhrwerk an und blickte über seine Schultern auf Penny: «Bitte ver-

---

[1] Resistenza: Widerstandsbewegung, ital.

sprich mir, wenn du meiner Schwester und Cosimo begegnest, sage ihnen nichts von unserer Unterhaltung. Ich denke, ihr solltet euch erst mal kennen lernen. Alles andere wird sich ergeben.»

«Ist schon gut. Aber einmal wird es doch zur Sprache kommen.» Penny fasste von hinten nach Filippos Arm.

«Vielleicht schneller, als es uns lieb ist.» Filippo setzte das Maultier wieder in Trab: Dieses Mal in eine schnellere Gangart.

⌘

Als Filippo und Penny mit dem Fuhrwerk in die Strasse einbogen, warteten Cynthia und Cosimo bereits am Gartentor. Cynthia winkte ihnen schon von weitem zu. Cosimo stand stumm daneben, sein Gesicht verriet jedoch zweifellos Freude.

Mit einem hörbarem «Brrrr» zog Filippo die Zügel, brachte das Fuhrwerk zum Stehen und kurbelte die Bremsen an. Ohne auf die Begrüssung einzugehen, schwang er sich vom Bock, begab sich nach hinten und half Penny abzusteigen: «Darf ich vorstellen: Meine Penny und zukünftige Mutter unseres Kindes.» In theatralischer Manier begrüsste Filippo seine Schwester und Cosimo.

«Seien Sie herzlich willkommen. Ich bin Cynthia, Filippos Schwester», und sich Cosimo zuwendend, «und das ist Cosimo, mein Mann.» Cynthia ging auf Penny zu und umarmte sie. Cosimo folgte ihr.

«Bienvenuti, ich bin Penny. Ich darf doch Cynthia und Cosimo sagen?», begrüsste Penny die beiden.

«Aber selbstverständlich», bemerkte Filippo und lachte. «Penny gehört doch schon so gut wie zur Familie.»

Alle lachten und es schien, als seien die Sorgen verflogen, von denen Filippo noch vor kurzem Penny erzählt hatte. Die Begegnung war wirklich herzlich. Cynthia und Penny musterten sich gegenseitig unauffällig, wie es Frauen üblicherweise anfänglich tun. Doch legte sich das erste Misstrauen rasch und Filippo nahm befriedigt an, dass sich die beiden sicher gut verstehen würden.

Zur Begrüssung hatte Cynthia eine kleine Erfrischung zubereitet. Die Sonne war längst hinter den Bergen verschwunden. Cosimo hielt sich bei der Unterhaltung zunächst zurück, taute aber im Verlauf des Abends nach und nach auf. Bald war ein fröhliches Palaver im Gange, was die Stimmung untrüglich widerspiegelte. Das auf der Fahrt nach Villadossola besprochene Thema wurde dabei mit keiner Silbe erwähnt. Sie dachten nicht einmal daran, den Ernst der Zeit anzusprechen.

Filippo schwelgte besonders in Nostalgie, als er aus seinen Zeiten erzählte, wo er sich in Zürich als blutjunger Bursche auf sich allein gestellt, durchzuschlagen hatte. Selbstverständlich gab er als waschechter Schweizer zahlreiche wahre, aber auch halbwahre Geschichten aus seiner Militärdienstzeit zum Besten. Besonders lachten sie über jenes Abenteuer, als Filippo zusammen mit Cosimo die Goldbarren über die Grenze geschmuggelt und damit die Gestapo gehörig an der Nase herumgeführt hatten[1]. Penny staunte über das Husarenstück nicht schlecht; hatte sie diesen Teil des Lebens ihres Geliebten tatsächlich noch nicht gehört.

Der Abend erreichte den vermeintlichen Höhepunkt, als Filippo voller Stolz wiederholte, dass er Vater würde. Die Mitteilung bewirkte jedoch genau das Gegenteil von dem, was er sich erhofft hatte. Obwohl Cynthia von der Schwangerschaft wusste, reagierte sie jetzt bedrückt. Mit traurigen Augen blickte sie schweigend an Penny vorbei, und Cosimo rang sich ein gequältes Lächeln ab.

Penny entging ihre Reaktion nicht. Doch bevor sie etwas darauf erwidern konnte, unterbrach Cynthia die eintretende Stille: «Das freut mich natürlich für euch. Damit wird wenigstens auf einer Seite für Familiennachwuchs gesorgt.»

Jetzt war es Filippo, dem das Erstaunen ins Gesicht geschrieben stand. Verwirrt suchte er nach Worten: «Was heisst das? Willst du damit sagen...»

---

[1] PICCHIO ROSSO, Teil 1 (ISBN 978-3-907860-09-0)

«...genau das will ich damit sagen», unterbrach ihn seine Schwester. «Ich kann keine Kinder bekommen.» Cynthias Augen begannen feucht zu werden.

Penny hatte sofort begriffen, erhob sich und begab sich zu Cynthia hinüber. Vor sie hinkniend, versuchte Penny sie zu trösten: «Das tut mir leid. Das wusste ich nicht.»

«Es ist aber so», warf Cosimo ein. «Wir wissen es auch erst seit Kurzem.»

Verzweifelt versuchte Filippo die Situation zu entspannen, was ihm jedoch schwer gelang. Selbst seine Augen begannen plötzlich wässrig zu werden. Cynthia aber trug ihr Schicksal mit Fassung. Sie wusste, es liesse sich ohnehin nicht ändern. Die Diagnose war eindeutig. Aber Cynthia wäre nicht Filippos Schwester, wäre es ihr nicht gelungen, selbst nach diesem Tiefschlag die gute Stimmung wieder herzustellen. Sie wünschte der werdenden Mutter von Herzen alles Gute und dass sie ein gesundes Kind zu Welt bringen würde. Cynthia und Penny – wie unterschiedlich sie auch waren – umarmten sich herzlich.

⌘

Als Cosimo am anderen Tag schon frühzeitig zur Arbeit ging, hing über dem Tal dichter Nebel. Penny, Cynthia und Filippo schliefen noch, als er im Lokomotivdepot zu einer denkwürdigen Versammlung eintraf. Niemand ahnte, dass Cosimo sich heute endgültig dem organisierten Widerstand gegen die Deutschen anschliessen würde.

Im Depot herrschte eine aufgebrachte Stimmung. Viele seiner Kumpel standen vor dem Werkmeisterbüro und gestikulierten wild durcheinander. Durch das Fenster zum Büro sah Cosimo einige Männer, die aufgeregt zu diskutieren schienen.

«Was ist da drinnen los?», fragte Cosimo, als er zur Gruppe stiess.

«Der Teufel ist los. Wir wollen endlich unseren Lohn», antwortete ihm ein Mann, der ihm am nächsten stand. «Sie verhandeln mit der Geschäftsleitung», erklärte ihm ein weiterer.

Cosimo schüttelt den Kopf. «Das bringt doch nichts. Ich mach mich an die Arbeit.»

«Nichts da, du bleibst!» Der Kumpel, der ihm als erster geantwortet hatte, hielt ihn am Ärmel zurück. «Denkst du, wir holen für dich die Kastanien aus dem Feuer? Kein Lohn – dann Streik! Das gilt auch für dich.»

In diesem Augenblick trat einer der Männer, der im Büro verhandelt hatte, vor die Türe und schrie in die Halle: «Männer! Unsere Bosse gehen nicht auf unsere Forderungen ein!»

Ein Raunen ging durch die Menge. Bevor jedoch die Worte wirken konnten, rief er in die Halle: «Wir sind es leid, gegen das Unverständnis anderer und die Ohnmacht zu kämpfen. Weshalb arbeiten wir überhaupt noch? Ich frage euch: Wofür? Für wen?»

Bevor die Arbeiter darauf reagieren konnten, gesellte sich ein anderer dazu und beschwor die Menge mit noch markigeren Worten: «Kumpels, glaubt mir, wir haben alles getan, um für unser Recht zu kämpfen. Alles umsonst! Die Dreckschweine aus dem Norden besetzen unser Land und verbünden sich mit den Faschisten – unseren eigenen Landsleuten! Schaut hin: Sie vernichten unsere Werte, bedrohen unsere Familien, halten unsere Löhne zurück und schicken unsere Söhne in den Krieg.

Finita la comedia! Amici! Seid ihr bereit, für unsere Rechte zu kämpfen?»

Die Antwort der Männer wurde geradezu in die Halle geschrieen. Die Arbeiter hatten genug – genug von allem, was sie in letzter Zeit bedrückt und unterdrückt hatte. Die Not war zu gross geworden. Unmissverständlich zeigten sie ihren Willen, für ihre Rechte und Freiheiten solidarisch einzustehen, um ihren Müttern, Vätern, Ehefrauen, Söhnen und Töchtern wieder in die Augen sehen zu können. Letztlich standen auch ihr Stolz und ihre Kultur auf dem Spiel.

Cosimo, der den Worten im Hintergrund der Menge gefolgt war, schwieg. Bisher hatte er immer gedacht, diejenigen, die sich euphorisch und kämpferisch gaben, setzten sich schlussendlich sowieso nicht für Ideale, sondern nur für ihre eigenen Vorteile ein. Er spürte jedoch tief in seinem Innern ein anders Gefühl. Mit dem heutigen Tag kamen plötzlich andere Werte ins Spiel.

«Wer ist dieser Mann?», fragte Cosimo einen Kumpel, der neben ihm stand.

«Was? Du kennst den Capitano nicht?»

Bevor Cosimo darauf etwas erwidern konnte, versuchte der Sprecher die Menge weiter aufzupeitschen: «Männer, wisst ihr, weshalb ihr euren Lohn nicht mehr erhalten habt? Nein? Dann sage ich es euch: Daran sind nur die Deutschen schuld, und was noch viel schlimmer ist, unsere eigenen Landsleute unterstützen sie. Diese faschistischen Hundesöhne aus Mailand und Rom sitzen bereits in Villadossola und korrumpieren unsere Vorgesetzten. Sie sind es, die eure Lohngelder zurückhalten. Das ist eine Schweinerei! Und denen müssen wir zeigen, wer hier das Sagen hat!»

Die Männer schienen zu allem entschlossen zu sein. Im Chor brüllten sie nach Massnahmen. Cosimo blieb hingegen ruhig und überlegte, was der Sprecher wohl damit sagen wollte. Er liess die Worte erst mal auf sich wirken.

Plötzlich fiel es ihm wie Schuppen von den Augen: Er erinnerte sich, wie sich die Präsenz der deutschen Truppen im Dorf in den letzten Tagen sichtlich verstärkt hatte. Besonders im Bereich des Bahnhofs hatte sich einiges verändert. In Nacht- und Nebelaktionen waren Kontrollposten eingerichtet und bei einfallenden Strassen Sperren mit Maschinengewehrstellungen angelegt worden. Selbst Cynthia beklagte sich, sie könnte sich nicht mehr ungehindert bewegen. Letzte Woche berichtete sie, sei sie von Soldaten zur Überprüfung ihres Personalausweises auf einen Posten gebracht worden. Erst nach Stunden hätte man sie wieder freigelassen.

Zweifellos schien sich etwas zusammenzubrauen. Cosimo brachte seine eigenen Beobachtungen sofort in den Zusammenhang des eben Gehörten. Wie ein Blitz schoss es ihm dann durch den Kopf: Das Haus, in dem er mit Cynthia wohnte, befand sich nicht weit vom Bahnhof entfernt. Sollten sich dort Kämpfe entwickeln, dann...

Er wagte nicht an die Folgen zu denken. Irritiert blickte er in die Runde. Auf dem Treppchen zum Werkmeisterbüro erblickte er Mirko, der ebenfalls an den Verhandlungen teilgenommen hatte. Geradewegs steuerte er auf ihn zu und nahm ihn beiseite. Flüsternd fragte er ihn, so dass es die anderen nicht hören konnten: «Wer ist das?» Cosimo deutete auf den Sprecher.

Mirko sah Cosimo mit ernster Miene an: «Meinst du Capitano Mario?»

Cosimo nickte und blickte Mirko erwartungsvoll ins Gesicht.

«Mario ist unser Anführer, ein Kämpfer von altem Schrot und Korn. Auf den kannst du dich verlassen.» Mirkos Augen verengten sich anerkennend beim letzten Satz.

«Was willst du damit sagen? Droht uns Gefahr?», entgegnete Cosimo, statt auf die Worte von Mirko einzugehen.

Mirko stand noch auf dem Treppchen. Mit feurigen Augen schaute er auf Cosimo herab. Mit leiser Stimme beschwor er ihn: «Begreife endlich: Wir befinden uns im Krieg! Ich hoffe, du bist mit uns. Kämpfen wir für unsere Rechte!»

Cosimo liess nicht locker: «Und wie stellt ihr euch das vor? Denkt ihr, wir sollen unsere Arbeit opfern? Überhaupt, gegen wen sollen wir kämpfen?»

«Was bist du doch für ein Narr!» Mirko antwortete schroff. «Hast du keine Augen im Kopf? Seit Wochen wartet ihr auf euren Lohn. In deinem Dorf wird zum Krieg gerüstet, die Alliierten rücken von Süden her vor. Was denkst du eigentlich? Sollen wir hier brav hinter dem Ofen sitzen und Däumchen drehen, bis uns vielleicht die Amerikaner befreien werden? Überlege mal, was die Deutschen inzwischen mit unseren Frauen und Kinder machen.»

Es waren kernige Worte, die ihr Ziel nicht verfehlten. Cosimo wandte sich grübelnd ab.

Capitano Mario Muneghina mit vollem Namen, ein gross gewachsener kämpferischer und charismatischer Lombarde, versuchte die Menge weiter aufzuhetzen: «Ich sage euch, wenn wir nichts unternehmen, wird sich unser Feind an unseren Frauen vergreifen und unsere Kinder verschleppen. Vorläufig klauen sie nur unser Geld und beschlagnahmen Lebensmittel, die wir für unsere Familien so dringend bräuchten. Denkt ihr, wir sollen warten, bis uns die alliierten Truppen befreien, die ebenso wenig etwas in unserem Land verloren haben, wie die Nazis?»

Die Augen der Arbeiter glühten und tobten im Chor: «Capitano! Wir folgen dir! Führe uns zum Sieg!»

Cosimo hatte begriffen. Capitano Mario wusste, wie ein wirkungsvoller Widerstand aufzubauen war. Entschlossen schaute Cosimo zu Mirko hoch. Dieser blickte ihm in die Augen und fragte: «Bist du einer von uns?»

Tief im Innersten war und blieb Cosimo durch und durch Italiener. Schliesslich hatte er die *Italianità*[1] schon mit der Muttermilch eingesogen.

Cosimo hatte sich entschieden. Nach seiner Überzeugung blieb ihm auch keine andere Wahl. Zusammen mit seinen Kameraden wollte er für seine Rechte und sein Land einstehen. Bedrückt verliess er die Fabrikhalle und radelte auf dem schnellsten Weg nach Hause. Im Moment plagte ihn nur eine Sorge: Wenn schon sein Schicksal in diese Richtung drängte, dann wollte er wenigstens Cynthia in Sicherheit wissen.

Auf dem Weg überlegte er, wie er sie davon überzeugen könnte, das Haus zu verlassen und an einen sicheren Ort zu ziehen. Dabei dachte er an Penny. Sie war doch ebenso Italienerin wie er. Vielleicht erhielt er von ihr Unterstützung.

Sein Plan war, dass die Frauen mit Filippo in die Schweiz zurückkehren sollten. Wenn Cynthia in Ascona war, könnten ihr die Deutschen nichts mehr anhaben. Sie besass ja noch den Schweizer

---

[1] Italianità: bezeichnet allg. den italienischen Lebensstil und die Einstellung zur Heimat.

Pass. Filippo würde seine Absicht bestimmt unterstützen. Ausserdem hatte er sich schon mehrfach darüber geäusserte, dass er niemals für ein fremdes Land kämpfen würde. Also sollten sie Italien verlassen und ihn allein für sein Vaterland kämpfen lassen. Die Gedanken hämmerten in seinem Hirn, als wollte er sie in Stein meisseln.

⌘

Cosimo hatte die Rechnung ohne seine Angetraute gemacht: «Bist du von allen guten Geistern verlassen? Spinnst du, hast du noch alle?» Cynthia war ausser sich. Nervös strich sie sich durch ihren Haarschopf; ihre Augen glühten vor Wut. In solchen Momenten schlug das südländische Temperament ihres Vaters durch.

Filippo versuchte sie zu beruhigen; allerdings ohne Erfolg. Penny sass neben dem Küchentisch auf einem Schemel und schickte Filippo einen beschwichtigenden Blick.

Die Situation war verfahren. Mit flammenden Worten und ohne Unterlass versuchte Cosimo die Gründe für seine Entscheidung darzulegen. Allerdings goss er damit nur Öl ins Feuer. Cynthia steigerte sich mit jedem Satz in ein völliges Unverständnis hinein.

Nun stellte sich Filippo erneut zwischen die Streithähne. Aber auch sein zweiter Versuch als Vermittler schlug fehl. Sichtlich erregt wollte Cosimo daraufhin den Raum verlassen, was Cynthia völlig ausrasten liess. Sie raufte sich die Haare und trat ihrem Mann entschlossen entgegen. Penny, die bisher geschwiegen hatte, erhob sich abrupt und stellte sich mit einem energischen «Basta!» dazwischen. Beschwörend blickte sie den beiden nacheinander in die Augen, als wollte sie damit sagen: «*Seid vernünftig. Auf diese Weise lösen wir das Problem nicht.*»

Die Wirkung liess nicht lange auf sich warten. Verblüfft starrte Cynthia Penny an, wandte sich von ihr ab und stiess dabei ihren Atem kräftig aus, als wollte sie sich damit vom Ärger befreien. Wütend setzte sie sich auf den Schemel, auf dem vorher Penny gesessen hatte. Der Verzweiflung nahe, legte sie ihren Kopf in beide Hände. Die Haare fielen ihr über das Gesicht.

Penny war sich der Wirkung ihrer Ermahnung durchaus bewusst gewesen und beschwichtigte die beiden, jetzt mit ruhigen aber akzentuierten Worten: «Ich bitte euch, bleibt sachlich! Versucht euch doch zu verstehen.» Trotziges Schweigen schlug ihr entgegen.

Ungeachtet dessen, versuchte sie die aufgebrachte Stimmung zu besänftigen: «Ich gehöre zwar nicht zu eurer Familie – noch nicht. Das wird sich aber bald ändern. Unter meinem Herzen wächst ein Kind heran, in dessen Adern auch eine Menge italienisches Blut fliesst. Ich bin ebenso Italienerin, wie dein Mann!» Penny fixierte Cynthia, doch weder sie noch Filippo reagierten. Cosimo wurde jedoch die Situation derart unangenehm, dass er heimlich den Raum verliess, was Penny nicht entging.

«Liebe Cynthia, lieber Filippo», versuchte Penny davon abzulenken. «Ihr beide seid Schweizer, und das macht den Unterschied. Euer Land und eure Kulturen sind mit uns kaum vergleichbar. Die Schweiz ist seit Jahrhunderten eine Willensnation. Eure Vorfahren haben euch so geprägt, was ihr heute seid. Zugegeben, euer Demokratieverständnis ist beispielhaft. Italien aber hat eine andere Geschichte. Hier herrschen andere Sitten und gelten andere Regeln».

Penny legte abermals eine Pause ein, um auch sich selber zu besänftigen. Mit ruhiger Stimme, aber in sehr bestimmtem Tonfall versuchte sie Cosimos Entscheidung zu rechtfertigen: «Denkt daran: Auch eure Vorfahren hatten für Freiheit, Recht und Ordnung gekämpft. Und genau, das meine ich! Diese Auseinandersetzungen liegen zwar sehr lange zurück. Wo liegt da der Unterschied? Wir gehören nur einer neuen Generation an. Seid doch dankbar: Ihr und Euer Land wurden Gott sei Dank von solchen Ereignissen bisher verschont; oder hattet ihr jemals in eurem Leben dafür ernsthaft kämpfen müssen?»

Penny liess die Frage offen und fuhr weiter fort: «Filippo, Liebling, ich weiss was du bei den Nazis hast leiden müssen. Diesen Kampf aber hast du für dich allein geführt. Bei uns ticken jedoch die Uhren anders. Versteht doch, Cosimo ist Italiener wie ich. Ich verstehe seinen Entschluss. Wir Italiener sind in dieser Beziehung halt temperamentvoller und leben unser Leben emotionaler.»

«Das weiss ich alles auch», fuhr Filippo kopfschüttelnd dazwischen. «Vergiss nicht, mein Vater war auch Italiener. Hier geht es aber um meine Schwester und unsere Familie.»

«Allora! Jetzt bringst du es selber auf den Punkt. Manchmal kommt man nicht darum herum, für das zu kämpfen, was man liebt, und wenn es sein muss, sogar unter Einsatz seines Lebens. Ich bin überzeugt, Cosimo hat sich nicht für sich allein entschieden. Sein Entschluss ist ein Bekenntnis zu seiner Heimat, dort wo er seine Wurzeln hat und wo er mit dir, liebe Cynthia, glücklich sein will.»

Sichtlich ereifert unterbrach Penny ihr Plädoyer, um Luft zu holen. Nun wandte sie sich an Cynthia: «Mamma mia! Cosimo will doch nur das Beste für dich. Bitte lass ihn gehen. Er wird seine Meinung ohnehin nie ändern. Je mehr du ihm widersprichst, desto mehr wird er sich in die Sache verbeissen.»

Cynthia sass noch immer auf dem Schemel und starrte zwischen ihren Haarsträhnen hindurch auf den Boden. Im Raum machte sich eine lähmende Stille breit. Leise kehrte Cosimo nun ins Zimmer zurück und lehnte sich betroffen an die Wand. Offenbar hatte er Pennys Worte mitgehört. Filippo bewegte sich rastlos auf und ab.

Das lang anhaltende Schweigen wurde Penny bald zuviel. Jetzt war sie es, die wortlos den Raum verliess, jedoch nicht, weil sie sich ihrer Worte schämte. Nein, sie machte sich jetzt Vorwürfe, die Wahrheit so offen ausgesprochen zu haben. Sie war sich plötzlich nicht mehr sicher, ob sie damit der Sache mehr geschadet hatte, als ihr zu dienen.

Filippo eilte ihr nach. Im Garten holte er sie ein, wo sie neben der Haustüre weinend an die Hauswand lehnte. Pennys Augenbrauen zogen sich trotzig eng zusammen: «Was bin ich für eine Idiotin. Ich hätte besser schweigen sollen.»

Noch nie hatte Filippo sie so verzweifelt gesehen. Behutsam fasste er ihre Hand und versuchte sie zu beruhigen: «Das glaube ich nicht. Vielleicht haben wir diese Standpauke gebraucht. Ich verstehe dich; du hast als Frau und Italienerin gesprochen, und das macht genau den Unterschied. Du wirst sehen, morgen sieht meine Schwester die Sache bestimmt klarer. Lass ihr Zeit. Sie wird mit dir darüber bestimmt sprechen wollen. Ich mache mir vielmehr Sorgen um Cosimo.»

«Um Cosimo brauchst du dich nicht sorgen», entgegnete Penny immer noch trotzig. «Er hat über sich längst entschieden. Er geht dorthin, wohin sein Herz ihn ruft. Lass ihn und bete für sein Leben.»

Filippo schaute ihr in die Augen und staunte ein weiteres Mal. Langsam begriff er, dass Penny vermutlich als Einzige die Wahrheit erkannt hatte. Sie erwiderte seinen Blick. Der aufgebaute Trotz schien zu erlahmen. Sie legte den Kopf an seine Brust und begann zu weinen. Er drückte sie behutsam an sich und legte seine Hand auf ihr Haar.

⌘

Auf dem Fussboden lagen ein voll funktionstüchtiges Maschinengewehr, eine dazugehörende Lafette, sechs Maschinenpistolen, einige Karabiner, verschiedene Revolver und Pistolen, alles Waffen, offenbar aus deutschen Armeebeständen, sowie ein Minenwerfer älterer Bauart. Daneben stapelten sich kistenweise passende Munition sowie Handgranaten und *Nebelpetarden*[1]. Das spärliche Licht, welches von zwei von der Decke baumelnden Petrollampen sowie ein paar brennenden Kerzen ausging, beleuchtete das Arsenal leidlich, jedoch immerhin so gut, dass man erkennen konnte, dass es sich nicht um Waffenattrappen handelte.

Die vor der respektablen Auslegeordnung stehenden Männer beobachteten gespannt den Capitano. Die meisten von ihnen kannten den alten Haudegen, der schon im Ersten Weltkrieg von

---

[1] Nebelpetarde: Sprengmittel, um sich grossräumig künstlich einzunebeln.

sich reden machte. In der Zeit danach trat er der kommunistischen Partei bei und lernte bald einen weiteren Weggefährten kennen: Dionigi Superti, ein ehemaliger und mehrmals mit Tapferkeitsmedaillen ausgezeichneter *Alpini*[1]. Dieser jedoch gehörte der *Partito Repubblicano*[2] an, weswegen er wegen seiner politischen Gesinnung von den Faschisten mehrmals verhaftet worden war. Nichtsdestoweniger wurden beide von seinen Anhängern geliebt und bewundert. Obwohl sich die beiden oft wegen ihrer politischen Gesinnung in den Haaren lagen, gelang es ihnen bald, im Val d'Ossola eine Gruppe junger Männer um sich zu scharen. Diese Partisanengruppe hatte sich zum Ziel gesetzt, die deutschen Besatzer und ihre faschistischen Brüder mit allen Mitteln aus dem Tal zu werfen («*rastrellamento*»[3]) – ein in der Tat waghalsiges und schier unmöglich erscheinendes Unterfangen.

Wer dieser Capitano wirklich war und woher er kam, wusste niemand so genau. Selbst Mirko, der ebenfalls zugegen war in diesem gottverlassenen Schuppen eines stillgelegten Steinbruchs im unteren Teil des Valle Vigezzo, kannte ihn kaum. Sicher war nur, dass dieser Capitano und sein Kommandant, Dionigi Superti, es ernst mit ihren Zielen meinten.

Das konspirative Treffen wurde auf Geheiss von Superti in aller Herrgottsfrühe einberufen. Auch Cosimo liess sich dazu überreden. Bereits um drei Uhr in der Früh war er an den vereinbarten Ort geradelt.

Bevor sich der Capitano an die versammelte Gruppe richtete, zu der sich inzwischen noch andere, nicht zu den Fabrikarbeitern gehörende Männer gesellt hatten, musterte er die Anwesenden mit kritischem Blick. Langsam schritt er die Reihen ab, schaute jedem in die Augen und stellte dem einen oder anderen eine Frage. Den

---

[1] Alpini: 1872 gegründete zur Verteidigung der italienischen Alpengrenzen militärische Einheit, operierte dem Gelände und den hochalpinen Schwierigkeiten entsprechend in Form kleiner Angriffstruppen.

[2] Partito Repubblicano Italiano (PRI, Republikanische Partei Italiens): liberale Partei Italiens. Ursprünglich 1895 gegründet, war sie unter Benito Mussolini verboten.

[3] Rastrellamento: ital. für «durchkämmen» (harken) bzw. «Razzia»

Antworten nach zu schliessen, schien er mit der Rekrutierung zufrieden zu sein. Nachdem er sich wieder breitbeinig, die Arme in die Hüften gestemmt, vor die versammelte Gruppe gestellt hatte, begann er mit lauter Stimme zu sprechen: «Amici! Es ist ein Zeichen von Tapferkeit eures Freiheitswillens, dass ihr gekommen seid. Ich sehe, euch ist es nicht egal, wenn unsere Heimat von feigen Okkupanten besetzt wird, die unsere Frauen schänden, unsere Kinder missbrauchen und unser Hab und Gut stehlen, und dies alles, um ihre verwerflichen Ziele zu verfolgen.»

Etwas abseits stand Mirko, die Hände tief in den Taschen seiner Uniformhose gesteckt und hörte dem Anführer interessiert zu. In der Tat, dieser charismatische Mann verstand es wie kein anderer, Menschen in seinen Bann zu ziehen.

Mit kritischem Blick auf die versammelte Menge setzte Capitano Mario seine Rede fort und zeigte mit ausgestreckten Armen auf gut zwei Dutzend im Halbdunkel stehende, bis an die Zähne bewaffnete Männer: «Ich sehe, hinter euch stehen Genossen von euch, die es bereits bewiesen haben, für unsere Ideale zu kämpfen, und wenn nötig auch dafür zu sterben. Schaut, es sind dies alles Genossen, die zur fundamentalen Einsicht gelangt sind, dass nicht die Asche zu bewahren, sondern das Feuer unserer Traditionen am Leben zu erhalten ist. Die Waffen, die hier auf dem Boden liegen, haben sie dem Feind in den Bergen des *Apennin*[1] unter Lebensgefahr abgetrotzt. Seht her, allein die Tatsache, dass diese Waffen vor uns liegen, beweist, dass wir gemeinsam stark sind, und dass unsere Feinde nicht unbesiegbar sind. Lassen wir also den Drachen steigen, denn nur er lehrt es uns, dass wir dies gegen den Wind tun müssen.»

Seine Worte klangen heroisch, was jedoch nicht in jeder Hinsicht den Tatsachen entsprach. In Wirklichkeit tobten entlang der so genannten Gustav-Linie, einer quer durch Italien und längs des Apennins verlaufende Verteidigungslinie, auf beiden Seiten verzweifelte Gefechte. Die massivsten Kriegshandlungen wurden

---

[1] Apennin (ital. *gli Appennini*): ein 1500 km langer Gebirgszug, der die nach ihm benannte italienische Halbinsel in Nordwest-Südost-Richtung durchzieht.

zurzeit vom *Monte Cassino*[1] gemeldet, wo die deutschen Stellungen am stärksten ausgebaut waren. Der lang gezogene Hügel war ein wichtiger strategischer Punkt, um das Vordringen der Alliierten durch das Liri-Tal in Richtung Rom zu verhindern. Tatsache war, dass der alliierte Vorstoss dort bereits Mitte Januar 1944 zum Stillstand gekommen war. Seither standen die deutschen Stellungen unter Dauerbeschuss, allerdings mit hohen Verlusten auf beiden Seiten.

Capitano Mario setzte nun eine noch ernstere Miene auf. «Genossen! Wenn wir kämpfen wollen, brauchen wir nicht nur Waffen und Munition. Was wir jetzt brauchen, sind vor allem mutige und entschlossene Männer, solche, wie ihr es seid!» Der Capitano schaltete eine Kunstpause ein und blickte mit durchdringenden Blicken in die Runde: «Wir sind entschlossen zu kämpfen! Wenn ihr es auch seid, dann seid es bedingungslos! Wir sind eine verschworene Brüderschaft und dulden keine Verräter! Gegenüber Abtrünnigen kennen wir keine Gnade, genau so, wie wir auch gegen unseren Feind kein Erbarmen kennen. Wir kennen nur Sieg oder Tod.»

Ein Raunen ging durch die Menge, was der Capitano nutzte, um theatralisch einige Schritte auf und ab zu gehen. Gleich darauf setzte er seine Rede fort:

«Genossen! Es ist nicht wichtig, woher der Wind weht. Viel wichtiger ist es, wie wir die Segel setzen. Ich erwarte daher von euch den bedingungslosen Kampf gegen einen Feind, der unsere Heimat auszubeuten droht.» Abermals legte er eine Pause ein, um seine Worte wirken zu lassen. Nur das leise Atmen der Männer war noch zu hören. «Überlegt es euch gut. Jetzt ist noch Zeit, auszusteigen. Aber bedenkt, wer uns an den Feind verpfeift, der gilt als Verräter. Wer aber mitmacht, sei aufgenommen. Unser Kampf führt uns zum Sieg. Es lebe Italien - Viva la Patria!»

---

[1] Monte Cassino: ein 516 m hoher felsiger Hügel, westlich des Ortes Cassino (dem Romanischen *Cassinum*, später *San Germano* genannt) zwischen Rom (138 km südöstlich) und Neapel gelegen.

Nach diesem pathetischen Aufruf sah er der Reihe nach den Männern nochmals ins Gesicht, ehe er seinen Auftritt beendete. Zackig auf dem Absatz seiner Stiefel drehend, eilte er mit schnellen Schritten dem Ausgang entgegen. Zurück blieb ein schweigender Haufen von Männern, deren Blick zu Boden oder auf die todbringenden Waffen gerichtet war.

Nach geraumer Zeit trat Mirko vor die Gruppe an die Stelle, wo zuvor der Capitano seine flammende Rede gehalten hatte. Ebenso bestimmt, jedoch mit wesentlich leiserer Stimme ergriff er nun die Wortführung: «Männer! Der Capitano weiss, wovon er spricht. Auf ihn ist Verlass, und was er sagt, führt er durch. Vertraut ihm. Er ist gut ausgebildet und erfahren genug, und vor allem: er kennt die Strategien des Feindes wie kein anderer. Dank ihm und seinen Kämpfern haben die Deutschen schon viele schmerzliche Verluste erlitten. Daher: wer jetzt nicht mit uns mitgehen will, der verlasse den Raum und gehe nach Hause. Die Abtrünnigen aber vergessen dieses Treffen und sprechen mit niemandem darüber. Ihr habt es gehört: Gegenüber Verrätern kennen wir kein Erbarmen.»

Keiner der Männer rührte sich von der Stelle, was Mirko nach einer Weile befriedigt zur Kenntnis nahm: «Seid willkommen in unserem Kreis. Damit bekennt ihr euch zu uns. Kommt näher und hört, was ich euch zu berichten habe.»

Langsam traten die Männer näher und gruppierten sich um Mirko, der jetzt eine grosse Karte vom Valle d'Ossola aufrollte und auf den Boden legte. Das fahle Licht der Morgendämmerung, welches mittlerweile durch die matten Fenster des Schuppens drang, beleuchtete die Karte leidlich. Es genügte jedoch, um darauf von Hand gekritzelte Details erkennen zu lassen.

Als Mirko überzeugt war, dass alle ungehinderte Sicht hatten, begann er mit den Erläuterungen: «Ihr wisst, die Deutschen und einige unserer abtrünnigen Landsleute halten nicht nur den Bahnhof von Villadossola, sondern schon das ganze Dorf besetzt. Cosimo, du wohnst dort. Stimmt es, was ich sage?»

Nickend bestätigte Cosimo die Angaben.

«Also, Villadossola ist nicht nur für die Deutschen, sondern auch für unsere Ziele ein strategisch äusserst wichtiger Ort. Wer Villadossola besetzt hält, kontrolliert das ganze obere Tal. Wir müssen daher in einer ersten Phase mit allen verfügbaren Mitteln die Herrschaft über den Ort erlangen. Seht her, hier haben die Faschisten Maschinengewehrstellungen und Sperren eingerichtet. Damit kontrollieren sie den gesamten ein- und ausgehenden Verkehr.» Mirko zeigte mit einem Stock auf die Orte. «Das ist aber nicht alles. Gemäss unseren Informationen sollen in wenigen Tagen schwere Geschütze einer deutschen Infanteriedivision anrollen. Diese werden in der Folge bestimmt die Felder rund um das Dorf verminen. Was dies zu bedeuten hat, brauche ich wohl nicht zu erklären. Denkt an unsere Kinder. Wir müssen also rasch handeln und die jetzt noch schwachen Stellungen knacken, die Waffen und ihre Munition beschlagnahmen und die feindliche Mannschaft aufreiben. Das wird zweifellos eine schwere Operation werden. Denkt aber an unsere Familien, denkt an die Bevölkerung, die dort wohnt, und nochmals, denkt an unsere Kinder. Es wird wohl gut sein, wenn die Bevölkerung vor dem entscheidenden Moment das Dorf verlässt. Entsprechende Vorbereitungen haben wir bereits getroffen.» Mirko warf einen prüfenden Blick auf Cosimo. Danach schaute er wieder auf den Plan und zeigte auf Domodossola.

«In einem zweiten Schritt wollen wir Domodossola vom Feind befreien. Halten wir einmal diesen Ort in unserer Hand, wird es dem Feind unmöglich, das Tal zu kontrollieren. Mehr noch, damit stellen wir uns gegen die Deutschen, wenn sie sich weiter nach Norden zurückziehen müssen. Mit anderen Worten: Wir stoppen oder zumindest verlangsamen damit ihren Rückzug. Während die Alliierten von Süden heranrücken, nehmen wir sie im Norden in die Zange und können ausserdem verhindern, dass sie gegen den Simplon vorstossen. Aus zuverlässigen Quellen wissen wir, dass die Deutschen den Simplontunnel besetzen wollen, und sie werden alles daran setzen, diese wichtige Versorgungs- und Nachschubachse unter ihre Kontrolle zu bringen. Allerdings ist dann auch zu befürchten, dass sie den Tunnel sprengen würden, wenn ihnen das Wasser bis zum Halse reicht.»

Bei diesen Worten wurde das Gesicht Cosimos fahl und fahler. Er dachte an Cynthia und Filippo und wagte nicht, an die Folgen zu denken.

Mirko fuhr fort: «Capitano Mario verfügt über einige erfahrene Kämpfer. Sie werden euch in den nächsten Tagen mit der Handhabung dieser Waffen vertraut machen. Aber wir dürfen keine Zeit verlieren. Der Tag «X» ist bestimmt. Wir warten nur noch auf das passende Wetter. Nebel und Regen wären unsere besten Freunde. Wir verteilen jetzt die Waffen. Wer damit schon Erfahrung hat, der trete vor.»

Erstaunlicherweise hielten sich viele Männer für waffenkundig, was Mirko sichtlich erfreute. In groben Zügen gab er nun den Ausbildungsplan und die Orte dafür bekannt. Am Schluss der Instruktion beschwor er die Männer nochmals eindringlich, das Treffen als absolutes Geheimnis zu behandeln.

Die Partisanenbrigade, die es sich zum Ziel gesetzt hatte, die Nazis und Faschisten aus dem Ossolatal zu werfen, nahm damit immer konkretere Konturen an. Für Cosimo stand nun fest: Sein Herz schlug für Italien, und wenn es sein müsste, würde er sogar sein Leben dafür geben. Trotzig, aber entschlossen ergriff er eine Maschinenpistole deutscher Bauart und steckte sich dazu eine Schachtel mit passender Munition in die Tasche. Mechanisch schulterte er die Waffe und beschwor Mirko mit eindringlichen Worten: «Glaube mir, ich tue dies nicht, weil ich Cynthia nicht liebe. Bestimmt nicht! Aber mein Herz befiehlt mir, für mein Land zu kämpfen. Drum bitte ich dich, unternehme alles, was in deiner Macht steht, um meine Cynthia zu beschützen. Bring sie in Sicherheit. Wenn sie schon auf mich nicht hört, so glaubt sie dir vielleicht.»

Es war nicht zu übersehen: Cosimos Herz war gespalten. Verständnisvoll legte Mirko den Arm um Cosimos Schultern: «Du hast Recht. Es wäre das Beste, wenn Cynthia, ihr Bruder und Penny in die Schweiz gingen. Ich will sehen, was ich tun kann. Ich werde mit ihnen reden.»

Mirkos Worte zeigten Wirkung. Cosimo umarmte ihn hastig, bevor er sich von ihm abwandte. Er wusste, auf ihn war Verlass. Noch im Weggehen drückte er seine Hand.

⌘

Der Winter 1943 / 44 traf die Bevölkerung im Ossolatal mit voller Härte. Ein Grund war nicht nur die andauernde Lebensmittelknappheit. Selbst Brennholz stand den Menschen in den grösseren Orten kaum mehr zur Verfügung, und wer auf dem Lande noch über solches verfügte, ging damit äusserst sparsam um. Am meisten zu leiden aber hatte die Zivilbevölkerung durch die deutschen Okkupanten. Nach jedem Partisanenüberfall auf deutsche Stellungen ging die Waffen-SS gnadenlos vor, selbst gegen Unschuldige, Frauen oder Minderjährige. Es herrschte der dauernde Ausnahmezustand. Wer sich des Nachts im Freien aufhielt, riskierte es, verhaftet zu werden. Beim geringsten Verdacht, es könnten sich Widerstandskämpfer irgendwo noch versteckt halten, brannten die SS-Schergen die Schlupfwinkel kurzerhand nieder oder bombten die Häuser aus.

Die Stimmung im Hause Scarpi drückte gewaltig auf die Gemüter von Filippo, Cynthia und Penny, als Cosimo sich an jenem denkwürdigen Tag entschlossen hatte, sich den Partisanen anzuschliessen. Zwar hofften sie immer, er würde diesen Weg nie einschlagen. Insgeheim rechneten sie jedoch alle drei damit. Ihre Laune erlangte nochmals einen weiteren Tiefpunkt, als eines Abends Cosimo zusammen mit Mirko heimkehrte und Letzterer prophezeite, was sich im Ossolatal demnächst abspielen würde. Der offene Kampf auf den Strassen gegen die Deutschen sei in den nächsten Tagen nicht mehr auszuschliessen. Mit eindringlichen Worten riet er ihnen daraufhin, Italien so rasch wie möglich zu verlassen.

Cosimo schien für die Pläne der immer grösser werdenden Partisanenarmee begeistert zu sein. Als er schliesslich zusammen mit Mirko das Haus verliess, brach für die Zurückbleibenden eine Welt zusammen. Cynthia, der Verzweiflung nahe, weigerte sich standhaft, Mirkos Rat zu befolgen. Sie erachtete es als ihre höchste Pflicht dort zu sein, wo Cosimo sei – Krieg hin oder her. Selbst

Penny solidarisierte sich mit ihr und entschied, das Land nicht zu verlassen. Erst durch Filippos Beharrlichkeit, liessen sich die beiden Frauen wenigstens dazu bewegen, ihr Haus in Villadossola zu verlassen und nach Craveggia, in eine kleine Berggemeinde nahe der Schweizergrenze im Valle Vigezzo, zu übersiedeln. Das am Südhang des Tales liegende Dorf befand sich am Fuss eines wichtigen Übergangs in das bereits in der Schweiz liegende Valle Onsernone. Wenn die beiden Frauen schon in Italien bleiben wollten, sollten sie wenigstens jederzeit die Möglichkeit haben, auf dem schnellsten Weg das Land verlassen zu können. Ausserdem erkannte darin Cynthia eine Chance, dass sie Cosimo eher sehen konnte, als wenn sie im Tal unten bliebe, denn nahe der Landesgrenze und unweit vom Dorf befand sich das letzte Widerstandsnest der Partisanen. Inzwischen hatte sie erfahren, dass ihr Mann keiner Kampftruppe zugeteilt worden war, sondern für den Nachschub eingesetzt wurde. Mit einem alten klapprigen Lastwagen versorgte er vorgeschobene Partisaneneinheiten.

Wenige Tage danach packten Filippo, Cynthia und Penny das Allernotwendigste zusammen und verliessen das Haus in Villadossola. Die drei hatten das Glück, im Pfarrhaus zu Craveggia beim bereits hoch betagten Priester eine Bleibe zu finden. Allerdings war dabei auch Mirkos Einfluss im Spiel gewesen, denn er wusste, dass das Dorf vielen versprengten Partisanen, Flüchtlingen oder anderen Zivilpersonen als Versteck diente. Die meisten Dorfbewohner waren schon zu alt, um mit den ungewohnten Problemen allein fertig zu werden.

Fortan galt es nun für die beiden Frauen und für Filippo, nicht nur für sich selber, sondern in erster Linie für die hilflosen Menschen im Dorf zu sorgen. Dadurch verminderten sich die ohnehin spärlich verfügbaren Vorräte noch schneller. Die einzige Ziege im Stall der kleinen Pfarrei war schon dermassen abgemagert, dass ihre Stunden gezählt zu sein schienen. Das wenige, was Cynthia und Penny den Menschen und für sich selber noch als Mahlzeit herrichten konnten, waren getrocknete Kastanien vom vergangenen Jahr. Sie sollten die knurrenden Mägen sättigen, und der wenige noch vorhandene Vorrat von Mais und Kartoffeln wurde gehütet, als gälte es, einen Staatsschatz zu bewahren.

Als werdende Mutter litt besonders Penny unter der ständigen Lebensmittelknappheit. Und jedes Mal, wenn sie den hungernden Kindern in ihre flehenden Augen blickte, wurde sie von tiefstem Mitleid erfasst und gönnte ihnen mit tröstenden Worten noch ihre eigene Essensration: «Weinet nicht, Kinder, seid tapfer. Bald kommen bessere Zeiten.» Und kaum hatte die Sonne den letzten Schnee von den Wiesen weggeputzt, verkündete sie verheissungsvoll: «Gestern hat Daniele droben beim Acker Kartoffeln gesteckt. Habt Geduld, und wir haben wieder genug zu essen.»

Daniele, der älteste Sohn eines Bauern im Dorf, hatte wie sein Vater bisher das Glück gehabt, nicht in den Militärdienst eingezogen zu werden. Was aber die wenigsten wussten: sie hatten sich den Partisanen beide schon angeschlossen. Während sein Vater irgendwo in den Bergen kämpfte, blieb Daniele im Dorf zurück und setzte sich zusammen mit Filippo tatkräftig dafür ein, wenn es galt, die Not im Dorf zu lindern.

Überhaupt, Filippo schätzte Daniele ungemein. Dem stämmigen jungen Mann war keine Arbeit zu schwer. Aber auch Daniele litt Hunger. Genügsam und ohne zu klagen, gleich den beiden Frauen, die von der Dorfbevölkerung wie ein Geschenk des Himmels verehrt wurden, verrichtete er die harte Alltagsarbeit. Das Leben verlangte von allen das Äusserste. Selbst Penny, welche sich von der Front in Afrika her einiges gewohnt war, bekundete oft Mühe mit der Situation. In der Wüste waren es die inständigen Blicke von verwundeten Soldaten gewesen, die ihr das Herz schier brachen. Nun waren es bittende Kinderaugen, die nach Essbarem schrieen, oder es war der trübe Gesichtsausdruck von alten leidenden Menschen, der ihr auf den Magen schlug. Die Bilder blieben ihr unauslöschlich im Gedächtnis haften, so dass sie in der Nacht oft von wilden Alpträumen geschüttelt wurde.

Tag für Tag rangen sie ums nackte Überleben in der kleinen Berggemeinde. Trotz Müdigkeit wachten sie zuweilen ganze Nächte durch, nur weil sie wussten, dass im Schutz der Dunkelheit noch Flüchtlinge zu ihnen stossen würden, um von ihnen etwas Essbares zu erbitten. Viel Zeit verblieb den Menschen im Dorfe nicht. Ihr Alltag erreichte inzwischen einen Zustand, der ausweglos erschien. Ihr einziger Trost war: Sie hatten wenigstens die harten Wintermonate überlebt und hofften mit den länger werdenden Tagen im Sinne des aus den Tessiner Tälern stammenden alten Bauernspruchs, dass «...*das Aprilwasser* (Regen) *wie Öl auf den Wiesen und wie Feuer auf den Schwänzen der Ziegen wirke, so dass sie zu tanzen beginnen*».

Als ob dieser Spruch ein Naturgesetz bedeutete, brachte der Südwind endlich jene feuchte Luft aus dem Mittelmeerraum, die schliesslich am südlichen Alpenkamm als warmer Regen auf die durstige Erde fiel. Obwohl der Winter noch an den weissen Bergkuppen erkennbar war, streiften die Sonnenstrahlen bereits über ihre Grate und erwärmten die Böden des *Paese*. Fast täglich verschob sich die Schneegrenze in höhere Regionen. Die Menschen begrüssten das Frühjahr, als käme Gott zu ihnen persönlich auf Besuch.

Ihr einstiges Vorhaben, die Knollen der einzigen noch vorhandenen Kartoffeln oben in einem kleinen Acker hoch über dem Dorf zu pflanzen, war jedoch mehr einer Verzweiflungstat entsprungen. Sie hatten aber immer damit gerechnet, dass die wesentlich früher im Jahr vom Sonnenlicht verwöhnten Hänge diese wohl schneller keimen lassen, als wenn sie im Dorf unten angepflanzt worden wären. Ihr Mut begann jetzt im wahrsten Sinne des Wortes Früchte zu tragen: Die ersten Sprossen der vergrabenen Kartoffeln lugten bereits aus der Erde hervor.

Cynthia und Penny verfolgten das Wetter sehr genau und waren dankbar für jede positive Entwicklung. Nur von Cosimo fehlte jede Spur. Seit sie nun in Craveggia lebten, hatte sie von ihm kein Lebenszeichen mehr. Cynthia machte sich grosse Sorgen um ihn.

⌘

Ende April 1944 machten sich bei Penny erste Symptome bemerkbar, die ernst zu nehmen waren. Ständige Übelkeit und immer häufiger werdende Schwindelanfälle stellten sich ein, die ihr zusehends zu schaffen machten. Als ihre Beschwerden bald auch noch Angstzustände und Depressionen auslösten, entschloss sich Filippo, mit ihr zum Arzt nach Domodossola zu gehen.

Der Arzt, ein ungefähr siebzig Jahre alter, mittelgrosser Mann mit schlohweissem Haar und einer ramponierten Nickelbrille auf der Nase, empfing Penny und Filippo. Er bat sie sofort in die einfache Praxis einzutreten, als befürchtete er, von jemandem beobachtet zu werden. Während er Penny bat, sich zu setzen, komplimentierte er Filippo höflich ins Nebenzimmer, wo er warten müsste.

Die Diagnose liess nicht lange auf sich warten. Schon nach kurzer Zeit erkannte der Arzt, dass die Schwangerschaft im Grunde genommen völlig normal verlief. Die Symptome, unter denen sie in letzter Zeit gelitten hatte, seien vielmehr auf die mangelhafte Ernährung und ganz allgemein auf die Belastungen der letzten Monate zurück zu führen.

Nachdem der Arzt noch weitere Untersuchungen vorgenommen hatte, holte er Filippo ins Sprechzimmer zurück und beruhigte ihn, Pennys Zustand sei nicht Besorgnis erregend. Er riet ihnen, Penny sollte nun ein eisen- und kalziumhaltiges Aufbaupräparat einnehmen, fügte jedoch sogleich hinzu, dass es momentan ausserordentlich schwierig sei, ein solches Medikament überhaupt aufzutreiben. Im ganzen Tal würde die Grundversorgung in jeder Hinsicht schon längst von den Deutschen kontrolliert, und was an Medikamenten aufzutreiben war, würde kaum an die einheimische Bevölkerung abgegeben.

Während der Arzt das Rezept ausstellte, meinte er, am ehesten sei das Präparat noch in der Schweiz erhältlich, und da Filippo Schweizer sei, sollte dies wohl kein Problem sein.

Filippo weigerte sich zunächst, seine Frau in diesem Zustand aus lauter Fürsorge allein zu lassen. Er liess sich schliesslich überzeugen, zumal dies wohl die einzige Chance wäre, das Präparat überhaupt beschaffen zu können. Filippo machte sich schon am anderen Tag auf den Weg nach Locarno.

Die Reise in die Schweiz erwies sich als weit beschwerlicher und zeitintensiver als angenommen. Filippo wusste zwar, dass die Centovallibahn schon längere Zeit nicht mehr regelmässig bis nach Domodossola verkehrte. Die Strasse war ebenfalls nicht mehr problemlos befahrbar. An strategisch wichtigen Punkten hatten die Deutschen Sperren errichtet, und wo diese nicht von ihnen kontrolliert wurden, lief man Gefahr, auf Minen zu stossen. Aus diesem Grund entschloss sich Filippo, bis zur Landesgrenze auf Nebenwegen zu Fuss zu gehen, und hoffte, in Camedo, dem ersten Ort jenseits der Grenze, die Bahn zu erreichen, die ihn bis zur Endstation in Ponte Brolla fahren würde.

Doch er hatte Pech: Die Centovallibahn verkehrte auch auf Schweizer Boden schon längst nicht mehr regelmässig. Selbst der Bahnhofsvorstand wusste nicht, wann der nächste Zug eintreffen würde, und jedes Mal wenn Filippo ihn danach fragte, wurde er vertröstet. So vertrödelte er zwei volle Tage in diesem weltabgeschiedenen Dorf. Zu Fuss hätte er sein Ziel vielleicht schon längst erreicht.

Endlich, am dritten Tag, fuhr eine Zugskomposition mit zwei Güterwagen in den Bahnhof von Camedo ein. Die Wagen waren voll mit Lebensmitteln, Baumaterialien und längst überfälligen Postsendungen bepackt, was alles für die wenigen noch im Dorf lebenden Menschen oder die dort stationierten Soldaten einer Grenzbrigade bestimmt war.

Noch am gleichen Tag dampfte das Züglein wieder talwärts. Zwischen leeren Harassen und Kisten im hintersten Waggon hatte sich Filippo eingerichtet und machte es sich so gut wie möglich bequem, um die holprige Fahrt ohne Blessuren zu überstehen.

Die Reise wollte kein Ende nehmen. An jeder Station hielt der Zug, und man lud immer mehr Material in den Waggon, in dem sich Filippo niedergelassen hatte. Bald blieb ihm überhaupt keinen Raum mehr, um nur einigermassen sitzen zu können. Als der Zug schliesslich in *Intragna*[1] einen Halt einschaltete, warfen zu allem Überdruss zwei Bahnangestellte noch einige Säcke mit Getreide in den Waggon, so dass Filippo ganz an die Wand ausweichen musste. Seiner eigenen Bequemlichkeit zu liebe schichtete er die Säcke

---

[1] Intragna: Gemeinde am östlichen Ende des Centovalli am Zusammenfluss von Isorno und Melezza.

dann so um, dass ihm bis zum Schluss der Reise wenigstens noch Raum zum Stehen blieb.

Sichtlich froh, die Reise überstanden zu haben, setzte Filippo die letzte Strecke ab Ponte Brolla bis Locarno zu Fuss fort. Sein Weg führte zuerst dem Bachbett der Maggia entlang. Als er bei den ersten Häusern von Losone eingetroffen war, schielte er mit verstohlenem Blick rechts hinauf zum Monte Verità. Der Anblick des bewaldeten Hügels weckte in ihm Erinnerungen. Auf einer Mauer sitzend, gönnte er sich eine Pause und überlegte, ob er seinen Freunden im Hotel einen Besuch abstatten sollte. Er fragte sich, ob das Hotel überhaupt noch in Betrieb stand?

«*Wenn du es wissen willst, so geh doch hin und überzeuge dich!*» Erstaunt über Coniglio, der sich schon lange nicht mehr gemeldet hatte, überlegte Filippo eine Weile. Aber ehe er sich zu einem Entschluss durchgerungen hatte, spöttelte sein Ego munter drauflos: «*Du hast nun schon soviel Zeit vertrödelt, dann spielt doch dieser kleine Abstecher auch keine Rolle mehr.*»

Coniglios Logik überzeugte: Filippo konnte der Versuchung nicht widerstehen und änderte sein Vorhaben. Mit weiten Schritten stieg er den Berg hinauf, und je mehr er sich dem Hotel näherte, desto grösser wurde die Freude, alte Freunde und Bekannte anzutreffen.

Als er schliesslich vor dem Hotel stand und zur Fassade empor schaute, sinnierte er den vergangenen Zeiten nach, die er in diesem Haus verbracht hatte. Es war doch schon eine Weile her – und doch, kam es ihm vor, als wäre es erst gestern gewesen, als er diesen Ort verlassen hatte. Erwartungsvoll und mit klopfendem Herzen betrat er die Eingangshalle.

Als Filippo an der Rezeption das vertraute Gesicht von Gaetano erblickte, jubelte sein Gemüt und sah sich in frühere Zeiten zurückversetzt. Wie viele Male hatte ihm diese treue Seele geholfen, wenn es brenzlig wurde. Langsam ging er auf ihn zu. Gaetano schien hinter dem Tresen in etwas vertieft zu sein. Erst als Filippo direkt vor ihm stand und auf die Klingel schlug, die für ankommende Gäste auf der Theke stand, blickte er immer noch nachdenklich dreinschauend auf, wechselte jedoch sehr schnell seinen

Gesichtsausdruck: «Jetzt schau mal her – Filippo! Wo kommst denn du her?»

Filippo lachte über sein ganzes Gesicht und reichte ihm die Hand über den Tresen, die Gaetano sofort mit seinen beiden Händen ergriff. «Das ist aber eine Überraschung! Komm in mein Büro; ich glaube du hast mir viel zu erzählen.»

Die Begrüssung verlief nicht lautlos. Nach und nach gesellten sich viele Gesichter der alten Belegschaft zu ihnen. Das Wiedersehen war herzlich.

Nach Dienstschluss trafen sie sich wie zu alten Zeiten in der Küche, wo sie sich noch bis spät in die Nacht hinein längst vergangene Geschichten erzählten und Gaetano besonders in Fahrt kam, wenn er zu berichten wusste, welche Offiziere der Gestapo inzwischen zu den Stammgästen des Hauses gehörten. Dabei sträubten sich bei Filippo die Nackenhaare, wenn er nur schon deren Namen hörte.

Als Filippo vom eigentlichen Zweck seiner Reise berichtete, meinte Gaetano, dafür bräuchte er doch nicht nach Locarno zu gehen. Abrupt erhob er sich und verliess die Küche.

Eine Weile später kehrte er mit einer Papiertüte zurück, die er Filippo mit den Worten in die Hand drückte, darin befänden sich genügend Tabletten, um seiner Penny zu helfen. Er hätte diese vor einiger Zeit von seinem Arzt erhalten, als er ebenfalls unter solchen Mangelerscheinungen gelitten hatte. Er lobte das Präparat über alle Massen und versprach, Penny würde sich bestimmt schnell erholen.

Neugierig öffnete Filippo die Tüte und zog ein mit bräunlichen Tabletten noch halbvolles Fläschchen heraus. Auf der kleinen in lateinischer Sprache geschriebenen Etikette las er, dass die Tabletten allerlei chemische Substanzen enthielten, die aber den Stoffen entsprach, die der Arzt in Domodossola verschrieben hatte.

Erfreut wickelte er das Fläschchen in die Tüte und dankte Gaetano herzlich. Jetzt brauchte er nicht mehr nach Locarno zu gehen.

Zwei Uhr in der Früh war längst vorbei, als Filippo schliesslich Gaetano fragte, ob für ihn im Hotel noch ein freies Bett zur Verfügung stand.

«Kein Problem», meinte Gaetano und wies ihm seine ehemalige Schlafkammer zu, die seit seinem Weggang nicht mehr benützt worden sei.

Noch lange dachte Filippo über die Erlebnisse der letzten Stunden nach, bis er schliesslich zufrieden in Morpheus' Arme fiel.

⌘

Am Vormittag, als Filippo sein Schlafgemach verliess, hoffte er, in der Küche ein kleines Frühstück zu erhalten. In der Hotelhalle empfing ihn Gaetano mit ernster Miene und deutete wortlos auf die gegenüber liegende Wand. Ungläubig blickte Filippo in die angegebene Richtung, wo zahlreiche aktuelle Zeitungen, geordnet zwischen hölzernen Holmen eingeklemmt und an Haken hängend, interessierten Lesern zur Verfügung standen.

Filippo folgte der stummen Aufforderung. Gaetanos Blick liess bereits erahnen, dass in den Gazetten offenbar nichts Erfreuliches zu lesen war. Neugierig nahm Filippo die vorderste Zeitung vom Haken. Tatsächlich: schon die Schlagzeile liess Filippo den Atem anhalten:

Dreister Überfall auf den Bahnhof von Domodossola

Hastig überflog er den Untertitel:

Unbestätigten Meldungen zufolge soll es Widerstandskämpfern gelungen sein, den Bahnhof von Domodossola unter ihre Kontrolle zu bringen.

«Also doch», sagte sich Filippo und dachte sofort an Penny und seine Schwester. «*Das war also die Aktion, von der Mirko gesprochen hatte.*» Seine Augen bohrten sich geradezu in die Zeitung. Aufgeregt las er den anschliessenden Bericht:

Der taktisch gut vorbereitete Überfall auf den Bahnhof von Domodossola sorgt international für grosses Aufsehen. Den Partisanen ist es gelungen, zwanzig Soldaten der Faschisten-Armee zu überwältigen und ihnen Waffen und Munition abzunehmen. Augenzeugenberichten zufolge folgten daraufhin weitere Störaktionen an Einrichtungen der Eisenbahn, und in der Nacht überfielen die Partisanen die Kaserne der Faschistenarmee. Die überwältigten Soldaten wurden in die Schweiz abgeschoben.

Nachdem Filippo den Zeitungsartikel zu Ende gelesen hatte, legte er das Blatt nachdenklich zur Seite. Die Lust auf ein stärkendes Frühstück war ihm nach dieser Meldung gehörig vergangen. Immerhin stellte ihm Gaetano noch eine Tasse schwarzen Kaffee hin, den Filippo dankend entgegennahm. Wortlos schlürfte er das heisse Getränk.

Nach einer Weile schlug ihm Gaetano vor, dass er Filippo mit seinem Motorrad bis zur Grenze nach Camedo bringen könnte. Dankend nahm er das Angebot an und machte sich daraufhin rasch reisefertig. Noch vor der Dämmerung überschritt er die Landesgrenze und ging den restlichen Weg bis nach Craveggia zu Fuss. In der Abenddämmerung traf Filippo beim Pfarrhaus ein – es war auch höchste Zeit: Im Dorf herrschten schlimmere Zustände als vor Filippos Abreise. Craveggia glich einem Lazarett. Selbst in diesen späten Stunden bemühten sich Cynthia und der unermüdliche Daniele um verwundete Männer, verzweifelte Mütter und weinende Kinder, und, soweit es ihre Schwangerschaft überhaupt noch erlaubte, stand ihnen auch Penny bei. Filippo stellte jedoch sofort fest, dass ihr Zustand inzwischen Besorgnis erregend war. Auf ihrer Stirn stand kalter Schweiss, und aufkommender Schwindel zwang sie immer wieder, sich hinzulegen.

Filippo zeigte sich über die angetroffene Situation erschüttert. Von Daniele erfuhr er, was ihm die in der Kirche verwundet liegenden Männer berichtet hatten. Danach seien nach dem Überfall auf den Bahnhof von Domodossola bewaffnete deutsche und faschistische Einheiten bis weit in die Täler des Verbano und Ossola bis ins Canobbina und Vigezzo eingedrungen, um den Partisanen nachzustellen.

Zudem musste Filippo erfahren, dass vorgestern Nacht der Priester gestorben war. Penny berichtete, dass er bis zu seinem letzten Atemzug noch versucht hatte, die Not der Menschen zu lindern.

Trotz dieser Hiobsbotschaften, sorgte sich Filippo in erster Linie um Penny. Das Aufbaupräparat, welches er von Gaetano erhalten hatte, zeigte bald Wirkung. Schon nach zwei Tagen verbesserte sich Pennys Zustand merklich, was sich besonders daran messen liess, wie sie sich wieder voller Elan um die Notleidenden im Dorf kümmerte.

Deren Situation verschlechterte sich allerdings von Tag zu Tag noch mehr. Besonders nach Einbruch der Dämmerung stiessen versprengte Partisanen ins Dorf und baten um Hilfe. Die meisten von ihnen waren verwundet oder der Erschöpfung nahe. Viele von ihnen erzählten von schlimmen Ereignissen, die sich in den Bergen abspielen würden. Oft aber brachten sie auch Kleider, Brennholz und anderes mit, was sie im Dorf gut gebrauchen konnten, und ehe sie wieder in der Dunkelheit der Nacht untertauchten, assen sie noch eine kärgliche Mahlzeit. Verzweifelt hoffte Cynthia, wenn sie mit leerem Blick den Männern nachschaute, dass bald auch einmal ihr Mann unter ihnen sein würde.

Als wieder einmal bei Nacht und Nebel eine Gruppe Widerstandskämpfer das Dorf aufsuchte, waren die Gassen menschenleer. Die Gruppe wurde von Mirko angeführt. Nachdem sich die Männer in einem Stall ein Nachtlager eingerichtet hatten, ging Mirko zum Pfarrhaus, wo er im oberen Stockwerk ein erleuchtetes Fenster ausmachte.

Zaghaft klopfte er an die Tür. Nachdem sich aber auf sein Klopfen hin im Haus nichts regte, suchte Mirko nach einem Steinchen, welches er zum erleuchteten Fenster hoch warf.

Nach einer Weile erkannte Mirko seinen Freund Filippo, der sich am Fenster zeigte. Offenbar hatte Filippo den nächtlichen Besucher ebenfalls erkannt; denn kurz darauf standen sie sich unter der Eingangstür wortlos gegenüber.

Mirko reagierte als erster. Wortlos ging er auf Filippo zu und umarmte ihn flüchtig. Filippo wirkte darob zwar überrascht, doch forderte er ihn daraufhin stumm auf, einzutreten und ihm zu folgen. Im oberen Stockwerk angekommen, bot ihm Filippo einen

Stuhl an. Filippo blieb hinter der Lehne eines zweiten Stuhls stehen. Erwartungsvoll blickte er Mirko ins Gesicht.

Mirko wirkte erschöpft, doch ohne Umschweife begann er zu berichten: «Gut dass ich dich allein treffe. Ich bin mächtig froh, hier vorübergehend Zuflucht zu finden. In Domodossola und bis weit in die Täler ist nämlich der Teufel los. Unsere Brigade hat zwar bisher erfolgreich gekämpft. Doch die Verluste sind gross. Ich weiss nicht, wie lange wir die Stellungen noch halten können. Vielleicht müssen wir uns noch mehr in die Berge zurückziehen. Ich kann dir sagen, dann sind auch hier Kampfhandlungen nicht mehr auszuschliessen.»

«Wieso erzählst du mir das? Was erwartest du von mir?», entgegnete Filippo unwirsch. «Was soll dann mit den Leuten hier im Dorf geschehen? Habt ihr auch schon an sie gedacht, he?»

Die schiere Verzweiflung stand Filippo ins Gesicht geschrieben, doch Mirko blieb konsequent und überhörte die Anspielung: «Bitte bleib auf dem Teppich. Es gibt nur zwei Möglichkeiten: Entweder befolgt ihr endlich meinen Rat und geht alle zurück in die Schweiz. Die Grenze liegt ja nicht weit von hier.»

«Und wie lautet die Alternative?», fragte Filippo mit zynischem Unterton.

«Oder ihr bleibt hier und kümmert euch um die Leute im Dorf!», verdeutlichte Mirko scharf und setzte hinzu: «...und helft uns, unseren Kampf erfolgreich fortzusetzen» Jetzt sprach er zweifellos als Partisane, der Filippo für seine Ziele gewinnen wollte. Doch dieser wollte den wahren Sinn dieser Worte offenbar nicht begreifen. Filippo wechselte das Thema: «Wo hält sich eigentlich Cosimo auf? Lebt er noch?» Filippos Zweifel waren nicht zu überhören.

Die spontane Frage verwirrte Mirko. Wortlos starrte er Filippo eine Weile an. Er schien zu überlegen, bis er eher nebensächlich antwortete: «Ich habe gehört, er sei einer Nachschubeinheit zugeteilt. Offenbar ist er dort gut aufgehoben.»

Ungeachtet des unangenehmen Beigeschmacks der Aussage begnügte sich Filippo damit und schwieg. Tröstlich war wenigstens, dass sein Schwager nicht an vorderster Front kämpfte. Die nachfolgende Frage von Mirko traf Filippo dennoch unvorbereitet: «Wie ich gehört habe, pflegst du gute Kontakte zu Schweizer Zollbeamten und Offizieren der Schweizer Armee?» Mirko schaute ihm dabei fest in die Augen.

Sichtlich verwirrt stellte Filippo die Gegenfrage: «Wieso willst du das wissen?»

«Ich habe meine Gründe.»

«Nun gut», gab Filippo zu und setzte sich auf den Stuhl, dessen Lehne er bisher fest in seinem Griff gehalten hatte. «Ich habe vielleicht mal mit dem einen oder anderen Grenzsoldaten gesprochen. Aber das soll noch lange nicht heissen, dass ich deswegen gute Kontakte pflege, wie du eben sagtest.»

«Siehst du, genau das meine ich.» Mirkos Augen begannen zu funkeln und rückte seinen Stuhl neben Filippo. «Wenn du schon solche Leute kennst, dann könntest du uns helfen. Denk an Cosimo...» Er liess seine Worte wirken und fuhr fort: «...und stell deine Fähigkeiten nicht unter den Scheffel. Ich weiss, du hast dich schon oft in solchen Einsätzen bewährt – und gerade im Nachrichtendienst fehlen uns Leute wie du.»

«Bitte lass mich aus dem Spiel.» Vorwurfsvoll schaute er Mirko von der Seite an. «Und was spielt Cosimo dabei für eine Rolle?»

«Sehr viel. Überlege mal, Cynthia möchte bestimmt ihren Mann hin und wieder sehen. Ich könnte es arrangieren.»

«Willst du mich erpressen?» Filippo war entsetzt.

«Keineswegs.» Mirkos Antwort war zwar dürftig, er liess aber nicht locker: «Glaub mir, wir müssen alles versuchen, um an Informationen heran zu kommen.»

«Und wie stellst du dir das vor?», schien Filippo einzulenken.

«Ganz einfach, du beschaffst uns nützliche Informationen und Cosimo holt diese hier ab. So wäre doch allen gedient, oder?»

«Was bist du nur für ein ausgerechneter Halunke! Weshalb kann Cosimo nicht auch ohne mein Zutun nach Craveggia zu seiner Frau kommen?» Angewidert erhob er sich und wandte sich von Mirko ab.

Mirko beantwortete seine Frage nicht, insistierte jedoch weiter: «Ich sagte schon: Wir brauchen jede Information, um unsere Feinde zu schwächen, und wenn ihr schon hier bleiben wollt, dann könnt ihr uns auch helfen – nicht bloss der Alten und Kranken wegen.»

«Ich sage es nochmals, du bist ein Halunke und nicht besser als die Nazis und deine faschistischen Landsleute!» Filippo war empört. Sich wieder auf den Stuhl setzend, vergrub er den Kopf verzweifelt in seine Hände.

Nach einer längeren Pause des Schweigens hatte es sich Filippo überlegt: «Ich glaube bald, uns bleibt tatsächlich nur diese eine Möglichkeit. Penny und Cynthia bringe ich sowieso nicht von hier weg, solange von Cosimo kein Lebenszeichen kommt.»

«Ich wusste es!» Mirkos Triumph war nicht zu überhören, er versuchte aber sofort das Bild, welches Filippo soeben über ihn gezeichnet hatte, zu korrigieren: «Begreife doch, solange Krieg herrscht, ist Gnade nicht gefragt. Also machen wir das Beste daraus – wenn es auch pervers erscheint: Wenn du uns hilfst, helfen wir euch. Nur zusammen sind wir stark, und du wirst sehen, unsere Opfer werden nicht vergebens sein.»

«Hör auf, pathetisch zu werden», erzürnte sich Filippo. «Menschen wie du gehören ins Irrenhaus. Meint ihr wirklich, ihr seid unverwundbar? Am liebsten möchte ich auf und davon und alles vergessen. Ich frage mich, wofür opferst du dich? Für wen? Du sprichst davon, eure Opfer werden nicht vergebens sein!» Ohne Unterlass schüttelte Filippo den Kopf und raufte sich die Haare.

«Filippo, begreife endlich!» Väterlich rückte Mirko noch näher zu Filippo. «Ich weiss, Kriege sind einfacher zu führen, als mit seinem Gegner zu verhandeln. Aber du gehst bestimmt mit mir einig, mit diesen Hundesöhnen kann man nicht verhandeln. Also bleibt uns nichts anderes übrig, als zu kämpfen.

Hör zu: Was ich dir jetzt erzähle, bleibt unter uns. Die Angelegenheit ist streng geheim.»

Filippo horchte auf und Mirko vertraute ihm nun etwas an, was ihm tatsächlich die Sprache verschlug: «Demnächst starten wir eine Grossoffensive gegen die Deutschen. Dagegen war der Überfall auf den Bahnhof eine Kleinigkeit. Mehr darüber kann ich dir nicht verraten. Daher brauchen wir Informationen. Zwar verfügen wir schon über einen recht guten Nachrichtendienst. Der reicht sogar bis in die Schweiz hinein. Ja du hast richtig gehört: Eine unserer Zentralen befindet sich nämlich in einem Haus oberhalb von Ascona auf dem Anwesen dieses Barons. Ein Waldarbeiter – auch ein Schweizer übrigens – versorgt uns von dort aus laufend mit wertvollen Nachrichten.»

Filippo begriff lange nicht, was er eben gehört hatte. Nach einer längeren Pause doppelte Mirko nach: «Du siehst, du könntest uns auch gute Dienste leisten. Überleg es dir nicht lange. Die Zeit wird für alle knapp.»

Nach diesen Worten blickte Filippo langsam hoch und blickte seinem Gegenüber indigniert ins Gesicht. «Und wie stellst du dir das vor?».

«Das werde ich dir sagen, wenn du dich entschlossen hast, mit uns zu arbeiten. Ich lasse dir Zeit, über mein Angebot nachzudenken. Ich werden mich wieder melden.» Mirko erhob sich und packte Filippo an den Schultern. Mit stummer Geste verabschiedete er sich. Zurück blieb ein völlig konsternierter Filippo.

⌘

Nachdem Filippo die neue Entwicklung einigermassen begriffen hatte, wurde ihm klar, dass sie ihrem Leben auf lange Sicht in Craveggia nicht mehr sicher waren. Bisher hatten sie sich aufgrund der abgeschiedenen Lage noch darauf verlassen können, dass das Dorf nicht in den Strudel der Ereignisse im Tal hinein gezogen würde. Was Filippo aber überhaupt nicht in den Kopf gehen wollte, war, was Mirko ihm über das bereits funktionierende Verbindungsnetz erzählt hatte und dass sich eine ihrer Nachrichtenzentralen auf dem Anwesen des Barons befinden sollte.

«Was ist der Baron nur für ein Mensch?», dachte Filippo. *«Einerseits konspiriert er mit den Nazis und verdient sich dabei eine goldene Nase. Andrerseits duldet er auf seinem Grundstück eine Nachrichtenzentrale der Partisanenarmee.»*

«Hey Poppy!», unterbrach Coniglio seine Gedankengänge. *«Hast du dir auch schon überlegt, dass dies dem Baron vielleicht gar nicht bekannt ist?»*

«Der und etwas nicht wissen? Das glaubst du doch selber nicht; der ist viel zu gerissen. Überleg mal: Der weiss doch schon längst, dass die Deutschen keine Chance mehr haben, den Krieg zu gewinnen. Vielleicht will er eher ein Ende mit Schrecken, als ein Schrecken ohne Ende?»

«Das wäre ja ungeheuerlich!» Selbst Coniglio war über Filippos Logik erstaunt. *«Meinst du, Mirko weiss davon und will dich nur deshalb in das Netz einspannen?»*

«Das ist doch klar: ein Kurier mit Schweizerpass, was kann da noch schief gehen?»

«Poppy, das glaub ich nicht», korrigierte Coniglio. *«Denk nach; Mirko kennt doch deine Verbindungen zu namhaften Personen.»*

«Ach so, das meinst du, mmmh.» Filippo hatte begriffen auf was Coniglio anspielte, schob diesen Gedanken aber sofort weit von sich. Momentan verspürte er überhaupt keine Lust, sich nochmals als Agent missbrauchen zu lassen. Zu schlecht war ihm das Abenteuer auf der *Ile de France* in Erinnerung geblieben, als er für andere die Kastanien aus dem Feuer holen sollte. Für ihn blieb es nach wie vor klar: Wenn die Deutschen hier einfallen, blieben auch seine Verwandten und Freunde von Gemeinheiten bis hin zu Erschiessungen nicht mehr verschont, zumal von Craveggia aus schon einige Aktionen der Partisanen organisiert worden waren. Ausserdem führte von diesem Dorf aus der immer noch sicherste Fluchtweg über den Passo di San Antonio nach Spruga ins schweizerische Onsernonetal.

Am Abend erzählte Filippo den beiden Frauen vom Besuch Mirkos. Filippo merkte jedoch bald, dass Cynthia immer noch wenig

Gefallen daran fand, das Dorf zu verlassen. Sie stellte sich nach wie vor auf den Standpunkt, solange ihr Mann bei den Partisanen weilte, wollte sie wenigstens in seiner Nähe bleiben – geschehe was wolle.

Etwas differenzierter verhielt sich inzwischen Penny: Als stolze Italienerin hielt sie ihrer Schwägerin zwar noch die Stange. Als werdende Mutter räumte sie jetzt gegenüber Filippo jedoch ein, dass das Leben hier für sie und ihr gemeinsames Kind nicht mehr zu verantworten war. Wie aber dieses Problem gelöst werden sollte und wo sie sich auf lange Sicht niederlassen könnten, wusste sie selber nicht.

In diesem Konflikt wartete Filippo mit jedem Tag, dass sich endlich eine Gelegenheit ergeben würde, mit den beiden Frauen über ihre Flucht zu sprechen. Doch da war noch ein anderes Problem zu lösen, und das hiess Cosimo.

Nachdem Daniele an jenem warmen Abend nach einem spärlichen Abendessen das Pfarrhaus verlassen hatte, sassen Filippo, Penny und Cynthia in der Küche. Während die Frauen sich in Schweigen hüllten, ergriff Filippo die Gelegenheit, das Thema wieder aufzugreifen. Er wollte über seine Fluchtpläne reden. Dabei hatte er Daniele eine spezielle Rolle zugedacht, denn alle wussten, welch unschätzbarer Wert dieser Bursche für sie hatte. Denn nur dank seiner Ortskenntnisse und seiner Schlauheit war es bisher überhaupt möglich gewesen, den verzweifelten Soldaten und Zivilpersonen zu helfen und vielen einen sicheren Weg in die Schweiz zu ermöglichen. Hätte es auf der schweizerischen Seite im Onsernonetal nicht gleich denkende Menschen mit ähnlich grossem zivilen Ungehorsam gegeben, wären noch mehr Opfer zu beklagen gewesen. Für Filippo war es inzwischen klar: Danieles Kenntnisse sollten dafür verwendet werden, um Cosimo aus diesem elenden Konflikt herauszuhauen.

Mit ernster Miene unterbrach Filippo schliesslich das lange Schweigen: «Ist euch eigentlich klar, dass wir ein ernsthaftes Problem haben?» Abwechslungsweise schielte er auf Penny und seine Schwester.

«Fang nicht schon wieder damit an», antwortete Cynthia gehässig. «Sicher willst du wieder davon reden, dass wir Italien verlassen sollten.»

«Erraten, aber das Problem bin nicht ich oder Penny, nein, liebe Schwester, das Problem ist dein Mann. Wir wissen doch alle: Ohne Cosimo wirst du niemals mit uns in die Schweiz kommen.»

«Das ist mir neu. Seit wann denkt Penny gleich wie du?» Cynthia blickte verunsichert zu ihr hinüber. «Ich dachte, du willst in Italien bleiben?»

«Ich gehöre dorthin wo Filippo ist», entgegnete Penny überzeugt, «und vergiss nicht, unter meinem Herzen wächst ein Kind heran, für das Filippo und ich allein die Verantwortung tragen. Darüber sind wir uns inzwischen einig. Cynthia, bitte sei vernünftig! Komm mit uns. Es ist doch einerlei, ob du hier oder in der Schweiz auf deinen Mann wartest. Cosimo tut doch sowieso, was er will.»

«Heiliger Bimbam, sprich nicht in diesem Ton mit mir! Cosimo ist nicht so wie ihr denkt. Wenn er eine Möglichkeit sieht, dann kommt er zurück.» Die Verzweiflung stand Cynthia ins Gesicht geschrieben. Ihr Körper bebte.

Penny legte den Arm um ihre Schultern, doch Cynthia sträubte sich gegen die gut meinende Geste.

«Also gut», versuchte Filippo die Situation zu entschärfen. «Möchtest du, dass ich ihn suchen geh und mit ihm rede?»

«Wir wissen ja nicht, wo er sich aufhält. Wie willst du dann mit ihm reden?»

«Ich habe da so meine Verbindungen...» Filippo gab sich geheimnisvoll. «Morgen gehe ich nach Domodossola: Du weisst, wir müssen wieder einiges besorgen. Irgendjemand lässt sich bestimmt finden, der mir über Cosimos Aufenthalt etwas verraten kann.»

«Tu das», unterstützte Penny Filippo. «Vielleicht weiss der Bahnbeamte oder derjenige, den du letzthin im Zollamt getroffen hast, mehr darüber. Auf jeden Fall, dürfen wir nichts unversucht lassen.»

Unter Tränen bat Cynthia schliesslich flehend: «Bitte, bringt mir meinen Mann zurück!»

⌘

Das Gespräch blieb nicht ohne Folgen. Lange hatte Filippo auch über Mirkos Worte nachgedacht, und nachdem er sich danach weder hatte blicken noch etwas von sich hören lassen, entschloss sich Filippo, seinem Rat allen Bedenken zum Trotz zu folgen. Zuerst aber wollte er sich ein Bild von der Lage in und um Domodossola verschaffen. Dann wollte er sich nach Cosimos Aufenthaltsort umhören. Da jedoch das Datum von Pennys Niederkunft immer näher rückte, wollte er nichts überstürzen. Denn jetzt bedurfte die werdende Mutter erst recht seiner Nähe. Aber am meisten sorgte er sich um ihre Sicherheit und darum, dass ihr Kind in einer möglichst friedlichen Umgebung zur Welt kommen konnte. Wenn sich Penny schon nicht dazu überreden liess für die Geburt in die Schweiz zu gehen, dann sollte sie wenigstens das Dorf verlassen.

Auf Filippos entsprechende Bitte hin besorgte ihnen Daniele eine Unterkunft in einer Hütte, auf einer Alp, wo früher sein Vater das Vieh gesömmert hatte. Penny und Filippo zogen daraufhin, begleitet von Cynthia, auf die oberhalb von Craveggia liegende, zuhinterst im Tal befindliche *Alpe Piot*. Dort sollte Penny in aller Ruhe und Abgeschiedenheit ihr Kind zur Welt bringen.

Doch die Zeit bis zur Niederkunft erschien endlos lang. Immerhin zeigte sich das Wetter von der schönen Seite. Die Luft blieb jeden Tag trocken und die Temperaturen fielen in der Nacht kaum noch unter den Gefrierpunkt. Trotzdem war es am Abend nötig, den grossen Kamin in der einfachen Hütte einzufeuern. Holz war leidlich vorhanden; für wenige Tage sollte es reichen.

Am Vormittag des 16. Juni 1944 verabschiedete sich Filippo von Penny, um sich zur benachbarten Alp zu begeben. Dort wollte er die Ziegen melken, die ihnen Daniele überlassen hatte, um für das bevorstehende Ereignis vorbereitet zu sein. Doch kaum war Filippo aus dem Blickfeld verschwunden, verspürte Penny Wehen, die in immer kürzeren Abständen einander folgten. Sie legte sich, mit beiden Händen ihren rundlichen Unterleib haltend, auf das Nachtlager und hoffte, Filippo käme bald zurück. Als dann die Wehen noch intensiver wurden, überlegte sie, was sie tun sollte. Sollte sie laut nach Cynthia rufen, die oberhalb der Hütte am Waldrand Kräuter sammelte? Langsam beschlich sie Angst. Sie befürchtete bereits das Schlimmste, denn lange konnte es ihrem Gefühl nach nicht mehr dauern. Sie entschloss sich nach Cynthia zu rufen, solange sie dazu noch im Stande war.

Eine neue Wehe bahnte sich an. Als der Schmerz langsam nachliess, atmete sie tief durch. Mühsam erhob sie sich vom Lager und begab sich nach draussen. Aber bereits auf halbem Weg setzte die nächste Wehe ein. Der krampfartige Druck im Unterleib liess sie ihren Gang zwangsläufig verlangsamen. Sie setzte sich auf einen Stein und rief gequält nach Cynthia.

Die Wehen meldeten sich wieder in voller Stärke. Sie rief nochmals, diesmal bedeutend leiser, weil ihr der Schmerz fast jeden Laut im Hals ersticken liess. Der Ruf erstarb auf ihren Lippen. Sie krümmte sich; es war als durchströmte ein Blitz ihren Körper. Die eine Hand hielt den Unterleib. Mit der anderen stützte sie sich auf den Stein.

Ihr Ruf schien ungehört zu verhallen. Mit der Kraft einer Verzweifelten bäumte sie sich auf, um die wenigen Schritte zur Tür zu bewältigen. Sich kaum noch auf den Beinen haltend, schaffte sie es bis knapp davor. Gequält von erneuten Wehen schrie sie nochmals um Hilfe.

Cynthia wollte sich soeben auf den Heimweg begeben – in ihrem Weidekörbchen befanden sich zahlreiche Frühlingskräuter – da hörte sie Penny, die nach ihr rief. Cynthia reagierte sofort. Das Körbchen fest an sich gedrückt, dass ja nichts daraus fallen konnte, rannte sie den Hang hinunter, der Hütte zu.

Als sie Penny am Eingang erblickte, die sich am Türrahmen festklammerte, wusste sie: Es war keinen Augenblick zu früh. Sie eilte ihr entgegen und konnte sie im letzten Moment auffangen. «Bleib ruhig, das kriegen wir hin», beruhigte sie die Gebärende mit leisen Worten.

Nachdem Cynthia Penny in die Hütte geführt und sie behutsam auf das Strohlager gebettet hatte, ging sie zum Herd, in dem noch Glut schwelte. In einem Kupferkessel setzte sie Wasser zum Kochen auf. Dann legte sie dürres Reisig direkt über die noch schwach glimmende Asche. Behutsam blies sie in die Glut. Bald züngelten kleine, dann immer grösser werdende Flammen um den Kesselboden. Immer wieder blickte sie auf Penny, die ihren Unterbauch haltend, auf der einfachen Bettstatt lag. Zwischendurch begab sie sich zu ihr, um ihr mit einem feuchten Lappen die Stirn abzutupfen. Der Beistand tat Penny gut.

Nun zog sich Cynthia einen Holzschemel heran und stellte einen Holzzuber darauf. Darin sollte später das Neugeborene gebadet werden. Vorsichtig prüfte sie mit dem Zeigefinger die Wärme des Wassers im Kessel, der über dem offenen Herdfeuer an einer Kette baumelte.

Das Wasser war noch nicht zum Kochen gekommen, als Cynthia hinter ihr die Stimme Danieles vernahm, der zufällig des Weges kam. «Ist's soweit?», fragte er, mehr bestätigend, als fragend. Er trat näher und schaute Cynthia besorgt über die Schulter. Cynthia nickte stumm.

Ohne eine weitere Antwort abzuwarten, wusste Daniele, worin nun seine Aufgabe bestand. «Wo ist Filippo?»

«Er ging die Ziegen melken.»

«Ich gehe ihn holen.» Daniele wandte sich rasch ab und verliess die Hütte.

Cynthia konzentrierte sich jetzt voll und ganz auf das Bevorstehende. Schliesslich war es ihre erste Entbindung. Das Wenige, was sie darüber wusste, hatte ihr vor langer Zeit ihre Mutter erzählt. So liess sie sich von ihrer natürlichen Begabung leiten. Der mütterliche Instinkt, der allen Frauen angeboren ist, unterstützte sie nun in ihrer fürsorglichen Arbeit als Geburtshelferin.

Cynthia wirkte kein bisschen nervös. Es schien, als hätte sie schon Dutzenden von Kindern verholfen, das Licht der Welt zu erblicken. Immer wieder beugte sie sich über Penny und schaute ihr in die Augen, während sie ihr den Kopf leicht stützte. Ihre Mutter hatte gesagt, das helfe der Gebärenden beim Pressen.

Zwischen den Wehen legte sie frisch gewaschene Tücher auf den Tisch. Dann schwenkte sie den Kupferkessel vom Herd weg. Das Wasser sollte nicht zum Sieden kommen.

Penny sah Cynthia von ihrem Lager aus zu. Sie wirkte für den Augenblick sichtlich entspannter, obwohl ihr die Wehen immer wieder zu schaffen machten. Was würde es wohl sein? Ein Knabe? Ein Mädchen? Eigentlich war es ihr einerlei. Kurz darauf setzte die nächste Wehe ein – es war die alles entscheidende. Ein stechender Schmerz durchzuckte Pennys Körper – sie wollte schreien, doch ihr Hals war wie zugeschnürt.

«Jetzt – komm – ich sehe das Köpfchen – noch einmal – ja...pressen!!»

Pennys Bauchmuskeln spannten sich nochmals. Die Presswehen waren im vollen Gang. Mit aller Kraft presste Penny nun im Rhythmus der Wehen.

«Ja gut – nochmals – jetzt!», unterstützte sie Cynthia, und es schien, als hätte es diese Worte gebraucht.

Plötzlich ging alles sehr schnell. Ein kurzer, befreiender Aufschrei entglitt Pennys Lippen. Vorsichtig hielt Cynthia das kleine Köpfchen in der Hand, derweil Penny tapfer noch das Ihrige dazu beitrug.

Wie ein Fisch entglitt schliesslich das Kind dem Mutterleib; Cynthia fasste es mit sicherer Hand und gab dem Kleinen einen sanften Klaps auf das zarte Hinterteil. Der erste Schrei des Neugeborenen ertönte so laut, dass er bis nach draussen drang. Genau in diesem Augenblick traf Filippo ein und erlebte den schönsten Anblick für einen Vater.

«Es ist ein Knabe», verkündete Cynthia nicht ohne Stolz ihrem Bruder.

«Ein Sohn? Dann soll er Enrico heissen», entfuhr es Filippo spontan. Sichtlich stolz beobachtete der frisch gebackene Vater, wie seine Schwester das Kind vorsichtig badete.

«Steh nicht so nutzlos herum, schau du jetzt zur Mutter. In der Schüssel auf dem Schemel hat es feuchte Tücher. Wasche damit Penny Gesicht und Arme», kommandierte Cynthia ihren Bruder mit forscher Stimme.

Es war offensichtlich: Filippo hatte vor lauter Glück die Fassung verloren. Die Aufforderung seiner Schwester brachte ihn aber sofort in die Wirklichkeit zurück. Gehorsam wandte sich Filippo seiner Penny zu und tat wie geheissen.

Wenig später nahm Filippo seinen in frische Leinen gehüllten Stammhalter entgegen. Mit seinem Sohn im Arm setzte er sich auf die Kante des Schlaflagers und legte das Kind in die Arme der glücklichen Mutter. Penny war zwar erschöpft, doch ihre Augen leuchteten wie Sterne. Sanft drückte sie ihren Sohn an sich und küsste ihn auf die Stirn.

In diesem Augenblick begann die Unterlippe von Filippo vor Freude leise zu beben. Eine dicke Träne kullerte ihm über seine Wange.

⌘

In den Tagen nach Enricos Geburt überstürzten sich die Ereignisse. Während Penny mit ihrem Neugeborenen und Cynthia noch eine Weile auf der Alpe Piot verbrachten, begab sich Filippo bereits am nächsten Tag ins Tal hinunter, um das Nötigste zum Leben zu besorgen – sofern solches überhaupt noch erhältlich war. Er wollte auch die Gelegenheit nutzen, *Peter Bammatter*[1], dem für den nördlichen Abschnitt des Ossolatals und der angrenzenden Täler zuständigen Beamten beim Schweizer Zollamt, einen Besuch abzustatten. Filippo kannte den draufgängerischen Walliser von früheren Begegnungen her. Von ihm erhoffte er sich, ein Bild

---

[1] Peter Bammatter: Walliser Vize-Zolldirektor von 1941 bis 1945 in Domodossola

über die politische und militärische Situation im Ossolatal zu erhalten. Vielleicht konnte er ihm sogar Hinweise geben, wo sich Mirko oder Cosimo gegenwärtig aufhalten könnten.

Als Filippo dem Zollamt in Domodossola zustrebte, kam ihm Peter entgegen. Schon von weitem winkte er ihm mit einer Zeitung zu, die er in den Händen trug. «Salve Filippo! Was führt dich in diesen Hexenkessel?» Trotz der misslichen Lage rund um Domodossola versprühte der gewissenhafte Zollbeamte einen bemerkenswerten Frohmut.

Filippos Gesicht erhellte sich. «Salve! Gut, dass ich dich treffe. Ich wollte dich gerade besuchen. Eigentlich sollte ich ja bei der Mutter meines eben geborenen Sohnes bleiben.» Sie drückten sich die Hand zum Gruss.

«Wirklich? Herzliche Gratulation! Sind beide wohlauf?»

«Gott sei Dank. Es geht beiden gut. Ich wollte aber lieber, sie wären in Sicherheit.» Filippo schilderte Peter, wo sie sich momentan aufhielten und weshalb er sich um sie sorgte.

«Da lässt sich bestimmt eine Lösung finden», versuchte Peter zu beruhigen und schwenkte wieder die Zeitung. Dabei stach Filippo die Schlagzeile ins Auge, was dem Zollbeamten nicht verborgen blieb. «Schöne Schweinerei, was sich hier abspielt», meinte er und hielt Filippo die Zeitung so hin, dass er die Schlagzeile auf der Titelseite der Schweizer Tageszeitung lesen konnte. Filippo erschrak, als er zu lesen begann:

43 Partisanen in Fondotoce[1] von Deutschen erschossen

Hastig entriss ihm Filippo die Zeitung und überflog mit immer grösser werdenden Augen die nachfolgenden Zeilen:

Italienische Widerstandskämpfer liefern sich seit Mitte Juni 1944 im Valle d'Ossola und in den angrenzenden Täler mit deutschen Truppen heftige Gefechte. Auf beiden Seiten sind zahlreiche Verluste zu verzeichnen. Viele

---

[1] Fondotoce: Gemeinde Mergozzo am Lago di Mergozzo, einem kleinen Alpenrandsee unweit des Lago Maggiore, heute ein einmaliges Naturschutzgebiet.

Widerstandskämpfer wurden von den Deutschen gefangen genommen oder kurzerhand erschossen. Allein in Fondotoce sollen 43 Kämpfer der Partisanenbrigade Fabbri hingerichtet worden sein. Wie durch ein Wunder hat, unter einem Haufen von Leichen verborgen, einer von ihnen das Gemetzel überlebt, der von der Tragödie berichten konnte. Der Widerstand hat sich aber trotz dieser Vergeltungsschläge nicht brechen lassen. Dem Vernehmen nach planen die Partisanen weitere Offensiven.

Filippo verspürte ein Würgen im Hals – er ahnte Schlimmes.

«Was bedrückt dich?» Peter fiel es auf, dass die Meldung Filippo beschäftigte.

«Deswegen wollte ich dich ja aufsuchen», antwortete Filippo bedrückt. «So was Ähnliches hatte ich schon lange vermutet. Hoffentlich hat es mein Schwager nicht erwischt.»

Peter entging der sorgenvolle Gesichtsausdruck von Filippo nicht: «Wie heisst er?»

«Cosimo Scarpi», antwortete Filippo kurz und fügte wenig später hinzu, weil Peter nicht reagierte: «Er soll einer Brigade zugeteilt sein, die von einem gewissen Mirko angeführt wird.»

«Meinst du Ugo Scrittori? Den nennt man Mirko. Den kenne ich. Er soll sich mit seiner Brigade irgendwo in der Gegend von Finero im Valle Cannobina verschanzt haben.» Filippo staunte nicht schlecht, dass Peter so gut Bescheid wusste. Weiter erzählte er ihm, dass eben diese Partisanenbrigade inzwischen Cannobio, den nahe der Schweizergrenze am Lago Maggiore liegenden Ort, erobert hätte und jetzt das ganze Valle Cannobina bis hinauf nach Finero kontrollierte. Den höchst gelegenen Ort trennt das Tal vom nordwärts befindlichen Valle Vigezzo und ist von beiden Seiten nur über eine staubige Passstrasse erreichbar.

Diese Auskunft brachte Filippo in Bedrängnis. Einerseits wusste er zuhause seine Penny mit ihrem Sohn im Wochenbett – und Craveggia liegt im Valle Vigezzo. Andrerseits bot sich jetzt endlich eine Gelegenheit, vielleicht Cosimo zu finden. Er beschloss, auf dem schnellsten Weg auf die Alpe Piot zurückzukehren.

Hastig bedankte sich Filippo bei Peter für die wertvolle Information und wollte sich schon verabschieden. Aber der Zollbeamte hielt ihn zurück: «Wenn du wirklich ein Problem hast, komm später wieder bei mir vorbei. Vielleicht kann ich dir weiterhelfen.»

Dankbar über das Angebot drückte Filippo seine Hand und eilte schnurstracks davon. Unterwegs schusterte er sich bereits einen Plan zurecht, den er den beiden Frauen unterbreiten wollte.

⌘

Zur Überraschung Filippos stimmten Penny und Cynthia dem Plan sofort zu. So wollte er so rasch wie möglich aufbrechen und sich ins Gebiet begeben, wo Peter die beiden Männer vermutete.

Filippo war über die Lösung glücklich, zumal sich Daniele bereit erklärt hatte, während seiner Abwesenheit auf die Frauen und das Kind aufzupassen. Am anderen Tag machte sich Filippo auf den Weg. Die gewählte Route führte ihn zunächst ostwärts ins benachbarte Tal und von dort direkt in südlicher Richtung ins Valle Vigezzo hinunter. In einem knapp dreistündigen Marsch erreichte er um die Mittagszeit die Passhöhe bei Finero. Bei der Kirche traf er auf einen Aussenposten der Partisanen. Nachdem er sich zu erkennen gegeben und sein Anliegen vorgetragen hatte, führte man ihn zu Mirko. Nach einem kurzen Marsch auf eine Anhöhe oberhalb des Dorfs stand er dem Gesuchten gegenüber.

«Du hier?», waren anstelle einer Begrüssung dessen Worte, als er Filippo erkannt hatte. «Wer zum Teufel hat dir unseren Aufenthaltsort verraten?» Mirko schien ob dieser Feststellung ausser Fassung zu sein.

Filippo überging die Frage und kam sogleich zur Sache. Kurz gefasst berichtete er, was er zu berichten wusste. Darüber zeigte sich Mirko offensichtlich zufrieden. Doch von Cosimo war weit und breit keine Spur. Selbst Mirko hatte keine Ahnung, wo er sich momentan aufhalten könnte.

Nach dem kurzen Treffen verabschiedete sich Filippo enttäuscht. Als Filippo bereits einige Schritte gegangen war, rief ihm Mirko nach, vorsichtig zu sein. Auf keinen Fall dürften Spuren zu ihnen führen. Aber jede Information über den Feind wäre ihnen selbstverständlich von grösstem Nutzen.

Filippo nahm es zur Kenntnis, nicht aber ohne Hintergedanken. Würde die Lage zu brenzlig werden, würde er keine Sekunde zögern, mit Penny, seinem Sohn sowie mit Cynthia – auch gegen ihren Willen – auf dem schnellsten Weg in die Schweiz zu flüchten.

Wieder auf die Alpe Piot zurückgekehrt, war die Enttäuschung auf den Gesichtern der Frauen nicht zu übersehen. Cynthia behauptete immerhin, sie hätte von diesem Besuch nicht mehr erhofft, und meinte, Mirko hätte gelogen; der wolle nur nicht mit der Wahrheit herausrücken.

Am Abend eröffnete Filippo den beiden Frauen seinen Plan. Dabei versuchte er sie nochmals davon zu überzeugen, dass sie bei aufziehender Gefahr auf alle Fälle zusammen über den Pass flüchten würden – und wenn es sein müsste auch ohne Cosimo. Die beiden Frauen waren von dieser Idee zwar immer noch nicht begeistert, sahen jedoch jetzt zumindest ein, dass es in diesem Fall wohl für alle das Beste sei.

Mit neuem Elan begab sich Filippo am anderen Tag erneut nach Domodossola. Er nahm sich vor, Peter einen zweiten Besuch abzustatten. Jetzt wollte er mit ihm ihre Flucht besprechen.

Das Gespräch bei Peter auf dem Zollamt lohnte sich in verschiedener Hinsicht. Nachdem sie Filippos Pläne besprochen hatten – auch darüber, wie die Behörden auf der Schweizerseite über ihre allfällige Flucht zu informieren wären – bat Peter ihn um einen höchst eigenartigen Gefallen. Ohne Umschweife fragte er Filippo, ob er sich allenfalls zur Verfügung stellen könnte, am nächsten Tag die Lohngelder für die rund zwanzig in Domodossola tätigen Zollbeamten beim Schweizer Konsulat in Mailand abzuholen. Normalerweise würde er dies selbst erledigen. Er sei dieses Mal jedoch verhindert, weil er zu einem dringenden Rapport nach Brig beordert wurde. Eine andere dafür vertrauenswürdige Person stünde ihm auf die Schnelle nicht zur Verfügung, und da er wusste, dass Filippo in früheren Zeiten schon ähnlich heikle Aufgaben erledigt hatte, wäre er dafür der geeignete Mann.

Filippo verschlug es glatt die Sprache. Mit allem hatte er gerechnet, nur mit einer solch heiklen Bitte nicht. Blitzschnell überlegte er und dachte, wenn man ihm schon dieses Vertrauen schenkte, dann könnte ihm dies bestimmt für andere Angelegenheiten nützlich werden. Das Risiko, mit dem Geld erwischt zu werden, schätzte er als klein ein. Nach kurzer Bedenkzeit sagte er zu.

⌘

Der Tag, an dem Filippo auf dem schweizerischen Konsulat in Mailand die Lohngelder für die in Domodossola stationierten Zollbeamten abgeholt hatte, zeigte sich anfänglich noch von der besten Seite. Die Übergabe des Geldes erfolgte problemlos. In einem von einer Tageszeitung umhüllten Briefumschlag, trug Filippo nun das viele Geld auf sich.

Unverzüglich begab er sich daraufhin auf den Heimweg. Fröstelnd stand er nun auf dem Platz vor der faschistoid prunkhaft gestalteten *Stazione di Milano Centrale*[1] und wartete. Als die Zeit für seine Zugsverbindung nach Domodossola gekommen war, betrat er die grosse Bahnhofshalle. Schon von weitem nahm er die grossen, handgeschriebenen Plakate wahr, auf denen darauf hingewiesen wurde, dass es für Züge Richtung Norden wegen der unsicheren Lage um Domodossola zu Verspätungen oder Zugsausfällen kommen würde.

Sofort dachte Filippo an Mirko. Hatten vielleicht die Partisanen schon wieder zugeschlagen? Filippo blickte auf die grosse Uhr im Innern über dem wuchtigen Bahnhofsportal. Wenn er sich beeilte, könnte er den Nachmittagszug noch erreichen – sofern dieser Kurs nicht schon ausgefallen war.

Vor und auf den Perrons wimmelte es von schwarz uniformierten Soldaten. Dank seines Schweizerpasses durchging Filippo jedoch

---

[1] Stazione di Milano Centrale: oder auch nur Milano Centrale, 1931 eingeweiht, um den alten Hauptbahnhof von 1864 zu ersetzen.

ohne Probleme alle Kontrollen. Unbehelligt erreichte er den Perron und schliesslich den Zug, der wenig später Richtung Norden los dampfte.

Kurz nach *Gravellona Toce*[1] verlangsamte der Zug plötzlich die Fahrt. Auf offener Strecke kam er schliesslich zum Stehen.

Nach über drei Stunden der Ungewissheit streiften SS-Offiziere durch die Waggons und verkündeten feierlich, der Widerstand der Partisanen im Ossolatal sei dank des heroischen Einsatzes der deutschen Truppen erfolgreich niedergeschmettert worden. Der Zug würde weiter fahren, sobald die Strecke freigegeben worden sei.

Filippo ahnte schlimmes und überlegte. Wenn die Deutschen plötzlich auf die Idee kämen, die Passagiere zu durchsuchen, was dann? Bevor Filippo diese Möglichkeit weiter denken konnte, nahm ihm Coniglio die Antwort vorneweg; «*Poppy, ich rate dir, den Zug sofort zu verlassen. Jetzt hast du noch die Gelegenheit dazu. Wenn die dich mit dem vielen Geld erwischen, dann bist du geliefert.*»

Wie Recht seine innere Stimme behielt. Fluchtartig verliess er den immer noch stehenden Zug. In einem weiten Bogen sprang er vom Waggon und landete im dichten Gestrüpp des Bahnbords. Eilig richtete er sich auf und sprang wie vom Leibhaftigen gehetzt davon. Hinter sich hörte er die Rufe von deutschen Soldaten. Er glaubte auch, es sei nach ihm geschossen worden. Instinktiv duckte er sich und rannte weiter. Um jeden Preis und so rasch wie möglich wollte er zur Alpe Piot zurück.

Nach einer längeren Spurtstrecke gönnte er sich hinter einem halb zerfallenen Schopf eine Verschnaufpause. Der direkte Weg via Ossolatal dürfte nach den Ereignissen aller Voraussicht nach schwer zu passieren sein. Wenn es zu Kampfhandlungen gekommen war, waren diese vermutlich noch im Gange. Andrerseits erschien ihm der Weg durch das Valle Cannobina über den Pass bei Finero ins Valle Vigezzo ebenfalls zu riskant. Er wünschte

---

[1] Gravellona Toce: Gemeinde in der italienischen Provinz Verbano-Cusio-Ossola (VB), Region Piemont.

sich, jetzt die Pistole bei sich zu haben, die ihm seinerzeit Mirko geschenkt und die ihm schon einmal das Leben gerettet hatte. Er entschloss sich für den Umweg über die Schweiz durch das Centovalli.

Der gewählte Weg kostete Filippo viel Zeit. Erst zwei Tage später traf er in Craveggia ein. Zur grossen Erleichterung fand er auf der Alpe Piot die beiden Frauen unversehrt und wohlbehalten vor. Sie wussten von den Kämpfen und erzählten, in letzter Zeit seien daher im Dorf auch auffallend viele deutsche Soldaten gesehen worden. Die Bevölkerung verhielt sich noch ruhig. Die Angst vor Repressalien war allerdings gross.

Filippo wollte sich selber von der Lage überzeugen. Er war immerhin noch im Besitz der Lohngelder. Er beschloss, anderntags zu Peter auf das Zollamt nach Domodossola zu gehen. Vielleicht wusste er Näheres über die Ereignisse der letzten Tage.

Nachdem Filippo in Domodossola eingetroffen war, sah er an verschiedenen Orten Spuren wilder Verwüstung. Die Lage war jedoch ruhig – zu ruhig, dachte sich Filippo und beeilte sich, die Lohngelder so rasch wie möglich loszuwerden.

Auf dem Zollamt angekommen, zeigte sich Peter erleichtert. Er bat Filippo sofort zu sich in sein Büro. Was er ihm daraufhin erzählte, liess Filippo aufhorchen: Die Scharmützel der Aufständischen hatten offenbar schon kurz nach seiner Abreise nach Mailand begonnen. Zunächst richteten sich die Angriffe gegen Strassensperren und Waffenstellungen der faschistischen Truppen. Die Einrichtungen wurden in den frühen Morgenstunden mit einem gut koordinierten Überfall angegriffen und eingenommen.

Die Deutschen und ihre Verbündeten hatten nicht damit gerechnet. Der Angriff der Widerstandskämpfer kam für sie völlig unvorbereitet. Die Partisanen brachten die Stellungen samt den Waffen in ihren Besitz, ohne dass dabei nur ein einziger Schuss gefallen war.

Was allerdings danach geschehen war, wusste niemand so recht. Offenbar hatten sich die Widerstandskämpfer zu wenig Gedanken gemacht, auf welche Weise die eroberten Stellungen zu halten waren. Den Deutschen musste es später gelungen sein, den Überfall ihrer Kommandozentrale zu übermitteln. Wenig später rollten gepanzerte Fahrzeuge auf Domodossola und die umliegenden Dörfer zu. Die daraufhin hörbaren Feuergefechte seien kurz und heftig gewesen.

Wie es schon in den Zeitungen zu lesen war, bestätigte Peter, dass der Aufstand der Partisanen mit einem blutigen Gegenangriff nieder geschlagen worden war. Wer nicht schon beim Kampf gefallen war, wurde von der Waffen-SS standrechtlich erschossen oder zu Verhören verhaftet. Die wenigen, die hätten fliehen können, waren in den Untergrund abgetaucht. Auf die Frage Filippos hin, ob Peter über das Schicksal von Cosimo etwas wusste, hob er wortlos die Schultern und schüttelte den Kopf. Obwohl Filippo mit dieser Antwort gerechnet hatte, liess dies immerhin noch hoffen, dass sein Schwager sich nicht unter den Opfern befand.

Dagegen erzählte Peter, dass Mirko offenbar die Flucht gelungen sei. Er hätte sich mit einigen Getreuen in die Berge zurückgezogen, wo er eine neue Widerstandsgruppe aufbauen wollte.

Dies liess Filippo aufhorchen. Inzwischen glaubte er, Mirkos Verhalten zu kennen. Gewiss war er ins Valle Cannobino geflohen, dorthin, wo er ihn schon einmal getroffen hatte. Filippo beschloss, so rasch wie möglich nach Finero aufzubrechen. Wenn er Mirko tatsächlich dort antreffen sollte, wusste er bestimmt etwas über den Verbleib seines Schwagers.

⌘

Mirko aufzuspüren, war für Filippo auch dieses Mal nicht schwierig gewesen. Sein Quartier befand sich dieses Mal in einem abgelegenen leer stehenden Schafsstall am Rande des Dorfes von Finero. Nachdem Filippo verschiedene Wachtposten durchlaufen hatte, denen er sich als Freund zu erkennen geben wusste, schlug er sich schliesslich bis zu Mirko durch. Nach kurzer Begrüssung und der Frage, wo sich sein Schwager befinde, strahlte der Italiener übers ganze Gesicht. «Du bist ihm vielleicht begegnet.»

«Was sagst du? Cosimo ist hier?» Filippos Freude war grenzenlos.

«Genau das sagte ich», meinte Mirko und setzte sich auf den Rand der Futterkrippe.

«Was ist geschehen?», fragte Filippo ungeduldig.

Mirko erzählte Filippo nun eine Geschichte, die ihn schaudern liess. «Wir hatten riesiges Glück gehabt. Viele andere hat es aber erwischt – leider. Vielleicht hast du gehört, dass wir anfänglich den Deutschen und ihren Verbündeten gehörige Verluste beigebracht hatten. Nach unseren Überfällen hatten sie jedoch gegen uns die Übermacht. Die Schweine schossen von Flugzeugen aus auf uns. Wir mussten uns in den Wäldern verschanzen. Aber auch dort spürten sie uns auf. Cosimo und ein paar wenige von uns hatten glücklicherweise unerkannt entkommen können. Von hier aus wollen wir uns neu organisieren. Capitano Mario wird die Operationen leiten. Soviel ich weiss, wird eine Gruppe von uns morgen an einen anderen Ort verlegt. Darunter wird auch Cosimo sein.»

«Wo ist er?», fuhr Filippo dazwischen.

«Er schiebt Wache. Vielleicht triffst du ihn oben beim Wegkreuz.»

Ohne weitere Worte zu verlieren machte Filippo kehrt und verliess Mirkos Quartier. Er ging den gleichen Weg zurück, von wo er gekommen war und fragte sich von Posten zu Posten nach Cosimo durch – bis er auf ihn traf.

Katzenhaft vorsichtig, stets um sich schauend, schlich Cosimo aus dem Gebüsch. Misstrauisch kam er auf Filippo zu. Wenige Meter vor ihm hielt er inne. An seiner rechten Schulter baumelte eine halbautomatische Waffe. Langsam halfterte er sie ab, hielt sie jedoch lässig in der Hand, so dass er sie sofort in Schussstellung bringen könnte. Der starke Bartwuchs täuschte Filippo beinahe, dass sein Schwager vor ihm stand. Filippo ging auf ihn zu und umarmte ihn. Cosimos mit Schafsfellen gefüttertes Wams roch nach Schafsbock, Schweiss und Stroh.

Die bisher wortlose Begegnung liess eher auf Erleichterung schliessen, dass ihnen beiden bisher nichts Ernsthaftes zugestossen war. Cosimo befreite sich als Erster aus der Umarmung. «Woher wusstest du wo ich bin?»

«Das ist eine lange Geschichte. Viel wichtiger ist, dass du wohlauf bist.» Filippo wich der Frage bewusst aus. Seinen Schwager in die Augen blickend, suchte er nach Worten.

«Wie geht es Cynthia?», unterbrach Cosimo die eintretende Pause.

«Wie soll es ihr schon gehen? Sie vermisst dich sehr. Weshalb hast du dich bei ihr nie gemeldet?»

Betroffen schaute Cosimo zu Boden. Er sah erbärmlich aus, wie er mit hängenden Schultern vor Filippo stand. Die Maschinenpistole baumelte schlaff an seiner Seite, die Stiefel waren schon seit Tagen nicht mehr geputzt worden. Seine sonst prächtige Haartracht war ungepflegt und verfilzt; die ihm mittlerweile bis über den Kragen reichte.

Zwischen den Männern baute sich erneut Ratlosigkeit auf. Keiner fand passende Worte, bis Filippo sich einen Ruck gab und versuchte auf Cosimo einzuwirken – so wie sie es gegenseitig schon mehrmals getan hatten, als sie in einer Krise steckten.

«Kopf hoch, auch wenn wir dein Verhalten nicht verstehen. Du brauchst dir unseretwegen keine Sorgen zu machen. Das Leben in Craveggia ist zwar hart. Aber glaube mir, auf unsere Frauen dürfen wir stolz sein. Sie sind wunderbar, und ich bin inzwischen erst noch Vater geworden; ein Knabe, Enrico heisst er.»

Langsam hob Cosimo den Kopf. Ein leiser Zug von Freude erhellte sein Gesicht: «Das freut mich für euch. Wie hat es Cynthia aufgenommen?»

«Eigentlich ganz gut. Schliesslich hat sie unseren Enrico auch zur Welt gebracht. Sie war eine wunderbare Hebamme.» Über Cosimos Gesicht huschte jetzt sogar ein Lächeln.

Filippo erzählte vom Leben im Dorf. Cosimo schien jedoch nur halbwegs zuzuhören, was Filippo keinesfalls verborgen blieb. Den Mann plagten zweifellos grosse Gewissensbisse. Mit verständnisvollen Worten liess Filippo nichts unversucht, wieder zu ihm durchzudringen: «Gräme dich nicht. Du hast ja nur auf den Ruf deines Herzens gehört. Bleib dir weiter treu.»

Die Worte verfehlten ihre Wirkung nicht. Cosimo schien erleichtert. Er suchte nach Worten. «Du hast dich meinetwegen in grosse Gefahr begeben. Wer weiss noch von diesem Treffen?»

«Nur Penny und Cynthia, sonst niemand – doch, da ist noch Daniele, der Sohn des Bauern oberhalb der Kirche von Craveggia. Kennst du ihn?»

Cosimo lächelte: «Wer kennt Daniele nicht. Er ist einer von uns.»

Jetzt war es Filippo, der staunte: «Das wusste ich nicht.»

«Daniele ist ein wunderbarer Kerl. Dank ihm sind wir stets auf dem Laufenden, was im Tal vor sich geht. Weisst du, dass auf uns Kopfgelder ausgesetzt worden sind? Wir leben seit dem letzten Überfall in steter Gefahr, entdeckt zu werden. Gnade uns Gott, wenn die uns erwischen. Wir wechseln deshalb öfters unsere Stellungen. Das hindert uns aber nicht daran, trotzdem ins Tal hinab zu steigen und uns mit kleineren und grösseren Störaktionen bemerkbar zu machen. Bisher mit ziemlichem Erfolg. Auf diese Weise beschaffen wir uns Nahrungsmittel, Waffen, Munition und Sprengstoff. Aber das Leben im Untergrund ist hart.»

Filippo stutzte. Prüfend, sich an einen Baum lehnend, fragte er seinen Schwager: «Welcher Brigade bist du zugeteilt?»

Cosimo wich der Frage geschickt aus, liess aber mit der Gegenfrage durchblicken, dass er nun ein fester Bestandteil dieser Kampftruppe geworden war: «Was weisst du über uns?»

«Eigentlich nicht viel, oder gerade mal soviel, dass Capitano Mario eine neue Brigade aufbauen will und Mirko dazugehört.»

Cosimo dachte einen Moment nach. «Dann weisst du sehr viel. Behalte das aber für dich. Je mehr davon wissen, desto mehr laufen wir Gefahr, entdeckt zu werden.»

Filippo unterliess es, weitere Fragen zu stellen.

«Komm setz dich.» Bedächtig begann Cosimo zu erzählen: «Ich erzähle dir jetzt eine Geschichte, die – so wahr mir Gott helfe – leider der Wahrheit entspricht». Filippo tat wie geheissen. Sie setzten sich auf einen Felsvorsprung. «Irgendwann erfährst du es sowieso; dann ist es besser, du hörst es von mir.

Ja, es stimmt, ich gehöre jetzt der Brigade Fabbri an. Morgen soll unsere Einheit unter dem Kommando von Mirko ins Tal verlegt werden. Ich vertraue ihm. Er ist uns allen ein Vorbild, und vor allem hat er gute Verbindungen zu Nachrichtenleuten. Übrigens, darunter sollen sich auch einige Schweizer befinden. Von diesen hat er in den letzten Wochen ungeheuerliches erfahren.»

Filippos Augen klebten förmlich an Cosimos Mund.

«Kennst du Hitlers Abwehrchef, Admiral Wilhelm Canaris?», setzte Cosimo seine Schilderungen fort.

«Ich weiss, wer er ist, aber kennen – nein.»

«Tut nichts zur Sache. Also, dieser Canaris hatte schon lange mit dem Baron kooperiert. Schon vor einiger Zeit war über die Bank des Barons ein Geldtransfer erfolgt, der Bestandteil einer kühnen Aktion werden sollte. Mit einigen Vertrauten wollte Canaris damit deutsche Juden in die Schweiz einschleusen. Mit dieser Aktion handelte sich der Abwehrchef aber grosse Probleme mit der Gestapo ein. Kurz zusammengefasst, die Aktion ging daneben. Den meisten deutschen Juden gelang zwar die Flucht in die Schweiz, doch hatte sie für die Beteiligten zum Teil fatale Folgen. So versuchte der Baron sich bei den Schweizer Behörden vom Vorwurf rein zu waschen, ein Bankier der Nazis zu sein. Dabei wusste der Baron gar nicht, dass der dafür bestimmte Geldbetrag für Juden bestimmt gewesen war. Für ihn war es nur einfach eine Transaktion mehr, die über seine Bank lief.

Anders entschied das Schicksal für Canaris und einigen Juden, die der Gestapo in die Hände gefallen waren. Nicht zuletzt wegen dieser Judenaktion verfügte die Gestapo über eine Handhabe, um gegen die seit langem in Verdacht stehende Gruppe um Canaris vorzugehen. Man fand bei ihm belastendes Material. Canaris wurde mit seinen Getreuen im vergangenen April im KZ Flossenbürg hingerichtet. Schade um diesen Mann; er war einer der wenigen, der diesem Wahnsinn endlich ein Ende hätte setzen können.»

«Was hat das mit uns zu tun?» Filippo sah darin keinen Zusammenhang.

«Sehr viel sogar. Du wirst es zwar kaum glauben, aber ich schwöre, was ich dir erzähle, ist wahr.» Cosimos Gesichtsausdruck wurde noch ernster.

«Um wie viele Juden es sich bei dieser Aktion gehandelt haben soll», fuhr Cosimo fort, «wissen wir nicht. Aber so viel ist klar: Im letzten Herbst wurden innert zweier Wochen Dutzende von Juden aus Hotels und Villen am Lago Maggiore gezerrt und von SS-Sonderkommandos ermordet. Etliche von ihnen wurden deportiert, vermutlich in die berüchtigten KZ der Nazis. Die armen Teufel hatten sich vermutlich ausgerechnet, hier in Italien am Lago wären sie wenigstens vorübergehend sicher, und warteten auf eine günstige Gelegenheit, um in die rettende Schweiz zu gelangen. Wir wissen auch von einem besonders gemeinen Fall, wo die SS bei der roten *Casa Cantoniera*[1] in Meina verschleppte Juden erschossen, danach die Leichen mit Stacheldraht umwickelt und mit Steinen beschwert im See versenkt hatten.»

Filippo war sprachlos und schüttelte erstaunt den Kopf.

«Es kommt noch viel dicker: Wir haben dies nur deshalb erfahren, weil tags darauf dieselben Soldaten mit ihren nächtlichen Taten prahlten und dabei Wertgegenstände der umgebrachten Juden, welche sie ihnen abgenommen hatten, zum Kauf anboten. Ausserdem tauchte in der folgenden Zeit eine Leiche nach der anderen wieder aus dem See auf und wurde an Land gespült. Aber selbst dies hielt das Mordkommando noch nicht vor weiteren Gräueltaten ab. Die letzten vier noch in der Casa Cantoniera lebenden Juden, ein Grossvater und seine drei zwischen zwölf und siebzehn Jahre alten Enkelkinder waren die nächsten Opfer, und wegen der auftauchenden Seeleichen drohten ihnen die Soldaten, wenn wieder Leichen auftauchen würden, hätte der Grossvater persönlich dafür zu sorgen, dass diese für immer auf dem Grund

---

[1] Casa Cantoniera: Strassenwärterhäuschen, ital.

blieben – und wenn sie dafür die leblosen Körper mit Bajonetten durchstechen müssten.»

Sprachlos und ungläubig starrte Filippo seinen Schwager an.

«Ich sage dir, diese Schweine töten aus schierer Mordlust. Und jetzt halt dich fest: Bei diesen Sonderkommandos, die übrigens zur berüchtigten Leibstandarte Adolf Hitler gehören, befindet sich auch eine dir bekannte Person.»

Filippo vermutete schnell, wer Cosimo damit meinte. «Sag jetzt nur, du meinst Heydenreich?»

«Ja.» Zornerfüllt presste Cosimos dieses Wort hervor und biss in ohnmächtiger Verzweiflung auf die Lippen. «Unser gemeinsamer Freund wurde nämlich mittlerweile vom obersten für Norditalien zuständigen *SS-Polizeiführer Wolff*[1] höchstpersönlich zum *Standartenführer*[2] der Waffen-SS befördert und nach Norditalien abkommandiert.»

Die Worte trafen Filippo wie ein Schlag in die Magengrube.

Als würde sich Cosimo von etwas Unangenehmen befreien wollen, berichtete er weiter: «Heydenreich war zweifellos für die Aktionen im letzten Herbst in Stresa und in Meina mitverantwortlich gewesen. Dieser Nazi ist tatsächlich so ein Typ; der kann sich noch so fein waschen und noch so fein parfümieren, der stinkt noch hundert Meilen gegen den Wind. Der Gipfel des Zynismus ist aber, dass diese von ihm befehligten Sonderkommandos zur Hauptsache aus überlebenden Fröntlern des Russlandfeldzugs bestanden haben, die sich, wie es hiess, *an unserem schönen See von früheren Strapazen erholen wollten*. Sie seien jedoch vor allem besoffen gewesen. Jetzt begreifst du auch, weshalb ich mich Mirko ange-

---

[1] Karl Friedrich Otto Wolff (* 13. Mai 1900 in Darmstadt; † 17. Juli 1984 in Rosenheim): hoher Offizier der SS und Chef des *Persönlichen Stabes Reichsführer-SS*, von Heinrich Himmler im Juli 1943 zum *Höchsten SS- und Polizeiführer* in Italien berufen, mit dem Auftrag, nach Befreiung des am 25. Juli 1943 von seinen Landsleuten verhafteten Mussolini dessen zivile Machtübernahme in die Wege zu leiten.

[2] Standartenführer: SS-Dienstrang, entspricht dem Obersten der Wehrmacht oder dem Kapitän zur See

schlossen habe. Wir wollen diesem Wahnsinn endlich ein Ende setzen.»

Das war zuviel für Filippos Gemüt. Sich von Cosimo abwendend, würgte er die aufkommende Übelkeit hinunter.

Eine Weile verharrten die Männer wortlos auf dem Felsvorsprung. Nur das leise Säuseln des Windes in den Baumkronen war zu hören. Cosimo zeigte Geduld und wartete, bis sein Schwager sich etwas beruhigt hatte. Er kannte das Gefühl; auch er hatte deswegen schon oft schlaflose Nächte gehabt. Cosimo reichte ihm die Feldflasche. Filippo nahm sie dankend an und zog den Zapfen aus dem Flaschenhals.

Nach einigen Schlucken setzte er die Flasche ab und wischte sich über den Mund: «Das ist das Schlimmste, was ich je gehört habe. Dieser Irrsinn kann doch so nicht ewig weiter gehen!» Filippo erhob sich und gab Cosimo die Feldflasche zurück. «Ich möchte mit dir in Kontakt bleiben. Was schlägst du vor? Du weisst, Cynthia möchte um jeden Preis ein Lebenszeichen von dir.»

Nach einer kurzen Überlegungspause schien Cosimo eine Antwort gefunden zu haben: «Du hattest vorher Daniele erwähnt, oder?»

Filippo nickte, worauf Cosimo erwiderte: «Was ich dir jetzt sage, das behalte bitte ebenfalls für dich. Wie ich schon sagte: Daniele ist für uns ein unschätzbarer Informant. Von Zeit zu Zeit treffen wir ihn an einem Ort, den ich dir lieber nicht verrate. Aber soviel ich weiss, ist er auch Messdiener in der Kirche zu Craveggia. Wenn ich ihn das nächste Mal treffe, werde ich mit ihm sprechen. Über ihn könnten wir in Verbindung bleiben. Daniele darf zwar keine Beichten abnehmen, aber das wissen nur wenige Leute. Als Messdiener gekleidet im Beichtstuhl könnte er euch und uns weitere gute Dienste leisten. Über Daniele wirst du wieder von mir hören. Verrate dies aber nicht unseren Frauen.»

Fassungslos hörte Filippo diese Worte. Was Cosimo ihm da erzählte, war ungeheuerlich. Damit wurde er nicht nur zum Mitwisser – nein! Jetzt sah sich Filippo definitiv ganz in diesen Krieg hinein gezogen. Er begann, sein Schicksal immer mehr zu hassen. Blanker Zorn stieg ihm hoch. Wortlos setzte er sich wieder auf dem Felsblock und dachte nach. Es war wohl wieder so ein Wink des Schicksals, welches ihm einmal mehr keine Alternative bot. Doch da er sich seiner Familie verpflichtet fühlte – und dazu zählte er inzwischen auch Penny und Enrico – blieb ihm offenbar keine andere Wahl, als dieses Drama mitzuspielen. Dabei richteten sich seine Gedanken plötzlich auf seinen ewigen Widersacher, Heydenreich. Er wünschte sich, ihre Wege würden sich noch einmal kreuzen...

Cosimo glaubte, die Gefühle seines Freunds erkannt zu haben. Er setzte sich neben ihn und versuchte abzulenken: «Wie geht es Penny?»

Es dauerte eine Weile, bis Filippo reagierte: «Sie hat sich gut erholt.» Man sah es Filippo jedoch an, dass seine Gedanken woanders waren.

«Das freut mich; lasse sie von mir grüssen. Ich bewundere unsere Frauen. Ich glaube, wir haben die besten der Welt.»

Filippo nickte, was aber Cosimo nicht sehen konnte. Sich nun zu ihm hinwendend entgegnete er flehend. «Bitte, komm zurück. Cynthia wartet auf dich. Ohne dich ist sie nicht zu bewegen, Italien zu verlassen.»

«Mein Platz ist hier – wenigsten vorläufig», widersprach Cosimo trotzig. «Richte ihr bitte aus, wenn die Sache überstanden ist, will ich den Rest meines Lebens nur mit ihr verbringen.»

Filippo schüttelte den Kopf: «Du bist ein sturer Bock. Sieh doch ein, sie wartet auf dich. Sie ist verzweifelt!»

Doch alle Worte nützten nichts; Cosimo war nicht umzustimmen.

Stumm sassen sie noch eine Weile nebeneinander. Jeder hing seinen Gedanken nach. Erst ein auffälliger Laut unterbrach die Stille. Cosimo horchte als Erster auf. Das verdächtige Geräusch kam von der Strasse her. Er legte den Zeigefinger auf den Mund und stand auf. «Bleib hier.»

Wieselflink, kaum ein Geräusch verursachend, tauchte er ins Unterholz. Zurück blieb Filippo. Instinktiv duckte dieser sich, als wollte er damit seine Silhouette verkleinern.

Nach bangen Minuten des Wartens stand Cosimo wieder neben ihm. «Fehlalarm. Die Luft ist rein. So ist halt unser Leben.» Er rang sich ein gequältes Lächeln ab.

Filippo fasste die Hand seines Schwagers: «Du bist und bleibst ein unverbesserlicher Narr. Aber wenn du schon diese Dummheit begehen willst, dann mach wenigstens, dass sie gelingt. Pass auf dich auf. Gib so bald wie möglich ein Zeichen von dir. Cynthia wartet auf dich.»

Er nickte und erwiderte den Händedruck mit beiden Händen.

«Ich kümmere mich um euch – auf meine Weise halt. Küss Cynthia von mir und sage ihr, ich komme zurück, sobald es hier zu Ende ist.»

Die Antwort war unklar. Welches Ende meinte Cosimo? Filippo dachte nicht weiter darüber nach und lenkte ab: «Was rätst du, welchen Weg soll ich nach Hause gehen?»

Cosimo dachte eine Weile nach und erklärte ihm sodann, wie er am sichersten wieder sicher ins Tal gelangen konnte. Filippo kannte den Weg. Er war zwar wesentlich länger als derjenige, über den er gekommen war. Dafür umging er einige Militärposten, die ihm schon beim Anstieg aufgefallen waren.

⌘

Die wohl waghalsigste Aktion der Partisanenbrigade *Fabbri* seit ihrem Bestehen – den an der Grenze gelegenen Ort Cannobio von den Deutschen zu befreien – war nur ein Anfang. Der Widerstand, den die Kämpfer dort erwartet hatten, fiel zwar im Vergleich zu den folgenden Feldzügen gering aus. Vom malerischen Dorf am Lago Maggiore aus stiessen die Brigade unter der Führung von Capitano Mario bald über das Valle Cannobina über Finero bis ins Valle Vigezzo vor. Eine andere Einheit unter dem Kommando von Dionigi Superti rückte von Süden her in das Val

Grande Richtung Domodossola vor. Mit gut koordinierten Angriffen, einerseits von Osten über das Valle Vigezzo und andererseits von Süden her, gelang es ihnen, ein feindliches Detachement nach dem anderen aus den vielen Tälern zu verjagen. Schliesslich umzingelten die Partisanen den Hauptort Domodossola, und anfangs September 1944 wurde die dort eingerichtete, bis auf die Zähne bewaffnete, faschistische Garnison, bestehend aus gut 600 Mann, schliesslich zur Aufgabe gezwungen. Im Gebiet zwischen Domodossola, Cannobio und der Schweizer Grenze gelang es den Partisanen, die Besetzer schliesslich ganz zu vertreiben. Die Führung des Widerstands zog im Hauptort des Tales sehr rasch eine mehr oder weniger gut funktionierende Verwaltung auf, mit welcher die Partisanen eine Fläche von 1'600 Quadratkilometern kontrollierten, in der immerhin 50'000 Menschen lebten. Am 10. September 1944 wurde Domodossola zur Hauptstadt der Partisanenrepublik des Val d'Ossola, der *Repubblica dell'Ossola*[1] erklärt. Selbst das bereits von den Alliierten befreite Rom anerkannte zur Überraschung aller das von den Nazis und den Faschisten befreite Territorium. Eine eigene provisorische Regierung wurde eingesetzt.

Zeitgleich mit der Gründung der Republik verschmolz die unter der Führung von Mirko autonome Brigade *Fabbri* mit der kleinen Partisanenarmee. Zusammen mit weiteren Einheiten bildete sie fortan die 83. Brigade, welche später unter dem Namen *Comolli* arg in Bedrängnis kommen sollte. Das Besondere daran war, dass diese Brigade von Mirko befehligt wurde.

Die Partisanenrepublik hielt sich jedoch nicht lange. Die militärischen Kräfte des Widerstands blieben gegen die Übermacht der deutschen Wehrmacht und noch kampffähigen Faschisten zu bescheiden. Dies umsomehr, weil die erhoffte Waffenhilfe von Seiten der Alliierten noch lange auf sich warten liess. Die deutschen Okkupanten rückten erneut von Cannobio aus vor. Für

---

[1] Repubblica dell'Ossola: Gründung der freien Republik Ossola mit 35 Gemeinden mit 85'000 Einwohnern, erfolgte nach schweren Kampfhandlungen zwischen den Partisanen und den Deutschen und Faschisten.

Mirkos Leute brachen noch härtere Zeiten an, denn die Rollen wurden nun vertauscht. Bis dahin waren die Partisanen die Jäger und die Deutschen die Gejagten. Jetzt war es umgekehrt: Die Partisanen flohen scharenweise vor den Nazi-Schergen. Und als ob es noch ein Zeichen von oben gebraucht hätte, verdüsterte sich am Ende der ersten Oktoberwoche 1944 nach einem prächtigen Herbst der Himmel. Ein heftiger Wetterumsturz kündigte sich an. Die Temperaturen fielen über Nacht um mehrere Grade, der Regen prasselte unerbittlich nieder, und dichter Nebel verdeckte die Sicht in das Gebirge. Oberhalb 1000 Meter ging der Regen bereits in Schnee über. Und genau in diese Schlechtwetterphase fiel der Anfang der Offensive der deutsch-italienischen Faschisten gegen die Partisanen-Republik.

In der Folge liessen gemeine Vergeltungsaktionen nicht lange auf sich warten. Die neuen Machthaber zerstörten im Val Grande beinahe jede Alpsiedlung, weil sie dort die Zellen des Widerstands vermuteten. Mit jenen Partisanen, deren sie habhaft wurden, machten sie kurzen Prozess: Hinrichtungen waren beinahe an der Tagesordnung.

Feldmarschall Kesselring, der nun das Kommando über alle Truppen in Italien führte, schickte fünftausend Soldaten los. Aufgeteilt in drei Gruppen rückten seine Truppen mit dem Ziel vor, den Widerstand durch eine Zangenbewegung einzukesseln. Es war ein kurzer Kampf. Die schlecht ausgerüsteten und unterversorgten Partisaneneinheiten leisteten nur wenig Gegenwehr. Aber nicht nur die fliehenden Widerstandskämpfer befanden sich in schlechter Verfassung, die ganze Bevölkerung litt unter diesen Verhältnissen.

Das Val d'Ossola und seine Nebentäler wurden vom Inneren des Landes völlig abgeschnitten. Spärliche Hilfe kam zwar aus der Schweiz. In Locarno bildete sich ein überparteiliches Hilfskomitee, welches für die notleidenden Italiener Geld und Naturalien sammelte. Kaum war jedoch die Hilfsaktion angelaufen, hatte die faschistische Übermacht den schwachen Widerstand der Freiheitskämpfer der 83. Brigade *Commoli* vernichtend geschlagen.

Den Partisanen, welche nicht aufgerieben wurden oder in die Schweiz fliehen konnten, blieb nichts anderes übrig, als sich neu zu formieren und ihren Kampf bis zum letzten Blutstropfen fortzusetzen. Die Partisanendivision *Piave*, die anfangs Oktober Cannobio erobert hatte, sah sich ebenfalls gezwungen, ihre Stellungen am See zu räumen und sich talaufwärts Richtung Finero zurückzuziehen. Von dort aus formierten sie sich erneut. Die noch verbliebenen Kämpfer der 83. Brigade *Commoli*, denen die Flucht gelang und die weiter für ihre Sache kämpfen wollten, schlossen sich dieser Division an.

Was folgte, war eine Massenflucht von Zivilisten. Innerhalb eines Monats strömten Tausende von Flüchtlingen über die Grenze ins Tessin. Die Bereitschaft der Tessiner Bevölkerung, Flüchtlinge aufzunehmen, war in jener Phase des Krieges besonders gross. Dazu trugen nicht zuletzt die von den Truppen im Grenzgebiet verübten Grausamkeiten bei, was grosse antifaschistische Gefühle jenseits der Grenze aufkommen liess.

Der am meisten benützte Fluchtweg führte über unwegsames Gelände ins Onsernonetal. Bei den Bagni di Craveggio verlief die Grenze. Der hinterste Teil des Schweizer Tales liegt jedoch in Italien, von wo aus er zu Fuss über den 1'841 Meter hohen Sant'-Antonio-Pass gut erreichbar war.

Hierher zogen sich in diesen turbulenten Tagen Flüchtlinge wie Partisanen zurück. Die Schweiz erlaubte innerhalb von drei Tagen 251 Zivilpersonen und Verletzten den Grenzübertritt, liess aber offiziell die noch kampffähigen Partisanen nicht durch. Doch diese Männer befanden sich in einer verzweifelten Lage. Sie hatten auf dem Rückzug ihre schweren Waffen verloren oder warfen sie später aus Erschöpfung weg, hatten kaum noch Munition, nichts zu essen und waren am Ende ihrer Kräfte.

Selbst denjenigen, denen die Flucht über die Grenze in die Schweiz gelang, stellten die deutschen Grenztruppen nach. Einige wurden noch von Kugeln getroffen, als sie sich längst in Sicherheit wähnten. An jenem verhängnisvollen 18. Oktober 1944 fielen im oberen Onsernonetal mehr als 25'000 Schüsse. Trotzdem konnten sich bis zum Abend 256 Partisanen in die Schweiz absetzen.

Der Kommandant der italienischen Faschistenarmee forderte in der Folge Schweizer Offiziere auf, ihm sofort alle Partisanen zu übergeben – lebend oder tot – sonst würde er sie sich holen.

«Auf Gewalt werden wir mit Gewalt antworten», liessen ihn die Schweizer kurz angebunden wissen und brachten die Partisanen nach Locarno in Sicherheit.

⌘

Unter den Flüchtlingen, die sich seit Anfangs Oktober 1944 in immer grösseren Zahlen in die Schweiz absetzten, befanden sich auch Cynthia, Penny und ihr kleiner Sohn, Enrico. Bis es allerdings soweit gekommen war, brauchte es von Filippo noch viel Überzeugungskraft, zumal er sich fortan immer mehr in den Dienst der schweizerischen Zollbehörden gestellt hatte. Dafür brachte jedoch Penny ihrerseits wenig Verständnis auf: «Das verstehe ich nicht», entgegnete sie kopfschüttelnd, als er ihr nach der grossen Gegenoffensive berichtet hatte, dass er jetzt noch mehr mit Peter zusammen arbeiten wollte, jenem Walliser Zollbeamten, den er damals vertreten hatte, um Lohngelder in Mailand abzuholen. «Du willst uns partout weismachen, wir sollten uns in die Schweiz in Sicherheit begeben, und du bleibst in des Teufels Küche zurück. Da steckt doch keine Logik dahinter, von der du doch sonst soviel haltest.»

«Da steckt sogar sehr viel Logik dahinter, mein Schatz», versuchte Filippo die Wogen zu glätten und nahm sie liebevoll in die Arme. «Du kennst mich doch. Ich möchte nur auf Nummer Sicher gehen. Für Cynthia und für mich sollte es keine Probleme geben, in unsere Heimat zurück zu kehren. Aber ich denke an dich: Du bist noch nicht im Besitz eines Schweizer Passes. Für die Deutschen bist du immer noch eine Italienerin. Bitte denk dabei an unseren Sohn: Solange wir nicht verheiratet sind, ist er nicht nur unehelich, sondern auch ein Italiener.» Behutsam küsste er Penny auf die Stirne und drückte sie sanft an sich.

Nach einer Weile fuhr er fort: «Schau, durch den Kontakt mit Peter habe ich schon vieles erfahren können, was uns bisher sehr geholfen hat. Auch habe ich dabei noch andere wertvolle Menschen kennen gelernt, die uns nützlich sein könnten.» Damit dachte Filippo besonders an die Begegnung mit Antonio Rodoni, dem in Varzo lebende Tessiner, der bei den Schweizerischen Bundesbahnen als Chefmonteur tätig war. Was aber nur wenige wussten: Antonio stand in den Diensten des Schweizer Geheimdienstes. Dies fiel ihm insofern leicht, da er, wie Filippo, fliessend Italienisch, Deutsch und Französisch sprach und dank seines sympathischen Wesens sogar das Vertrauen von SS-Offizieren und ihrer Gegenspieler, den Partisanen gewinnen konnte. So war der Schweizer Nachrichtendienst stets über die Pläne der Deutschen wie auch die der Partisanen auf dem Laufenden.

«Wenn ich diese Kontakte weiterhin pflege und Informationen erhalte», versuchte Filippo zu erklären, «tappen wir nicht im Dunkeln. Ich will daher nochmals mit Peter reden. Ausserdem ist da noch Daniele. Er hat mir zwar gesagt, er wolle wie Cosimo um keinen Preis sein Land verlassen. Doch kann er uns wenigstens helfen, auf einem sicheren Weg und zum richtigen Zeitpunkt aus Italien zu fliehen. Was wollen wir mehr?»

Penny legte den Kopf auf seine Schulter, und er umarmte sie zärtlich. Nach einer Weile löste sie sich aus der Umarmung und stellte die einfache Frage: «Und wie stellst du dir das mit Cosimo vor? Cynthia wird niemals ohne ihn mit uns kommen.»

«Das weiss ich auch; aber ich stelle mir das so vor», antwortete Filippo und setzte sich an den Tisch. «Bitte komm setz dich; ich versuche es dir zu erklären.»

Penny beachtete seine Aufforderung nicht. Als interessierte sie sich plötzlich für etwas anderes, entfernte sie sich kurz darauf und verliess wortlos das Zimmer. Filippo wollte ihr schon etwas nachrufen, da hörte er es auch: Das leise Wimmern eines Kleinkinds; Enrico musste aufgewacht sein. Sofort eilte er ihr nach.

Im Schlafzimmer, wo ihr kleiner Sohn neben ihren Betten in einer Wiege lag, hob Penny ihn gerade hoch, als Filippo den Raum betrat. Enrico weinte leise vor sich hin. «Na du, kleiner Poppy. Du hast sicher etwas Böses geträumt», tröstete sie ihn verständnisvoll und drückte ihn behutsam an sich. Filippo trat zu ihnen. Liebevoll streichelte er dem Kind über sein Köpfchen. Die Wirkung liess nicht lange auf sich warten: Schon bald glätteten sich seine Gesichtszüge wieder, und Enrico lachte seinen Eltern verschmitzt entgegen.

«Komm zu mir, du kleines Schlitzöhrchen. Bald bekommst du zu essen. Jetzt aber haben Papa und ich noch etwas zu besprechen.» Penny blickte zu Filippo und gab ihm zu verstehen, dass es jetzt zwecklos sei, ihn nochmals in sein Bettchen zu legen. Sie hob ihn behutsam hoch und schloss ihn in die Arme. Langsam begaben sie sich wieder in die Küche, wo sie ihr Gespräch begonnen hatten.

Enrico in ihre Arme geschlossen, setzte sich Penny und wartete, bis ihr Filippo von seinen Plänen erzählen würde. Nachdem er sich zu ihr an den Tisch gesetzt hatte, begann er, von seinem Plan zu berichten: «Ich habe gehört, Daniele soll sich wieder in den Bergen aufhalten. Ich weiss zwar nicht wo, aber weit weg kann er nicht sein. Mit seiner Hilfe hoffe ich, Cosimo nochmals aufzuspüren. Und sollte ich ihn finden, das verspreche ich dir und meiner Schwester, dann hole ich ihn zurück. Vermutlich hat er sich Mirko angeschlossen, der seine Brigade neu organisieren will. Aber bevor ich gehe, möchte ich euch in Sicherheit wissen.»

Nur langsam begriff Penny: «Wenn ich dich richtig verstanden habe, willst du uns allein lassen?» Penny zeigte sich besorgt.

«Ich lasse euch doch nicht allein. Ich will nur, dass ihr vor mir in die Schweiz gehen. Sobald ich dann Cosimo gefunden habe, komme ich mit ihm nach.» Die Antwort Filippos war klar, er fügte jedoch hinzu: «Bitte verstehe, ich muss Cosimo allein suchen. Ausserdem, wenn Cosimo weiss, dass ihr schon in der Schweiz in Sicherheit seid, wird er auch eher bereit sein, mir zu folgen.»

«Und du bildest dir ein, Cosimo folgt dir einfach, wenn du es ihm befiehlst?» Die Zweifel von Penny waren nicht zu überhören; doch bevor Filippo darauf etwas erwidern konnte, fügte sie an: «Ich verstehe nicht, weshalb wir Italien nicht gemeinsam verlassen können. Aber wenn du das so willst, will ich nicht widersprechen. Wann gehst du zu Peter?», fragte Penny, mehr resigniert als überzeugt.

«Morgen. Er soll mir einen geeigneten Zeitpunkt und die beste Route raten. Ich möchte nämlich, dass die Schweizer Grenzwächter über euer Kommen Bescheid wissen. Das kann Peter mit seinen Beziehungen bestimmt einfädeln.»

Penny schwieg. Filippo wertete dies als Einverständnis und sagte: «Ich wusste, du bist einverstanden. Du wirst sehen, alles wird gut.»

Ohne etwas darauf zu erwidern, besprachen sie noch Einzelheiten des Plans, bevor schliesslich der kleine Enrico noch seine versprochene Mahlzeit bekam.

Anderntags eilte Filippo wie geplant nochmals nach Domodossola und hoffte erwartungsvoll, Peter anzutreffen. Filippo wusste, um die Mittagszeit hielt er sich gewöhnlich in der Cantina nahe dem Bahnhof auf, was auch dieses Mal zutraf. Als er Peter an seinem gewohnten Tischchen erblickte, unterhielt dieser sich gerade mit Antonio, der ihm gegenüber sass.

Nach der kurzen Begrüssung setzte sich Filippo zu ihnen und kam sogleich zur Sache. Aufmerksam hörten die beiden Männer Filippo zu. Die Informationen, die Filippo daraufhin von ihnen erhielt, waren sogar noch wertvoller, als er sich erhofft hatte.

Peter riet ihm, sie sollten sich am besten über den Sant'-Antonio-Pass nach Bagni di Craveggia ins Onsornetal in die Schweiz absetzen. Aber sie sollten nicht mehr lange warten. Erstens sei zu gewärtigen, dass dieser Fluchtweg künftig vermehrt von den Deutschen kontrolliert würde, und zweitens stünde bald ein markanter Wetterumschwung bevor. Ausserdem wusste Antonio zu berichten, wo sich Daniele aufhielt. Filippo staunte nicht schlecht, als er davon hörte. Danach sollte er jetzt unter härtesten Bedingungen auf über 1500 Metern in einer Hütte weit oberhalb der Alpe Piot hausen, dort, wo Penny ihr Kind zur Welt gebracht hatte. Von seinem Standort aus, der etwas abseits des Sant'-Antonio-Passes lag, half er den Flüchtlingen, die den Weg in die Schweiz suchten.

Auf dem Weg von Domodossola zurück nach Craveggia legte sich Filippo einen Fluchtplan für Cynthia mit Penny und Enrico zurecht. Da sich Danieles Versteck nicht weit weg von der Fluchtroute über den Sant'-Antonio-Pass in die Schweiz befand, bot es sich geradezu an, dass er sie bis zu ihm begleiten sollte. Dort würden sie sich jedoch trennen. Filippo war nach wie vor fest entschlossen, seinen Schwager aus dieser Hölle zu holen.

⌘

Die Hütte, wo sich Daniele aufhielt, war wegen des Neuschnees nur unter erheblichen Anstrengungen zu erreichen. Auf dem Dach des einfachen Blockbaus lag der Schnee ebenfalls schon Zentimeter dick. Daniele fühlte sich an diesem Ort sicher, und von hier aus konnte er den zahlreichen Flüchtenden, die zuweilen scharenweise vom Tal her dem Sant'-Antonio-Pass zustrebten am besten helfen und ihnen den richtigen Weg weisen.

Daniele staunte nicht schlecht, als er eines Morgens einen kleinen Trupp vom Tal herkommend empor steigen sah. Zunächst vermutete er, es handle sich um eine ihm nicht bekannte Familie. Doch je näher er kam, desto überraschter war er, als er erkannte, um wen es sich handelte. Das Grüppchen wurde von Filippo angeführt, dahinter gingen, schwere Rucksäcke tragend, Cynthia und Penny, die vor ihrer Brust erst noch den kleinen Enrico in ein dickes Tuch eingebunden hatte.

Daniele eilte ihnen ein Stück entgegen. «Und ich dachte, mein Versteck wäre geheim.» Daniele rang sich trotz dieser Erkenntnis ein Lachen ab und küsste erst Penny, dann Cynthia auf die Wangen. Dem Kind streichelte er liebevoll über das Köpfchen, welches eine dicke Wollkappe verhüllte, die nur sein kleines Stupsnäschen und noch knapp die Augen frei hielt.

«Du siehst, mir entgeht nichts.» Filippo umarmte ihn. «Ich bin glücklich, dich unversehrt anzutreffen. Wie geht es dir?»

Daniele verzog den Mund, hob die Achseln und zeigte auf die einfache Alphütte. Er deutete damit an, was schon offensichtlich war. «Du kennst es ja: klein aber fein – und vor allem sicher. Ich freue mich, euch zu sehen. Wollt ihr über den Pass?»

«Ja, ich habe meinen Harem endlich davon überzeugen können.» Trotz des Ernstes der Stunde wirkte Filippos Humor. Auf Danieles Gesicht formten sich Lachfältchen, er wandte sich aber sogleich wieder ernsthaft an Cynthia: «Es freut mich, dass du Penny und das Kind begleitest.» Daniele wusste, was er sagte. Als Schweizerin wäre es für Cynthia zweifellos einfacher gewesen, auf dem normalen Weg in ihre Heimat zurückzukehren.

Die Frauen entledigten sich der schweren Rucksäcke und setzten sich vor der Hütte auf die Bank. Sie wirkten beide müde.

«Habt keine Angst: Wenn ihr erst mal in der Schweiz sind, habt ihr nichts mehr zu befürchten. Und du?», fragte Daniele sich an Filippo wendend, «gehst du mit ihnen?»

«Ich werde ihnen später folgen. Zuerst will ich wissen, wo Cosimo steckt. Ich will ihn aus dieser Hölle herausholen.» Filippo setzte sich neben seine Schwester und legte ihr den Arm um die Schultern.

Daniele legte sein Gesicht besorgt in Falten. «Ich glaube nicht, dass Cosimo auf dich hören wird – du kennst ihn ja.» Er bereute es jedoch sofort, dies gesagt zu haben. Beschämt blickte er zu Boden.

Cynthia begann zu weinen. Penny ging zu ihr hin und versuchte sie wortlos zu trösten. Sie wusste, was sie bedrückte.

Filippos Neugier war trotzdem geweckt worden. «Weisst du, wo Cosimo ist?»

«Vielleicht. Aber vorher muss ich euch sagen, weshalb ich mich ausgerechnet in dieser Hütte versteckt halte. Lange bleibe ich sowieso nicht mehr hier. Meine Vorräte reichen nur noch für wenige Tage.»

«Willst du Italien verlassen?», fragte Filippo erstaunt.

«Nein, das wollte ich nie.» Daniele wandte seinen Blick erneut zu Boden. «Ich bin Italiener, wie Cosimo. Ich bleibe und will wie er für die Heimat einstehen. Wenn ich von hier wegziehe, werde ich nach Finero gehen.» Daniele zeigte auf die gegenüber liegende Talseite, wo sich die Passstrasse vom Valle Vigezzo den Hang hinauf schlängelt. «Dort sitzt vermutlich auch dein Schwager fest. Ich hatte gehört, er hätte sich nach den Wirren im Tal mit einigen von Mirkos Leuten absetzen können. Offenbar haben sie Anschluss an die Division gefunden, die jetzt die Passstrasse bei Finero kontrolliert.»

Filippo verschlug es glatt die Sprache. Selbst Cynthia horchte auf. Daniele wusste tatsächlich, wo sich Cosimo aufhielt. In Filippo keimte Hoffnung auf. «Wieso ausgerechnet Finero? Ist er dort sicherer als in Domodossola?»

«Was heisst schon sicher? Wenn du schon von Domodossola sprichst: Selbst die neu gegründete freie *Repubblica d'Ossola* steht auf wackligen Beinen. Die provisorische Regierung wird sich vermutlich auch nicht mehr lange halten können. Die Übermacht der Nazis und der Faschisten ist zu gross. Der Fluchtweg in die Schweiz oberhalb der Berge nach Spruga wird bereits täglich von Hunderten von Personen begangen. Auch dort bist du dir deiner Haut nicht mehr sicher. Wenn es nebelfrei ist, sehe ich oft die Flüchtlingsströme, die vom Tal her kommend der Grenze zustreben. Ich vermute, Finero und Cursolo werden die letzten Bastionen unseres Widerstands sein, oder aber Ausgangspunkt für die allerletzte Alternative, nämlich die Flucht in die Schweiz – für alle, denen dies noch gelingen mag.» Danieles Worte klangen hart. Die Frauen und Filippo hörten ihm schweigend zu.

Nach einer Pause fuhr Daniele fort: «Unsere Chancen stehen zu schlecht, um unser Land aus eigenen Kräften von diesen Hundesöhnen zu befreien. Aber wir werden kämpfen, solange wir noch atmen können. Irgendwann muss dieser Irrsinn doch ein Ende haben!» Daniele ballte beide Hände zu Fäusten und seine Augen versprühten Hass, Verzweiflung und Kampfeswille zugleich. Entschlossen ballte er die Faust und schaute ins Tal, als wollte er damit sagen: «*So kommt doch, ich bin bereit*».

Sich wieder Filippo zuwendend, versuchte er zu relativieren: «Ich glaube, es ist nur noch eine Frage der Zeit, denn den Deutschen bleiben nicht mehr allzu viele Möglichkeiten. Soviel ich gehört habe, ist die Niederlage der deutsch-dominierten *Repubblica Sociale Italiana*[1] ebenfalls vorprogrammiert. Darum prophezeie ich euch: Den Deutschen bleibt keine andere Wahl, als zu versuchen, sich unser Territorium zurück zu erobern. Andernfalls riskieren sie, sowohl gegen uns im Untergrund als auch gegen die von Süden her offensiv vorrückenden Alliierten kämpfen zu müssen. Einen solchen Mehrfrontenkrieg können sie sich nicht lange leisten. Es wird auch bestimmt nicht mehr lange dauern, bis uns die Alliierten zu Hilfe kommen. Aber gerade das ist unser Problem. Soviel Zeit bleibt uns nicht. Also werden wir kämpfen! Finero ist unsere letzte Chance.» Danieles Überlegungen klangen logisch.

Nach einer Weile fasste Filippo einen Entschluss und packte Danieles Hand: «Daniele, zeig unseren Frauen zuerst den Weg und komme nachher mit mir nach Finero. Zusammen sind wir stark.»

Daniele blickte ungläubig zunächst auf Filippo, dann auf Penny und Cynthia: «Wohin willst du mit mir?»

«Nach Finero, wohin sonst? Ich sagte dir, ich will, dass Cosimo an die Seite seiner Frau zurückkehrt. Das bin ich meiner Schwester und ihm schuldig.»

«Du spinnst. Nein! Das darfst du nicht tun. Das ist reiner Selbstmord.» Daniele schaute auf Penny, die der Unterhaltung schweigend zugehört hatte. Cynthia begann wieder zu weinen.

«Ich spinne keinesfalls.» Filippo blieb hartnäckig. «Wir drei, du, Cosimo und ich schaffen das. Ich sagte schon: Zu Dritt sind wir stark und zusammen können wir uns auch viel besser in die Schweiz absetzen. Von Finero aus fliehen wir am *Gridone*[2] vorbei und steigen dann hinunter nach Brissago.»

---

[1] Repubblica Sociale Italiana (RSI): Soziale Republik Italien bzw. Republik von Salò (Repubblica di Salò) genannt, gegründet am 23. September 1943 als faschistischer, unter militärischer Protektion stehender, sich auf das deutsche Besatzungsgebiet beschränkter Staat in Norditalien mit Hauptstadt Salò am Gardasee. Die Republik endete mit der Kapitulation der deutschen Streitkräfte.

[2] Gridone: auch Ghiridone oder Limidario, Grenzgipfel zwischen Schweiz und Italien, 2188 m.ü.M.

Die Entschlossenheit Filippos versetzte Daniele ins Grübeln. «Trotzdem, du bist ein sturer Dickschädel. Warst du überhaupt schon mal auf dem Gridone?»

«Wieso?», fragte Filippo.

«Ganz einfach: Wenn wir in Finero sind, wäre es zwar blanker Unsinn, wieder hierher zu kommen. Aber der Weg über den Gridone ist nicht ungefährlich.»

«Das weiss ich», entgegnete Filippo. «Ich habe genügend Erfahrung, um über jeden Berg durchzukommen, und auf dem Gridone bin ich übrigens auch schon mal gestanden. Sind wir einmal auf dem Grat, der zum Gipfel führt, ist es nach Piodina oder Incella oberhalb von Brissago noch ein Katzensprung. Ich denke, der nördliche Weg über die Testa di Misello nach Palagnegra ist wegen des vielen Schnees ohnehin der bessere. Aber zuerst zeigst du unseren Frauen den Weg nach Spruga. Bis zur Grenze werde ich euch begleiten.»

«Klingt zwar nicht schlecht. Aber wenn wir schon zusammen gehen, will ich, dass du dich nicht in andere Angelegenheiten einmischst.»

«Ich sagte schon einmal, ich gehe, um Cosimo endlich zurück zu bringen, und du, lieber Daniele, du tätest ebenfalls gut daran, mit uns zu kommen. Du sagtest ja selber, es wäre nur noch eine Frage der Zeit, bis die Alliierten eure Arbeit zu Ende bringen werden.»

«Tue du, was du tun musst – ich tue das, was mir mein Herz befiehlt. Allora! Morgen früh bringen wir die Frauen bis zum Sant'-Antonio-Pass. Von dort ist es nicht mehr weit bis zur Grenze bei der Bagni di Craveggia und nach Spruga. Seid ihr einverstanden?»

Filippo nickte und reichte Daniele dankbar die Hand. Cynthia vergrub ihr Gesicht in Pennys Arm und schluchzte, dass ihr Körper bebte. Penny schwieg zwar, doch man merkte es ihr an, dass auch sie nahe am verzweifeln war. Trotzdem versuchte sie, Cynthia zu beruhigen.

⌘

Fährt man über die schmale staubige Strasse von Cannobio das enge Tal Richtung Norden hoch, gelangt man nach dem Überqueren der Holzbrücke auf etwa 500 Höhenmetern an die Stelle, wo der Weg links zur abgelegenen Ortschaft Gurro führt. Der Strasse nach rechts folgend, erreicht man nach vielen Spitzkehren die Verzweigung nach Orasso. Weiter oben, unmittelbar vor dem Tunnel, der einen Gratausläufer des Monte Torriggia unterquert, zweigt der Weg rechts nach Cursolo ab. Durchfährt man den kurzen Tunnel, blickt man am anderen Ende auf das etwa zwei Kilometer weit entfernte Dorf, Finero, mit seinem markanten und weit herum sichtbaren Kirchturm. Das auf zirka 900 Meter über Meer liegende Dorf scheint geradezu am steilen Südhang des Testa Durone zu kleben. Durchfährt man das Dorf in einer spitzen Kurve, die um die Kirche führt, verflacht sich die Strasse bald, wo sich weiter nördlich auf einer kleinen sumpfigen Ebene, der *Piano di Sale*, auch der Übergang ins Valle Vigezzo befindet.

Die wichtige Passstrasse und der kurze Tunnel südlich des Dorfes sind für die Verteidigung des nördlich gelegenen Tales von strategischer Bedeutung. Dies hatten auch die Führer der Partisanendivision *Piave* erkannt, nachdem sie anfangs Oktober 1944 ihre Stellungen bei Cannobio aufgegeben hatten und sich unter dem Druck der heranrückenden deutschen Wehrmacht ins lange Valle Cannobina hinauf zurückziehen mussten.

In diesen Ortschaften richteten sich die Widerstandskämpfer zwar notdürftige, jedoch sehr wirkungsvolle Waffenstellungen ein. In Finero befand sich ihr Hauptquartier. Auf diese Weise waren die Partisanen in der Lage, die strategisch wichtige Strasse auf beiden Seiten des Tunnels unter ihrer Kontrolle zu halten.

Als sich Filippo und Daniele im Morgengrauen des 12. Oktobers 1944 auf den Weg nach Finero machten, hofften sie, die beiden Frauen und Enrico seien inzwischen unversehrt in Spruga eingetroffen. Obwohl die Ungewissheit darüber sie plagte, waren sie immer noch fest entschlossen, nach Finero zu gehen.

Das klimatische Umfeld zeigte sich allerdings nicht von der besten Seite. Seit dem dramatischen Wetterumsturz vor einer Woche zeigte sich die Witterung heute zwar etwas besser: Die Niederschläge hatten in der Nacht nachgelassen. Dafür hingen im Tal dichte Nebelschwaden. Darüber schien durch eine hochnebelartige Bewölkung hindurch eine weisse Sonne, die ihre ersten fahlen Strahlen bereits über den Grat des Gridone sandte.

Um möglichst sicher auf die andere Talseite des Valle Vigezzo zu gelangen, wählten die beiden Männer den direkten Nord-Süd verlaufenden Weg über Gagliago und den noch intakten Holzsteg über den Fluss bei Gabbi. Von dort wollten sie in direkter Linie über die Alpe Cortaccio nach der Ebene Piano di Sale hochsteigen. Der sonst übliche Weg von Malesco über die schmale Strasse entlang des Nordhangs erschien ihnen jedoch zu riskant. Im grössten Dorf des Tals befanden sich immer noch zahlreiche Strassensperren und von faschistischen Truppen besetzte Kontrollposten.

Der beschwerliche Aufstieg brachten sie schliesslich ohne Zwischenfälle hinter sich. Auf der Höhe der Piano di Sale angekommen, schlichen Filippo und Daniele vorsichtig über die Ostflanke des Testa Durone auf das Dorf zu. Durch die Bewaldung hindurch erblickten sie bereits den Kirchturm. Neben einem grossen Felsblock, der ihnen eine gute Deckung bot, liessen sie sich nieder, um die Lage vor sich zu prüfen. Das Dorf lag scheinbar friedlich vor ihnen. Keine Menschenseele war zu sehen. Doch vom morgendlichen Südwind getragen, drangen vom Tal herauf merkwürdige Geräusche an ihre Ohren. Gespannt verharrten Filippo und Daniele in ihrer Deckung. Sie rätselten, welchen Ursprung diese Geräusche haben könnten. Es klang wie das Geknatter von dieselbetriebenen Motoren. Dazwischen quietschte und rasselte es, wie wenn gepanzerte Kettenfahrzeuge manövrieren würden. Filippo erkannte diesen Lärm bald. Ein Schauer lief über seinen Rücken.

Die Sinne der beiden Männer konzentrierten sich auf die Geräusche, welche der säuselnde Wind vom Tal her zu ihnen herauf trug. Daniele guckte über den Kirchturm hinweg in die Geländekammer, die vor ihnen wie auf einem Präsentierteller lag. Filippo verharrte gespannt in der Deckung. Auf der Ostseite wand sich ein Gratausläufer zum Monti di Cursolo hinauf, der den Blick ins tiefer gelegene Tal verhinderte, von wo die Geräusche herzukommen schienen. Deutlich sah er das nördliche, durch den Fels gehauene Portal des Tunnels. Rechterhand am Nordhang befand sich Provola, eine dem Dorf vorgelagerte Ansammlung von Hütten und Ställen.

«Denkst du dasselbe wie ich?», fragte Filippo flüsternd seinen Freund. Er kroch neben ihn und lehnte mit dem Rücken an den Fels.

Daniele nickte und spähte weiter. «Hast du eine Waffe?», wollte Daniele plötzlich wissen.

Die Frage kam für Filippo zwar überraschend, er begriff jedoch schnell, was Daniele damit meinte. Verlegen antwortete er: «Wie sollte ich?»

«Wir müssen ein Schiesseisen für dich beschaffen. Ich glaube, heute wird's brenzlig.»

Verlegen lenkte Filippo ab und entgegnete: «Weshalb meinst du? Gestern hast du noch gesagt, ich sollte mich aus allem heraushalten, was euch betrifft.»

Daniele blickte kurz zu Filippo hinüber, der immer noch mit dem Rücken zum Fels lehnte. «Ja schon. Ich möchte nur, dass du dich notfalls selber verteidigen könntest.»

Verunsichert fragte Filippo zurück: «Woher nehmen und nicht stehlen?» Langsam realisierte er, was Daniele damit andeuten wollte. In der Tat, jetzt wünschte er sich, die Pistole bei sich zu haben, die er damals in Nizza von Mirko geschenkt bekommen hatte. In seiner Magengegend machte sich ein mulmiges Gefühl breit. War es ein Zeichen von Angst?

«Poppy, Daniele hat Recht: Warum nur hast du dein Schiesseisen nicht bei dir?», bestätigte Coniglio und Filippo bereute es im gleichen Augenblick, sie nicht mitgenommen zu haben. Die Pistole lag jetzt schön in Lappen eingewickelt in der Schublade des Nachttischchens im Pfarrhaus zu Craveggia. Er wollte ja nicht in den Krieg ziehen – nur Cosimo bewegen, mit ihm zu kommen.

Daniele schien die Verunsicherung seines Freundes nicht zu bemerken. Lautlos prüfte er seine Maschinenpistole. Filippo schaute ihm besorgt zu und überdachte die Situation. Wahrlich, er hatte schon viele kritische Situation erlebt – und überlebt. Aber er war noch nie in seinem Leben einem übermächtigen Feind gegenüber gestanden, der auch keinen Moment zögern würde, als Erster zu schiessen.

Als Filippo über die Situation nachdachte, meldete sich Coniglio erneut: «*Mensch, Poppy, jetzt steckst du schön in der Tinte.*»

Einen Moment lang verliess ihn jeder Lebensmut. «*Ehrlich Coniglio, ich habe fürchterliche Angst*», gestand Filippo und blickte Daniele erwartungsvoll an.

«*Also hör mal*», flüsterte Coniglio ihm zu. «*Ich habe gemeint, du hättest in der Rekrutenschule gelernt, wie man sich gegenüber einem Feind zu verhalten hat? Hast du nicht aufgepasst, was dir die Instruktoren beigebracht haben?*»

«*Zum Teufel mit diesen Instruktoren. Die hatten ja selber noch nie einem Feind direkt gegenüber gestanden.*» Filippo zermarterte sich sein Hirn und versuchte sich zu erinnern, was sie ihm überhaupt beigebracht hatten. Die Fantasie schien mit ihm durchzugehen.

Vom Tal her wurden die Geräusche immer lauter. Filippo war sich nun sicher: Das Gedröhne stammte von Panzerfahrzeugen, die nach Finero unterwegs waren. Sie befanden sich zwar noch nicht in Sichtweite, doch die Geräusche waren jetzt unverkennbar.

«Komm, wir versuchen, nach Finero vorzustossen. Das Hauptquartier soll in der Nähe der Kirche sein.» Daniele gab Filippo ein Zeichen, ihm zu folgen.

Von ihrem Standort war es nicht weit bis ins Dorf. Unterwegs begegneten sie keiner Menschenseele. Langsam und vorsichtig schlichen sie sich zu den ersten Häusern der Siedlung. Durch enge Gässchen pirschten sie sich zur Hauptstrasse vor, wo sich an exponierter Lage in der engen Haarnadelkurve die Kirche befand. Die talseitig gelegenen Mauern verliehen ihr etwas Trotziges.

In geduckter Haltung stiessen Filippo und Daniele bis zur Mauer vor und spähten von dort ins Tal. Von hier aus war die ganze Strecke bis zum nördlichen Tunnelportal zu überblicken, welches einige hundert Meter vor ihnen deutlich zu erkennen war.

Daniele grinste gequält und flüsterte: «Siehst du dort vorne unsere Stellungen?» Er zeigte talwärts. Nach längerem Hinsehen erkannte Filippo beidseits der Strasse die Waffenstellungen.

«Ich möchte wissen, wo sich das Hauptquartier befindet. Als ich das letzte Mal hier gewesen war, war es noch hinter der Kirche. Da ist aber weit und breit nichts zu sehen. Ich befürchte, sie haben es verlegt. Aber wohin?» Kaum hatte er sich selber diese Frage gestellt, kam ein Mann aufgeregt die Strasse entlang gerannt. In der Hand trug er ein Gewehr, mit dem er wild gestikulierte.

«Hey, was wollt ihr hier? Seht zu, dass ihr verschwindet. Hier wird bald scharf geschossen.»

Daniele kannte den Mann. «Giuseppe, ich bin's, Daniele.»

«Verdammt, was suchst du hier? Und wer ist der da?» Misstrauisch musterte er Filippo.

«Keine Bange, er ist ein Freund. Kannst du mir sagen, wo der Kommandoposten geblieben ist?»

Giuseppe wandte sich von Filippo ab: «Wir haben unsere Kräfte auf den Tunnel konzentriert. Der KP ist jetzt in Cursolo.»

«Warum? Finero liegt strategisch doch besser?»

«Frag das Mirko, er ist unser Kommandant.»

Filippo horchte auf und mischte sich in die Unterhaltung ein: «Was ist los da unten?»

«Du hörst es ja. Die Deutschen sind im Anzug. Was habt ihr hier überhaupt zu suchen?»

Die Frage richtete er an Daniele, der sofort erwiderte: «Mein Freund sucht seinen Schwager. Kennst du Cosimo?»

«Wer kennt Cosimo nicht? Er hält im Süden des Tunnels die letzte Verteidigungslinie. Kommt mit, ich zeige euch den Weg.»

Filippo schluckte leer. Gott sei Dank, Cosimo lebt.

Giuseppe schritt voran, Daniele und Filippo folgten ihm, jede Deckung nutzend, dem Tunnel zu.

Innert kurzer Zeit schafften sie den Weg, derweil das Gerassel der Kettenfahrzeuge immer lauter wurde. Der deutsche Vormarsch ging offenbar zügig vonstatten.

Als sie das nördliche Tunnelportal erreicht hatten und von Kameraden der Partisanenarmee begrüsst wurden, verstummten die Geräusche plötzlich, welche bisher die Luft erfüllt hatten. Für eine Weile war nur das leise Säuseln des Winds hörbar – doch nicht für lange. Jetzt wurde ein zwar noch fernes, aber immer lauter werdendes Surren hörbar, welches zweifellos von einem Flugzeug ausging.

Filippo suchte den Himmel ab und erkannte über dem westlichen Berggrat bald die Silhouette eines schnell herannahenden Kampffliegers.

Nach wenigen Sekunden stürzte das Flugzeug mit einem gewagten Manöver direkt aus dem Himmel und flog mit lautem Gedröhne direkt auf das Südportal des Tunnels zu. Filippo erkannte das tarnfarbene deutsche Jagdflugzeug als eine *ME 109*[1]. Auf dem Leitwerk prangte das Hakenkreuz. Das letzte Manöver des Angriffs konnten sie nicht sehen; der Berg versperrte ihnen die Sicht.

Kurz darauf brauste das Kampfflugzeug über ihre Köpfe hinweg. Eine Sekunde später detonierten Fliegerbomben, die auf der Südseite des Tunnels vom Kampfflieger abgeworfen wurden. Die Wucht der Explosionswelle spürte Filippo durch den Tunnel hindurch.

---

[1] Messerschmitt Bf 109: im Sprachgebrauch - zumindest offiziell - meist unrichtigerweise als Me 109 bezeichnet, einsitziges deutsches Jagdflugzeug der 1930er und 1940er Jahre, gebaut in einer Stückzahl von über 33.000 in den damaligen Bayerischen Flugzeugwerken in Augsburg-Haunstetten.

In einer grossen *Volte*[1] über dem Testa del Mater kehrte die Maschine zurück und nahm nun das Nordportal ins Visier. Der todbringende Vogel raste nun direkt auf Filippo und Daniele zu.

Die noch auf der Strasse stehenden Männer sprangen sofort in die nächstbeste Deckung. Filippo rannte auf den Tunnel zu, Daniele hinter ihm her. Andere folgten ihnen. Es war auch höchste Zeit. Die nächste Fliegerbombe fiel ziemlich genau 50 Meter vor dem Portal auf die Strasse. Die Druckwelle der Detonation erfasste sie. Filippo wurde durch die Wucht noch weiter in den Tunnel geworfen. Pulverdampf breitete sich aus, der sich auf die Schleimhäute legte.

Filippos Puls raste. Der aufkommende Hustenreiz behinderte das Atmen. Den anderen Männern erging es gleich. Filippo rappelte sich hoch und rannte auf das Südportal zu. Er wollte sich vergewissern, welchen Schaden der erste Bombenwurf angerichtet hat. Er dachte an Cosimo, der ja dort sein sollte, wie Giuseppe ihm gesagt hatte.

Kurz bevor er das Ende des Tunnels erreicht hatte, stellte er fest, dass die Messerschmitt abermals Kehrt machte und nun einen zweiten Angriff von Süden her einleitete.

Mit der Offensive schoss der Kampfpilot gezielte Maschinengewehrsalven zu Boden. Die vor dem Tunnelportal in die Strasse einschlagenden Geschosse wirbelten Staub auf. Das Stakkato des Gewehrfeuers zeitigte Wirkung. Instinktiv duckte sich Filippo, obwohl er im Tunnel vor den Geschossen sicher war. Besorgt schaute er zurück und stellte fest, dass Giuseppe und Daniele ihm ebenfalls gefolgt waren. Auch sie hatten ihre Köpfe eingezogen, als das Flugzeug über den Berg brauste.

«Da vorne befindet sich das MG-Nest von Cosimo. Es ist die letzte Stellung vor dem Tunnel. Unten sind noch weitere», schrie Giuseppe in den Tunnel.

«Haben wir eine Chance?», fragte Daniele.

---

[1] Volte: Platzrunde von Flugzeugen bei An- und Abflügen nach Sichtflugregeln.

Giuseppe schwieg und zeigte nach vorne. Der Staub vor dem Tunnel hatte sich langsam verzogen. Für Filippo war es klar: Jetzt war der Moment gekommen, wo er Cosimo sehen wollte. Wenn jetzt das Flugzeug nochmals angreifen würde, käme es bestimmt von Norden her – also war er zumindest für einen kurzen Augenblick sicher. Vorsichtig trat Filippo aus dem Tunnel.

Das Bild, welches sich ihm bot, war grauenhaft. Vor ihm, etwa 200 Meter die Strasse weiter unten, stand ein Geländewagen. Das Fahrzeug brannte lichterloh. Das italienische Kontrollschild war noch erkennbar. Es gehörte offenbar zu den Partisanen. Die Bombe musste ein Volltreffer gewesen sein, was bewies, dass der Pilot sein Handwerk verstand.

Neben dem brennenden Fahrzeug lagen einige Männer, regungslos, in unnatürlichen Stellungen. Vermutlich hatten die tödlichen Maschinengewehrsalven sie erwischt.

Filippo rannte auf das brennende Fahrzeug zu. Vor einem am Boden liegenden Soldaten hielt er an. Er neigte sich über ihn und prüfte mit dem Zeige- und Mittelfinger am Hals, ob er noch lebte. Noch während er feststellte, dass der Mann tot war, schaute er um sich: Hier kam jede Hilfe zu spät.

Zornig und entschlossen nahm Filippo dem Mann die *MP*[1] ab. Er umklammerte sie noch krampfhaft mit beiden Händen. Einem anderen riss er die Pistole aus dem Lederhalfter. Von einem Dritten versorgte er sich mit Munition und einer Handgranate, die noch in seiner Tasche steckte.

Die Pistole und die Munition verstaute er in seinem Jackett und wunderte sich plötzlich, wie er diese Bewegungen mit einer Kaltschnäuzigkeit verrichtete, die er sich unter normalen Umständen nie zugemutet hätte. Katzenhaft schnell sprang er danach neben die Strasse in einen Graben, der ihm leidlich Deckung bot.

Wie vermutet griff die Messerschmitt schon wenig später wieder von Norden her an. Die Salven erreichten das Südportal jedoch

---

[1] MP: Abkürzung für Maschinenpistole

nicht. Filippo rechnete damit, dass er erneut kehrtmachte und zum dritten Mal von Süden her anflog. In dieser Deckung verharrte Filippo unterhalb der Strasse, direkt vor der letzten grossen Haarnadelkurve, ungefähr 500 Meter vor dem Tunnelportal.

Das Flugzeug schien sich zu entfernen. Nur noch ein immer leiser werdendes Gebrumme verriet, dass es wohl nicht zurückkehren würde. Schliesslich verstummte auch noch das letzte Motorengeräusch.

Damit war die Gefahr nicht etwa gebannt. Filippo schätzte die Lage ein. Mit dem Fliegerangriff wollten die Deutschen bestimmt nicht nur die Stellungen der Partisanen schwächen. Damit wollten sie auch den Widerstandswillen aufweichen, bevor sie mit der weiter unten in Bereitschaft stehenden, motorisierten Infanterie im Gelände vorrücken würden.

Giuseppe nutzte die Kampfpause, um zu Filippo vorzurücken. Sie lagen nun nebeneinander in der Deckung und warteten gemeinsam auf den gnadenlos heranrückenden Feind. An Rückzug dachten beide nicht. Wie gelähmt lagen sie im Strassengraben. Die Zeit erschien ihnen endlos. Nur das Säuseln des Winds war zu hören. Filippo verspürte wieder Angst. Er schaute zum Himmel. Hoch über den Baumwipfeln kreiste ein Vogel. Er fragte sich, was der von oben wohl beobachtete.

Sein Blick senkte sich. Wie gebannt starrte Filippo die Strasse hinab, von wo er den Feind erwartete. Sein Hirn arbeitete fieberhaft. Aber warum um alles in der Welt entsann er sich gerade jetzt eines lyrischen Gedichts, welches er in seiner Schulzeit einmal hatte auswendig lernen müssen? Lag es an der jetzt schier ausweglos erscheinenden Situation? Oder wurde er nur von jenem Vogel inspiriert, der immer noch hoch über dem Tal seine Kreise flog?

«Unter der Traufe des alten Turms, kam unsere Freundin, die Schwalbe zurück, als die Mandelbäume blühten.

Sie kommt alle Jahre wieder und immer zur gleichen Zeit; Berge und Meere überwindet sie, um heimzukehren.

Aber nur die Liebe, wenn sie flieht und geht weit fort, wartet vergebens.

Doch sie kehrt niemals zurück, sie wartet vergebens, und kehret nimmermehr zurück.»

Warum ausgerechnet jetzt? Filippo starrte ins Gelände, voller Ungeduld und Angst zugleich. Immer noch war kein Laut zu hören – es herrschte die gespenstische Ruhe vor dem Sturm.

Wieder blickte er nach oben; der Vogel kreiste immer noch. Wie lautete noch der zweite Vers jenes Gedichts? Präzis formten sich die Verse in seinem Hirn zur vollendeten Lyrik:

«Im süssen Dämmerschatten des Abends geht der Frühling vorbei, zwitschern die Schwalben im Fluge, trunken von Licht und Luft, und ich bin traurig und allein.

Du überwindest nicht Berge und Meere, um zurückzukehren, meine Kleine, du bist geflohen und kommst nie mehr zurück.

Du bist geflohen und kommst nie mehr zurück...»

Er dachte an Penny und seinen Sohn. Ob er sie je wieder sehen würde? Brutal wurde Filippo aus seinen Gedanken gerissen, als die Motoren der Kettenfahrzeuge unvermittelt wieder aufheulten. Das Gerassel der Raupen erfüllte die Luft. Unten über der Strasse stiessen graublaue Auspuffgase in die Luft.

Die infernalisch anmutende Szene liess an Dramatik nichts zu wünschen übrig. Die Luft erzitterte vom Gerassel der gepanzerten Kettenfahrzeuge. Die Nerven der um Filippo in ihren Stellungen liegenden Männer waren bis zum Zerreissen gespannt. Filippo schien hingegen jetzt völlig ruhig. Vorsichtig schätzte er die Lage ein. Eigentlich wollte er alles andere, als sich in Kämpfe verwickeln zu lassen.

Seine Gedanken wurden von neuem unterbrochen. Um die vor ihm liegende Kurve schwenkte ein gepanzertes Fahrzeug ein, dahinter stiess ein weiteres vor. Filippo erkannte den Fahrzeugtyp, hatte er in seiner Militärdienstzeit doch selber ein solches Gefährt schon gefahren. Die Hinterachse wurde von Raupenpaaren angetrieben, vorne lenkten pneubereifte Räder die Spur. Der Lenker sass hinter dicken Glasscheiben im rundum gepanzerten Aufbau, hinter den Filippo ein ängstliches Gesicht eines jungen Mannes erkennen konnte.

Filippo und Giuseppe duckten sich in den Graben. Der vor ihnen liegende Felsbrocken bot ihnen genügend Schutz, um zu sehen und dennoch nicht gesehen zu werden. Zwischen Reisig und Gestrüpp hindurch versuchten sie den Geschehnissen zu folgen.

Der vorderste Schützenpanzer stoppte abrupt. Das Geschützrohr schwenkte langsam Richtung das Tunnelportal und verharrte für einen kurzen Moment. Der abgefeuerte Schuss klang dumpf. Die darauf folgende Detonation hinterliess eine Druckwelle, die Filippo wie eine gewaltige Windböe erfasste. Staub wirbelte auf, und dort, wo die Granate eingeschlagen hatte, stieg langsam eine schwarze, pilzförmige Wolke auf.

Hinter den Panzerfahrzeugen gingen schwer bewaffnete Infanteristen und feuerten aus allen Rohren. Handgranaten wurden neben die Strassenborde geworfen, die hässliche Explosionen hinterliessen.

Kurz danach setzte sich der Konvoi wieder in Bewegung, bergwärts die schmale Strasse hinauf. Die deutschen Infanteristen kamen Filippo und Giuseppe schon gefährlich nahe. Beide verharrten still, ihr Puls raste. Giuseppe zeigte bergabwärts. Filippo blickte in die angezeigte Richtung und erkannte, wie der vordere Panzerwagen direkt auf eine Geschützstellung der Partisanen losfuhr, welche jedoch gut genug getarnt war, dass sie der Fahrer des Wagens kaum erkennen konnte.

Kaum hatte sich der feindliche Panzer bis etwa auf fünfzig Meter vor die Stellung der Partisanen vorgewagt, ertönte im Gebüsch rechts des Tunnelportals ein dumpfes Plopp, gefolgt vom Zischen der Panzerfaust, welche vor den Augen Filippos durch die Luft brauste. Das abgefeuerte Geschoss verpasste sein Ziel nicht. Mit einem gewaltigen Knall baute sich direkt vor Filippo ein riesiger Feuerball auf. Der feindliche Panzerwagen stand in Flammen. Die aufkommende Hitze war unerträglich. Mit dem freien Arm versuchte sich Filippo davor zu schützen, während er mit der anderen Hand die MP krampfhaft umklammerte. Schwarze Wolken schwebten in die Höhe. Aus dem brennenden Wrack des Schützenpanzers sprang ein in Flammen gehüllter Mensch. Schreiend stürzte er zu Boden. Eine kurze Maschinengewehrsalve mähte über die Strasse und erlöste den Soldaten vor einem qualvollen Feuertod.

Der deutsche Angriff kam ins Stocken. Die hinteren Fahrzeuge setzten zum Rückzug an – bis hinter die Kurve, woher sie gekommen waren.

In das immer noch flammende Inferno triumphierte Giuseppe: «Hast du gesehen, das war Cosimos Werk! Die Panzerfaust hat dein Schwager gefeuert.»

Filippo war ganz und gar nicht ums jubeln. Vielmehr pisste er sich vor lauter Angst in die Hosen. Vorbei war seine Kaltschnäuzigkeit von vorhin. Die Hölle könnte nicht schlimmer sein: nur wenige Meter von seinem Schwager getrennt, den er aus diesem Ort der Verdammnis hatte retten wollen, und jetzt selber hilflos diesem Wahnsinn ausgesetzt. Selbst Coniglio schwieg.

Eine schier unendlich scheinende Zeit lagen sie in Deckung. Der Schützenpanzer brannte immer noch. Hin und wieder explodierte noch nicht verschossene Munition.

Plötzlich erfüllte das Brummen der Messerschmitt wieder die Luft. Vermutlich wurde sie erneut zur Unterstützung herbeibeordert. Filippo entdeckte das Flugzeug als Erster. Die Deckung der beiden war für Angriffe aus der Luft allerdings sehr kläglich. Um eine bessere zu suchen, verblieb ihnen jedoch keine Zeit. So drückten sie sich noch tiefer in die Mulde und bangten um ihr Leben. Still begann Filippo zu beten.

Das einsetzende Bombardement wiederholte sich in gleicher Weise. Der Jagdflieger liess in einer ersten Welle direkt über ihnen todbringende Bomben fallen. Dann mähten Maschinengewehrsalven in einem zweiten Angriff über das Gelände, und jedes Mal kehrte danach gespenstische Ruhe ein.

Als das Flugzeug schliesslich von neuem das Weite suchte und seine Motoren kaum mehr hörbar waren, starteten die Motoren der Panzerfahrzeuge. Der Tross bewegte sich bald wieder bergwärts dem Tunnelportal zu – jetzt allerdings wesentlich langsamer. Filippo umklammerte krampfhaft seine Waffe. Er prüfte, ob der Sicherungshebel entsichert war.

Während Giuseppe und er auf den unvermeidlichen Angriff warteten, wurde es Filippo bewusst, dass er jetzt – nur um sein eigenes Leben zu schützen – vielleicht andere Männer töten musste. Er spürte den Handschweiss am Pistolengriff seiner Waffe. Seine Nerven waren zum Zerreissen gespannt.

Mit zugekniffenen Augen spähte er in die Richtung, aus der das erste Fahrzeug jeden Augenblick wieder auftauchen würde.

Plötzlich hörte er hinter sich ein Rascheln. Erschrocken blickte er nach unten, in die Richtung, aus der er das Geräusch vermutete. Ein Schuss peitschte durch die Luft. Ein kurzer Aufschrei eines Mannes – danach wieder Ruhe. Die Motoren heulten dazwischen, die Fahrzeuge kamen offenbar näher.

Das raschelnde Geräusch verstummte für einen Augenblick, es folgte ein zweiter Schuss und danach eine Salve aus einer automatischen Waffe – das Rascheln erstarb. Wieder waren nur die Motoren der Schützenpanzer und das Rasseln ihrer Kettenabtriebe zu hören.

Das erste Fahrzeug drehte um die Haarnadelkurve, dicht hinter ihm ein zweites. Dieses Mal stiessen die Deutschen ohne ihre Infanteristen vor. Langsam näherten sich die Panzer. Das hintere Fahrzeug stoppte und gab dem vorderen Feuerschutz.

Rasselnd zog der vordere Schützenpanzer an ihnen vorbei. Giuseppe gab ihm zu verstehen, dass er sich ruhig verhalten soll. Mit der Hand deutete er nach vorne. Vielleicht wollte er damit sagen, dass das Fahrzeug erneut von ihren Leuten angegriffen würde.

Weit gefehlt – der Geschützturm drehte plötzlich ab und schoss unvermittelt in jene Richtung, aus der sie vorher angegriffen wurden und dabei ihren ersten Panzer verloren hatten. Daraufhin legte der Fahrer den Rückwärtsgang ein und lenkte das Fahrzeug zurück. Beide Fahrzeuge fuhren rückwärts wieder hinter die Kurve, wo sie in Deckung gingen.

Was danach geschah, glich einem Höllengewitter. Mörsergranaten sandten ihre tödliche Fracht über Filippo, Handgranaten explodierten bald oberhalb, bald unmittelbar neben ihnen. Maschinengewehre ratterten. Filippo wusste nicht mehr, was um sie herum geschah. Er drückte sein Gesicht nur noch in den Boden und zitterte am ganzen Leib vor Angst.

Nach dem todbringenden Spuk folgte eine unheimliche Stille. Nur langsam verzog sich der Pulverdampf. Langsam hob Filippo den Kopf aus dem Dreck und suchte nach Giuseppe, den er neben sich vermutete. Gott-sei-Dank; er lebte, dachte Filippo und blickte ihn mit ängstlichen Augen entgegen. Giuseppe wischte sich übers Gesicht, um wieder klar sehen zu können. Filippo hörte, wie er leise vor sich hin fluchte.

Doch kaum hatten sie sich vom Schrecken einigermassen erholt, fuhren die Panzerfahrzeuge erneut an ihnen vorbei, aber dieses Mal eskortiert von schwer bewaffneten Infanteristen. Es war wie eine gespenstische Prozession, die nur wenige Meter von ihnen vorbeizog. Ihre Deckung war offenbar gut genug; die vorbeiziehenden Soldaten entdeckten sie nicht.

Die Spitze des Konvois befand sich nur noch wenige Dutzend Meter vor dem Tunnelportal. Dann stockte der Tross. Die Fahrzeuge bezogen beidseits der Strasse, soweit es das Gelände zuliess Stellung und richteten die Rohre der Waffen direkt gegen das Portal. Die Infanteristen legten sich in den Strassenborden ebenfalls in Stellung. Auf beiden Seiten herrschte eine eisige Stille.

Die Feuerpause war nur von kurzer Dauer: Bei der Haarnadelkurve kam bald darauf – im ersten Geländegang langsam fahrend – ein weiteres Fahrzeug ins Blickfeld. Filippo erkannte es sofort an seiner Bauart, die ihm den Übernamen *Kübelwagen*[1] eingebracht

---

[1] Kübelwagen (VW Typ 82): ein auf der Plattform des von Ferdinand Porsche entwickelten «Kraft-durch-Freude-Wagens» aufgebauter Kommandowagen der deutschen Wehrmacht im 2. Weltkrieg.

hatte. Neben dem Fahrer sass ein im Ledermantel gekleideter Offizier, der wild mit den Armen fuchtelte. Offenbar erteilte er damit seine Befehle.

Filippo versuchte, jetzt einigermassen gefasster, genauer hinzusehen. Er fragte sich, welche Absicht hinter diesem Manöver wohl steckte. Was er aber dabei bemerkte, verwirrte ihn zunächst. Er glaubte schon an eine Fata Morgana, oder die Fantasie spielte ihm einen Streich – was in seiner Situation auch verständlich wäre. Ungläubig rieb sich Filippo die Augen und guckte ein zweites Mal hin. Es bestand kein Zweifel: Der Mann, der neben dem Fahrer sass, war kein anderer– als sein Peiniger und Todfeind: Heydenreich.

Das elende Grauen stieg ihm hoch. Am liebsten wäre er hochgefahren und...

Giuseppe bemerkte seine Erregung und hielt ihn am Arm zurück. Filippo liess sich nicht besänftigen. Seine Wut kochte zum Siedepunkt. Giuseppes Druck wurde energischer. Nur langsam beruhigte sich Filippo.

Das Fahrzeug kam näher. Als es auf gleiche Höhe aufgeschlossen war, lagen nur noch wenige Meter zwischen ihnen.

Filippo war fest entschlossen: Eiskalt nun legte er Korn und Kimme seines Gewehrs übereinander und zielte genau auf jene Stelle, wo sich die beiden ledernen Trageriemen auf Heydenreichs Brust kreuzten. Langsam spannte sich sein rechter Zeigefinger um den Abzugbügel.

Giuseppe bemerkte dies im letzten Moment und ermahnte ihn wortlos zur Vernunft. Er wusste um die Strategie seiner Kameraden und gab ihm zu verstehen, dass jede überstürzte Aktion den zu erwartenden Gegenangriff ihrer Kameraden misslingen lassen würde.

Und so geschah es auch. Wie ein Blitz vom Himmel eröffneten die Widerstandskämpfer das Feuer gegen die Deutschen. Das kurze defensive Trommelfeuer genügte, um die Angreifer abermals zum Rückzug zu zwingen.

Hastig versuchte der Fahrer des Kübelwagens aus dem Schussfeld zu kommen und setzte zum Rückzug an. Ein Rückwärtsmanöver war nicht möglich; dahinter versperrte ihm ein ausgebranntes Fahrzeug den Weg. So blieb dem Fahrer nichts anderes übrig, als den Kübelwagen zu wenden. Dabei fuhr er so nahe an die talseitige Böschung, dass das Fahrzeug schliesslich zur Seite kippte. Ein im Weg stehender Baum verhinderte, dass es nicht weiter den Hang hinunter kollerte. Heydenreich, der immer aufrecht noch neben dem Fahrer gestanden hatte, fiel in einem weiten Bogen aus dem Fahrzeug und rollte abwärts, bis er nur wenige Meter von der Stelle entfernt zum Halten kam, wo Filippo und Giuseppe in ihrer Deckung lagen.

Heydenreich fluchte wie ein Rohrspatz. Sich langsam aufrichtend, wischte er sich den Staub vom Mantel.

Das Schicksal spielte nun einen grauenhaften Streich: Filippo erschrak derart, dass er für einen kurzen Augenblick seine Deckung preisgab und sich aufrichtete. Heydenreich horchte auf und blickte in die Richtung, wo Filippo ihm jetzt in einer kauernden Stellung harrte. Für einen Pulsschlag lang sahen sie sich direkt in die Augen. Die Dauer genügte, um Heydenreich erkennen zu lassen, wem er gegenüberstand. In höchster Verwunderung, die Augen halb zugekniffen, flüsterte er, wie er es schon immer getan hatte, wenn er etwas nicht verstanden hatte: «*Picchio Rosso*! Sie hier?»

Reflexartig flog seine rechte Hand zum Futteral, in dem seine Pistole steckte. Umständlich nestelte er am Verschluss. Mit nervösen Bewegungen versuchte er, die Waffe heraus zu zerren.

Instinktiv reagierte Filippo und richtete sich auf, die Maschinenpistole an die Hüfte gepresst, doch unfähig, den Finger am Abzug zu krümmen. Wie versteinert stand er seinem Widersacher gegenüber – da peitschte ein Schuss durch die Luft.

Heydenreich, der immer noch versuchte, das Futteral zu öffnen, wandte sich kurz von Filippo ab und schaute in die Richtung, aus dem der Schuss abgefeuert wurde. Aber noch in dieser Drehung kippte er vornüber und sank, offenbar vom Geschoss getroffen, zu Boden. Sein wuchtiger Körper rollte weiter den Hang hinunter, bis er auf dem Rücken liegend, direkt vor Filippos Füsse. Mit gebrochenem Blick starrte Heydenreich zu Filippo hoch, der sich langsam, immer noch die Waffe im Anschlag, über ihn beugte.

Ihre Blicke trafen sich aus nächster Nähe. Heydenreichs Atem rasselte. Es musste ihn schwer erwischt haben. Keuchend versuchte er zu sprechen. Unter grossen Anstrengungen presste er die Worte hervor: «*Picchio Rosso!* Sie hier anzutreffen – alles hätte ich erwartet, nur das nicht.»

Giuseppe ermahnte Filippo, die Deckung nicht zu verlassen und kontrollierte das Umgelände.

Filippo legte seine Waffe zu Boden und schob die Hand unter den Kopf. Eigenartig, plötzlich verspürte er diesem Mann gegenüber weder Mitleid noch Hass. Schweigend hob er sachte seinen Kopf.

Von Schmerzen geplagt bäumte sich Heydenreich auf und griff sich an die Brust: «Da haben wir so manchmal die Klingen gekreuzt und sieht sich jahrelang nicht – und jetzt? Ich dachte schon, der Teufel hätte Sie längst geholt.» Blut drang unter dem Ledermantel hervor.

Filippo vermutete einen Lungendurchschuss – aber wer hatte den Schuss abgefeuert?

Heydenreichs Oberkörper krümmte sich. Er versuchte sich zu erheben. Vor seinen Lippen bildete sich blutiger Schaum. «*Picchio Rosso*, dieses Mal haben Sie wirklich gewonnen...» Seine blassblauen Augen rollten langsam nach oben. Filippo fühlte, wie sein Körper erschlaffte. Sein Erzfeind und ewiger Widersacher verschied in seinen Armen.

Die eintretende gespenstische Ruhe herrschte nicht lange. Weitere Maschinengewehrsalven zerschnitten die Stille. Filippo duckte sich neben dem Leichnam. Mit Blick nach oben erkannte er Giuseppe, wie er am Strassenbord in Stellung ging. Mit gezieltem Einzelfeuer verteidigte er ihren Standort.

Filippo war nicht mehr in der Lage, klar zu denken. Robbend kroch er zu Giuseppe hoch. Vorsichtig schob er seine Waffe vor, um sie in Stellung zu bringen. Doch dazu kam es nicht. Was er vor sich sah, lähmte ihn: Keine zwanzig Meter, direkt vor ihm, stand Cosimo, wie er aus dem Gebüsch vorgeprescht kam und mit seiner Maschinenpistole im Anschlag auf alles feuerte, was sich ihm in den Weg stellte.

Keine Sekunde zu spät! Er hatte offenbar beobachtet, wie ein deutscher Soldat sich Filippo und Giuseppe näherte und eine Handgranate zum Wurf vorbereitete. Cosimos MP-Salve traf den Soldaten, bevor er dazu kam, die Granate nach ihnen zu werfen; sie detonierte noch in seiner Hand.

Weitere Schüsse fielen. Filippo sah nicht, wie Cosimo sich in eine bessere Deckung zurückziehen wollte. Doch bald wechselte Cosimo seine Gangart in ein eigenartiges Humpeln. Nur mühsam schleifte er sich vorwärts, bis er sich in die Büsche neben dem Strassenrand fallen liess.

Der Spuk wollte kein Ende nehmen. Von Zeit zu Zeit flammte erneuter Kugelwechsel auf, die Pausen dazwischen wurden jedoch immer länger. Vereinzelt detonierten noch Granaten, die aus entfernter liegenden Minenwerferstellungen abgefeuert wurden. Es schien, als versuchten Angreifer wie Verteidiger sich zurück zu ziehen. In den Büschen beidseits der Strasse raschelte das Laub.

Die Zeit schien zu erstarren. Auf der Strasse versperrten inzwischen gut ein halbes Dutzend manövrierunfähige und ausgebrannte Fahrzeuge den Weg. Leblose Körper lagen herum.

Filippos wagte es nicht, nach seinem Schwager zu sehen und wo er geblieben war. Zusammen mit Giuseppe krochen sie zum leblosen Körper Heydenreichs zurück. Filippo schloss ihm die Lider der immer noch offen stehenden Augen. Sein mit Blut durchtränkter Ledermantel ekelte ihn. Trotzdem durchsuchte Filippo die Kleider und nahm ihm zunächst seine Erkennungsmarke ab. Danach griff er nach seiner Brieftasche. Ein kurzer Blick zeigte ihm, dass sich darin nur persönliche Papiere befanden. Er steckt sie wieder in die Manteltasche zurück.

Die Pistole, die Heydenreich nicht mehr aus dem Futteral heraus ziehen konnte, nahm ihm Filippo ab. Wortlos schob er sie Giuseppe zu. Dabei stellte er fest, dass aus der Waffe noch kein einziger Schuss abgegeben worden war. Mit einem letzten Blick rollte Filippo die Leiche zur Seite und liess sie achtlos liegen.

Die Gefechtspause nutzend, schlichen sie sich vorsichtig zum Tunnel zurück. Der Ort, wo sie sich bisher aufgehalten hatten, erschien ihnen nicht mehr sicher genug.

Unversehrt erreichten sie das Portal. Die seitlichen Stützpfeiler waren von Granaten arg getroffen worden. Der Bogen darüber drohte einzustürzen. Die Fahrbahn wies mehrere Granattrichter auf. Etwa zehn Meter nach dem Eingang stiessen sie auf Daniele und einige andere Männer. Viele von ihnen waren verletzt. Sie versorgten sich gegenseitig notdürftig.

Daniele versteckte sich in einer Nische. Es hatte ihn ebenfalls erwischt. Sein rechter Oberarm blutete. Auch sein rechtes Knie sah schlimm aus. «Hast du Cosimo gesehen?», fragte ihn Filippo. Er bemerkte, dass Daniele unter grossen Schmerzen litt.

«Ich befürchte, es hat ihn erwischt. Als ich ihn das letzte Mal gesehen habe, schoss er auf einen Deutschen, der eine Handgranate nach uns werfen wollte. Kurz danach lag er regungslos im Strassengraben, gleich da vorne, vielleicht ein paar Meter vor dem Tunnel.»

Elektrisiert von diesen Worten spurtete Filippo zurück zum Tunnelportal. Völlig deckungslos rannte er auf die Strasse hinaus und ging diese auf und ab, einmal nach rechts, das andere Mal nach links schauend.

Da – etwa zwei Meter oberhalb entdeckte er seinen Schwager, reglos auf einem Dornenbusch liegend. Er kroch zu ihm empor. Noch atmete er. Kniend schob Filippo den Arm unter seinen Körper. Er versuchte, ihn aufzurichten.

Langsam öffnete Cosimo die Augenlider. Krampfhaft versuchte er zu sprechen: «Hast du gesehen, ich habe den Sauhund erwischt.» Er meinte damit offensichtlich Heydenreich.

«Du hast geschossen? Mensch, damit hast du Giuseppes und mein Leben gerettet!»

Cosimo lächelte gequält: «Ich habe mich bloss revanchiert. Wie viele Male hast du mich schon rausgehauen?»

«Sprich jetzt nicht. Wir bringen dich in Sicherheit. Die Deutschen können jede Minute wieder zuschlagen.»

Cosimos Stimme wurde leiser: «Mir ist nicht mehr zu helfen. Geh! Bring dich in Sicherheit. Sage Cynthia, es tut mir alles so leid.»

Langsam verloren seine Augen ihren Glanz. «Gott beschütze euch...» Sein Kopf kippte zur Seite.

Filippo wollte schreien, bekam jedoch keinen Laut aus seinem Hals; er wollte weinen, doch blieben seine Augen trocken. Er beugte sich über seinen Freund und legte die rechte Hand mit einem leichten Druck über die Augen. Filippo hielt den leblosen Körper seines Schwagers und Freundes in den Armen.

Er wusste nicht, wie lange er ihn an sich drückte. Als endlich die Tränen über den Verlust seines Freunds zu fliessen begannen, knallte es wieder rund um ihn. Er sah, wie Giuseppe hinter einem Pfeiler zum Tunnelportal in Stellung lag und wie wild nach vorne feuerte. Er rief ihm irgendetwas zu, doch Filippo verstand es nicht.

Filippo liess von seinem Schwager ab, nachdem er ihm das mit Schafsfellen gefütterte Wams hastig ausgezogen hatte und ihn damit bedeckte. Er wusste, er konnte ihm nicht mehr helfen.

Filippo versuchte trotz seines Schmerzes der Lage Herr zu werden. Als er sich einigermassen sicher wusste, spurtete er neben leblosen Körpern und brennenden Fahrzeugen vorbei bergwärts die Strasse hinauf. Giuseppes Sperrfeuer half ihm, unversehrt den Schutz des Tunnels zu erreichen.

Doch bald schien es, als würde jetzt von einer anderen Seite her auf sie geschossen. Die Deutschen hatten offenbar ihre Angriffsstrategie geändert.

Im Tunnel gewöhnten sich die Augen nur langsam an das spärliche Licht. Seine Freunde waren um Filippo sehr besorgt gewesen, obwohl sie selbst Hilfe nötig gehabt hätten.

Giuseppe ergriff als Erster das Wort: «Wir ziehen uns zurück. Vermutlich haben die Deutschen auch die Stellungen bei Orasso geknackt. Sobald sie sich formiert haben, greifen sie wieder an. Sie sind zu stark für uns. Kommt, wir ziehen uns nach Finero zurück.»

Die Männer waren einverstanden. Giuseppe hob Daniele über die Schultern, wie es Jäger mit erlegtem Wild tun. Andere stützten diejenigen, die nicht mehr aus eigener Kraft gehen konnten.

Noch während sie langsam dem nördlichen Ende des Tunnels zustrebten, flüsterte Daniele Filippo zu: «Höre mein Freund: Bitte, geh! Deine Frau und dein Sohn warten auf dich. Rette wenigstens deine Haut.»

Filippo blickte Daniele erstaunt ins dreckverschmierte Gesicht. «Und du?»

«Mein Platz ist hier.» Verzweiflung stand in Danieles Augen. «Geh! Du hast hier nichts mehr verloren.»

Filippo verspürte ein unsägliches Gefühl der Ohnmacht. Ihre Lage war so hässlich, weil er genau wusste, dass Daniele die Wahrheit sagte. Er hatte eingesehen: Die Niederlage gegen den übermächtigen Feind war unausweichlich.

«Dann will ich wenigstens meinen Schwager hier raus holen!», schrie Filippo verzweifelt, dass es im Tunnel widerhallte.

Giuseppe zeigte als Einziger dafür Verständnis und legte Daniele vorsichtig zu Boden. «Komm! Wir holen ihn.»

Die Feuerpause nutzend, wagten sie sich nochmals aus dem Schutz des Tunnels, um Cosimo hinter die Frontlinie zu bringen. Bevor sie ihn jedoch einigermassen zur letzten Ruhe betten konnten, setzte das feindliche Feuer wieder ein.

⌘

Die Schlacht bei Finero war für den Untergang der *Repubblica d'Ossola* entscheidend. Zahlreiche tapfere Männer, darunter etliche Anführer der Partisanen, hatten im feindlichen Feuerhagel ihr Leben lassen müssen. Die letzten Überlebenden flüchteten daraufhin Richtung Finero zur Passhöhe, wo sich Filippo von ihnen trennte. Beim Abschied hatte ihm Daniele noch versprochen, den Tod seines Schwagers zu rächen. Filippo hegte jedoch grosse Zweifel, ob er auch diesen Freund jemals wieder sehen würde. Schweren Herzens liess er seine Kameraden zurück.

Filippo wählte den Weg nordwärts nach Palagnedra. Die Fluchtroute ins Onsernonetal schien ihm zu riskant, und diejenige über den Gridone nach Brissago kam nicht in Frage, weil auf dieser Höhe inzwischen schon zu viel Schnee gefallen war.

Die Flucht verlief für Filippo ohne Zwischenfälle. Nicht schlecht aber staunte er, als er, bereits auf schweizerischem Hoheitsgebiet, auf eine Gruppe stiess, die von Mirko angeführt wurde. Die Wiedersehensfreude war gross, wenn sie auch nur von kurzer Dauer war. In Camedo, dem Grenzdorf zu Italien, erklärte ihm Mirko, er hätte den Kampf gegen die Besatzer noch nicht aufgegeben. Er wollte mit den verbliebenen Männern unbedingt nach Italien zurück. Während Filippo daraufhin ostwärts das Centovalli hinab seiner Familie zustrebte, stieg Mirko mit einem kümmerlich aussehenden Haufen überlebender Partisanen nordwärts den Hang hinauf wieder in Richtung der italienischen Grenze.

Dennoch – der deutschen Wehrmacht und den faschistischen Truppen war es schliesslich gelungen, alle strategisch wichtigen Orte wieder einzunehmen, und die *Repubblica d'Ossola* hörte nach nur 40 Tagen Regierungszeit am 23. Oktober 1944 auf zu existieren. Domodossola wurde zur Hälfte zerstört. Obwohl viele ihrer Bewohner in die Schweiz geflüchtet waren, hielten sich in der Stadt bis Kriegsende immer noch über 35'000 Menschen auf.

Die Partisanen hatten sich nach der Niederlage in drei Einheiten aufgesplittert. Letztlich aber blieben von den stolzen Partisaneneinheiten noch etwa 150 Kämpfer übrig. Sie hatten im Val Sesia Zuflucht gefunden und verarbeiteten dort ihre Niederlage. Zwischen Ende 1944 und Anfang 1945 kehrten sie neu organisiert wieder ins Val d'Ossola zurück und kämpften dort bis zum Ende des Krieges.

⌘

Epilog

Nachdem Filippo Tage nach der Schlacht bei Finero völlig ausgelaugt und demoralisiert in seinem Heimatdorf im Pedemonte eingetroffen war, hoffte er inständig, im elterlichen Haus würden Penny, seine Schwester und sein Sohn auf ihn warten. In den Nächten zuvor hatten ihn die wildesten Alpträume geplagt. Stets stellte sich ihm die Frage: Was würde er tun, wenn sie nicht da wären. Nochmals eine solche Tragödie – nein! Das würde er nicht ertragen.

Mit klopfenden Herzen näherte sich Filippo seinem Elternhaus. Als er um die Ecke bog, von wo er das Haus erblicken konnte, beschlich ihn ein eigenartiges Gefühl. Zunächst sah es so aus, als wäre das Haus unbewohnt. Doch da erblickte er Cynthia hinter einem Fenster im ersten Stockwerk. Jetzt hielt Filippo nichts mehr zurück. Trotz Müdigkeit und wunden Füssen rannte er, stets ihren Namen und nach Penny rufend, das Gässchen hinab. Bald stand er vor der Tür – sie war verschlossenen. Nervös und ungeduldig zog er am Griff der Glocke. Kurze Zeit darauf wurde die Türe von innen entriegelt und schwang auf; vor ihm stand Penny, Enrico auf den Armen haltend. In diesem Augenblick knickten Filippo seine Beine ein und fiel erschöpft zu Boden. Penny griff sofort nach seiner Hand. In diesem Moment kam Cynthia dazu. Erschrocken über den Zustand ihres Bruders kniete sie neben ihn. Fürsorglich hob sie seinen Kopf. Penny, immer noch Enrico tragend, setzte sich dazu und drückte Filippo mit dem noch freien Arm zu sich. Alle drei sassen sie nun am Boden und weinten über die glückliche Wiederkehr.

Damit endete für Filippo und die beiden Frauen ein Lebensabschnitt, der sie schwerer belastet hatte als alle Erlebnisse zuvor. Die Wiedersehensfreude war trotzdem riesengross. Nachdem sich Filippo jedoch einigermassen erholt hatte, berichtete er von Cosimos Schicksal. Die Freude wechselte abrupt in eine abgrundtiefe Trauer.

Die darauf folgende Adventszeit und die Weihnachtstage im Hause Negri waren verständlicherweise von tiefer Trauer geprägt. In dieser schweren Zeit blieb ihnen als einziger Trost, die Erkenntnis, einer unbeschreiblichen Hölle mehr oder weniger unbeschadet entronnen zu sein – und selbstverständlich der kleine Enrico, der sich inzwischen prächtig entwickelt hatte. Trotzdem: Cynthia litt unter dem Verlust ihres Mannes. Äusserlich zeigte sie sich zwar als starke Frau. Wenn sie sich jedoch nach einem strengen Tag in ihr Schlafzimmer zurückzog, fühlte sie tiefe Trauer beim Betrachten der auf dem Nachttischchen stehenden, liebevoll eingerahmten Fotografie ihres geliebten Ehemannes. Davor lagen herzförmig ausgebreitet das Halskettchen mit dem Anhänger seines Sternzeichens und mitten drin sein Ehering. Filippo hatte ihn mitgebracht. Auf dem Schlachtfeld von Finero war es ihm in letzter Minute noch gelungen, diese Andenken seinem toten Schwager abzunehmen und sie nach Hause zu bringen.

Bald holte sie die Wirklichkeit in den beschwerlichen Alltag zurück. Tagtäglich stellte sich ihnen die Frage, wie das Lebensnotwendigste zu beschaffen war. Cynthia fand noch eher eine Beschäftigung, die ihnen half, über die Runden zu kommen: Da das gesamte Locarnese bald von Flüchtlingen zu überlaufen drohte, meldete sie sich Anfang Jahr bei einer der vielen Organisationen, die den täglich eintreffenden Flüchtlingen eine erste Obhut gewährten. Die Arbeit verrichtete sie ohne Entgelt, dafür erhielt sie zusätzliche Lebensmittelmarken für streng rationierte Grundnahrungsmittel, wie Brot, Mehl, Eier und Milchprodukte.

Penny andererseits war es nicht gestattet worden, einer bezahlten Arbeit nachzugehen. Für die schweizerischen Behörden galt sie als Flüchtling. Es drohte ihr sogar das Schicksal, zusammen mit ihrem Sohn in ein Interniertenlager abgeschoben zu werden. Dies konnte Filippo jedoch dank seinen Beziehungen zu Peter, dem Zollbeamten in Domodossola, erfolgreich verhindern, indem er Penny bei der Wohnortgemeinde als seine künftige Ehefrau anmeldete und gleichzeitig das Heiratsaufgebot bestellte. Sie waren sich jedoch bewusst, dass die Ziviltrauung wegen der Kriegswirren noch einige Zeit dauern könnte. Die dafür erforderlichen zivilstandesamtlichen Dokumente von ihrem Heimatort in Italien würden wohl kaum in nächster Zeit zu erwarten sein.

Für Filippo stellte sich ausserdem noch ein anderes Problem: Seine Depression. Er befürchtete nämlich, wieder in ein ähnliches Loch zu fallen, wie ihm dies schon einmal beschieden war. Wehret den Anfängen, sagte er sich, und meldete sich auf Anraten von Cynthia bei Gaetano im Hotel auf dem Monte Verità. Zunächst sträubte er sich, nochmals in die Dienste des Barons zu treten. Erst Penny konnte ihn überzeugen, diesen Gang trotzdem zu tun. Sie meinte, Gaetano hätte vielleicht einen guten Draht zu einem anderen Hotel, bei dem er eine Arbeit finden könnte.

Gesagt – getan: Bereits der erste Kontakt durch Gaetano zum Grand Hotel in Locarno verlief erfolgreich. Aufgrund der guten Referenzen konnte Filippo dort schon bald darauf eine Aushilfestelle im Abend- und Wochenendservice antreten.

Dies war ganz nach Filippos Geschmack, wenn auch kein grosser Lohn herausschaute. Einerseits fühlte er sich im Service wieder voll in seinem Element. Andererseits verblieben ihm viele Stunden, die er Penny und seinem Sohn uneingeschränkt widmen konnte. Dazwischen packte ihn die Neugier, mehr Informationen über die Lage im nahen Italien zu erhalten, als es in den Zeitungen geschrieben stand. Ohne Wissen der beiden Frauen begab er sich daher eines Tages erneut auf den Monte Verità zu Gaetano und fragte ihn, ob ihm bekannt wäre, wo sich jenes Haus befindet, in dem sich die Nachrichtenzentrale versteckte, von der ihm Mirko erzählt hatte. Zunächst gab sich der Concierge zwar bedeckt. Als Filippo jedoch nicht locker liess, verriet er ihm augenzwinkernd und unter dem Siegel der Verschwiegenheit das gut behütete Geheimnis. Er meinte, dass in diesem geheimnisvollen Haus inzwischen eine leistungsfähige Funkstation in Betrieb sein soll, was allerdings niemand wissen dürfe. Filippo setzte sofort alle Hebel in Bewegung, um mit jener Person in Verbindung zu treten, die dafür verantwortlich war.

So einfach war das Unterfangen jedoch nicht. Zunächst dauerte es einige Zeit, bis er den Mann ausfindig machen konnte, und als er ihn endlich getroffen hatte, brauchte es noch mehr, um ihn von seiner Vertrauenswürdigkeit zu überzeugen. Filippo musste ihm versprechen, seinen Namen niemandem preiszugeben.

Nachdem Filippo ihn für sich hatte gewinnen können, offenbarten sich noch weitere Überraschungen: Interessanterweise pflegte der Mann von der Schweiz aus direkte Verbindungen bis hinauf in die obersten Führungsetagen der Schweizer Zollbehörden und zu hohen Offizieren der Schweizer Armee und – Filippo konnte es kaum fassen – auch zu den Partisanen. Als Filippo dann noch erzählte, dass er Mirko kannte und den Vizedirektor des Zollamts in Domodossola, Peter Bammatter, ein guter Bekannter von ihm sei und er für ihn schon gearbeitet hätte, vertraute der Mann ihm noch andere Geheimnisse an. Unter anderem verriet er ihm, dass Peter über eine geheime direkte Telefonleitung nach Brig verfügte, mit der auch er in Verbindung stand. So hielt der mutige Zollbeamte den direkten Draht zu seinen heimlichen militärischen Vorgesetzten aufrecht und informierte sie stets über wichtige Vorgänge. Offenbar hatte Peter aber auch einen «heissen Draht» zu den Faschisten und war ebenso mit von der Partie, wenn die Partisanen Pläne ausheckten, etwa den, das deutsche Munitionslager in der Nähe des Simplontunnels zu vernichten.

⌘

Heute nennt man es den *Frieden von Ascona*, jene geheimen Beratungen ranghoher Offiziere der Kriegsparteien und der Schweizer Armee, die das Kriegsende in entscheidender Weise näher gebracht hatten. Bevor jedoch am 4. Mai 1945 *Generaladmiral von Friedeburg*[1] im Hauptquartier des Field Marshal Montgomery in der Lüneburgerheide die Kapitulation der deutschen Streitkräfte unterzeichnet hatte, hinterliessen die deutschen Truppen auf ihrem Rückzug im nördlichen Italien noch viel menschliches Leid und zerstörten zahlreiche Dörfer, Industrieanlagen und Verkehrsinfrastrukturen.

---

[1] Hans-Georg von Friedeburg (* 15. Juni 1895 in Strassburg; † 23. Mai 1945 in Flensburg-Mürwik durch Selbstmord): deutscher Admiral, zuletzt im Range eines Generaladmirals. Im Zweiten Weltkrieg ab 1943 Kommandierender Admiral der Unterseeboote und 1945 in Berlin-Karlshorst Mitunterzeichner der ratifizierenden Kapitulationsurkunde.

Ungeachtet dessen wagten es wichtige Persönlichkeiten des amerikanischen Geheimdienstes sowie andere Gewährsleute aus Italien und der Schweiz, das Terrain für den Frieden vorzubereiten. Der schwierige Weg der deutschen Kapitulation wurde unter schwierigsten Verhältnissen geebnet. Es galt, heikle Verhandlungen zu führen, um die Verantwortlichen an einen Tisch zu bringen. Dass dies überhaupt zustande kam, war letztlich einem Schweizer Nachrichtenoffizier zu verdanken. Dieser handelte jedoch keinesfalls im Auftrag der Regierung in Bern. Im Gegenteil: Hätten seine Vorgesetzten davon erfahren, wären die Verhandlungen mit Sicherheit eingestellt worden, da man sie als eine Verletzung der schweizerischen Neutralität betrachtet hätte.

Zusammen mit dem Leiter des amerikanischen Geheimdienstes in Europa, *Allen Dulles*[1], sowie einem einflussreichen italienischen Geschäftsmann bereitete der auf eigene Faust handelnde Schweizer Nachrichtenoffizier das Terrain vor. Von Februar 1945 an kam es zu zahlreichen Treffen mit Vertretern der Kriegsparteien, womit der schwierige Weg für die deutsche Kapitulation geebnet werden sollte. Die Anfangsphase war besonders heikel, denn es herrschte auf beiden Seiten grosses Misstrauen. Der ebenso eigenmächtig handelnde SS-General Wolff versuchte überdies, sich in die Verhandlungen einzumischen, weil er inzwischen die Ausweglosigkeit des Krieges erkannt hatte. Zum Beweis dafür liess er zwei wichtige, von den Deutschen verhaftete Partisanenführer in die Schweiz bringen. Beim SS-General handelte es sich überdies um einen jener Überläufer, welcher die Widersprüchlichkeit der deutschen Vergangenheit eingesehen hatte. Er wollte nicht mehr zu jenen selbstlosen Helden, Mitläufern und Verbrechern gehören und als feiger Feldmarschall, weltgewandter Diplomat und erdverbundener Gutsbesitzer gelten, der sein Wissen über die Verbrechen des Regimes verdrängen wollte. Die Kapitulationsverhandlungen führte Wolff ohne Wissen und gegen die Absicht Hitlers und seines direkten Vorgesetzten Himmler. Selbst die alliierten

---

[1] Allen Welsh Dulles (* 23. April 1893 in Watertown, New York; † 29. Januar 1969 in Washington D.C): Leiter des amerikanischen Geheimdienstes während des 2. Weltkriegs und späterer Direktor des CIA.

Führungskräfte wurden darüber im Dunkeln gelassen. Nur um ein weiteres Blutbad zu vermeiden, wurden die geheimen Gespräche fortgesetzt.

SS-General Wolff wurde daraufhin in einem Fahrzeug der diplomatischen Vertretung Amerikas heimlich nach Ascona in die Schweiz eingeführt. In einem unscheinbaren Wochenendhäuschen am See, wo heute ein renommiertes Fünfsternehotel steht, wurde er untergebracht. Seine Verhandlungspartner logierten im Haus eines amerikanischen Diplomaten, welches auf dem Gelände des Barons auf dem Monte Verità lag. Die Geschichte beweist - jedoch erst Jahre danach – dass der Baron sehr wohl von der Bedeutung dieses Hauses wusste. Schon während der ganzen Kriegszeit waren dort Personen ein- und ausgegangen, die nicht unwesentlich in die Geschichte des Zweiten Weltkriegs verwickelt waren.

An jenem denkwürdigen Märztag also, hielten sich auf dem Monte Verità viele Fremde auf. Die alliierten Generäle, darunter der amerikanische *General Lyman Lemnitzer*[1] und sein britischer Kollege Terence Airey, waren als Zivilisten verkleidet nach Ascona gereist. Aber sie waren nicht allein gekommen: Sie hatten bewaffnete Männer mitgebracht, die auf Schweizer Boden den Verhandlungsort sichern sollten und an strategischen Punkten – wohlgemerkt auf Schweizer Boden – Maschinengewehrnester einrichteten. In den Büschen auf dem Monte Verità versteckten sich bewaffnete Soldaten in Zivil. Die Spionagegefahr war damit aber noch nicht gebannt. Die Deutsche Abwehr war selbst in diesen Zeiten allgegenwärtig. Daher wollte man diese Gespräche in aller Abgeschiedenheit und nur im kleinsten Kreis führen. Die friedenswilligen Diplomaten und Militärs durften keinesfalls in eine Falle der Nazis tappen.

Am frühen Nachmittag des 19. März 1945 war es soweit: Die massgebenden Generäle sprachen erstmals an einem Tisch über

---

[1] Lyman Louis Lemnitzer (* 29. August 1899 in Honesdale, Pennsylvania; † 12. November 1988 in Washington D.C.): General der US Army und späterer Kommandeur des US European Command.

eine mögliche Kapitulation. In ihrem Gespräch zeichnete es sich ab, dass eine Vereinbarung nur Sinn machte, wenn der abtrünnige SS-General Wolff Zeit erhielt, um die nicht von ihm befehligten Verbände dafür zu gewinnen.

Die Lage verschlimmerte sich zudem dramatisch, als die Alliierten von Süden her immer weiter vordrangen und die deutschen Truppen nach Norditalien zurück drängten. Eine letzte blutige Schlacht stand bevor. Kurz danach wurde SS-General Wolff an die Front abkommandiert; die Verhandlungen blieben unterbrochen.

An der Front hatte SS-General Wolff erfahren, dass sein Vorgesetzter Heinrich Himmler von den heimlichen Schweiz-Besuchen Wind bekommen hatte, ohne jedoch deren genauen Zweck zu kennen. Ausserdem hielt Himmler in Deutschland Familienmitglieder des Generals unter Arrest. Der General kam unter enormen Druck. Während Nazi-Deutschland von ihm verlangte, «*keinen Meter Boden aufzugeben*», musste er den Alliierten garantieren, keine Zerstörungen und Aktionen gegen die Partisanen vorzunehmen, da sonst die Friedensgespräche abgebrochen würden. Als SS-General Wolff auch noch nach Deutschland abberufen wurde, um Hitler und Himmler über sein Tun aufzuklären, schien alles verloren zu sein. Seinen Vorgesetzten log er vor, er würde verhandeln, um die westlichen Alliierten von Russland zu trennen, wie das von Hitler gewünscht wurde. Es gelang ihm jedoch nicht, den Verratsverdacht gegen ihn völlig auszuräumen – immerhin hatte Wolff die Reise überlebt.

⌘

Nach dem Fall der *Repubblica* blieben die nicht in die Schweiz geflüchteten oder von dort zurückgekehrten Partisanen weiter aktiv. Sie beschäftigten die Besatzer erst mit Guerilla-Aktionen und versuchten in der Endphase des Kriegs dann, Infrastrukturbauten und Fabriken vor der Zerstörung durch die Deutschen zu bewahren.

Gegen Ende April 1945 hatte sich die Lage nochmals zugespitzt. Als deutsche Soldaten 64 Tonnen Sprengstoff im Depot neben dem Bahnhof von Varzo im Val d'Ossola abluden, wurde die Lage erst recht brenzlig. Mehrere Lokomotiven standen schon bereit, um mit der gefährlichen Ladung in den Simplontunnel zu fahren und sie zur Explosion zu bringen. Die Alliierten kannten zwar die Pläne der Deutschen und wollten den Bahnhof Varzo bombardieren. Aber auch Antonio Rodoni, der mutige Bahnangestellte der Schweizerischen Bundesbahnen, mit dem Filippo schon vor der Schlacht beim Tunnel zu Finero Kontakte gepflegt hatte, wusste davon und befürchtete, dass dadurch die Bahnanlagen für Jahre ausser Betrieb gesetzt würden. In Absprache mit seinem Chef nahm Mario Kontakt zu den Partisanen auf, die trotz der Niederlage in Finero immer noch aktiv geblieben waren.

In der Nacht vom 21. auf den 22. April 1945 kamen unter der Führung von Mirko 86 Partisanen nach Varzo. Die deutschen Wachsoldaten ergaben sich ohne Widerstand. Mario hatte ihre Flucht in die Schweiz in weiser Voraussicht zuvor schon geregelt und vorbereitet. Während dreier Stunden trugen die Partisanen 1'500 mit Sprengstoff gefüllte Kisten aus dem Depot und warfen sie in den Graben entlang der Bahnlinie. Dann zündete Mirko eigenhändig den Sprengstoff an. Das Feuer war weit herum zu sehen, und viele dachten, die Deutschen hätten wieder zugeschlagen. Unter der aufkommenden Hitze verbogen sich die Geleise, Leitungsmasten knickten ein. Als das Feuer gegen den Morgen hin erlosch, trommelte Antonio einige Dutzend Bahnarbeiter zusammen. Am nächsten Tag war die Bahnlinie für die Züge bereits wieder befahrbar.

Einen Tag später erging der Befehl an die deutschen Truppen, sie sollten sich nach *Novara*[1] zurück ziehen. Der Simplontunnel war gerettet.

Am 29. April 1945 hatte es schliesslich geklappt. Nachdem sich einmal mehr der eigenmächtig handelnde Schweizer Nachrichtenoffizier darum bemüht hatte, die Verhandlungspartner für die Friedensgespräche wieder an einen Tisch zu bekommen, kam auch bei den Alliierten wieder Bewegung auf. Im Hauptquartier

---

[1] Novara: Hauptstadt der Provinz Novara in der Region Piemont, ca. 100 km von Turin und ca. 50 km von Mailand entfernt.

der Alliierten in Caserta in der italienischen Region Kampanien wurde die Kapitulation der Heeresgruppe C, der die Wehrmacht sowie die Waffen-SS angehörten, unterschrieben.

Damit verkürzte sich der Krieg in Europa gut und gern um einige Wochen – einer erheblichen Zahl von Menschen rettete dies wohl das Leben.

Am 2. Mai 1945 trat der Waffenstillstand in Norditalien in Kraft. Der Zweite Weltkrieg endete in der Nacht vom 8. auf den 9. Mai 1945.

⌘

Cynthia stand vor einem kleinen Holzkreuz am Strassenrand wo Cosimo begraben lag. An der Hand hielt sie den kleinen Enrico. Er schaute zu ihr empor und fragte: «Tante Cynthia, ist jetzt mein Onkel im Himmel?»

«Ja Enrico, Onkel Cosimo ist jetzt im Himmel.»

Penny hörte die Worte. Sie stand nur wenig hinter ihnen. Sie kam langsam auf sie zu und kniete neben ihren Sohn. Sie drückte ihm eine Rose in die Hand: «Leg diese Blume zum Kreuz. Onkel Cosimo liebte Rosen.»

Ihr Sohn tat wie geheissen. Er nahm die Blume, die ihm seine Mutter entgegenstreckte, krabbelte das Strassenbord hinauf und legte die Rose vor das Grabmahl.

Als er sich vom Kreuz abgedreht hatte, um wieder zur Strasse zurückzukehren, ging er an seiner Mutter und an Cynthia vorbei, direkt auf die gegenüberliegende Strassenseite.

Dort stand Filippo. Enrico fasste die Hand seines Vaters und zog ihn bergwärts: «Schau Papa, ich habe Onkel Cosimo eine Rose gespendet. Mama hat gesagt, er liebt Rosen.» Der kleine Enrico zog seinen Vater in die Richtung, wo seine Mutter stand. Langsam querten sie die Strasse.

Die Granattrichter im Strassenbelag waren längst ausgebessert worden; das von Geschossen in Trümmer geschossene Tunnelportal war schon kurz nach Kriegsende wieder Instand gestellt worden. Selbst die Natur hatte inzwischen ihren heilenden Mantel über das Gelände gelegt. Nur noch Weniges erinnerte an jene schrecklichen Tage, als zahlreiche Männer ihr Leben für den Frieden, die Heimat und die Freiheit hergegeben hatten. Unter ihnen hatte sich auch Cosimo befunden.

Cynthia, Penny, Filippo und der kleine Enrico standen im Halbkreis am Strassenbord und betrachteten das Grabmahl als Zeichen ihrer Verbundenheit.

Die tief stehende Sonne schlug bereits lange Schatten von ihnen und dem schlichten Holzkreuz, das hier in einsamer Höhe im Boden steckte. In diesem Moment erinnerte sich Filippo an einen Spruch, den er einmal vor langer Zeit in einer Predigt in der Kirche zu Ascona gehört hatte. Wie er mit feuchten Augen auf den Ort starrte, wo sein Schwager das Leben gelassen hatte, versuchte er sich an daran zu erinnern. Doch ehe er die Worte jenes Priesters zusammenbringen konnte, kam ihm Coniglio zuvor und zitierte Filippo im Geist jenen Aphorismus, der in diesem Augenblick treffender nicht sein könnte:

«Das Leben schreibt täglich Geschichten.
Wir Menschen hier auf Erden erleben hier nur einen winzigen Teil dessen,
was für uns bestimmt ist.
Darum, höret auf Gott und eure innere Stimme,
die euch sagt, was gut ist und was schlecht...»

Der kleine Enrico bemerkte die kleine Träne, die über die Wange seines Vaters kullerte: «Papa warum weinst du?», fragte der Kleine und fasste Vaters linke Hand. Aber ohne die Antwort abzuwarten, bemerkte der Kleine, dass sein Vater in dieser Hand etwas fest umklammert hielt: «Warum hast du ein Hufeisen in der Hand, Papa?», fragte Enrico verwundert.

Jetzt erst erwachte Filippo aus seiner Trauer. Verwirrt blickte er auf seinen Sohn hinab. Langsam hob er Enrico auf die Arme, in der linken Hand immer noch den eisernen Glücksbringer haltend, welchen ihm vor über zwanzig Jahren Willi Aebersold, der Fuhrmann der Mühle Tiefenbrunnen, geschenkt hatte, als er von seinen Freunden in Zürich weggezogen war[1].

«Mein Sohn; diese Geschichte erzähle ich dir, wenn du grösser geworden bist.»

⌘

---

[1] PICCHIO ROSSO, Teil 1: (ISBN 978-3-907860-09-0)

Anhang
Hauptpersonen

Filippo «Picchio Rosso» Negri	junger Mann aus dem Pedemonte
Cynthia Negri	seine jüngere Schwester
Cosimo Scarpo	Filippos Freund Cynthias späterer Ehemann
Penelope «Penny» Alfieri	Journalistin Filippos spätere Ehefrau
Baron	Privatbankier und Kunstsammler
Justus von Richtfeld	Kunsthändler
Heydenreich	SS-Obersturmbannführer
Ugo «Mirko» Scrittori	Partisanenführer
Daniele	Partisane

Die Handlung des Romans beruht in seinen Grundzügen auf historisch belegbaren Ereignissen (siehe Quellennachweis). Die im Roman erwähnten, geschichtlich belegten Personen und Namen, wie der Baron, Max Emden, Ugo «Mirko» Scrittori, Peter Bammatter, Antonio Rodoni, ein Schweizer Nachrichtenoffizier und andere mehr, stehen dabei im Kontext mit tatsächlichen Ereignissen in jener Zeit und vom Autor frei erfundenen Romanfiguren. Letztere erheben keinen Anspruch auf Ähnlichkeiten mit lebenden oder verstorbenen Persönlichkeiten.

Quellennachweis

Schweizer Geschichte
Peter Dürrenmatt
Verlag Hallwag AG, Bern, und Schweizer Druck- + Verlagshaus AG, Zürich, 1963

150 Jahre Schweizer Bahnen
AS-Verlag AG, Zürich, 1996

Das motorisierte Transportwesen der Schweizer Armee
Eidgenössische Militärbibliothek 1995

Lexikon Nationalsozialismus
Hilde Kammer / Elisabeth Bartsch
rororo Sachbuch, Hamburg 1999

Der zweite Weltkrieg 1939 - 1945
Janusz Piekalkiewicz
Manfred Pawlak-Verlagsgesellschaft mbH, Herrsching 1986

Leben und Werk des Freiherrn Eduard von der Heydt
Detlef Bell

Lago Maggiore 1943
Prozessnotizen dreier Korrespondenten der Tageszeitung La Stampa
herausgegeben von der «Società Storica Novarese»

Die Kriegsjahre 1941 bis 1945 im Ossolagebiet
Peter Bammatter

Resistenza Ossolana
Paolo Bologna

Storia locale con testimonzione 1944 - 45
Schriften und Archiv von Augusto Rima, Losone

I sentieri della memoria nel Locarnese 1939 – 1945 / Terra d'asilo
Renata Broggini, Marino Vigano
Armando Dadò Editore - Ente Turistico Lago Maggiore, 2004

Geschichte der schweizerischen Neutralität, Band VI
Edgar Bonjour

Kapitulation in Norditalien
Max Weibel

Die Grosstat eines ungehorsamen Majors
Willy Schenk, Tages Anzeiger Magazin vom 15.08.1981

Tessiner Zeitung
«TZ»-Serie über den Zweiten Weltkrieg, Ausgaben vom 31.5. bis 21.7.1997 und darin wiedergegebene Quellen sowie zeitgenössische Berichte aus dieser Zeitung

Bundesarchiv / Staatsarchiv Thurgau

Archiv Carl Waldis, Altdorf / UR

http://de.wikipedia.org

Ausserdem dankt der Autor allen Personen, die mit ihrer Unterstützung und ihrem Wissen zum Gelingen des Romans beigetragen haben:
- meinem Bruder, Erich Schneider, Zürich † 2003
- Francesco Welti, Minusio / TI (spiritus rector)
- Dr. Carole Enz, Zürich (Lektorat / Korrektorat)
- Michèle Combaz Thyssen, lic. phil. I, Zürich (Lektorat / Korrektorat)
- Dr. Fritz Wehrli, Zürich (Gesellschaft Mühle Tiefenbrunnen / Sponsoring)
- Matasci Vini SA, Losone / TI (Picchio Rosso / Merlot del Ticino)
- Carl Waldis, Altdorf / UR (Fotografie Cover)
- Sabine Schneider-Lützelschwab, Zeiningen / AG (französische Korrespondenz)
- Sybille Utz-Nick, Dietlikon / ZH (erstes Lektorat)

Ebenfalls bei Sistabooks erschienen:

Carole Enz, Michèle Combaz Thyssen
Rabenherz - ISBN 978-3-907860-00-7
Rabenherz auf Schloss Neu-Bechburg
- ISBN 978-3-907860-14-4
Die zwölfjährige Margarethe wird nirgends für voll genommen, weder in der Schule, noch zuhause. Doch sie zeigt es allen: Mit Schwert und Rabe besteht sie beherzt Abenteuer in der Gegenwart und in der Vergangenheit.

Michèle Combaz Thyssen
Der Schlüssel des Scarabäus - ISBN 978-3-907860-01-4
Die Rache des Scarabäus - ISBN 978-3-907860-06-9
Die Tochter des Scarabäus - ISBN 978-3-907860-15-1
Niemals hätte sich Mira erträumt, ein solches Abenteuer zu erleben. Eine Heldin wird gebraucht, die die Welt von einem bösen Zauberer befreit.

Carole Enz
Fao oder Der Aufschrei der Wildnis - Aus dem Leben eines Rehbocks - ISBN 978-3-907860-07-6
Waldkauz Hannu - Sieben Tier-Fabeln für Kinder und Junggebliebene - ISBN 978-3-907860-12-0
Psi oder die letzte Hoffnung für Jado 2 - Science Fiction, Teil 1 - ISBN 978-3-907860-03-8
Psi & das Geheimnis der Jado-Schattenblattpalme - Science Fiction, Teil 2 - ISBN 978-3-907860-04-5
Psi und die Abgründe des Jenseits - Science Fiction, Teil 3 - ISBN 978-3-907860-05-2
Sieben Leben, sechs Entscheide und ein Piraten-Kapitän - ISBN 978-3-907860-13-7

Viktoria Abdai
Alle Wege führen in die Schweiz - Odyssee einer Exil-Ungarin
- ISBN 978-3-907860-02-1
«Während des 2. Weltkriegs trotzte ich als Frühgeborene widrigsten Lebensumständen. Es endete damit, dass wir 1956, kurz vor der Niederschlagung der Revolution, Ungarn endgültig verliessen und auf Umwegen in die Schweiz gelangten …»

Steffi Gmür
«Ich bin d'Steffi» - «Ich bin krank, und trotzdem ist mein Leben lebenswert!» - ISBN 978-3-907860-11-3
Steffi wurde mit Cystischer Fibrose geboren. Dank einer Spender-Lunge erhält sie die Chance auf ein zweites Leben. Ihre tief bewegenden Erlebnisse vertraut sie ihrem Tagebuch an. Ihre Botschaft: «Ich bin krank, und trotzdem ist mein Leben lebenswert!»

Harry Schneider
Bosco Quarino - Die Walser in Bosco Gurin
- ISBN 978-3-907860-08-3
Die Walser lebten genau die Freiheiten, die für die spätere Schweiz sehr bedeutsam wurden. Der Roman beruht auf historischen Ereignissen des 13. und 14. Jahrhunderts und spielt in der höchstgelegenen Gemeinde des Tessins, in Bosco Gurin.

Picchio Rosso - Schweizer Agententhriller im Zweiten Weltkrieg
Teil 1: ISBN 978-3-907860-09-0
Teil 2: ISBN 978-3-907860-10-6
Das geschichtsträchtige Hotel auf dem Monte Verità oberhalb von Ascona, ein Bankier und Kunstsammler aus Berlin, die gnadenlose Gestapo – und mitten drin Filippo Negri, ein tessiner Arbeitersohn, der zu Beginn des 2. Weltkriegs zum Doppelagenten wider Willen wird.

Etliche Print-Titel sind auch als eBook erhältlich.
www.sistabooks.ch